THEA WiLK

LARA

die Jagd

THRILLER

auf den weg.

nicht das ziel.

HENRY (HKB)
BOBBI
FINN
zwillinge
KARL
BILL
anwalt
GROẞVATER
MUTTER
LARA

MOMENT MAL ...

Hi, ich bin Bobbi. Erinnerst du dich an mich? Ich hoffe doch!

Okay, pass auf: Eigentlich sollte dieser zweite Teil BOBBI heißen, aber die @#$&%*!! Autorin hat auch diesen Band LARA genannt. Ich hasse sie dafür. Und weil sie jetzt Angst vor mir hat, bekomme ich wenigstens das erste Wort, um dir zu erzählen, was im letzten Teil geschah.

Also, los geht's:

Meine geliebte Lara hat vor drei Jahren das Strandhaus von ihrem Großvater geerbt und ich habe sie überredet, dort Weihnachten zu verbringen. Mit mir. Ihrer Freundin. Nicht, weil ich so große Lust auf ein bisschen verschneite Meer-Romantik hatte. Nein, ich wollte sie töten. Gemeinsam mit meinem Bruder Finn. Warum? Weil ihre Familie unseren Vater (HKB = Henry Karl Brand) auf dem Gewissen hatte.

Lara wusste davon natürlich nichts. Sie wusste auch nicht, dass wir für den Tod ihres Großvaters und ihrer Mutter verantwortlich waren und dass Finn einen Zwillingsbruder hat, der Karl heißt. Hatte, denn Finn ist leider im Strandhaus gestorben.

Das war nicht geplant, schon gar nicht, dass ich ihn töte. Es war auch nicht unser Plan, dass dieser Schönling Nik und sein Kumpel, der Polizist, plötzlich auftauchten. Letzterer ist dann auch gestorben.

Egal, das ging also mächtig in die Hose. Allerdings konnte ich abhauen, nachdem ich ein paar Wochen im Krankenhaus meine eigenen Wunden geleckt hatte.

Und weil ich immer noch wollte, dass Lara starb, habe ich ihr in ihrer Wohnung aufgelauert, nachdem sie sich mit ihrem Anwalt Bill getroffen hatte. Bill war der Freund und Anwalt ihres Großvaters und hat ihr wahrscheinlich dutzende, rührselige Geschichten über ihre gemeinsame Vergangenheit erzählt.

Er hat ihr außerdem einen USB-Stick gegeben, auf dem sie alles über das Leben und den Tod meines Vaters erfuhr. Glaub mir, es war widerwärtig. Die Hälfte davon kannten wir außerdem schon aus den Notizbüchern, in denen ihr Großvater das Leben meines Vaters aufgeschrieben hatte.

Verdammt, ich soll mich kurz fassen.

(Und das mache ich lieber. Immerhin hat die Autorin die Macht, mich einfach so tot umfallen zu lassen.)

Also, nur noch das hier: Ich habe es wieder nicht geschafft, Lara zu töten. Mein anderer, noch dümmerer Bruder Karl hat dazwischen gefunkt. Ich habe ihn niedergestochen, bin mit Lara die Treppe hinuntergefallen und dann abgehauen. Die beiden haben überlebt, aber ich war weit, weit weg.

Und nach all dem heißt dieses blöde Buch noch immer LARA???? Verstehst du das?

PROLOG

‚Es ist noch nicht vorbei, Lara. XOXO, F.‘

Schweiß rann mir über den Körper, als ich aufschreckte. Die Worte hallten nach.

Ich versuchte, die Stimme zu greifen. Wer hatte gesprochen? Bobbi oder Finn? Konnte mir mein Unterbewusstsein einen Hinweis darauf geben, wer die Nachricht geschrieben hatte?

In meinen Träumen war es kein Zettel, den mir die Hotelmitarbeiterin in einem Umschlag überreichte. In meinen Träumen stand jemand hinter mir und flüsterte die Worte in mein Ohr. Aber jedes Mal, wenn ich mich umdrehen wollte, wachte ich auf.

Wenn ich die Augen wieder schloss, um den Traum weiterlaufen zu lassen, waren es andere Bilder, die in meinen Kopf strömten.

Sieben Punkte hinter Bobbis Ohr.

Bobbi und Finn, die am Strand miteinander sprachen. Kurz bevor sie und ich durch die eiskalten Wellen tauchten.

Bobbi am Boden der Jolle.

Bobbi, wie sie mit zerschundenem Gesicht ihren Bruder erschoss.

Bobbi, wie sie in meiner Küche Cornflakes aß, während ich an einen Stuhl gefesselt versuchte, den Ton meines vibrierenden Telefons zu übertönen.

Bobbi, wie sie mich die Treppe hinunterstieß. Wie Finn meinen Großvater die Treppe hinunterstieß. Und meine Mutter.

Es waren jedes Mal die gleichen Bilder. Jedes Mal waren es Bobbi oder ihr Bruder Finn, die den Mittelpunkt dieser Bilder ausmachten.

Schließlich war es zu viel. Ich riss die Augen auf, unterdrückte die Tränen und sprang auf. Ich durfte die Emotionen nicht zulassen. Weder die Trauer über den Verlust meiner Familie noch die Wut auf mich selbst, weil ich Bobbis Spiel nicht früher durchschaut hatte. Und vor allem würde ich der Angst keinen Raum geben.

EINS

BOBBI

Der Typ war ein Vollidiot. Hatte er wirklich geglaubt, ich würde mich von ihm hierherlocken lassen, ohne Verdacht zu schöpfen? Nun ja, ich war eine gute Schauspielerin. Ich hatte mich in den vergangenen drei Jahren sogar noch gesteigert. Dank unzähliger YouTube-Videos von Menschen, die zu dumm waren, mit ihrem Wissen Geld zu verdienen und es stattdessen kostenlos verbreiteten. Sie sollten Bücher schreiben und sie verkaufen.

Ich sollte Bücher schreiben und sie verkaufen. Ich hatte sogar schon einige Titel im Kopf: ‚Wie du die wahren Verbrecher in deiner Mitte ausmachst', ‚Morden, ohne erwischt zu werden' oder ‚Wähle dein Opfer mit Bedacht'. Ich vermutete allerdings, dass die Nische zu klein wäre, um mit den Verkäufen reich zu werden.

Ich war also eine noch bessere Schauspielerin und keine Schriftstellerin geworden, seit ich Lara das letzte Mal gesehen hatte. Ja, ich dachte noch immer an sie. Jeden verdammten Tag dachte ich an sie. Aber das war auch das Einzige, was mir von ihr geblieben war. Sie versteckte sich vor den sozialen Medien und natürlich konnte ich sie nicht besuchen. Also musste ich an sie denken. Ich idealisierte ihr Bild, das sich in meinen Kopf geprägt hatte, und träumte von unserer gemeinsamen Zeit und davon, wie es wohl gewesen wäre, wenn wir uns nicht hätten trennen müssen. Und wie es sein würde, wenn wir uns wiedersahen.

Aber dieser Moment stellte nicht unbedingt den idealen Zeitpunkt für Träumereien dar. Ich sah nach unten. Die Augen des Typen waren noch immer aufgerissen. Wer hätte sie auch schließen sollen? Er selbst konnte es nicht mehr. Es waren zwar nicht mehr Entsetzen und Schock, die sich in seinen erschlafften Zügen abzeichneten, aber ich hatte das Bild davon noch genau vor mir. Wie jedes Mal fragte ich mich, ob die Ursache dafür der Schock über ihr Ableben oder über den Anblick des Fotos war, das ich ihnen präsentierte, während sie zu Boden sanken.

Er hatte nicht damit gerechnet, dass ein kleines rothaariges Mäuschen - ja, ich hatte inzwischen rote Haare und verbarg meine wahre Natur noch immer gern - ihn überwältigen würde. Er hatte mich überwältigen wollen, aber nicht mit meinem Messer gerechnet, das nun in seinem Bauch steckte.

Es sah aus wie das Messer, das ich im Haus von Laras Großvater ‚gefunden' hatte.

Aber es war keines der beiden. Natürlich nicht. Vermutlich lagen sie irgendwo vakuumverpackt in einem Büro bei den Bullen.

Ich hatte mir das gleiche Messer besorgt, was gar nicht so leicht gewesen war. Ich hatte dafür in eine größere Stadt fahren müssen und das war immer gefährlich. Ich trug dann jedes Mal ein Kopftuch, eine Sonnenbrille und eine Schwimmweste unter einem großen Pullover, damit meine Statur eine andere Form annahm.

Die Sache war es wert gewesen. Jedes Mal, wenn ich das Messer benutzte, dachte ich an Lara.

Natürlich tötete ich nicht wöchentlich einen Menschen damit. Ich war kein Monster und ich wählte meine Opfer mit Bedacht. Eigentlich war es nicht mal eine Wahl. Die Namen standen seit Jahrzehnten fest. Nein, ich benutzte es auch, um Schlösser zu knacken, Gurken zu schneiden und mir die Fingernägel zu reinigen. Wobei, das hatte ich irgendwann aufgegeben. Ich war kein Cowboy und bekam es einfach nicht hin, ohne mir wenigstens eine Schnittwunde zuzuziehen.

Ich sah in den alten Stollen hinein und schüttelte den Kopf. Dieser alte Typ hatte tatsächlich geglaubt, ich würde ihm so blind vertrauen, dass ich ihm bis tief in den Wald folgte, um mir eine alte Mine anzusehen. Natürlich hatte ich ihn erst auf den Gedanken gebracht. Ich hatte vorgegeben, mich für die Geschichte der Stadt zu interessieren, und er hatte angeboten, mir etwas davon zu zeigen.

Aber sobald wir den Stollen betreten hatten, hatte er mich gegen die Wand gestoßen und seine Finger um meinen Hals gedrückt. Für eine Sekunde - länger wäre ungünstig gewesen, weil er mir nach zwei Sekunden mit ausreichend

Druck den Kehlkopf an die falsche Stelle geschoben hätte. Das Messer hatte sein Shirt, seine Haut und sein Herz so schnell durchdrungen, dass seine Finger sich gelöst hatten, ohne mich verletzt zu haben.

Ich hatte gelernt, wie ich zustechen musste, damit der erste Stoß ausreichte. Als Frau, die kaum groß genug war, um ohne Sitzerhöhung Auto zu fahren, durfte ich es nicht auf einen Kampf ankommen lassen. Ich musste schnell und präzise vorgehen.

Allerdings lag er nun etwas zu nah am Eingang des Stollens. Ich hatte nicht damit gerechnet, dass er noch im Sonnenlicht über mich herfallen würde. So ein Dummkopf.

Das Dorf war ein paar Kilometer entfernt, aber wenn sich ein Spaziergänger hierher verirrte, würde er ihn entdecken. Natürlich konnten auch Tiere den Körper ans Tageslicht zerren. Aber wenn sie dies taten, würden sie wohl nicht viel von ihm übrig lassen. Deshalb sah ich meine pelzigen Freunde nicht als Risiko an.

Ich seufzte, ging in die Hocke und griff mit den Händen unter seine Achseln. Angewidert verzog ich das Gesicht, als sein kalter Schweiß meine warmen Finger benetzte. Zum Glück trug ich ein Desinfektionsmittel bei mir. Ich sollte mir wirklich Handschuhe für diese Zwecke besorgen. Aber die verursachten Müll, der wiederum Spuren hinterlassen würde. Außerdem hasste ich diese Gummidinger.

Ich spannte den Bauch an und zog mit aller Kraft an seinem Körper. Der mit Schutt und Müll übersäte Untergrund erschwerte mein Vorgehen und nach fünf Metern gab ich es auf. Der Stollen war dunkel genug. Niemand würde ihn von außen sehen.

In ein paar Stunden würde ich weg sein. Ich hatte mit niemandem in diesem Kaff gesprochen und mich nur in der Dunkelheit gezeigt. Ihn hatte ich am Straßenrand kennengelernt. Mein Auto war einfach nicht wieder losgefahren. Ich kleines Dummchen hatte vergessen, den Gang zu wechseln. Normalerweise fuhr ich nur Automatik-Getriebe und hier, an einer Steigung, hatte ich es einfach nicht geschafft, im dritten Gang vom Fleck zu kommen. Er hatte den ‚Fehler' nach wenigen Minuten gefunden, ich hatte ihn gefragt, ob ich ihn zum Dank zu einem Kaffee einladen dürfte. Aus meiner Thermoskanne. Ich hatte ihn über das Dorf ausgefragt und die Umgebung und er hatte von der Bergbaugeschichte der Region erzählt. Dass sein Vater noch täglich in die Dunkelheit gefahren sei und all so etwas.

Ich kannte seine Geschichte. Mein Vater hatte einen Artikel über seinen Vater geschrieben.

Und nun war er Geschichte. Genau wie unsere Väter.

Ich wischte das Messer an seiner Hose ab, desinfizierte die Schneide und meine Hände und trat wieder ins Tageslicht. Mein Wagen stand etwa zehn Fußminuten entfernt in der Nähe einiger verlassener Häuser. Eigentlich war es sogar eine ganze Siedlung, in der sich seit Jahrzehnten keine einzige Menschenseele aufhielt. Abgesehen von mir.

Ich hatte ihn darauf gebracht, seine Sightseeing-Tour dort zu beginnen, und ihn überredet, mein Auto zu nehmen. Vermutlich war er glücklich darüber, dass mein Auto an diesem Ort keine Aufmerksamkeit auf sich lenken und neugierige Fragen provozieren würde. Nun, darüber war auch ich froh.

Ich hatte mich in der letzten Woche in einem der besser erhaltenen Gebäude häuslich eingerichtet und war immer wieder ins Dorf geschlichen, um seine Routinen zu beobachten. Dreimal hatte ich die Aktion mit dem Auto am Straßenrand durchziehen müssen, bis er endlich vorbeigefahren war und angehalten hatte.

Mein Weg führte mich an alten Schienen entlang durch den Wald. Früher hatte es eine Bahnverbindung gegeben, die die Bergarbeiter direkt zur Mine gebracht hatte. Sie war zugewachsen und es sah so aus, als hätte sie seit Jahren niemand mehr betreten.

Als die Häuser in Sichtweite kamen, vibrierte mein Telefon. Das passierte nicht oft. Eigentlich gab es nur eine Person, die mich anrief, die diese Nummer überhaupt kannte. Er fragte einmal in der Woche nach, ob ich noch lebte. Irgendwie tat es gut, zu wissen, dass jemand sich dafür interessierte, ob mein Puls noch schlug.

Er schickte mir außerdem regelmäßig so viel Geld an eine Adresse in einer größeren Stadt, dass ich mir keinen Job suchen musste, was kompliziert gewesen wäre. Manchmal schaffte ich es nicht rechtzeitig dorthin und dann bestahl ich die Typen oder klaute Eier aus dem Hühnerstall eines Bauern. Zum Glück kam dies selten vor.

Ich versuchte, nicht zu stehlen, denn ich wollte keine uniformierte Aufmerksamkeit auf mich ziehen. Also lebte ich bescheiden und teilte mir mein Geld sorgfältig ein.

In leerstehenden Häusern zu schlafen war eine Möglichkeit, die Scheine zusammenzuhalten.

Ich zog das Telefon aus der Hosentasche und nahm den Anruf entgegen. Es war ein Wunder, dass ich hier Empfang hatte.

„Du lebst."

„Ja, das tue ich. Du offensichtlich auch."

„Offensichtlich."

„Was gibt es? Wir haben doch erst am Mittwoch unsere Vitalfunktionen besprochen."

Er war niemand, der um den heißen Brei herum löffelte, und sprach den Grund für seinen Anruf ohne Umschweife aus: „Sie ist dir auf der Spur."

Mein Herz tat einen ziemlich schmerzhaften Satz und brachte damit mein Sprachzentrum durcheinander. „Was … wie … woher …?" Ich war zu aufgeregt, um meine

Fragen auszuformulieren, aber er wusste, worauf ich hinauswollte.

„Nach all den sinnlosen Ideen, dich über Gesichtserkennung in sozialen Medien und bei der Lektüre von Verbrechensanzeigen zu suchen, hat sie endlich ins Schwarze getroffen."

„Wirklich? Ist sie schon unterwegs?"

Er zögerte. „Nein, aber es kann nicht mehr lange dauern, bis sie losfährt."

„Ganz allein?"

„Ganz allein."

„Dann hat sie keine Angst mehr vor mir?" Das waren gute Nachrichten. Sehr gute sogar. Wenn sie keine Angst mehr vor mir hatte, würde es leichter sein …

„Sie will dich töten, B." Er nannte mich nicht bei meinem vollen Namen, aus Angst, jemand könnte ihn belauschen. Ich hatte ihm vorgeschlagen, mich Trude zu nennen - nach der besten Freundin von Luise in Erich Kästners doppeltem Lottchen. Aber er fand die Idee nicht gut. Also sprach er mich auf die gleiche Weise an wie Serena ihre Freundin Blair in Gossip Girl. Ich hatte alle Staffeln fünfmal gesehen. Es war wirklich anstrengend, allein zu sein.

„Das glaubt sie jetzt."

„Sie hofft, dass dein Tod sie endlich weiterleben lassen kann."

„So ein Unsinn. Das letzte Mal, als Lara ein Mitglied meiner Familie getötet hat, hat das ihr Leben nicht gerade zum Besseren gewendet. Sag ihr, dass ich das gesagt habe." Ich lachte auf. Es klang etwas hysterisch und ich kicherte. Ich war so aufgeregt. Endlich gab es eine Nachricht von Lara, die etwas mit mir zu tun hatte. Sie würde mich finden. Und ich würde sie sehen. Sollte ich ihr entgegenfahren? Oder sollte ich hier auf sie warten?

„Wie groß ist die Wahrscheinlichkeit, dass sie dich findet?“

Ich sagte nichts. Er verstand sowieso nicht, dass ich wollte, dass sie mich fand.

„B?“

„Es klingt auch nach drei Jahren affig, wenn du mich so nennst. Oder möchtest du, dass ich deinen Namen auf seinen Anfangsbuchstaben reduziere?“

„Ich muss gleich auflegen. Wir reden schon viel zu lange. Ich wollte nur, dass du es weißt. Halt Ausschau nach ihr.“

„Ihr hübsches Köpfchen werde ich ganz sicher nicht übersehen.“

„Mach keinen Unsinn.“

„Pah, Unsinn. Nun hör aber auf.“ Dann überlegte ich. Ich konnte nicht riskieren, sie zu verpassen.

„Kannst du sie im Auge behalten?“

Er seufzte. „Sicher.“

ZWEI

LARA

Hast du mich verstanden, du blöde Schlampe?" Sein Mund war direkt neben meinem Ohr und er schrie dennoch so laut, dass ein leichtes Fiepen darin ertönte. Ich wurde wütend. Verdammtes Arschloch.

Er stand hinter mir. Sein rechter Arm lag um meinen Hals. Das linke Handgelenk drückte von hinten gegen meinen Nacken. Der Typ war stärker als ich und ich konnte seinen Atem auf meiner Haut spüren. Ich spürte, wie sich die Feuchtigkeit der Luft, die aus seinen Lungen drang, auf meine Wange legte. All das nahm ich im Bruchteil einer Sekunde wahr. Im nächsten Bruchteil schwang ich beide Hände nach hinten, griff nach den Fingern der linken Hand und riss sie nach vorne.

Bevor er darauf reagieren konnte, presste ich den Arm gegen meinen Oberkörper. Dann fixierte ich ihn mit der rechten Hand und hakte die linke an seinem rechten Handgelenk fest. Ich zog auch diesen Arm so weit herunter, dass ich mich aus dem Griff befreien konnte.

Ich drehte mich zu ihm, stieß mein Knie in seinen Schritt und hämmerte auf seinen Kopf ein. Zum Schluss sammelte ich meine Kraft noch ein letztes Mal, schleuderte ihn gegen die Mauer und rannte ein paar Meter von ihm weg. Er fiel nicht zu Boden. Er hatte die Hände in Richtung der Wand ausgestreckt und sich abgefangen. Langsam drehte er sich zu mir und ein Lächeln legte sich auf seine Lippen. „Klasse, Lara."

Ich schnaufte etwas und erwiderte sein Lächeln. Dann verzog ich das Gesicht und legte drei Finger auf mein Ohr, das noch immer wehtat. „Danke. Aber musstest du mein Trommelfell zum Platzen bringen?" Ich funkelte ihn an.

„Es hat dich wütend gemacht."

Ich verzog das Gesicht und brummte: „Ja."

Peter lachte auf, kam zu mir und klopfte mir auf die Schulter. Dann wandte er sich zu den anderen acht Teilnehmern: „Wer ist als nächstes dran?"

Eine blonde Frau meldete sich. Sie war noch nicht lange dabei und, wie sollte es anders sein, sie erinnerte mich an Bobbi. Klein, zierlich, blond. Sie sah aus wie ein Engel. Ich wandte den Blick ab und ging zu meinem Handtuch und meiner Flasche.

„Kommst du nach dem Kurs noch etwas mit uns essen?"

Piya sah mich fragend an. Sie wusste, ich würde Nein

sagen. Aber sie war die Einzige, die mich immer wieder fragte, ob ich Teil der Gruppe werden wollte. Nicht der Krav Maga Gruppe, in der ich seit drei Jahren fünf Mal in der Woche trainierte. Sondern Teil der sozialen Gruppe. Teil des sozialen Lebens.

Die anderen trafen sich regelmäßig, vermutlich verband sie so etwas wie Freundschaft. Aber ich war nicht hier, um Freunde zu finden. Schon gar keine weiblichen. Ich war hier, um mich gegen meine alte Freundin verteidigen zu können, wenn sie mir noch einmal über den Weg lief. Oder besser gesagt, wenn ich dafür gesorgt hatte, dass ich ihren Weg kreuzte.

Inzwischen fühlte ich mich stark und sicher genug, um diesen Schritt endlich zu gehen. Ich hatte gelernt, eine Waffe zu laden, zu entladen und gezielt damit zu schießen. Ich wusste, wie ich ein Messer versteckt halten und benutzen konnte und was ich tun musste, um mich gegen einen Angriff mit dieser Waffe zu verteidigen.

Ich wusste, wie ich mich befreien konnte, wenn ich an einen Stuhl gefesselt war und worauf ich achten musste, wenn ich einen dunklen Raum betrat. Ich konnte mich aus einem Würgegriff befreien und einen anderen Menschen mit einem einzigen Schlag oder Tritt handlungsunfähig zurücklassen.

Ich war bereit. Auch wenn ich nicht genau wusste, wofür. Würde ich sie nur festsetzen, um endlich Antworten zu bekommen? Oder wäre das unmöglich?

Zumindest wollte ich in dieser Bereitschaft keine Freunde. Ich wollte niemanden in meiner Nähe, der meine Pläne durchkreuzte. Und auch wenn ich Piya und ihre Tochter Livia wirklich mochte, würde ich nie wieder jemanden so nah an mich herankommen lassen, dass ich ihm blind vertraute. Oder dadurch riskieren, dass er bei dem Versuch, mir zu helfen, verletzt wurde.

Ich verbrachte meine Zeit damit, meinen Körper und meinen Geist zu trainieren. Um das Erbe meines Großvaters nicht aufzubrauchen, hatte ich vor einem Jahr selbst angefangen, Krav Maga zu unterrichten. Meine Schüler hassten mich. Ich war streng, ließ sie immer zehn Liegestütze mehr machen, als sie glaubten, schaffen zu können, und zeigte ihnen oft genug, wie es sich anfühlte, wenn einem jemand zu nah kam.

Erstaunlicherweise gab es trotz meiner Härte in meinen Kursen die geringste Fluktuation. Vielleicht lag es daran, dass ich jedem Teilnehmer von Anfang an erklärte, warum ich so vorging. Wir waren hier nicht in einem Fitness-Hüpf-Lalelu-Kurs. Die Frauen wollten lernen, wie sie sich gegen einen Angriff von jemandem verteidigen konnten, der der Meinung war, über ihr Leben bestimmen zu können. Und die meisten hatten dieses Training bitter nötig. So wie ich zu Beginn.

Es würde ihnen nichts helfen, wenn ich ihr Kumpel war. Ich wollte, dass sie stark waren. Ich wollte, dass sie wussten, wie es sich anfühlte, wenn man Angst hatte. Sie sollten in der realen Welt in der Lage dazu sein, über dieser Angst zu stehen.

Ich hatte mich zu Beginn vor dem Plastikmesser gefürchtet. Ich hatte Angst davor gehabt, wieder einem anderen Menschen ausgeliefert zu sein. Ich war langsam, zögerlich und ängstlich gewesen. So wie die meisten der Frauen und Mädchen, wenn sie in der ersten Stunde vor mir standen. Es war wichtig, ihnen das bewusst zu machen. Es war wichtig, dass sie sahen, dass sie noch schwach waren, damit sie eines Tages stark sein konnten.

Mit jedem Training kamen sie diesem Ziel einen Schritt näher. Manchmal kam ich mir vor wie ein Drill-Sergeant beim Seal-Training. Tatsächlich hatte ich mir von David Goggins einige Übungen abgeschaut, um die Kraft der

Frauen zu maximieren. Sie sahen mich die gesamte Zeit über mit verzerrten Gesichtern an. Und doch hielten alle durch. Jede Einzelne ging über ihre Grenzen und war nach dem Training stolz, es geschafft zu haben.

Piya hatte meine Absage akzeptiert und stand inzwischen wieder bei den anderen Frauen, während Peter das Training beendete. Wir stellten uns in eine Reihe ihm gegenüber, verbeugten uns mit einem gemeinsamen „Kida!“ und verließen applaudierend die Trainingsfläche.

Als Erste trat ich aus dem Gebäude, kettete mein Fahrrad ab, setzte den Helm auf und fuhr zu meiner Wohnung. Nachdem Bobbi mich dort überfallen hatte, hatte ich ein paar Wochen im Hotel gelebt und war die Wohnungsanzeigen im Internet durchgegangen. Landesweit, wie Bill mir empfohlen hatte. Aber ich hatte nichts gefunden.

Deshalb hatte ich mich entschieden, nicht umzuziehen. Diese Wohnung würde mich jeden Tag an das erinnern, was passiert war. Aus diesem Grund drängte Bill mich darauf, umzuziehen. Aber für mich war diese Erinnerung wichtig. Sie motivierte mich. Sie machte mich stark und wütend genug, um meinen Weg weiterzugehen. Ich wollte nicht, dass die Angst mich motivierte. Es sollte die Wut sein. Die Wut auf das, was passiert war. Die Wut auf die Menschen, die mein Leben zerstört hatten. Zweimal.

Wenn ich mir diese Wut erhalten konnte, würde ich stark sein. Ich würde fokussiert sein. Hatte ich Angst, würde ich Fehler machen. Ich würde nicht den Mut aufbringen, um bestimmte Dinge zu tun. Ich würde mich verstecken, anstatt in den Kampf zu ziehen.

Das war es, was ich wollte. Ich wollte, dass all das endlich ein Ende hatte. Aber dafür musste ich Bobbi finden

DREI

LARA

„Hallo, Kleines!"

Ich schreckte auf, ließ die Augen jedoch geschlossen. Ich führte mir jedes einzelne Detail meines Traumes erneut vor Augen. Ich war wieder im Strandhaus. Es war Winter und die Haustür stand offen. Ich befand mich auf der Treppe und beobachtete, wie Finn das Haus betrat. In der einen Hand hielt er die Pistole meines Großvaters, in der anderen ein Notizbuch.

Ein Geräusch löste das Bild auf und ließ einen dunklen Raum zurück, in den sich nach und nach Schattierungen mischten. Ich blinzelte, öffnete die Augen und sah zur Seite. Mein Telefon leuchtete auf, vibrierte und zeigte Bills Gesicht an. Er hatte es albern gefunden, dass ich ein Foto von ihm zu seinem Kontakt zugefügt hatte, aber mir gab es immer ein seltsam beruhigendes Gefühl, ihn zu sehen. Er war mein Anker und wann immer ich um meinen Großvater oder meine Mutter trauerte, dachte ich daran, wie vertraut Bill und ich in den vergangenen Jahren geworden waren. Ich lächelte.

„Hey." Meine Stimme klang kratzig. Ich sah auf den Wecker. Es war 8:54 Uhr und ich hatte nur vier Stunden geschlafen.

„Hast du dir wieder die Nacht um die Ohren geschlagen?"

„Guten Morgen, lieber Bill."

Er schnaufte. „Guten Morgen."

„Bist du joggen?"

„Was?" Das Geräusch von Wind drang durch die Leitung an mein Ohr.

„Du schnaufst."

„Was, nein, ich gehe mit dem Hund spazieren."

„Und dabei schnaufst du?"

„Ich schnaufe nicht."

„Wann wirst du endlich mehr Sport machen, Bill? Oder überhaupt Sport machen."

Er seufzte. „Dieses Gespräch geht in die völlig falsche Richtung."

„Warum? Ich bin nur egoistisch. Wenn du an einem Herzinfarkt stirbst, gibt es niemanden mehr, den ich als meinen Notfallkontakt angeben kann."

„Such dir ein paar Freunde."

„Pah!" Ich grinste. Ich mochte unseren Schlagabtausch. Bei fast jedem Gespräch erinnerte ich ihn daran, dass er mehr für seine Fitness tun müsste, und er erklärte mir, dass ich einsam sterben würde, wenn ich mich den Menschen um mich herum nicht endlich öffnete. Ich wusste, dass er sich nur Sorgen um mich machte. Genau wie ich mir Gedanken darum machte, dass er viel zu früh sterben würde, wenn er nicht mehr auf sich achtete. Bill war einer von den Guten und er sollte ein langes und erfülltes Leben haben.

„Hast du gerade ‚Pah' gesagt?"

„Warum rufst du an, Bill?"

„Er kommt frei."

Das Grinsen verschwand aus meinem Gesicht. Mein Herzschlag setzte aus und ich richtete mich auf. „Was?"

„Karl. Sie lassen ihn frei. Seine Reststrafe wurde zur Bewährung ausgesetzt. Ich habe es gerade erst erfahren."

„Wann?"

„Heute?"

Ich atmete endlich ein, verschluckte mich dabei fast an der Luft, die in meine Lungen strömte, und gab ein gurgelndes Geräusch von mir. „Was? Warum so plötzlich? Muss so etwas nicht verhandelt werden?"

„Das wurde es. Aber ich wurde nicht darüber informiert."

„Aber … Aber …" Mir fehlten die Worte. Sowohl jene, die über meine Lippen hätten kommen können, als auch jene, die notwendig waren, um einen klaren Gedanken zu fassen. Einzig drei schafften es durch die feste Masse, die der Schock heraufbeschworen hatte: Karl kam frei.

„Ich wollte nur, dass du es weißt."

„Wo wird er wohnen?"

Er zögerte. „Ich weiß es nicht, aber er möchte dich treffen."

Er wollte mich noch immer sehen. Drei Jahre lang hatte ich mich diesem Wunsch widersetzt. Er hatte mehrfach über Bill darum gebeten, dass ich ihn besuchte. Einmal hatte er mir sogar selbst einen Brief geschrieben. Seine Handschrift war kaum lesbar gewesen, was mich irgendwie beruhigt hatte. Sie unterschied sich dadurch von jener auf dem Willkommensgruß, mit dem Finn Bobbi und mich, nein, nur mich, nach der missglückten Flucht mit der Jolle erwartet hatte.

Er hatte mich in seinem Brief um Verzeihung gebeten, wollte dass wir über das sprachen, was passiert war. Er bereute, mich nicht gewarnt zu haben, beharrte aber darauf, dass er seinem Bruder nicht zugetraut hätte, einen Mord zu begehen oder jemanden ernsthaft verletzen zu können.

Ein einziges Mal hatte ich es bis zum Gefängnis geschafft. Ich hatte zwei Stunden an einer Bushaltestelle gelehnt und zu dem Stacheldraht gestarrt, der auf den drei Meter hohen Mauern lag. Aber ich war nicht hineingegangen. Als irgendwann die Besuchszeit zu Ende gewesen war und die Leute aus dem Gebäude geströmt waren, war ich auf mein Fahrrad gestiegen und zurück nach Hause gefahren.

Ich hatte Karl über Bill ausrichten lassen, dass ich es einfach nicht könnte und es das Beste wäre, wenn sich unsere Wege für immer trennten.

Offenbar hatte er diesen Wunsch nicht akzeptiert. Und jetzt, als er frei war, musste er das auch nicht mehr. Er konnte mich aufsuchen, wann immer ihm danach war. Er kannte schließlich meine Adresse. Und wenn nicht, hätte er sie sicher herausgefunden.

„Ich will ihn nicht treffen."

„Bist du ganz sicher? Vielleicht würde es helfen. Vielleicht würde es dir endlich zu einem Abschluss verhelfen."

Ich sprang aus dem Bett und presste den Kopf gegen das Glas meines Fensters. Es war kühler als meine Stirn und ich konzentrierte mich auf das Gefühl des Wärmeverlustes.

„Ich werde erst einen Abschluss finden, wenn ich sie gefunden habe. Verstehst du das nicht?" Bei der letzten Frage wandte ich mich vom Fenster ab und erhob meine Stimme.

Er seufzte. „Nur dass dieser Fund dein letzter sein könnte."

„Oh, wie poetisch." Ich verließ das Schlafzimmer, trat auf die knarrende Diele und ging in die Küche. Dort füllte ich Wasser in die Kaffeemaschine und schaltete sie ein. „Es ist mir egal, ob du es verstehst. Ich werde kein normales Leben führen können, bevor Bobbi nicht tot ist oder hinter Gittern sitzt."

„Vielleicht lebt sie ja gar nicht mehr."

Ich nahm eine Tasse und ein Glas aus dem Schrank. „Bill, dieses Gespräch erinnert mich zu sehr an die letzten fünfhundert, die wir geführt haben."

„Okay, entschuldige. Also, wie wäre es hiermit: Vielleicht hat Karl ein paar Antworten für dich, die du bisher nicht finden konntest."

Ich hielt inne. Das Glas, das ich unter den Hahn hielt, lief über und das Wasser floss über meine Hand. Ich zog sie weg. Hatte Bill recht? Würde Karl mir helfen können? Vielleicht hatte er wirklich ein paar Antworten. Vielleicht würde er mir sagen können, ob Bobbi jemals Interesse daran gezeigt hatte, die Route ihres Vaters ebenfalls abzufahren. Ob sie sie überhaupt je erwähnt hatte. Ich war sicher, dass sie sie spätestens auf meinem Notebook entdeckt hatte. Mein Großvater hatte HKBs Notizbuch ebenfalls auf dem Stick gespeichert.

„Also gut."

Bill brauchte ein paar Sekunden, bevor er antwortete. „Also gut?" In seiner Stimme lagen Argwohn und Überraschung.

„Also gut, ich möchte ihn treffen. Aber allein. An einem Ort, wo uns niemand sieht." Ich hatte keine Lust auf das nächste Bild, das die sozialen Netzwerke mit meinem Gesicht versorgte. Mit meinem Gesicht und jenem des Mörders meiner Mutter und meines Großvaters. Auch wenn es nicht dieselbe Person war, das Gesicht war schließlich das gleiche. Ein gefundener Lückenfüller für die Zeitungen, in denen Bilder mehr sagten als die drei Worte, die darunter standen.

Denn auch nach drei Jahren wurde immer wieder eine Kamera auf mich gerichtet und wahrscheinlich hatten die Medien bereits Wind davon bekommen, dass Karl entlassen wurde. Ich hoffte, dass dieser Umstand nicht für neue Aufmerksamkeit sorgen würde.

VIER

LARA

Lara, du fehlst mir. Es tut mir leid, was passiert ist. Jeden Tag denke ich an dich und frage mich, ob es dir gut geht, ob du auch an mich denkst. Bitte sag mir, dass du eine winzig kleine Chance siehst, dass wir uns eines Tages wiedersehen.

In Liebe, Bobbi

Ich starrte auf die in eindeutig weiblicher Handschrift niedergeschriebenen Zeilen. Sie standen auf einem cremefarbenen Blatt Papier, das in einem Umschlag der gleichen Farbe darauf gewartet hatte, dass ich es in meinem

Briefkasten fand. Es konnte erst seit ein paar Stunden darin liegen, denn ich hatte meine Post am Vorabend kontrolliert. Auf dem Umschlag stand lediglich mein Name. Kein Absender, keine Briefmarke. Nur Lara Béyer.

Ich schloss die Finger zu einer Faust und zerknüllte auf diese Weise das Papier. Diese kleinen Gören. Immer wieder steckten mir Jugendliche solche Nachrichten in den Briefkasten. Im Internet konnten sie mich nicht finden, weil ich dort nicht zu finden war. Aber meine Adresse war ein offenes Geheimnis. Der Überfall war monatelang Gesprächsthema Nummer eins in meiner Straße gewesen und natürlich hatten ausreichend Menschen die Rettungswagen gesehen. So viele Menschen hatten vor dem Haus gestanden und gegafft. Aber niemand wollte Bobbi gesehen haben. Niemand hatte Bobbi dabei beobachtet, wie sie verschwunden war. Darum hatte sie niemand aufgehalten. Natürlich nicht. Niemand hatte auf sie geachtet. Diese Geier hatten nur darauf gehofft, Blut zu sehen zu bekommen.

Von Bobbi stammte der Brief jedenfalls nicht. Das erkannte ich spätestens daran, dass sich Glitzerkrümel im Umschlag befanden. Außerdem hatte ich schon vor zwei Jahren eine Gruppe Mädchen dabei erwischt, wie sie einen Brief dieser Art in meinen Briefkasten geschoben hatten. Seither war das ein Dutzend Mal vorgekommen.

Ich vermutete, dass es eine Art Mutprobe war, um in irgendeine kleine Gruppe von besonders coolen und selbstsüchtigen Mädchen aufgenommen zu werden. Es war ihnen egal, was sie mir damit antaten. Und ich? Ich war ihnen dankbar dafür, denn es schürte meine Wut noch weiter.

Allerdings zwang es mich auch, darüber nachzudenken, ob Bobbi tatsächlich so dachte. Ob sie an mich dachte. Denn ich dachte an sie. Zu meinem eigenen Bedauern waren dies nicht nur Rachegedanken. Ich konnte die

Komplizin von Finn noch immer nicht mit dem Mädchen in Einklang bringen, das mich so tief in meinem Inneren berührt hatte. Ja, ihr Handeln war nur Schauspiel gewesen. Aber die Gefühle, die sie in mir hervorgerufen hatte, waren echt gewesen. Waren es noch immer. Deshalb war ich jedes Mal ein klein wenig enttäuscht, wenn der Brief sich als pubertärer Zeitvertreib herausstellte.

Dennoch, ich glättete das Blatt Papier und legte es zu den anderen in das Schubfach meines Schreibtisches. Danach nahm ich auf dem Stuhl Platz und blickte auf den kleineren Zettel, der seit heute Morgen auf der schwarzen Lederunterlage lag. Darauf stand eine Telefonnummer. Karls Telefonnummer. Bill hatte sie mir gegeben. Ich hatte ihn gebeten, Karl nicht zu erzählen, dass ich mich mit ihm treffen wollte.

Bill hatte angeboten, mich zu begleiten, aber ich musste das allein tun. Sollte er gefährlich sein, hätte ich die erste Gelegenheit, zu überprüfen, ob ich mich in der echten Welt wehren konnte. Aber vielleicht suchte er wirklich nur nach einem Weg, sein Gewissen etwas zu erleichtern.

Ich legte den Zeigefinger auf das Papier, schob den Daumen an die untere Kante und hob es hoch. Ich hatte in den vergangenen Stunden so oft darauf gestarrt, dass ich die Zahlenreihe auswendig kannte. Dreimal hatte ich sie in mein Telefon getippt. Dreimal hatte ich die Nummer nicht gewählt. Stattdessen hatte ich das Haus verlassen und war zum Kiosk gegangen. Wenige Meter bevor ich ihn erreicht hatte, war ich überzeugt davon gewesen, Karl dort zu treffen. So, als müsste er noch immer da stehen. Wie vor drei Jahren. Natürlich hatte er nicht dort gewartet.

Also war ich wieder nach Hause gegangen, hatte diesen dämlichen Brief gefunden und saß nun hier. Ich zog mein Telefon aus der Hosentasche, legte den Zettel auf den Tisch und tippte die Nummer ein weiteres Mal ein. Und dieses Mal drückte ich auf das Hörersymbol, um den Anruf tatsächlich durchzuführen.

Es klingelte. Zweimal. Dreimal. Und dann sprang die Mailbox an. Es war nur die automatische Ansage, die mich dazu aufforderte, eine Nachricht zu hinterlassen. Ich tat es nicht, lauschte aber ein paar Sekunden der Stille und legte dann auf. Offensichtlich war jetzt nicht der richtige Zeitpunkt. Vielleicht hatte er das Gefängnis auch noch gar nicht verlassen.

Ich legte das Telefon zu dem Zettel und stand auf. Es war 15 Uhr und in einer Stunde würde ich meine erste Stunde Krav Maga an diesem Tag geben. Vier Kurse unterrichtete ich heute und im Anschluss würde ich selbst eine Stunde mit Peter trainieren. Karl konnte ich danach anrufen.

Als ich fast sieben Stunden später zurück in meine Wohnung kam, drängte es mich zunächst in die Küche. Ich hatte seit dem Mittagessen nichts zu mir genommen außer Wasser und einem Energydrink. Mein Magen fühlte sich an wie ein einziges riesiges Loch, das seltsame Geräusche von sich gab.

Also stellte ich zwei Pfannen auf den Herd, legte in beide ein großes Stück Butter und holte dann Burger Patties, Eier, Brot und Gemüse aus dem Kühlschrank. Meine Ernährung hatte sich meinem Trainingsplan angepasst und mein Körper dankte es mir mit starken Muskeln. Ich goss mir ein Glas Milch ein und setzte es an die Lippen, als ich aus dem Wohnzimmer ein Geräusch vernahm. Auch meine Sinne hatte ich trainiert. Meine Augen scannten meine Umgebung auf mehr Details, meine Nase nahm auch die kleinste Veränderung in der Luft wahr und meine Ohren achteten darauf, ob sich um mich herum etwas bewegte. In diesem Fall war es harmlos. Das Vibrieren meines Handys schaffte zusammen mit der Holzoberfläche des Tisches ein brummendes Geräusch.

In den letzten Stunden hatte ich nicht an Karl oder den Anruf gedacht, den ich nach dem Training hatte tätigen wollen. Vielleicht, nein, wahrscheinlich hatte ich den Gedanken verdrängt. Eigentlich war es jetzt ohnehin zu spät, um jemanden via Telefon zu kontaktieren. Aber das sah der Anrufer offenbar anders.

Ich ging ins Wohnzimmer, aber als ich meinen Schreibtisch erreichte, war das Geräusch verklungen. Ich öffnete die Anrufliste. 43 verpasste Anrufe. 43! Alle von der gleichen Nummer. Karls Nummer. Ich schluckte. Offenbar steckte auch in ihm etwas sehr Ungesundes. Mein Entschluss, mit ihm zu sprechen, wankte. Andererseits offenbarte seine Penetranz, dass *er* sehr dringend *mit mir* sprechen wollte.

Im nächsten Moment klingelte das Telefon erneut.

Ich seufzte, ließ meinen Finger über dem grünen Hörersymbol schweben und zögerte. Ich hatte keine Lust auf dieses Gespräch. Da ich aber noch weniger wollte, dass er aus Verzweiflung vor meiner Tür auftauchte, senkte ich meinen Finger auf das Display.

„Hallo?"

„Lara!" Er klang überrascht und aufgeregt. „Du nimmst ab."

„Ähm, ja, entschuldige. Ich war nicht da." Wofür bat ich ihn um Verzeihung? Ich schloss die Augen. Das Gespräch machte mich nervös. Schon jetzt.

„Das ist doch nicht schlimm. Es tut mir leid, dass ich so oft angerufen habe, aber ich habe in den letzten drei Jahren wohl ein paar Manieren verloren."

Ich sagte nichts.

„Ich bin auf jeden Fall sehr froh, dass du mit mir sprechen möchtest."

„Ähm, ja, das ..." Ich wusste nicht, was ich sagen sollte.

Eine Weile schwiegen wir. Vermutlich wartete er darauf, dass ich weitersprach. Als ich es nicht tat, fragte er: „Können wir uns treffen? So am Telefon ist es doch recht unpersönlich."

Etwas löste sich in mir. Es war Angst. Ich hatte Angst davor, mich mit ihm zu treffen. Aber ich wollte keine Angst haben. Ich stählte meinen Körper seit drei Jahren, damit ich keine Angst mehr haben musste. „Ja, ich glaube, das wäre eine gute Idee."

Er atmete hörbar aus. So, als wäre er erleichtert. „Danke. Du kannst dir gar nicht vorstellen, wie dankbar ich dir dafür bin. Ich weiß, meine Familie hat viel Unglück in dein Leben gebracht."

Das war vermutlich die größte Untertreibung, die ich gehört hatte, seit Harrisson Ford Donald Trump als Hurensohn beschimpft hatte.

„Und natürlich ist mir bewusst, dass ich das nie wieder gut machen kann. Das möchte ich auch gar nicht versuchen. Aber ich will, dass du weißt, wie sehr ich bereue, überhaupt eine Rolle bei all dem gespielt und nicht früher eingegriffen zu haben. Also, genau genommen, bereue ich, keine größere Rolle gespielt zu haben." Er lachte unsicher auf. „Verstehst du, was ich meine?"

Er wollte sein Gewissen reinwaschen, mehr nicht. Aber vielleicht würden bei diesem Reinigungsvorgang ein paar Krümel herausfallen, die mir Antworten lieferten. Oder Hinweise.

„Aber darüber möchte ich mit dir persönlich sprechen. Was hältst du davon, wenn wir uns morgen in einem Café treffen?"

„Nein, nicht in einem Café."

„Oh, okay, wie wäre es dann mit einem Spaziergang im Park?“

„Karl, unsere Fotos waren monatelang in den Zeitungen zu sehen. Ich werde ständig gefragt, ob ich die Lesbe sei, die fast von ihrer Fake-Freundin getötet wurde.“ Die meisten Menschen fragten etwas netter, aber tatsächlich hatte ich mir Worte wie diese bereits mehrfach anhören müssen.

„Oh, das tut mir leid.“

Ich schwieg.

„Dann, dann treffen wir uns …“

„Wo wohnst du?“

Es dauerte einen Moment, bis er antwortete. Vermutlich war er überrascht von der Frage. „Ähm, also, ich habe noch nichts Eigenes und bin erstmal bei einem Freund untergekommen.“

„Ein Freund?“

Er druckste herum. „Ja … ähm … also, wir haben uns im Gefängnis kennengelernt. Er ist vor vier Monaten rausgekommen und hat sein Leben schon wieder ganz gut im Griff.“

„Weswegen war er im Gefängnis?“ Es ging mich nichts an. Nein, das war Unsinn, natürlich ging es mich etwas an. Ich wollte vorbereitet sein, wenn ich in die Wohnung eines Fremden ging. War er ein Mörder oder hatte er nur zu oft Kaugummis geklaut?

„Es war nichts Schlimmes. Ähm, vermutlich sollte ich dir das nicht erzählen, aber … na ja, er hat einen Polizisten beleidigt.“

„Dafür kommt man ins Gefängnis?“

„Wenn man ihn danach vor ein Auto schubst, ja.“ Schnell setzte er hinterher: „Das Auto konnte bremsen, dem Mann ist nichts passiert. Aber … na ja, du kannst es dir denken. Er hatte Glück. Er war so betrunken, dass er kaum gerade stehen konnte. Er saß nur ein paar Jahre.“

Ich schwieg. Was sollte ich dazu auch sagen?

„Warum wolltest du wissen, wo ich wohne?"

„Ich werde zu dir kommen."

Er schwieg.

„Ist das okay?"

„Du willst wirklich herkommen?" Ich konnte die Zweifel nahezu durch die Funkverbindung greifen.

„Ja, warum nicht? Denkst du, ich hätte Angst vor dir?"

Er machte ein seltsames Geräusch, das wohl aus der Überraschung heraus entstanden war, die bei meiner Frage aufgekommen sein musste. „Ja, ja, ehrlich gesagt, dachte ich das."

Ich lächelte und meine Stimme strotzte vor Selbstvertrauen. „Diese Zeit ist vorbei."

Er lachte leise auf. „Das ist gut. Wirklich, Lara, das ist gut. Es ist großartig! Und du musst auch keine Angst vor mir haben. Ich hatte nie vor, dich zu verletzten."

Nein, du hast es nur zugelassen, dachte ich. Dennoch fühlte ich Karl gegenüber keine Rachegedanken. Er hatte nicht mit den Taten seiner Geschwister rechnen können. Zumindest vermutete ich das. Ich konnte mir den Zwiespalt, in dem er gesteckt haben musste, gut vorstellen. Sollte er seinen Bruder und die neu gefundene Schwester verraten? Hätte ich es getan, ohne genau zu wissen, was sie vorhatten? Was hätte ich an seiner Stelle getan? Eine Frage, die ich mir seit drei Jahren stellte. Zusammen mit all den anderen.

„Lara?"

„Ich weiß, Karl. Also, wo genau wohnst du?" Vielleicht war es dumm, in seine Wohnung zu gehen. Vielleicht wäre es klüger gewesen, ihn draußen zu treffen. Aber ich hoffte darauf, dass mir Karls Umgebung weitere Hinweise gab. Vielleicht hoffte ich sogar ein wenig darauf, dass er mich angreifen würde. Vielleicht wollte ich mich endlich verteidigen.

FÜNF

BOBBI

Ich schrieb das aktuelle Datum auf die Rückseite, setzte den Adressstempel auf die Linien und klebte eine Briefmarke auf die Karte und eine auf den Umschlag, in den ich sie steckte. Auf diesen schrieb ich die Adresse mit der Hand. Eine andere Adresse. Ich hätte sie gern direkt verschickt, aber es war nicht hilfreich, wenn der Poststempel verriet, wo ich mich aufhielt. Außerdem fand ich es irgendwie schön, ihn auf diese Weise mit einzubeziehen. Selbst wenn er nicht verstehen konnte, warum ich Lara zu mir führen wollte.

SECHS

LARA

„Hey! Wir sind hier! Wir brauchen Hilfe!“

Bobbis Schrei hallte in meinem Kopf nach. Wieder hielt ich die Augen geschlossen, sah den Schnee in den Bäumen glitzern, hörte das Grunzen der Schweine hinter mir und spürte die Angst. Ich kroch in sie hinein, bis ich einen Punkt fand, von dem aus ich die Wut schüren konnte. Die Wut darüber, dass ich nicht besser auf mein Telefon geachtet hatte. Dass ich nicht erkannt hatte, dass Bobbi ihre Verletzung nur gespielt hatte. Die Wut auf mich, ja. Aber auch die Wut auf Bobbi. Der Hass, den ich aus der Liebe heraus entwickelt hatte. So als würde man ein Foto-Negativ mit Chemikalien behandeln, um daraus ein Bild zu machen, das so ganz anders aussieht als der braune Streifen. Aus welchem Material bestand er noch mal? Cellophan?

Nur, dass die Welt mit Bobbi nicht braun gewesen war. Es war vielmehr eine Rückentwicklung. Vom farbigen Foto zu einer braunen Masse, deren Bestandteile ich nicht greifen konnte.

Ich schlug die Augen auf. Diese Gedanken wollte ich nicht zulassen. Ich wusste, was das Problem war. Auch diese Geschichte hatte keinen Abschluss gefunden. Ich klammerte mich an den bunten Teil des Lebens mit Bobbi, weil ich sie nicht loslassen wollte, bevor der Strich gezogen war.

Ich stand auf, putzte meine Zähne und schaltete den Computer ein.

Zu Beginn hatte ich keine Ahnung gehabt, wo ich nach Bobbi suchen sollte. Sie hätte überall sein können. Ich fand nur Strohhalme, die unter näherer Betrachtung einknickten.

Also hatte ich mich mit den Informationen befasst, die mein Großvater mir hinterlassen hatte. HKBs Notizbuch. Das, in dem er seine Reisen stichpunktartig zusammengefasst hatte. Ich hatte diesen Mann getötet und wollte noch immer wissen, wer er war.

Nach einem Jahr hatte ich die Routine entwickelt, im Internet nach den Orten aus dem Notizbuch zu suchen. Ich hatte die Sprachen der Länder gelernt, denen sie angehörten. Die Übersetzungsprogramme halfen nicht, die Websites, wo ich Informationen finden konnte, für mich verständlicher zu machen. Außerdem gab es mir etwas zu tun. Alles, weil ich nicht weiterkam. Ich hatte mein Studium nicht fortgesetzt. Ich konnte mich auf nichts konzentrieren, solangeich mit allem anderen nicht abgeschlossen hatte. Solange ich nicht damit abgeschlossen hatte, einen Menschen getötet zu haben.

Und dann, vor etwa zwei Jahren, war ich auf einen Zeitungsartikel gestoßen. Er informierte über den Fund einer Leiche. Ein Mann unter einer Brücke in einem verlassenen Waldstück, stark verwest. Die Brücke war marode und wurde seit Jahren nicht mehr genutzt.

Ich war bei meiner Recherche auf dutzende Mordfälle gestoßen. Man glaubt gar nicht, wie oft menschliche Leichen gefunden werden. Aber dieser Fund hatte meine Aufmerksamkeit erregt, denn der Name des Ortes und jener des Mannes befanden sich auf der gleichen Seite in HKBs Notizbuch.

Es hätte ein Zufall sein können, wenn in den folgenden Monaten nicht zwei weitere Männer aus dem Buch als vermisst gemeldet worden wären.

Jedes Mal, wenn ich meinen Laptop aufklappte, kribbelte es in mir. Ich wusste, ich war auf dem richtigen Weg. Ich wusste, Bobbi hatte etwas mit den Toten zu tun. Vielleicht hoffte ich es auch nur. Aber ich schöpfte Energie aus dieser Hoffnung. Irgendetwas verbarg sich hinter den Orten und den Männern.

Es musste einfach einen Zusammenhang mit Bobbi geben. Sie kannte die Daten, die auf dem USB-Stick meines Großvaters gespeichert waren, den mir Bill im Januar vor drei Jahren überreicht hatte. Vermutlich hatte sie Kopien davon angefertigt. Ich war sicher, dass sie Henrys Reise-Notizbuch gelesen hatte. Sie hatte die Notizen meines Großvaters abgeschrieben, hatte hysterisch auf die brennenden Knochen reagiert. Bestimmt kannte sie den Inhalt der Ordner genauso gut wie ich selbst.

Bobbi hatte mit der Geschichte ihres Vaters nicht abgeschlossen.

Konnte es sein, dass sie Henrys Route folgte? Sie hatte ihren Vater verloren, als sie ein kleines Kind gewesen war. Alles, was sie über ihn wusste, stammte aus seinen und den Aufzeichnungen meines Großvaters. Vielleicht wollte sie mehr wissen. Vielleicht spielte sie auch mit den Männern ihre Spielchen. Vielleicht hatte sie auf der Suche nach diesem Mehr etwas erfahren, das sie dazu veranlasste, zu töten.

Sie war bereit gewesen, mich zu töten. Sie hatte ihren Bruder erschossen.

Es war ein weiterer Strohhalm. Einer, der genauso einknicken konnte wie die anderen. Aber ich klammerte mich daran. Daran, dass sie Henrys Route folgte. Dass ich auf ihre Spur gestoßen war. Ich hoffte, dass sie in einem der Orte ihre Deckung fallen lassen und das Internet davon Notiz nehmen würde. Ich scannte die Polizeimeldungen, Social Media Beiträge und Zeitungsartikel täglich noch akribischer. Ich verbrachte Stunden damit, Bilder unter die Lupe zu nehmen, nach ihrer Nase, ihren Augen, ihrem Blick zu suchen. Hunderttausende Fotos hatte ich in den vergangenen Jahren auf Bobbis Gesicht hin abgesucht. Sicher hatte sie ihre Frisur geändert. Vielleicht trug sie eine Brille mit ungeschliffenen Gläsern. Vielleicht hatte sie an Gewicht zugenommen.

Ein Klingeln riss mich aus meinen Gedanken. Ich runzelte die Stirn und dann erklang eine Stimme: „Lara, hier ist Paul, könntest du die Tür öffnen?“ Paul. Der Hausmeister. Er war auch schon vor drei Jahren als Hausmeister hier beschäftigt gewesen, hatte mir geholfen, meine Schlösser auszutauschen und achtete inzwischen sehr akribisch darauf, dass die Verriegelung der Haustür funktionierte. Oder dass das Licht auf meiner Etage brannte. Wir waren irgendwann zum Du übergegangen und er fragte hin und wieder, wie es mir ging oder ob ich bei etwas Hilfe bräuchte. Ich würde ihn nicht als Freund bezeichnen, aber wenn man mein Kommunikationsverhalten unter die Lupe nahm, gehörte er zu meinem inneren Kreis.

„Ich komme." Ich schloss den Laptop und ging in den Flur. Ein Blick durch den Spion schob das winzige bisschen Unsicherheit von meinen Schultern und ich öffnete die Tür.

„Guten Morgen, Lara, entschuldige die Störung." Er sah an mir herab, ganz so, als würde er erwarten, mich noch im Nachthemd vorzufinden. Aber ich trug nie ein Nachthemd. Auch im Bett steckten meine Beine in einer Hose und mein Oberkörper in einem T-Shirt. Die Schuhe, die vor meinem Bett standen, eigneten sich zum Rennen genauso gut wie zum Treten. Schlüssel, Handy und Messer steckten in einer Bauchtasche auf meinem Nachttisch und wenn es draußen kalt war, hing eine Jacke über einem Stuhl neben dem Bett. Ich war immer vorbereitet. Ich war ständig darauf vorbereitet, mich verteidigen oder wegrennen zu müssen.

Ich hatte sogar ein Glöckchen an meiner Schlafzimmertür montiert, das signalisieren würde, wenn jemand den Raum betrat. Vielleicht war das paranoid, aber immerhin hatte sich vor drei Jahren eine Wahnsinnige in meinem Schlafzimmer versteckt und versucht mich zu töten. Ein bisschen Paranoia war nach dieser Erfahrung sicher nichts, womit man eine Therapiestunde aufsuchen musste.

„Guten Morgen, Paul. Nein, ist schon okay. Ich bin schon eine Weile wach. Was gibt es denn?"

„Wie du weißt, bekommt ihr neue Briefkästen."

Mein Blick wanderte von seinem Gesicht zu dem Stapel, den er in der Hand hielt. Die aufeinander gestapelten Papiere wirkten wie unbenutzte, weiße Karteikarten.

„Und du möchtest, dass wir uns alle eine Postkarte mit einem netten Gruß schicken, um sie einzuweihen?“ Ich gluckste, aber sein Gesicht blieb ernst.

„Nein.“ Er hob den Stapel ein Stück an, damit ich die Karten besser sehen konnte. Die oberste war nicht komplett weiß. Ein Strich befand sich darauf. „Die hier sind alle für dich.“

Ich schluckte, stockte, verstand nicht. Nur mein Körper reagierte. Er hielt den Atem an, obwohl mein Herz raste und die Innenseiten meiner Hände feucht wurden.

Meinem Stirnrunzeln ließ Paul eine Erklärung folgen. „Ich habe sie alle in dem Briefkasten gefunden, der keiner Wohnung zugeordnet war. Du weißt doch, es gibt einen Mieter, der zwei Wohnungen nutzt.“

Ich nickte und mein Mund öffnete sich.

„Wir haben die Kästen gerade abmontiert und dieser war ungewöhnlich schwer.“ Er zögerte. „Sie sind alle an dich adressiert.“

Ich schüttelte den Kopf, als er mir die Karten überreichen wollte. Nein. Nein, das konnte nicht sein. Dann entspannte ich mich. Vielleicht hatten die Gören ihr Spiel auf ein neues Level gehoben.

„Es steht nur ein Datum und deine Adresse darauf. Die Briefmarken sind nicht abgestempelt.“ Er räusperte sich. „Entschuldige, ich hätte sie nicht lesen dürfen, aber ich musste ja herausfinden, wem sie gehören.“ Er hielt mir den Stapel entgegen.

Meine Arme hingen schlaff an meinem Körper hinab. Aber dann löste ich mich endlich aus der Starre, bekämpfte ein weiteres Mal an diesem Tag die Angst und streckte die Hände nach den Karten aus. „Danke.“

Paul sah mich fragend an. Etwas Sorge lag in seinem Blick. „Ist alles okay? Soll ich die Polizei rufen?“

Ich schüttelte den Kopf. „Nein, ich will mir das erst in Ruhe ansehen." Es war nichts okay. Nichts war seit über drei Jahren mehr okay. Aber ich würde damit umgehen. So wie ich mit allem umging. Die Angst an ihren Platz schieben, der Wut Raum geben und strukturiert analysieren, was hier los war.

„Okay." Er zögerte. „Wenn du mich brauchst, ruf an."

„Ja, ja, klar." Mein Blick ruhte auf dem einzelnen Strich auf der obersten Karte. Ich hob ihn wieder, sah Paul an und sagte noch einmal: „Danke."

Er nickte. „Gern. Ich … geh dann mal."

„Ja, bis später." Ich setzte ein Lächeln auf, das noch mehr Falten auf seine Stirn brachte.

Er hob die Hand und wandte sich, noch immer zögernd, um.

Aber ich schlug die Tür zu und rannte ins Wohnzimmer. Dort schob ich den Couchtisch zur Seite und breitete die Karten aus. Mit der Rückseite nach oben. Die Daten würden mir helfen, das Bild zusammenzufügen.

SIEBEN

LARA

Ich hatte schon immer vermutet, dass Bobbi diejenige gewesen war, die sich die Spiele ausgedacht hatte. Die aus meiner Vernichtung ein Spiel hatte machen wollen. Und nun spielte sie weiter. Ich hatte recht behalten. Mit zwei Dingen. Erstens: Sie dachte noch an mich. Und zweitens gaben die Daten auf der Rückseite der Karten die Reihenfolge vor.

Es waren 39 Karten. Eine für jeden Monat, der vergangen war, seit Bobbi und ich uns das letzte Mal gesehen hatten.

Fast. Eine fehlte. Und es war nicht die erste. Es fehlte jene für diesen Monat.

Zusammen ergaben die Vorderseiten der Karten ein Bild, das einen Teil des Strandhauses abbildete. Entgegen all den Gedanken, die sich in meinem Kopf zusammenrauften, musste ich lächeln. Nicht wegen des Strandhauses. Die Erinnerung an die Holzwände jagte mir noch immer ein dunkles Gefühl durch die Adern. Ich lächelte, weil Bobbi nicht loslassen konnte, weil sie davon ausging, dass auch ich es nicht getan hatte.

Bill hatte es bis heute nicht geschafft, einen Käufer zu finden.

Aber das spielte jetzt keine Rolle. Warum waren die Karten nicht in meinem Briefkasten gelandet? Es stand der richtige Name darauf. Ich war überzeugt, dass nicht der Postbote sie gebracht hatte. Der fehlende Poststempel war dafür Beweis genug.

Jemand anderes musste die Karten in den Briefkasten gesteckt haben. Und dieses Mal waren es ganz sicher keine kleinen Mädchen, die mir einen Streich spielten. Ich holte mein Telefon aus der Küche, schoss ein Foto von meinem unfertigen Puzzle und schickte es an Bill.

Sekunden später klingelte mein Telefon.

„Ist das ein schlechter Witz?" Er klang angespannt. Hatte ich ihn in einem Meeting gestört oder konnte er sich bereits denken, was die Karten zu bedeuten hatten?

„Nein, das ist es nicht. Paul hat mir heute einen Stapel Karten überreicht." Ich erzählte ihm von deren Herkunft. „Ich habe die letzte Viertelstunde damit verbracht, Bobbis Puzzle zu lösen."

Er seufzte. „Warum bist du so überzeugt davon, dass die Karten von Bobbi sind?"

„Weil Finn tot ist."

„Was ist mit Karl?“

„Der saß bis vor zwei Tagen im Gefängnis. Aber ich werde ihn fragen.“

„Du wirst ihn fragen?“

„Ja, ich gehe heute Nachmittag zu ihm.“

„Du gehst zu ihm? Allein?“ Bill klang aufgebracht. „Hättest du mir das erzählt, wenn Paul heute nicht den Postboten hätte spielen müssen?“

„Ja, ich gehe allein zu ihm.“

„Lara!“

„Er wird mich schon nicht auffressen. Glaub mir, ich kenne diese Familie so gut wie meine eigene Sockenschublade. Mit Kannibalismus haben die nichts am Hut.“

„Ich kenne meine Sockenschublade nicht besonders gut.“

„Ich lebe sehr minimalistisch.“

Er brummte etwas.

„Die einzige Frage ist, wer hat die Karten in den Briefkasten gesteckt?“

„Auch das könnte jeder getan haben. Vielleicht hat sie einen Stadtkurier beauftragt.“

Ich ließ die Idee durch meinen Kopf reisen. Aber sie eckte überall an und ich verwarf sie. „Nein, das wäre zu auffällig gewesen.“ Ich überlegte. „Der Umschlag, in dem sie die Karten an den Überbringer geschickt hat, muss einen Poststempel getragen haben.“

„Vielleicht hat sie alle auf einmal geschickt. Vielleicht hat sie tatsächlich jeden Monat eine geschrieben, sie aufbewahrt und dann alle zusammen abgeschickt. Oder sie hat sie alle am gleichen Tag bei einer Flasche Wein gezeichnet.“

„Warum ist das Bild dann nicht vollständig?“

Darauf wusste auch er keine Antwort.

Wir schwiegen eine Weile, bis Bill sagte: „Vielleicht ist sie doch in der Stadt.“

Auch dieser Idee gab ich etwas Raum, sich zu entfalten, aber sie fühlte sich nicht richtig an. „Nein. Ich werde sie nach dem Bild fragen."

„Lara!"

„Bill, du kannst mich nicht aufhalten."

„Die Polizei konnte auf deiner Spur nichts finden, Lara."

Ich stöhnte. Noch ein Gespräch, das wir zu oft geführt hatten. „Die Polizei scheint sich überhaupt nicht mehr für meinen Fall zu interessieren."

„Ich könnte ihnen von den Karten erzählen." Bill hatte sich von Anfang an darum gekümmert, mit der Polizei zu kommunizieren. Ich konnte das nicht mehr, nachdem eine Polizistin mir direkt ins Gesicht gesagt hatte, sie könnte nicht glauben, dass ich von allem nichts gemerkt haben wollte.

„Ja, tu das. Es wird sie aber nicht interessieren."

Ich hörte sein Ausatmen. „Ich werde sie ihnen bringen."

Ich schluckte. Ich wollte die Karten nicht hergeben. Endlich gab es etwas, das ich festhalten konnte. Über drei Jahre hatte es nur meine Ideen, Vermutungen, das Internet und abstruse Stories gegeben. Endlich hatte ich einen eindeutigen Beweis. Etwas, das meine Innenwelt in die Realität brachte.

„Reicht es nicht, wenn du ihnen Fotos zeigst?"

„Lara, bitte erzähl mir nicht, dass du diesen Ausdruck perfider Unzurechnungsfähigkeit als Andenken aufbewahren möchtest."

„So heimtückisch war das gar nicht."

„Jemand hat die Karten in dein Haus gebracht. Ein Komplize von Bobbi war in deinem Haus, verdammt." Seine Stimme hob sich.

Sollte er nur kommen, dachte ich. Aber Bill wollte davon nichts hören. Er wollte mich beschützt und sicher wissen.

Ich dagegen trug seit Monaten das Gefühl mit mir herum, das mich auch im Strandhaus immer wieder überfallen hatte. Ich wollte endlich handeln. Ich wollte endlich, dass all das ein Ende fand.

Deshalb war ich aufgeregt. Deswegen versetzten mich weder die Karten noch Karl noch ein Unbekannter, der in all dem mit drinsteckte, in Angst und Schrecken.

„Bill, ich bin auf so etwas vorbereitet."

Er schnaubte. „Wahrscheinlich sollte ich jemanden anheuern, der dich in eine Gasse drängt, damit du siehst, wie schlecht du vorbereitet bist."

„Das habe ich schon mehrfach geübt." Krav Maga Peter hatte ein paar Trainer aus anderen Studios damit beauftragt, uns aufzulauern. Der erste Überfall hatte mich tatsächlich aus der Bahn geworfen. Für einen Moment hatte der Angreifer mich unter seiner Kontrolle gehabt, aber nach ein paar Millisekunden hatte ich ihn überwältigen können.

Bill seufzte. „Was soll ich nur mit dir machen, Lara?"

Ich lachte auf und erzählte ihm in den folgenden Minuten von Karls Penetranz und dem Treffen, zu dem ich in ein paar Stunden aufbrechen würde.

Ein paar Stunden später stand ich vor der Eingangstür zu dem Wohnhaus, in dem Karl bei seinem Freund untergekommen war. Zumindest war dies die Adresse, die er mir gegeben hatte. Schon als ich mir den Weg im Internet herausgesucht hatte, war ich unsicher gewesen, ob er mir nicht die falsche Postleitzahl genannt hatte. Tatsächlich hatte ich versucht, weitere Straßen mit diesem Namen zu finden, aber es war die einzige in der gesamten Stadt.

Ich wohnte im Zentrum. Es war eine gute Gegend, in der man sowohl auf Touristen als auch auf Banker, Partygänger und Familien traf. Auch die Adresse, die Karl mir genannt hatte, lag im Zentrum, nur etwa fünfzehn Minuten mit dem Fahrrad entfernt.

Je näher ich dem Haus gekommen war, desto mehr hatte sich die Gegend verändert. Weniger Menschen, die mit einer Flasche Bier herumliefen, weniger Hinterlassenschaften von Hunden (obwohl ich mir nie ganz sicher war, dass tatsächlich Hunde …), weniger Touristen. Immer mehr konnte ich die Farben der Fassaden der Häuser erkennen und die Größe der Autos ließ vermuten, dass ich mich einem anscheinend schwer befahrbaren Gelände näherte.

Fast hätte ich sogar darauf verzichtet, mein Fahrrad anzuschließen. Aber es war bereits das dritte, das ich mir in den vergangenen Jahren zugelegt hatte, und ich entschied mich für die Sicherung an einer Laterne.

Nun stand ich hier und starrte ungläubig nach oben. Das Haus konnte nicht älter als zwei Jahre sein. Eine Ausgeburt des Baubooms, den die stetig steigenden Mietpreise in der Stadt nach sich gezogen hatten.

Ich atmete tief ein und den winzigen Funken Angst weg, ging einen Schritt näher auf die Tür zu und betätigte die Klingel. Dafür musste ich mich durch ein Touchscreen-Menü mit allen Mietsparteien suchen, denn ein herkömmliches Klingelbrett gab es hier nicht.

„Hallo, Lara. Schön, dass du da bist. Nimm den Fahrstuhl und komm in die oberste Etage." Karls Gesicht war auf einem kleinen Display erschienen. Er lächelte freundlich. Neben diesem Display befand sich eine Kamera, wie ich erst jetzt erkannte. Es war einer von diesen schwarzen Knubbeln, die die gesamte Umgebung zeigen konnten.

Ich schluckte.

Hatte er mich die gesamte Zeit über beobachten können?

Hatte er es getan?

„Alles klar. Bis gleich."

Die Verriegelung der Tür löste sich mit einem Klicken und ich stieß sie auf. Auch von innen wirkte das Haus, als hätte jemand zu viel Geld für Dinge ausgegeben, die einfach zu viel Geld kosteten. Aber ich musste zugeben, dass mir die hochwertigen Tapeten, die weichen Teppiche und die extravaganten Lampen gefielen.

Im Fahrstuhl empfing mich eine Stimme, die mich fragte, wo ich hinwollte. Nach einem Moment der Überraschung sagte ich es ihr und ich fuhr nach oben. Zumindest nahm ich das an, denn ich spürte so gut wie nichts von der Bewegung des Fahrstuhls.

Er brachte mich direkt in eine Wohnung. Die Wohnung, in der Karl lebte. Für einen Augenblick verschlug es mir die Sprache. Wir befanden uns in der zehnten Etage. Der Fahrstuhl führte direkt ins Wohnzimmer und ich fühlte mich wie in einer New Yorker Teenie Serie. Eine Wand schien nur aus Fenstern zu bestehen. In dem riesigen Raum gab es so gut wie keine Möbel, dafür aber einen Kamin, ein Klavier und, ich traute meinen Augen kaum, ein Tigerfell an der Wand. Karls Kumpel schien sein Leben definitiv wieder ganz gut im Griff zu haben.

„Hallo, Lara." Karl stand ein paar Meter von mir entfernt. Er hatte die Hände hinter dem Rücken verschränkt und die Lippen aufeinandergepresst. Er stand da wie ein kleiner Junge, der ehrliche Reue zeigt.

Es nahm seinem Gesicht fast jedes Detail, das mich an Finn erinnert hätte. Nur die Augen blieben und als mein Blick seinen traf, vergaß ich zu atmen. Da stand er. Das Ebenbild des Mannes, der mich hatte töten wollen. Konnten zwei Menschen mit dem gleichen Gesicht tatsächlich

unterschiedlich im Inneren sein? Ich schluckte die Angst hinunter, die hier nicht her passte. Das. War. Nicht. Finn. Es war sein Bruder, der mich vor Bobbi gerettet hatte. Zumindest war das seine Erklärung dafür gewesen, dass er in meine Wohnung kam, als Bobbi mir dort aufgelauert hatte.

Irgendwann brachte ich ein luftleeres „Hi" hervor, stellte meine Tasche auf den Boden und wischte die feuchten Hände an meiner Hose ab.

„Lass die Schuhe an."

Ich sah zu meinen Fahrradschuhen. Das Metall der Schuhplatten, die ich für die Klickpedale brauchte, würde den Parkettboden ruinieren. Andererseits würde ein Tritt gegen Karls Kniegelenk mit einem so harten Schuh eine bessere Wirkung erzielen. Also nickte ich und hoffte, dass die Platten keine Spuren hinterließen.

„Was möchtest du trinken?"

Ich zuckte mit den Schultern. „Wasser."

Er führte mich zu einer kleinen Sitzecke am Fenster und gesellte sich kurz danach mit einer Karaffe Wasser und zwei Gläsern zu mir.

Alles in mir schrie: Falsch. Ich sollte nicht hier sitzen. Nicht mit ihm, nicht in dieser Wohnung, überhaupt nicht. Ich sollte nicht das Wasser trinken, das er mir einschenkte und ich sollte nicht mit ihm allein sein.

Ich trank nicht und Karl lachte wieder auf. „Soll ich dir beweisen, dass kein Gift darin ist?" Er griff nach meinem Glas und führte es an die Lippen. Nachdem er einen Schluck genommen hatte, verdrehte er die Augen, ließ die Zunge aus dem Mund und den Kopf nach hinten fallen.

Es war nicht lustig, aber ich lachte dennoch. Aus Erleichterung.

„Wie geht es dir?" Er reagierte mit einem Lächeln und wirkte ebenfalls erleichtert.

Ich sah mich demonstrativ um. „Dein Kumpel schubst nicht nur Polizisten vors Auto, oder?"

Er presste die Lippen aufeinander. „Ich würde es dir lieber nicht erzählen."

Ich nickte und wusste nicht warum. Es gab zwei Erklärungen für sein Schweigen. Entweder drehte sein Freund so krumme Dinger, dass Karl mir nicht davon erzählen konnte. Oder, und ich hasste diese Möglichkeit, oder er log mich an. Es könnte seine Wohnung sein. Dann hätte er mir erklären müssen, woher das Geld kam. Vielleicht gab es auch einen anderen Grund für ihn, zu lügen.

Ich schloss die Augen. Das war alles zu viel.

„Ist alles okay?"

Ich schlug die Lider wieder auf und schüttelte den Kopf. „Es ist seit vier Jahren nichts mehr okay." Wut lag in meiner Stimme und ich fühlte mich besser.

„Es tut mir leid. Ich hab es nicht so gemeint."

„Das weiß ich."

„Okay."

Wir schwiegen und die Stille wurde mit jeder Sekunde lauter. Mein Blick glitt über die Häuser der Stadt und ich versuchte, mich an die Worte zu erinnern, die ich mir in den vergangenen Stunden zurechtgelegt hatte.

„Wie geht es deinen Verletzungen?"

Ich sah zu ihm und runzelte die Stirn.

Er deutete auf die Narbe an meinem Arm.

Ich strich mit der Hand darüber, wollte meinen Ärmel über die Erinnerung schieben, wie ich es immer tat, wenn die Narbe die Aufmerksamkeit meines Gegenübers auf sich lenkte, aber ich trug nur ein T-Shirt.

„Ist alles verheilt?"

Ich nickte und sagte nichts. Es ging ihn nichts an. Er brauchte nicht zu wissen, dass ich mein Bein noch immer nicht so belasten konnte, wie ich es wollte. Ich hatte das andere Bein gezielt aufbauen müssen, um es beim Krav Maga als starkes Bein einsetzen zu können. Das rechte dagegen schwächelte immer wieder.

„Lara?"

„Ja?"

„Ich weiß, du fühlst dich nicht wohl in meiner Nähe. Sicher erinnere ich dich die gesamte Zeit über an meinen Bruder. Aber glaub mir, wir sind grundverschieden. Ich hätte dir so etwas nie antun können. Ich wusste nicht, was sie vorhaben. Meine Schuld liegt darin, dass ich es auch nicht wissen wollte." Er rutschte auf dem gepolsterten Dreibeinstuhl herum, rückte bis an die Kante vor und umklammerte sein Glas mit beiden Händen. „Ich hätte es verhindern können, das weiß ich. Deine Mutter, dein Großvater, sie könnten noch leben."

Ich erwiderte nichts, schluckte den Schmerz hinunter und musterte ihn. Seine Augen sprachen die gleiche Sprache wie seine Lippen.

„Ich erwarte nicht, dass du mir verzeihst."

„Warum wolltest du mich dann sehen?"

„Ich werde mein Leben lang bereuen, nichts getan zu haben, und ich wollte, dass du das weißt."

„Warum warst du damals bei meiner Wohnung?"

Er lehnte sich wieder zurück. „Ich hatte dich eine Weile beobachtet. Ich wollte die gesamte Zeit über mit dir sprechen. Aber ich wusste nicht, ob du überhaupt von mir wusstest. Ich wollte dich nicht noch mehr verängstigen."

„Ich war nicht verängstigt." Ich konnte den Trotz nicht verbergen. Selbstverständlich hatte ich damals Angst, aber mit diesem Bild von mir selbst wollte ich mich nicht länger identifizieren.

Er lächelte und es erinnerte mich an Finn. „Okay, aber das dachte ich."

„Du hättest Bill kontaktieren können."

Er nickte. „Ich weiß, aber ich war verängstigt. Niemand hatte sich bis dahin bei mir gemeldet und ich wusste nicht, was mit mir geschehen würde. Welche Schuld mir angelastet werden würde. Ich war feige."

„Und dann?" Meine Stimme krächzte. Es war schwerer, in diese Zeit zurückzukehren, als ich geglaubt hatte. Ich nahm mein Wasserglas und trank.

„Dann entschied ich mich, Bobbi zu kontaktieren."

Das Wasser nahm den falschen Weg ich hustete, bis meine Lunge wieder frei war. „Du hast was getan?"

„Na ja, ich habe es versucht. Ich habe im Krankenhaus angerufen. Eine junge, aufgewühlte Schwester nahm den Anruf entgegen und erklärte mir, Bobbi wäre nicht mehr da. Sie wäre geflohen. Vermutlich hätte sie mir das nicht erzählen dürfen."

„Aber die Schwester war aufgeregt." Ich starrte ihn an.

„Ja. Ich denke auch, dass hierin der Grund für ihre Nachlässigkeit lag."

„Mein erster Gedanke galt dir. Ich hatte keine Telefonnummer von dir, kannte aber deine Adresse."

Ich runzelte die Stirn. „Woher?"

Er räusperte sich. „Finn und ich waren ein paar Mal dort."

Ich nickte. „Warum hast du vorgegeben, du wärst ein Polizist?"

Er lächelte wieder wie Finn. „Ist das nicht offensichtlich? Ich brauchte dein Vertrauen. Ich wollte nicht, dass du Angst vor mir hast. Aber Bobbi sollte es mit der Angst zu tun bekommen."

„Das hast du tatsächlich geschafft."

Sein Lächeln wurde breiter. „Wirklich?"

Ich nickte und runzelte wieder die Stirn. Es gefiel mir nicht, wie sehr er sich darüber freute.

„Ich bin auf jeden Fall froh, dass ich dort war."

Ich sah ihn eine Weile an, während mir etwas bewusst wurde. Ein Gedanke, den ich bisher nicht hatte zulassen wollen. „Du hast mir vermutlich das Leben gerettet."

Er lachte unsicher auf. „Nein, nein, diese Ehre gebührt mir nicht. Du hast dich allein befreit."

„Du hast sie nervös gemacht. Ich hätte sonst keine Chance gegen sie gehabt."

Sein Blick verlor das Lachen und die Unsicherheit. Ernst ersetzte die Regungen. „Hast du von ihr gehört?"

Ich dachte an die Karten, die ich auf dem Weg hierher an Bill geschickt hatte, und schüttelte den Kopf. „Du?"

„Nein."

„Hast du eine Idee, wo sie stecken könnte?"

Wieder sagte ich: „Nein." Und fragte: „Und du?"

Er zögerte eine Weile. „Ich habe ein paar Vermutungen."

Ich sah ihn an und er sprach weiter: „Sie könnte noch in der Stadt sein. Allerdings ist dafür zu viel Zeit vergangen."

Ich nickte. So schätzte ich sie auch ein. Sie hätte längst gehandelt, wenn sie noch immer hier wäre.

„Ich denke, sie hat sich irgendwohin abgesetzt und ihren Job wieder aufgenommen."

Nun war ich überrascht. Ihren Job? „Was meinst du?"

Er zögerte. „Sind dir die Punkte aufgefallen, die Bobbi hinter dem Ohr eintätowiert trägt?"

Ich schluckte und nickte.

„Ich nehme nicht an, dass du weißt, wofür sie stehen?"

„Für besondere Momente." Meine Stimme war ein Krächzen. Ich ärgerte mich über diesen Ausdruck der Schwäche und hustete.

Er lachte auf, laut, und ich starrte ihn an. Vielleicht war das nicht Finn, der vor mir saß, aber ich glaubte nicht, dass er weniger durchgeknallt war.

„In gewisser Weise stimmt das auch. Ich glaube zumindest, dass es ein sehr besonderer Moment sein muss, wenn man einen Menschen tötet."

„Wie bitte?" Meine Hand klammerte sich an das Glas, das ich noch immer in der Hand hielt.

„Jeder Punkt, den Bobbi hinter dem Ohr trägt, steht für einen Menschen, für dessen Tod sie verantwortlich ist."

„Woher weißt du das?" Karl hatte behauptet, er hätte den beiden die Taten, die sie begangen hatten, nicht zugetraut. Woher wollte er dann wissen, dass Bobbi sieben Menschen getötet hatte? Sieben. Ich sah die Punkte genau vor mir. Sieben winzige schwarze Punkte. Einer war besonders dunkel. Sie hatte ihn in unserer gemeinsamen Zeit stechen lassen. Ich hatte geglaubt, er galt unserer Beziehung, aber er galt einem Mord. Sie hatte in der Zeit, in der sie mir eine aufkeimende Liebe vorgespielt hatte, einen Menschen getötet.

Karl sagte etwas, aber das Rauschen in meinen Ohren legte sich vor seine Worte. Galle stieg in mir auf und brodelte in meinem Magen, als mir bewusst wurde, dass dieser Punkt kurz nach dem Tod meines Großvaters … Meine Hand ließ das Glas im gleichen Moment los, in dem meine andere Hand sich auf meinen Mund legte, damit ich mich nicht über dem Tisch übergab.

Ich sah Karl panisch an und er erkannte meine Misere, deutete in eine Richtung und ich rannte los. Gerade noch rechtzeitig erreichte ich das Gäste-WC, riss die Toilettenbrille hoch und erbrach das halbe Glas Wasser, das ich soeben getrunken hatte, gemeinsam mit den Wunschvorstellungen, die sich in den letzten drei Jahren an meinen Nervenbahnen festgehalten hatten.

Bobbi war nicht unschuldig. Sie hatte meinen Großvater getötet.

ACHT

BOBBI

Ich war aufgeregt. So aufgeregt wie seit Jahren nicht mehr. Ich sprang sogar auf und ab.

„Was tust du?"

„Ich hüpfe."

Er lachte auf. „Warum hüpfst du?"

„Weil es endlich weitergeht." Lara hatte die Karten erhalten. Endlich. Ja, es war meine Idee gewesen, sie in den leeren Briefkasten zu schmeißen. Ich fand es einfach etwas dramatischer, wenn sie einen großen Packen davon auf einmal erhielt. Jetzt wusste sie, dass ich die gesamte Zeit über an sie gedacht hatte. „Wie hat sie reagiert? Ich will jedes kleine Detail wissen."

„Ich werde es aber kein weiteres Mal erzählen."

„Ach, komm schon. Hast du eine Vorstellung davon, wie langweilig es hier ist?"

„Schau Netflix."

„Ich habe hier keinen Internetempfang."

„Dann lies ein Buch. ‚Das Licht am Ende' von Claudia Giesdorf zum Beispiel. Der Titel gibt dir vielleicht Hoffnung."

„Ich will keine Bücher lesen. Ich will mich nicht in Geschichten flüchten, die mit mir nichts zu tun haben. Ich will das richtige Leben leben."

„Dann kümmere dich um den Nächsten auf der Liste."

Ich seufzte. „Ich will hier nicht weg. Ich will sie nicht verpassen."

„Du hast keine Ahnung, ob und wann sie in dieses winzige Dorf fährt."

Ich grinste. Er hatte wirklich keine Ahnung davon, wie Frauen dachten, wie sehr sie sich in andere Menschen hineinfühlen konnten. „Oh doch, das habe ich."

NEUN

LARA

Ich scannte meinen Kleiderschrank nach weiteren Kleidungsstücken, die in den Rucksack passen würden, den ich mir gestern Abend gekauft hatte. Ein Wanderrucksack. Er bot nicht viel Platz und ich musste mir genau überlegen, welche Dinge ich mitnehmen wollte. Ich hatte kein Auto und würde mir auch keins mieten oder kaufen. Zu leicht würde man mich damit ausfindig machen können.

Nein, ich würde mit Bussen und Bahnen über die Ländergrenzen reisen. Auf diese Weise umging ich auch die

Kontrollen an den Flughäfen. Das war notwendig, weil ich bestimmte Teile meines Gepäcks nicht auf dem Luftweg befördern durfte. Zumindest nicht im Handgepäck.

Ich hielt inne. Es war Mai. Die nächsten Monate über würde ich keine Wintersachen brauchen. Und sollte ich Bobbi bis zum Herbst nicht gefunden haben, könnte ich das Wichtigste nachkaufen.

Es schien unwirklich, dass wir uns möglicherweise im Sommer wiedertrafen. Die Kälte schien zu uns zu gehören. Wann immer ich an sie dachte, sah ich Schneeflocken, die in ihrem Blut schmolzen. Ich spürte einen schweren Mantel auf meinen Schultern und eisige Nässe, die meine Strümpfe durchweichte.

Wie es wohl sein würde, sie in der sommerlichen Mittagssonne zu sehen?

Ich hatte ein paar Stunden gebraucht, bis ich mich von Karls Offenbarung erholt hatte. Er hatte mir erklärt, dass er im Dezember vor drei Jahren ein Notizbuch von Finn gefunden hatte, in dem dieser penibel aufgelistet hatte, was er über Bobbi wusste. Daraufhin hatte er versucht mich zu warnen, aber ich hatte mich mit Bobbi im Strandhaus befunden und Karl hatte keinen Weg gefunden, mich zu erreichen.

Auf meine Frage hin, warum er diese Informationen nicht mit der Polizei geteilt hatte, hatte er mit den Schultern gezuckt und gemeint, dass das Notizbuch auch über ihn und seinen Bruder Informationen enthielt. Inzwischen hatte er es verbrannt.

Ich hatte es akzeptiert, mir jedoch vorgenommen, die Information an Bill weiterzugeben. Ich schuldete Karl nichts. Aber ich hoffte, dass dieses neue Wissen die Polizisten endlich dazu veranlasste, meiner Spur zu folgen. Wenn sie wussten, dass Bobbi eine Serienkillerin war, dann würden die Morde, auf die ich gestoßen war …

Es klingelte. Ich sah auf die Uhr. Es war 11:54 Uhr. Ich hatte in der vergangenen Nacht nicht geschlafen. Seitdem ich aus Karls Wohnung verschwunden war, hatte ich meine Jagd geplant. Ich hatte eine große Menge Bargeld von meinem Konto abgehoben, den Rucksack und ein paar weitere Survival-Utensilien gekauft und war zum Bahnhof gegangen, um mir die Abfahrzeiten anzusehen und Tickets zu kaufen.

Ich zog ein schwarzes T-Shirt aus dem Schrank, legte es zu den zwei Hosen aufs Bett und verließ das Schlafzimmer. Wenige Minuten später stand Bill vor meiner Tür. Keuchend.

„Am liebsten würde ich dich jetzt noch einmal nach unten schicken und dich diese winzige Trainingseinheit wiederholen lassen."

Er warf mir einen genervten Blick zu. „Darf ich reinkommen?"

Ich trat zur Seite, damit er an mir vorbeigehen konnte.

Als ich die Tür geschlossen hatte, hielt er mir eine Karte hin. Eine weiße Karte mit einem Strich darauf. Das Datum war zwei Tage alt.

Ich runzelte die Stirn. „Wo war die?"

„Sie stand auf deinem Briefkasten."

Die neuen Briefkästen waren in drei übereinanderliegenden Reihen angeordnet. Auf jedem stand die Zahl 24, meine Hausnummer. Paul hatte gemeint, es sähe aus wie ein riesiger Adventskalender, an dem es nur die besten Türchen gab.

Ich seufzte. „Du kannst sie direkt an die Polizei weiterleiten. Hast du schon mit jemandem dort gesprochen?" Ich vermied es, die Kommissare bei ihren Namen zu nennen. Das hatten sie meiner Meinung nach nicht verdient. Sie hatten es nicht einmal verdient, als Kommissare oder Ermittler bezeichnet zu werden. Denn niemand schien zu ermitteln.

Bill verzog das Gesicht und eigentlich hätte mir diese Antwort bereits gereicht, aber er sagte: „Sie klangen nicht besonders interessiert."

Ich schluckte den Ärger runter. „Möchtest du einen Kaffee?" Ich führte ihn in die Küche.

Er nickte. „Gern. Zuerst schien ihnen die Information zu gefallen, aber als ich ihnen sagte, dass es keinen Absender und keinen Poststempel gibt …"

„Aber was ist mit Fingerabdrücken? Vielleicht gibt es diese Karten nur in einem ganz bestimmten Laden. Vielleicht benutzt sie einen besonderen Stift." Und dann riss ich die Augen auf. „Bill, vielleicht ist sie auch im Strandhaus."

Er setzte sich und schnaufte. „Nein, da ist sie nicht."

„Warum bist du dir so sicher?"

„Ich habe nachsehen lassen. Es war mein erster Gedanke, dass sie dir mit den Karten einen sehr umständlichen Hinweis auf ihren Aufenthaltsort geben könnte."

„Dann glaubst du inzwischen auch, dass sie von Bobbi stammen?" Erleichterung wallte in mir auf. Wenn Bill mir glaubte, würde er bei der Polizei vielleicht mehr Einsatz erreichen. Ich schaltete die Kaffeemaschine ein und füllte frisches Wasser in den Behälter.

„Ich glaube noch immer, dass jeder die Karten geschrieben haben könnte. Vielleicht irgendein Trittbrettfahrer. Jemand, der sich an deiner Geschichte aufgeilt und möchte, dass sie weitergeht."

„Hast du gerade ‚aufgeilt' gesagt?" Ich nahm zwei Tassen aus dem Schrank, füllte Milch hinein und stellte sie unter die Maschine.

„Ich bin vielleicht alt aber keine hundert."

Ich musterte ihn, wollte etwas sagen, aber er hob die Hand. „Weißt du, Lara, meine Frau und ich haben uns bewusst gegen Kinder entschieden." Er schmunzelte. „Einer der Gründe für diese Entscheidung lag darin, dass wir uns nicht irgendwann anhören wollten, wie wir unser Leben zu führen haben."

„Das ist eine Lüge."

Er lachte auf. „Ja, du hast recht."

Ich stellte die Kaffeetassen auf den Tisch.

Bill rührte sofort in seiner Tasse herum. In einem Café würde er nun zwei Päckchen Zucker in den Kaffee schütten, aber hier gab es keinen Zucker. „Was hast du nun vor?"

Ich schluckte. Ich wusste, ich musste ihn informieren. Irgendjemand musste wissen, wo ich war, damit die Polizei eine Ahnung davon hatte, wo sie nach meiner Leiche suchen sollte. Dennoch fiel es mir schwer, Bill einzuweihen. Nicht, weil ich ihm nicht vertraute. Das tat ich. Ihm und niemandem sonst. Er hatte tatsächlich keine Kinder und irgendwie war er für mich zu einer entfernten Art Vaterfigur geworden. Soweit ich Gefühle dieser Art überhaupt zuließ. Genau hier lag das Problem. Er würde mich davon abhalten wollen. Er würde sich Sorgen machen und ich hätte ein schlechtes Gewissen. Deswegen traf ich in diesem Moment eine Entscheidung.

„Diese Karte ist von Mai, richtig?" Ich zog mein Handy hervor und machte ein Foto. „Das bedeutet, dass in einem Monat die nächste kommt. Vielleicht wechselt sie immer den Ort, wenn sie eine Karte schreibt. Ich werde abwarten, wann die nächste eintrifft. Ob es immer am selben Tag des Monats geschieht."

Ich sah ihn nicht an. Er sagte lange nichts. Er glaubte mir nicht, ich konnte es spüren.

Irgendwann seufzte er, hob seine Tasse und trank. Sie war leer, als er sie zurückstellte. Er erhob sich und legte eine Hand auf meine Schulter. „Ich weiß, dass ich dich von nichts abhalten kann. Aber ruf mich regelmäßig an. Ich will wissen, wo du steckst."

Ich sah zu ihm und Tränen stiegen in mir auf. Diese Geste war so viel mehr, als ich in den letzten Jahren von irgendjemandem erhalten hatte. Er sorgte sich um mich. Jemand sorgte sich um mich. Für den Bruchteil einer Sekunde fragte ich mich, ob das nicht ein Start wäre, der mich eine Abzweigung nehmen lassen konnte. Einen Weg in ein anderes Leben. Eines ohne Wut und Blut und ohne stundenlanges Durchforsten von Polizeiberichten.

Aber dann griff Bill nach der Karte und ich wusste, dass ich dieses andere Leben erst führen konnte, wenn Bobbi darin keine Rolle mehr spielte.

ZEHN

LARA

„Hättest du nicht ein paar Tage früher Bescheid geben können? Und was soll das heißen, du weißt nicht, ob du wiederkommst?“ Peter war wütend. Natürlich war er wütend. Auch ich wäre wütend gewesen, wenn mich jemand eine Stunde vor Arbeitsbeginn per SMS darüber informiert hätte, dass er auf unbestimmte Zeit nicht mehr unterrichten könnte. Deswegen hatte ich ihn nun angerufen. Der letzte Kurs hatte gerade sein Training beendet.

„Erinnerst du dich an den Grund, aus dem ich mit Krav Maga angefangen habe?“ Peter kannte meine Geschichte, wusste jedoch nichts von meinen Plänen und Ermittlungen.

„Ja, natürlich." Ich hörte, wie er auf einer Tastatur herumtippte.

„Sie ist wieder da." Mein Herzschlag beschleunigte sich leicht bei diesen Worten. Angst und Aufregung mischten sich. Ich schloss die Augen und atmete tief durch. Ich würde das hinbekommen. Ich war vorbereitet. Ich musste diesen verdammten Abschluss finden, um endlich wieder leben zu können.

Das Tippen verklang. „Was soll das heißen? Hat sie dir aufgelauert? Warst du schon bei der Polizei?"

„Ich möchte dir keine Details verraten. Aber ich muss das endlich abschließen."

„Lara, das ist keine gute Idee."

„Du weißt doch gar nicht, was ich vorhabe."

Er zögerte. „Es klingt, als würdest du einen Rachefeldzug bestreiten wollen. Hast du wenigstens eine Armee dabei?"

„Ich brauche keine Armee."

„Lara!" Auch Peter sorgte sich um mich. Ich hörte es in seiner Stimme. Ich hatte es in seinen Augen gesehen, wann immer ich meinen Schild ein bisschen gesenkt und ihm von Bobbi und ihren Brüdern erzählt hatte. Wie konnte es sein, dass sich Menschen um mich sorgten, obwohl ich meine Mauer immer höher und mit immer festeren Steinen gebaut hatte?

„Ich muss das zu Ende bringen." Ich wiederholte mich, aber ich würde ihm keine Details nennen. Ich konnte es nicht. Ich würde niemanden in diese Sache hineinziehen.

Er seufzte. „Melde dich zwischendurch."

„Damit du weißt, wann du nach einem Ersatz für mich suchen musst?"

„Hör auf mit dem Quatsch. Du bist die am besten

ausgebildete Schülerin, die ich je hatte. Du wirst zurückkommen. Wir brauchen dich hier, verdammt. Es ist unmöglich, dich zu ersetzen."

Ich lächelte.

„Also, beantworte meine Frage: Warst du bei der Polizei? Wissen sie, was du vorhast? Was hast du überhaupt vor?"

Ich zögerte und überlegte, welche Antwort die richtige war. Wenn ich die Frage verneinte, würde er dann die Polizei informieren? Was würden sie tun? Würden sie nach mir suchen und meine Pläne dadurch durchkreuzen? Oder konnten sie mir eine Hilfe sein? Würde der Anruf eines besorgten Freundes sie endlich dazu bringen, meine Beobachtungen ernst zu nehmen? Oder würden sie diese Information nur zu den Akten legen und hoffen, dass ich endlich draufging und aufhörte, sie zu nerven?

„Die Polizei weiß, wo ich suchen werde." Das war keine Lüge. Es war eine zurechtgebogene Wahrheit, die ihn beruhigen würde. Ich wollte nicht, dass er die Polizei informierte. Ich musste diese Sache allein abschließen. Und wenn ich dabei starb, war das halt so. Mein Leben war schon lange kein Leben mehr, das sich zu leben lohnte.

Als Nächstes rief ich Bill an. Auch er verdiente es zu wissen, dass ich losfuhr. Er war nicht wütend darüber, dass ich ihn angelogen hatte. *Er* war wütend darüber, dass ich mich überhaupt in einem Zug befand. Ich ließ seine Predigt über mich ergehen, versicherte auch ihm, vorsichtig zu sein und mich zu melden, und beendete das Gespräch, als ich in ein Funkloch fuhr.

Außer Peter und Bill hatte ich Paul darüber informiert, dass ich eine Weile nicht da sein würde. Ich hatte keine Pflanzen und keine Haustiere und würde meinen Wohnungsschlüssel nie wieder einer anderen Person anvertrauen. Für den Fall, dass Wasser oder Feuer oder eine Termitenplage drohten, meine Wohnung oder das Haus zu zerstören, hatte er jedoch die Erlaubnis, meine Tür aufbrechen zu lassen. Zumindest würde ich dann erkennen, dass jemand eingedrungen war.

Nachdem ich das Handy in meinem Rucksack verstaut hatte, lehnte ich mich für ein paar Minuten zurück und sah nach draußen. Wir hatten die Stadt verlassen und fuhren durch offenes Land. Ich sah gelbe Rapsfelder, immer wieder durchbrochen von Waldstücken und Wiesen, kleineren Seen und dem ein oder anderen Dorf. An jedem einzelnen raste der Zug vorbei. Der nächste Halt war fast eine Stunde entfernt.

Die untergehende Sonne tauchte alles in ein goldenes Licht, das der Szenerie einen zu schönen, zu majestätischen Anblick verlieh. Gemessen an meinem Ziel. Ich hatte den Nachtzug gewählt. Zum einen wollte ich mich so schnell wie möglich auf den Weg machen. Zum anderen, nein, nur das eine. Ich wollte so schnell wie möglich los.

Nach den Jahren der Vermutungen, der Planungen und der wilden Fantasien, die mir immer nur eine abstruse Vorstellung davon gegeben hatten, wie es sein würde, wenn es endlich weiterging, wollte ich, *dass* es endlich weiterging.

Mein Blick driftete in und durch die Ferne. Bäume, Tiere, Wolken, Straßen und Felder verschwammen nicht länger nur deshalb, weil mein Gehirn keine ausreichend kurze Verschlusszeit nutzen konnte, um die schnellen Bilder scharf zu stellen.

Der fehlende Schlaf der letzten Nacht überrollte mich zusammen mit der Ruhe, die mich mit jedem Meter, den ich mich von meinem bisher zurückgelegten Weg entfernte, mehr und mehr erreichte. Ich hätte aufgeregt sein müssen und war sicher, dass dies noch kommen würde. Aber im Moment fühlte ich nichts weiter als jene Ruhe, die einem Abschluss beiwohnte.

Ich war auf eine andere Stufe gestiegen. Ich ließ hinter mir, was mich hierhergebracht hatte, und ich war fast erwartungsfrei. Alles, was von nun an geschehen würde, war richtig. Es war eine tief in mir verwurzelte Gewissheit, die sich mit den von den meisten Menschen oft fehlinterpretierten Worten aus Selbsthilfebüchern vermischte. Alles war gut, solange man es nur zuließ.

Ich gab der Müdigkeit nach, ließ meine schweren Lider meine Augen bedecken und das goldene Licht durch meinen Körper strömen. Ein Lächeln legte sich auf meine Lippen, als Außenwelt und Träumereien sich vermischten und mich hin zu all dem brachten, was meine Gedankenwelt ausmachte.

ELF

BOBBI

‚Sie ist unterwegs.‘

Es waren nur drei Worte. Ich hatte nach der Textnachricht versucht, ihn anzurufen, aber sein Telefon war ausgeschaltet. Deswegen las ich die Worte immer und immer wieder. Das breite Grinsen, das meine Mundwinkel beim Eintreffen der Nachricht gehoben hatte, lag noch immer in meinem Gesicht. Es musste sich eingebrannt haben.

Lara war unterwegs. Sie war unterwegs zu mir. Sie war auf der richtigen Spur und sie würde kommen. Sie würde mich finden. Sie kannte mich noch immer so gut, dass sie wusste, ich würde den Spuren meines Vaters folgen. Aber wusste sie auch, warum? Wusste sie, wen ich jagte und was hinter all dem steckte?

Ich würde es ihr verraten, wenn sie hier war, und vielleicht verstand sie mich dann besser. Vielleicht würde sie mich dann endlich verstehen.

An ihm konnte ich mich nicht mehr rächen. Aber ich konnte all die anderen … Nein, ich wollte jetzt nicht darüber nachdenken. Diese Wut würde mich vielleicht doch dazu bringen, weiterzuziehen, weiterzumachen.

Aber ich wollte nicht wütend sein. In diesem Moment wollte ich das süße Gefühl auskosten, das die SMS-Nachricht ausgelöst hatte.

Fast konnte ich spüren, wie sie sich mir näherte. Wie sie die Landesgrenze überschritt und die gleichen Dörfer durchfuhr, wie ich es getan hatte.

Würde sie mit dem Auto fahren? Sie hatte keines, so viel wusste ich. Aber vielleicht lieh sie sich eins. Vielleicht hatte sie sich extra für mich ein Auto gekauft. So wie ich es nach unserem letzten Zusammentreffen getan hatte. Vielleicht hatte sie es beim gleichen Händler gekauft. Von Großväterchens Geld. Zumindest von dem Teil des Geldes, von dem sie wusste.

Ich sah durch den kleinen Spalt, durch den die angelehnten Fensterläden einen Blick nach draußen gewährten. Ich sah nichts. Es war seit Stunden dunkel. Ich sollte längst schlafen. Sie würde sicher nicht schon morgen hier eintreffen und ich würde all meine Kraft brauchen.

Dann durchzuckte mich ein Blitz. Was, wenn sie das Flugzeug nahm? Was wenn sie ganz genau wusste, wo ich mich befand? Was, wenn er es ihr gesagt hatte? Vielleicht steckte er gar nicht mit mir, sondern mit ihr unter einer Decke. Vielleicht wusste sie über alles Bescheid und die beiden spielten nun ihr Spielchen mit mir.

Ich griff nach der Whisky-Flasche, die auf dem alten zurückgelassenen Tisch stand. Der Alkohol musste zu oft als Seelenheilmittel herhalten, aber für ein paar Stunden verrichtete er einen guten Job. Er vertrieb die paranoiden Vorstellungen.

Warum sollte er auf Laras Seite sein? Warum hätte er mir dann verraten sollen, dass sie unterwegs war? Warum ging dieses dumme Arschloch nicht ans Telefon, um mir ein paar Details zu nennen? Ja, die Nachricht hatte mich gefreut, aber was sollte ich bitteschön damit anfangen? Ich dachte an diesen Mark, den Marsianer, und hörte Mindys Piepsstimme in meinem Kopf: „Er ist unterwegs."

Lara suchte nicht nach einem Pathfinder, sondern nach mir. Wie gern hätte ich jetzt Satellitenbilder zur Verfügung gehabt, die mir im Sieben-Minuten-Takt Fotos von ihrem Weg schickten.

Die Fragen drehten sich um sich selbst, kreisten um die Achsen der anderen und trieben mich schließlich, nachdem ich irgendwann in den zerschlissenen, von Ratten zerfressenen Sessel gesunken war, in einen unruhigen und alles andere als erholsamen Schlaf.

ZWÖLF

LARA

Ein Ruck weckte mich. Mein Kopf war noch immer dem Fenster zugewandt, aber statt einer in Gold getauchten Einöde starrte mich nur mein eigenes Gesicht an. Einerseits von der Dunkelheit umgeben, die sich auf der anderen Seite des Fensters über das Land gelegt hatte. Andererseits erhellt von der Beleuchtung meines Abteils. Die Scheibe spiegelte neben meinem Gesicht auch das Innere der Kabine wider.

Ich sah auf die Uhr. Es war noch nicht einmal neun Uhr abends. Ich hatte nicht lange geschlafen. Erst jetzt wurde

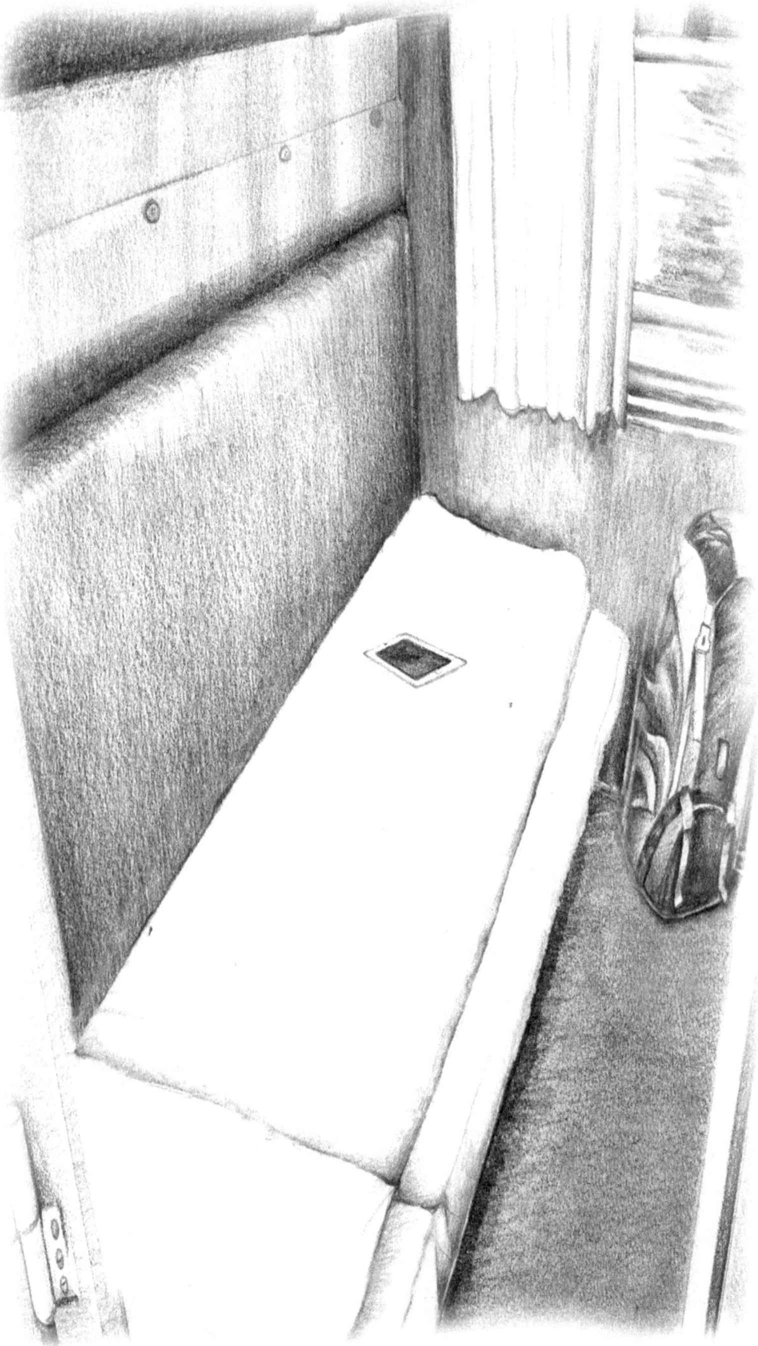

mir bewusst, dass der Zug nicht fuhr. Wir standen in einem Bahnhof. Einige der Passagiere waren ausgestiegen, um eine Zigarette zu rauchen und sich die Beine zu vertreten.

Der Zug würde in Kürze ein paar Stunden auf dem Abstellgleis verbringen. Trotzdem war es noch immer die schnellste Verbindung gewesen.

Es war ein planmäßiger Halt, bei dem der Schlafwagen an eine andere Lok gehängt wurde, die mich weiter in Richtung Osten ziehen würde. Weiter zu Bobbi.

Ich streckte mich und überlegte, ob ich in den Speisewagen gehen sollte, aber ich entschied mich dagegen. Ich hatte auch deshalb eine Einzelkabine gebucht, weil ich so wenig Aufmerksamkeit wie möglich auf mich lenken wollte.

Ich nahm meinen Rucksack vom Boden und stellte ihn neben mir auf das Bett. Oberhalb von dünnen Mikrofaser-Handtüchern, Tablet und Klamotten befanden sich Nüsse, eine Packung Quark, Gemüse und gekochte Eier. Ich würde etwas essen und mir dann noch einmal HKBs Notizbuch vornehmen.

Ich kannte die Namen der Männer und jene der Orte auswendig. Ich hätte vermutlich dasselbe Notizbuch aus dem Gedächtnis heraus aufschreiben können. Aber ich suchte noch immer nach Hinweisen, die mir bisher entgangen waren. So, wie wenn man einen Film unzählige Male schaut und jedes Mal ein neues Detail entdeckt.

Warum hatte HKB beispielsweise nie von einer Frau geschrieben, mit der er sich getroffen hatte? Was waren das für Männer gewesen, dessen Namen er notiert hatte? Warum hatte Bobbi einen von ihnen getötet?

Mindestens. Meine Nachforschungen hatten mich bisher zu keiner weiteren Leiche geführt, die ihren Fingerabdruck trug. Zwei der Männer waren vor mehr als fünf Jahren gestorben, allem Anschein nach eines natürlichen Todes. Aber drei waren in den vergangenen drei Jahren als vermisst gemeldet worden.

Offenbar hatte sie ihre Körper ähnlich gut versteckt, wie mein Großvater es mit der Leiche ihres Vaters getan hatte.

Aber warum? Und war es letztendlich doch nicht Bobbi, die hinter all dem steckte? War es vielleicht F? Ich sah auf mein Handgelenk und drehte die Krone, um die unförmige Uhr aufzuziehen. Es war nicht schwer gewesen, einen Uhrmacher zu finden, der die Einzelteile wieder zusammensetzen konnte. Es hatte niemand mit einem Hammer darauf geschlagen. Sie war einfach nur fachmännisch zerlegt worden.

Der Uhrmacher hatte ein Zahnrädchen und ein neues Armband bestellen müssen, aber nach wenigen Wochen hielt ich das Vermächtnis meines Großvaters in der Hand. Jeden Morgen, nachdem ich sie aufgezogen hatte, lauschte ich für ein paar Sekunden dem Geräusch der Unruh, dem leisen Ticken, mit dem das Uhrwerk die Zeit einteilte. TickTack. Wie leicht es doch war. Jeder Schwung entsprach einem Augenblick. Nur ein simpler Augenblick. Millionen von ihnen vergingen, ohne dass es die Unruh interessierte.

Nur wir Menschen füllten diese Augenblicke mit Leid und Angst. Ohne uns wäre die Welt leicht wie die Unruh der Omega. Nicht aus dem Takt zu bringen.

Ich dachte seit drei Jahren darüber nach, ob Bobbi sie mir zusammen mit der Notiz geschickt hatte. Aber es passte nicht zu ihr, sich als F auszugeben. Warum sollte sie das tun? Sie brauchte das Spiel, ja. Aber genau aus diesem Grund würde sie wollen, dass ich wusste, wenn sie einen Schritt tat.

Nein, es musste jemand anderes gewesen sein. Jemand, der im Strandhaus gewesen war. Jemand, der Finn die Uhr abgenommen hatte, bevor er starb.

Natürlich war mein erster Verdacht auf Karl gefallen und darauf, dass Karl nicht Karl, sondern Finn war. Bobbi hatte einen ihrer Brüder erschossen, der andere Kleidung trug als Finn es an jenem Abend getan hatte. Und dieser Bruder hatte die Uhr meines Großvaters nicht getragen.

Es wäre so einfach gewesen.

Leider war es das nicht, denn Karl hatte an diesem und den folgenden drei Abenden krank im Bett gelegen. Dies hatte seine ältere Nachbarin bestätigt, die ihn täglich zwei Mal mit einer Hühnersuppe versorgt hatte.

Ich strich über das Ziffernblatt. Der Uhrmacher hatte es poliert. Auch das Gehäuse wies weniger Kratzer auf als zuvor.

Ich schüttelte mich. Ich war nicht hier, um in sentimentale Gedankenkreisel und Gefühlsausbrüche zu verfallen. Ich musste herausfinden, was Bobbi plante. Wo sie sich als Nächstes aufhalten würde.

Ich pellte eines der Eier, füllte den Quark in eine zusammenklappbare Schale, die eigentlich für die Wasserversorgung von Hunden gedacht war, und trank einen Schluck Cola.

Dann zog ich mein Tablet aus dem Rucksack und öffnete die Datei mit dem Notizbuch. Sofort landete ich bei dem Namen des Mannes, der unter der Brücke gefunden worden war. Ich hatte die wenigen Worte, die dem Namen folgten, hunderte Male gelesen:

Nichts Besonderes. Nur drei Tage geblieben. Geschichten der Menschen wiederholen sich. Ich muss es schaffen, das Vertrauen der Alten schneller zu gewinnen. Ich werde jemanden finden müssen, der mir ihre Sprache beibringt.

Seine Einträge waren knapp. Dafür passten sie alle in ein Buch. Jedes Mal, wenn er in einen neuen Ort kam, zog er einen dicken schwarzen Strich, schrieb den Namen des Ortes in Druckbuchstaben darunter und dann den Namen eines Mannes. Darunter folgten die Einträge, die er in diesem Ort machte, überschrieben mit dem Datum. Manchmal war es nur ein Eintrag, manchmal waren es zehn. Es gab auch Orte, an denen er keine Notizen anfertigte.

Zumindest nicht in diesem Buch. Ich nahm an, dass er weitere Notizbücher mit sich geführt haben musste, vermutlich auch einen Laptop.

Mein Plan war es, in diesem Ort, in dem der Mann unter der Brücke gefunden worden war, mit meiner Suche zu beginnen.

Natürlich konnte ich weder nach dem Toten noch nach Henry oder Bobbi fragen. Zumindest nicht direkt. Um ehrlich zu sein, hatte ich zu diesem Zeitpunkt keine Ahnung, wie genau ich vorgehen sollte. Ich vertraute einfach darauf, dass ich eine Spur, dass ich einen Hinweis finden würde. Warum tötete Bobbi? Welche Verbindung hatten sie zueinander? Vielleicht konnte ich die anderen Männer auf der Liste warnen, wenn ich erfuhr, aus welchem Motiv heraus sie handelte.

DREIZEHN

BOBBI

Ich betrachtete mein Spiegelbild. Das tat ich nicht oft, denn ich hasste die kurzen roten Haare. Zwischendurch hatte ich es mit Braun probiert. Ich hatte sie lang wachsen lassen, nur die Spitzen nicht gefärbt. Alles sah scheiße aus. Es sah nicht so aus wie ich tatsächlich aussah, was ja schließlich auch der Hintergrund für die ganze Färberei war.

Aber es störte mich. Ich sah nicht aus wie die Bobbi, die Lara kennengelernt hatte. Was würde sie von mir denken, wenn plötzlich diese andere Frau vor ihr stand? Es würde schwer genug sein, sie dazu zu bringen, mir zu verzeihen.

Sie sollte sich an den blonden Engel erinnern, in den sie sich verliebt hatte. Für diesen Zweck trug ich seit Jahren zwei Dinge mit mir herum: ein Blondiermittel und Haarverlängerungen. Beides hatte ich in einem kleinen Friseursalon entwendet. Die Blondierung aus einem Regal und die Haare vom Kopf der verängstigten Friseuse.

Es war ein Risiko gewesen, kurz vor Feierabend in den Laden zu gehen und um einen Haarschnitt zu bitten. Sie war genervt gewesen. Das hatte es leichter gemacht, ihr die eigene Schere gegen die Brust zu drücken und danach damit ihre wunderschönen Haare abzuschneiden. Tagelang hatte ich sie davor neidisch durch das Fenster betrachtet.

Nein, sie war nicht tot. Zumindest hatte ich sie nicht getötet. Warum hätte ich das tun sollen? Egal, es war zwei Jahre her.

Wieder betrachtete ich mein Spiegelbild. Ich fuhr mit den Fingern über die feinen Narben auf meiner Wange und dachte lächelnd an Lara. Dann kämmte ich meine Haare mit den Fingern der anderen Hand. Bei YouTube hatte ich gelernt, wie ich die Haare von Ana an meinen Kopf bekam. Aber zunächst brauchten meine eigenen Haare die richtige Farbe.

VIERZEHN

LARA

Was tun Sie hier?“

Ich hatte den Blick auf die vermoosten Steine unter mir gerichtet und schreckte auf. Nichts war hier zu finden gewesen. Rein gar nichts. Aber was hatte ich auch erwartet? Einen Brief? Eine weitere Postkarte? Vielleicht sogar Bobbi? Tief in meinem Innern gestand ich mir ein, dass es tatsächlich so gewesen war. Ein kleiner Teil in mir war überzeugt davon gewesen, Bobbi hier zu treffen.

Aber diese Worte waren nicht aus Bobbis Mund gekommen. Die Frauenstimme wiederholte ihre Frage. Ich konzentrierte mich darauf, um die Worte richtig zu übersetzen. Es war das erste Mal, dass ich die Sprache, die ich in den letzten Jahren gelernt hatte, in einem echten Gespräch anwenden musste. Ohne Internet und ohne Lernpartner.

Ich sprach langsam, damit ich alles richtig sagte. „Ich suche nach einem Kraut, von dem mir meine Großmutter erzählt hat. Sie sagte, es wachse in dieser Gegend."

„Unter Brücken?"

Ich lächelte. „Nein, nicht unter Brücken. Diese erkunde ich nur deshalb, weil ich auf sie gestoßen bin." Mit jedem Satz fand ich mich besser in die fremden Worte hinein.

Sie lächelte nicht. Die schwarzen Locken fielen ihr in das ernste Gesicht, dessen Stirn sich in tiefe Falten gelegt hatte. Sie war älter als ich. Vielleicht zehn Jahre, vielleicht weniger. Ihre Augen waren schwarz und fixierten mich. Sie glaubte mir nicht.

„Hier ist ein Mord geschehen."

Ich schluckte, zögerte zu lange.

„Aber das weißt du natürlich." Sie war zum Du übergegangen. Offensichtlich eher aus fehlendem Respekt als aus einem Gefühl der Vertrautheit heraus.

Ich senkte den Blick, versuchte unschuldig und naiv zu wirken. Wie Bobbi. „Ich habe in der Zeitung davon gelesen."

„Und jetzt wolltest du mal sehen, wie so ein Ort aussieht, an dem jemand gestorben ist?"

Ich sah auf. Ihr Blick war herausfordernd und ich konnte mich nicht davon abhalten zu lächeln. Mein Herz schlug ein wenig schneller und ich schluckte, als mir bewusst wurde, dass ich sie attraktiv fand.

Seit fast vier Jahren hatte ich dieses Gefühl nicht mehr erlebt. Dieser Moment war dafür denkbar ungeeignet.

Ich straffte die Schultern, setzte meinen Rucksack zurück

auf den Rücken und wollte an ihr vorbeimarschieren. „So ein Unsinn."

Sie hielt meinen Arm fest und ich ließ es zu, denn ihre Berührung gefiel mir.

Ihr Kopf näherte sich meinem Ohr. „Was hast du hier zu suchen?" Ich spürte dem Schaudern nach, das ihr Atem ausgelöst hatte. Es war nicht länger die Anziehung, die mein Herz rasen ließ.

Was, wenn ich mich geirrt hatte? Was, wenn nicht Bobbi, sondern diese Frau für den Tod des Mannes verantwortlich war? Was, wenn sie jeden Tag zum Tatort zurückkehrte, weil sie sich ihrer Macht bewusst werden wollte?

Der Mord lag zwei Jahre zurück. Warum war sie hier?

„Was hast du denn hier verloren?

„Das geht dich nichts an." Sie ließ meinen Arm los und schubste mich ein Stück nach hinten.

Wut stieg in mir auf. Was bildete sie sich ein? In der nächsten Sekunde erwachten die Instinkte, die ich in den letzten Jahren trainiert hatte. Ich wollte ausholen, sie zu Boden schlagen. Aber ich tat es nicht. Etwas in ihren Augen hielt mich davon ab.

Ich fragte noch einmal, freundlicher: „Warum bist du hier?" Das alte Flussbett lag eine Stunde vom nächsten Ort, der nächsten Straße entfernt. Hierher verirrte man sich nicht ohne weiteres.

Sie schluckte und endlich wurde ihr Blick weicher. Noch immer forschte sie in meinem. Suchte nach irgendetwas, das meine Anwesenheit erklärte. „Der Tote war mein Vater,"

Nun schluckte ich. Es schwang keine Trauer in ihren Worten mit. Sie sagte es auf dieselbe Weise, wie man den Tod einer Fliege feststellt, die zu lange Zeit in einem aufgeheizten Raum verbracht hat. „Das … das tut mir leid."

„Pah.“ Sie hob die Hand und machte eine wegwischende Bewegung.

Ich wollte hören, was hinter dieser Reaktion steckte. „Hattet ihr kein gutes Verhältnis?“

Sie musterte mich erneut. Die Falten kehrten auf ihre Stirn zurück. „Bist du eine von ihnen?“

Nun runzelte ich die Stirn. „Eine von ihnen?“

Sie seufzte. „Sag mir, warum du hier bist.“

Ich schluckte. Sie wusste etwas über diesen Mann, ihren Vater. Etwas, das seinen Tod und Bobbis Verbindung zu ihm möglicherweise erklären konnte. Ich musste herausfinden, was es war. Aber dafür brauchte ich ihr Vertrauen und das würde ich nur erlangen, wenn ich sie nicht länger anlog. Ich atmete tief ein und aus. „Ich glaube zu wissen, wer deinen Vater getötet hat. Ich habe keine Ahnung warum, aber ich will es herausfinden.“

Sie sah mich eine Weile an und irgendwann fragte sie: „Warum?“

Es wunderte mich, dass es sie offenbar nicht interessierte, wer für seinen Tod verantwortlich war, dennoch antwortete ich ihr: „Weil diese Person meine Familie und mein Leben zerstört hat und ich sie finden muss.“

Nun lächelte sie. Es veränderte nicht nur ihr Gesicht, sondern auch die gesamte Atmosphäre. Am liebsten wäre ich davongelaufen. Weg von dieser Anziehungskraft. Nie wieder wollte ich einem Menschen vertrauen. Nie wieder wollte ich blind vor Gefühlen alle Signale übersehen.

„Sie hat dein Leben zerstört und meines befreit.“

Ich starrte sie an, unfähig etwas zu sagen. Sollte das bedeuten, dass ich von ihr keine Hilfe erwarten konnte?

„Aber ich möchte selbst wissen, warum sie es getan hat.“ Sie legte den Kopf schief. „Es war eine Frau, richtig?“

Ihr Name war Maja. Sie lebte allein in einem Haus am Waldrand. Kein Mann, keine Kinder. Dafür ein Hund, der am Zaun hochsprang, als er sie kommen sah.

Ich verzog das Gesicht und betrachtete den muskulösen Körper des Dobermanns. Er war wunderschön, aber mein Bild dieser Hunderasse hatte sich durch Agenten-Filme geformt, in denen zähnefletschende Bestien Einbrechern hinterherjagten.

Ich trat einen Schritt zurück.

„Du hast Angst."

Ich nickte.

Sie griff sein Halsband, ein schwarzer Lederriemen, an dem eine silberne Marke hing.

„Gut." Sie musterte mich für einen Moment. Dann lächelte sie. „Das brauchst du aber nicht. Frauen mag sie. Sie ist nur darauf trainiert, Männer zu attackieren."

„Sie?"

Maja grinste mich an. „Selbstverständlich."

„Warum nimmst du sie nicht mit in den Wald?"

„Sie holt sich die Fuchswelpen."

„Eine männerhassende Kindesentführerin also?" Ich grinste zurück.

Ihr Lächeln erstarb. „Sozusagen." Sie nahm meine Hand und führte sie zur Schnauze des Tieres. „Schau, Luna, das ist Lara."

Die feuchte Nase berührte meine Finger und ich widerstand dem Impuls sie wegzuziehen. Luna schnupperte ein paar Sekunden an mir und ließ es dann zu, dass ich sie streichelte. Die Angst schwand. „Sie ist wunderschön."

„Nicht wahr?" Sie öffnete das kleine Gartentor und trat auf eine Steinplatte, die gemeinsam mit fünf weiteren den Weg zum Haus befestigte. „Ich kenne dich nicht."

„Und trotzdem hast du mich mit zu deinem Haus genommen."

Sie seufzte. „Vermutlich hätte ich das nicht tun sollen."

„Warum sind wir dann hier?"

Sie zögerte. „Ich nehme an, weil ich hoffe, dass du mir ein paar Fragen beantworten kannst."

Ich nickte. „Das hoffe ich auch."

Sie zögerte weitere Sekunden, ließ dann jedoch die Schultern sinken und sagte: „Komm mit rein. Ich mache uns einen Tee."

Wieder nickte ich, aber in meinem Kopf drangen Fragen in den Vordergrund. Was, wenn Bobbi in diesem Haus auf mich wartete? Was, wenn Maja und Bobbi unter einer Decke steckten? War es nicht wahrscheinlich, dass Bobbi diesen Köder gelegt hatte und nun darauf wartete, dass ich danach schnappte?

Maja hatte bereits die dritte Steinplatte erreicht. Luna stand schwanzwedelnd neben ihr. „Was ist, hast du auch vor Häusern Angst?"

Nein, ich hatte keine Angst. Ich würde mich auch gegen zwei Frauen verteidigen können. Also trat ich ebenfalls auf die erste Steinplatte, schloss das Gartentor hinter mir und folgte Maja und Luna ins Haus. Dabei öffnete ich den Reißverschluss meiner Bauchtasche und legte die Finger an den Griff meiner Pistole. Nein, ich hatte keine Angst, denn dieses Mal war ich vorbereitet.

An der Haustür wartete ich einen Schritt von Maja entfernt, während sie den Schlüssel ins Schloss schob. Luna schien das zu lange zu dauern, denn sie tapste zu mir und drückte mit der Schnauze gegen mein Bein. Ich starrte das Tier an, wollte es wegdrücken, aber sie schien darauf zu warten, dass ich mit ihr spielte.

Maja drehte sich zu uns und lachte. „Sie mag dich wohl

ganz besonders. Hast du da zufällig Würstchen drin versteckt?“ Sie deutete auf meine Bauchtasche und erstarrte, als sie den Griff der Waffe erkannte.

Mein Herz sank in die Hose und ich löste die Hand von der Waffe. Majas Blick war Beweis genug. Ich würde niemanden in diesem Haus vorfinden. Weder Bobbi noch F.

„Was soll das?“ Ihre Stimme fuhr laut auf und sie wandte sich mit festem Tonfall an Luna. „Luna …“ Die Ohren der Hündin stellten sich auf und auch der Rest des Körpers spannte sich in der Erwartung an, welchen Befehl ihr Frauchen ihr geben würde.

Ich hob die leere Hand und die andere dazu. „Nein, warte.“

Maja atmete schwer und starrte mich an. Luna knurrte, blieb aber neben uns stehen.

„Ich kann es erklären.“

Majas Gesicht strahlte weiter Wut und zugleich Vorsicht aus.

„Wirklich. Bitte.“

Ihr Blick wanderte zu meiner Bauchtasche. Ich folgte ihm, senkte langsam eine Hand, schloss den Reißverschluss und sah sie wieder an.

„Ich werde dir alles erklären. Versprochen.“

„Okay, los.“

„Können wir reingehen?“

„Nein.“ Sie klang entschlossen und ich spürte, dass sie ein ähnliches Problem damit hatte, Menschen zu vertrauen wie ich.

Entgegen allem lächelte ich. Aber nach einem weiteren Blick in Majas Augen verschwand das Lächeln von meinem Gesicht.

„Vor dreieinhalb Jahren hat die Frau, die deinen Vater getötet hat, versucht mich umzubringen. Zuvor haben sie und ihr Bruder meine Mutter und meinen Großvater eine Treppe hinuntergestoßen." Ich zögerte. „Ihr Name ist Bobbi. Wir waren ein Paar. Ich habe ihr monatelang vertraut und hatte keine Ahnung, wer sie wirklich war."

„Das erklärt nicht, dass du beim Betreten meines Hauses eine Waffe in die Hand nimmst."

Ich hob das Kinn, sprach aber in sanftem Ton weiter. „Doch das tut es. Ich weiß nicht, wo sie ist. Ich kenne dich nicht. Warum sollte ich dir vertrauen? Was, wenn sie da drin auf mich wartet?" Ich deutete auf das kleine Holzhaus, dessen Latten in einem dunklen Braun gestrichen waren. „Was, wenn sie mich mit dem Tod deines Vaters hierherlocken wollte und …"

„Und was? Mich dazu überredet hat, dich gefangen zu nehmen?" Der Sarkasmus in ihrer Stimme überzeugte mich endgültig davon, dass ich falsch lag. Bobbi war längst aus diesem Wald verschwunden.

Wir starrten uns einen Moment an. Irgendwann wurde Majas Blick weicher. Sie lächelte und öffnete schließlich den Mund zu einem lauten Lachen.

Ich runzelte die Stirn.

„Ich bin sehr gespannt auf die vollständige Geschichte, Lara." Sie schloss die Tür auf und blickte wieder auf meine Bauchtasche. „Ich habe auch so ein Ding." Sie zögerte. „Und Luna weiß ganz genau, an welcher Stelle sie zubeißen muss, um jemanden daran zu hindern, mir etwas anzutun." Dann lächelte sie wieder und trat hinein.

„Die Kugeln darin sind nicht für Unschuldige bestimmt." Mit diesen Worten wurde mir klar, dass es stimmte. Ich wollte niemanden erschießen. Auch nicht Bobbi. Die Waffe diente nur zu meinem eigenen Schutz. Das Training hatte mich abgehärtet, ja. Aber es hatte mich nicht hart gemacht. Und auch wenn ich mich den sozialen Gruppen in meinem

Umfeld nicht anschloss, war ich in diesem Moment dankbar, dass Maja mich für ein paar Stunden auf meinem Weg begleiten würde.

Ich atmete noch einmal tief durch und folgte ihr gemeinsam mit Luna, die nun wieder mit dem Schwanz wedelte. Zumindest war Maja kein Mensch, der es übers Herz brachte, einem Tier die Rute abzuschneiden.

FÜNFZEHN

BOBBI

„Was soll das heißen, du weißt nicht, wo sie steckt?“

„Es ist nicht so einfach, das herauszufinden.“

„Du solltest sie aber im Auge behalten.“ Ich konnte nicht glauben, dass ich schon wieder mit Unfähigen zusammenarbeiten musste. In den letzten Jahren hatte alles wunderbar geklappt. Ich hatte vier Arschlöcher aus dem Leben gerissen, ohne dass auch nur der geringste Verdacht auf mich gefallen war.

Ich war unsagbar froh, dass ich während dieser Zeit auf niemand anderen angewiesen gewesen war. Vermutlich würde ich längst im Gefängnis sitzen und darauf warten, dass mir jemand ein paar Schnürsenkel schenkte, damit ich mich aufhängen konnte.

„Was ist mit dem GPS-Sender?"

„Zum zwanzigsten Mal. Der funktioniert nur dann, wenn ihr Handy eingeschaltet ist."

„Hättest du den nicht in ihre Schuhe einbauen können?"

„B!"

„Was?" Die Wut raste in mir, strahlte in alle kleinen und großen Gliedmaßen aus und ich atmete schwer, weil auch mein Herz davon ergriffen wurde.

„Sie ist auf dem Weg zu dir. Sie wird sich zwischendurch melden. Du wirst sie nicht verpassen."

„Nein, nein. Das ist mir alles zu unsicher. Du musst sichergehen, dass sie mich auch wirklich findet."

„Wie stellst du dir das vor? Soll ich ihr vielleicht einen Tipp geben?" Er veränderte seine Stimme und sprach nun wie ein kleines Mädchen. „Ach übrigens, Lara, ich habe zwar die ganze Zeit so getan, als hätte ich keine Ahnung, aber ich glaube du solltest im 33. Ort der Reiseroute nach ihr suchen."

„Ja, genau das." Ich zögerte. „Nein, natürlich nicht, aber du musst sie irgendwie dazu bringen, dass sie schneller hier ist. Wenn sie erst jeden verdammten einzelnen Ort durchsucht, hänge ich hier noch rum, wenn die endlich einen Menschen auf den Mars schicken."

Er seufzte wieder. „Ich sehe, was ich machen kann."

„Kannst du nicht einfach zu ihr fliegen und ihr bei der Suche helfen?"

Er sagte eine Weile nichts. „Nein, nein das werde ich nicht tun. Ich will in diese ganze Scheiße nicht noch tiefer hineingezogen werden."

„Du sitzt doch schon bis zum Kinn mit drin."

„Nein, das tue ich nicht. Und jetzt werde ich auflegen."

Er tat es und ich starrte das Telefon an. Das Display verdunkelte sich. Mein Spiegelbild sah mir entgegen. Die Haare waren hell. Pissgelb hell. Und sie waren noch immer kurz. Ich würde sie noch einmal bleichen müssen. Zum Glück hatte ich der lieben Ana einen ganzen Korb voll Bleich- und Färbemittel entwendet. Außerdem hatte keiner der verdammten Versuche funktioniert, ihre Haare an meinen zu befestigen.

Aber dieses Problem würde ich schon noch lösen. Genau wie all die anderen.

SECHZEHN

LARA

Maja hatte den Kamin befeuert. Für einen Moment sah ich darin einen Sta-pel Knochen brennen, aber dann wischte ich den Gedanken zur Seite und konzentrierte mich auf Majas Wohnzimmer. Luna hatte sich auf einem Fell nahe dem Kamin niedergelassen. Ein großes Fenster zeigte hinaus in den Wald. Es gab keine Terrasse vor diesem Raum.

Der Raum war klein und wirkte dennoch angenehm leer. Nur ein paar Möbel standen verteilt, um Sitz- und

Ablagegelegenheiten zu schaffen. Ich stellte mich ans Fenster und sah hinaus in den Wald. Der Frühling eroberte die Bäume, aber der Boden war bedeckt mit dem Laub vergangener Jahre.

Es war noch hell. Ich hatte die Brücke am Vormittag aufgesucht und nun war es Zeit für etwas zu essen. Aber das konnte warten. Jetzt war ich hier. Ich wollte wissen, warum ich Maja im Wald getroffen hatte. War sie wirklich an jedem Tag dort?

„Das sieht toll aus, oder?" Maja kam ins Wohnzimmer, ein kleines Tablett in den Händen. Luna hob den Kopf, legte ihn aber sofort wieder auf die Pfoten, nachdem sie erkannt hatte, dass sich für sie nichts auf den Tellern oder in den Tassen befand.

Maja stellte das Tablett auf den Couchtisch. Es nahm fast die gesamte Fläche ein.

Ich nickte und trat zu ihr. „Es ist ganz schön einsam."

„Ich mag es so." Sie deutete auf die beiden Sessel, die in der Nähe des Tisches standen. „Setzen wir uns?"

Ich tat es und beobachtete, wie sie Tee aus einer Kanne in die Tassen schenkte. Auf dem Tablett befanden sich außerdem ein paar Brote. Ich deutete darauf. „Das wäre nicht nötig gewesen."

Sie stellte die Kanne zurück. „Ich hatte Hunger und fand es unhöflich, dir nichts anzubieten."

„Danke." Ich fühlte mich unwohl, steif. Der fehlende Kontakt mit Menschen zeigte nun seine Schattenseiten. Vielleicht hätte ich Piya und die anderen doch ab und zu begleiten sollen.

„Ist alles okay?"

Ich versteifte mich noch mehr. „Ja, ja, sicher. Es ist nur … Auf so etwas war ich nicht vorbereitet."

Sie lachte auf. „Was meinst du? Tee?"

Ich schüttelte den Kopf.

„Warum bist du hier, Lara?"

„Das habe ich dir schon gesagt." Und hatte damit bereits zu viel verraten.

„Du suchst also nach Bobbi. Deiner Ex-Freundin. Und du glaubst, sie hätte meinen Vater getötet." Sie zögerte. „Warum glaubst du das?"

Ich schwieg. Auf dem Weg hierher hatten wir kaum gesprochen. Sie hatte gefragt, wo ich herkam und wie ich in ihr Dorf gekommen wäre. Ich hatte ihr von meinem Schlafabteil und der Busfahrt erzählt. Sie sprach davon, dass sie das Dorf seit Jahren nicht verlassen hatte.

„Okay, also pass auf. Ich weiß, wir kennen einander nicht. Aber irgendwie hängen unsere Geschichten zusammen. Dass sich unsere Wege heute gekreuzt haben, ist kein Zufall. Und das meine ich nicht auf irgendeine esoterisch-seltsame Weise. Ich bin jeden Tag dort unten."

„Warum?"

Sie antwortete nicht. Noch nicht. „Vielleicht können wir beide Antworten finden, die uns niemand anderes geben kann oder will. Aber dazu müssen wir ehrlich zueinander sein."

Ich kenne dich nicht. Die Worte lagen mir auf der Zunge, fühlten sich aber falsch an. Fehl am Platz. Es ging zu schnell. Schon wieder ging etwas zu schnell. Und doch wollte ich nicht warten. Vielleicht war es eine Falle, aber es war mir egal. Welche Wahl hatte ich auch? Ich hatte nach Spuren gesucht und Maja gefunden. Warum sollte ich ihr jetzt ausweichen?

Sie stand auf, zog ein schwarzes Buch aus dem schmalen Regal, das höchstens dreißig Bücher beherbergte, und kam damit zurück an den Tisch. Für einen Moment hielt sie es sich vor die Brust, dann reichte sie es mir.

„Was ist das?“

„Ich habe dich vorhin gefragt, ob du eine von ihnen bist.“

Ich nickte und meine Finger klammerten sich an das Buch. Ich sah von den weißen Knöcheln zu ihr auf.

Sie deutete auf das Buch. „Eine von ihnen.“

Mein Herz schlug schneller, meine Finger pressten gegen den Einband, verhinderten, dass ich das Buch aufschlug. Ein leiser Verdacht, den ich schon über drei Jahre mit mir herumtrug und dem ich bisher keinen Raum gegeben hatte, keimte so schnell, als hätte jemand den Zeitraffer eingeschaltet. Ich schüttelte langsam den Kopf, denn ich wollte nicht, dass ich mit meiner Vermutung richtig lag.

Vier Stunden später saßen wir wieder im Wohnzimmer. Zwischenzeitlich waren wir mit Luna nach draußen gegangen. Dorthin, wo sie keine Fuchsbabys fangen konnte. Der schnelle Spaziergang durch den Wald hatte gutgetan. Die feuchte Luft hatte sich zwischen die Worte geschoben, die wir in den Stunden davor gewechselt hatten.

Der Sauerstoff hatte mir dabei geholfen, Energie zu finden. Für das, was noch kommen würde. Für das, was schon war. Für die Erkenntnis und das Wissen, warum Bobbi Majas Vater getötet hatte. Warum sie die anderen Männer der Liste verfolgte. Es war Rache.

Und nun saßen wir wieder hier. Gemeinsam und doch jeder für sich. Wir kannten noch immer nur den Anfang der Geschichte der anderen. Hatten an den Oberflächen gekratzt und uns dann in den Details verloren.

Begonnen hatten wir damit, als ich das Buch aufgeschlagen hatte. Irgendwann, nachdem meine Finger sich langsam von ihm gelöst hatten. Es waren nur Bilder. Kopien von Bildern. Nur Bilder. Bilder, die mehr aussagten als alle Wörter, die man dafür hätte finden können. Es gab keine Worte dafür.

Es waren Mädchen. Keines älter als neun oder zehn. Manche so jung, dass sie noch nicht in der Schule gewesen sein konnten.

Meine Finger hatten gezittert, als ich die Seiten umschlug. Zu viele Seiten. Von jeder einzelnen starrten mich runde Kinderaugen an. Vertrauensvoll. Ängstlich. Unsicher. Lächelnd. Es gab keinen Grund, die Seiten alle zu betrachten. Außer einem einzigen.

„Warum hast du dieses Buch überhaupt noch?"

Maja sah mich an.

„Warum hast du es nicht der Polizei übergeben?"

Sie hatte mir erzählt, dass sie es nach dem Tod ihres Vaters in dessen Matratze gefunden hatte. Sie hatte das gesamte Haus auseinandergenommen. Sie hatte die Dielen vom Fußboden gelöst, Schubfächer nach doppelten Böden abgeklopft und den Keller bis auf das Mauerwerk leergeräumt. Gefunden hatte sie dieses Buch und eine Liste mit Namen. Männernamen. Sie hatte sie mir bisher nicht gezeigt. So weit waren wir noch nicht gekommen. Trotz der vielen Stunden. Wir brauchten diese Langsamkeit, weil wir zu schnell vorgingen.

„Der Polizei?"

Ich nickte.

„Meine Mutter war einmal bei der Polizei. Danach konnte sie das Haus für zwei Wochen nicht verlassen. Drei Wochen später war sie verschwunden. Sie hielt es nicht mehr aus. Sie wollte mich mitnehmen, aber ich wollte nicht gehen. Ich wollte bei meinen Freunden bleiben. Bei meinen Puppen. Die vielen Puppen, die mir mein Vater jedes Mal schenkte."

Ich schluckte.

„Ich weiß nicht, was geschehen wäre, wenn ich ihnen das Buch gegeben hätte. Vielleicht hätten sie heute etwas getan. Vielleicht auch nicht. Was spielt es noch für eine Rolle? Niemand wird meinen Vater jemals als das Monster ansehen, das er war. Jeder im Dorf hatte Respekt vor ihm. Er half, wann immer Not am Mann war. Er war freundlich zu den Kindern und hatte immer ein Kompliment für die Frauen auf den Lippen." Sie lachte auf und es verklang sofort wieder. „Das perfekte Klischee eines Kleinstadt-Triebtäters."

Insgesamt wirkte alles wie ein Klischee. Wie die Nacherzählung eines Romans von Joy Fielding. Polizisten, die nicht handelten. Frauen, die nicht ernst genommen wurden. Ich war also noch immer misstrauisch. Das war gut. Ich würde kein weiteres Mal auf einen anderen Menschen hereinfallen.

„Also hast du nichts getan."

Sie verzog das Gesicht. „Nein."

Das Buch lag vor uns auf dem Tisch. Es drängte mich danach, ein weiteres Mal hineinzusehen. Ihr Gesicht ein weiteres Mal zu betrachten. Aber ich konnte es nicht. Was hatte Majas Vater mit diesem Buch getan? Als ich mir diese Frage vor ein paar Stunden das erste Mal gestellt hatte, war es mir aus den Fingern gerutscht. Maja hatte es aufgehoben, mir ein Taschentuch gereicht und das Wohnzimmer verlassen. Es hatte nichts gebracht. Niemals würde ich verarbeiten können, was ich an diesem Tag erfahren hatte.

Auch wenn ich der Antwort auf einige Fragen näherkam, fragte ich mich zum ersten Mal, ob ich das Richtige tat. Warum setzte ich mich all dem ein weiteres Mal aus? Ich hatte mein Ziel aus den Augen verloren, als ich in Bobbis Kinderaugen gesehen hatte.

„Warum hat diese Bobbi meinen Vater getötet?“

Ihre Frage schreckte mich auf. Ich sah zu ihr. Das Kaminfeuer beleuchtete ihr Gesicht in einem matten Orangeton. Von draußen erreichte immer weniger Licht das kleine Wohnzimmer. Es war noch nicht allzu spät, aber dichte Wolken zogen sich über den Bäumen zusammen. Es waren große Bäume, alt, mit mächtigen Stämmen.

„Genau weiß ich es nicht.“ Selbstjustiz. Das Wort leuchtete hell in meinem Kopf. Sie rächte das kleine Mädchen, das von diesen Schweinen misshandelt worden war, und mit den Bildern aus dem Buch in meinem Kopf war ich nicht sicher, ob ich auf ihrer oder einer anderen Seite stand.

„Aber du hast eine Vermutung?“

Ich nickte, haderte mit mir. Schon wieder. Wenn ich ihr alles erzählte, oder zumindest so viel, wie sie wissen musste, dann gab es kein Zurück. Dann gab es eine weitere Person, die eingeweiht war. Eine, die ein Interesse an den anderen Fragen haben könnte. An den Namen der anderen Männer. An Bobbi.

„Verrätst du sie mir?“

„Seit mehr als drei Jahren trage ich all das mit mir herum. Mit mir allein.“ Bill zählte nicht. Er war für mich da. Er sorgte sich um mich. Er half mir bei den behördlichen Angelegenheiten, sprach mit dem Anwalt von Karl und der Polizei, aber ich hatte ihn nie in meine eigenen Ermittlungen hineingezogen. Er hatte ziemlich schnell deutlich gemacht, dass er nichts davon hielt, Bobbi zu suchen.

Und Karl? Ich wusste noch immer nicht, ob er Bobbi wiedersehen, sie ins Gefängnis bringen oder einfach nur vergessen wollte. Vermutlich stand für ihn sein eigenes Leben im Vordergrund. Er wollte wieder auf die Beine kommen. Deshalb brauchte er meine Absolution, die ich ihm nicht hatte geben können.

Aber ich. Ich hatte kein Leben, in das ich zurückkehren konnte. Nichts war geblieben von dem Wenigen, was da einmal gewesen war. Und als ich dies erkannt hatte, hatte ich gewusst, dass es kein Zurück mehr gab. Ich hatte nicht damit gerechnet, auf Maja und ihre Geschichte zu stoßen, aber sie gehörte offenbar zu meiner dazu.

Majas Hand legte sich auf meinen Arm. „Kanntest du meinen Vater?"

Ich schüttelte den Kopf, zögerte, legte die Hände vors Gesicht, wobei ihre Hand von meinem Arm rutschte. Dann riss ich den Kopf nach oben, schlug die Hände auf die Oberschenkel und sah sie an.

Maja schreckte auf.

„Aber ich kenne seinen Namen." Ich ließ die rechte Hand zu meinem Rucksack sinken, der neben mir auf dem Boden stand. Ich öffnete den Reißverschluss und zog das Tablet heraus. „Bobbis Vater führte ein Notizbuch. Er ist durch dieses und andere Länder gereist. Als Journalist. Das ist über zwanzig Jahre her."

„Er ist auch hier vorbeigekommen." Sie verschränkte die Arme vor der Brust und biss sich auf die Unterlippe.

„Ja, er war auch hier. In dieses Notizbuch hatte er keine Beobachtungen geschrieben, die als Recherchematerial fungiert haben können. Es ist mehr wie ein kurzes Logbuch." Ich hielt das Tablet mit beiden Händen umklammert. „Datum, Ort, ein Satz oder zwei und ein Name."

„Ein Name?" Sie starrte mich an und ich hatte das Gefühl, dass ich in ihrem Kopf eine Lawine losgetreten hatte. Sie biss sich noch immer auf die Unterlippe. Ein Tropfen Blut quoll hervor.

„Maja?"

Sie schüttelte sich leicht. „Wie viele Namen?"

„Einer pro Ort. Alles kleine Dörfer wie dieses hier."

Sie nickte, schloss die Augen, schien zu zögern und sah mich dann wieder an. „Kann ich die Namen sehen?"

Ich wollte „Ja" sagen, aber in diesem Moment erhob sich Luna von ihrem Platz am Feuer, spitzte die Ohren und sah zur Wohnzimmertür.

Maja runzelte die Stirn. „Was ist los, Luni, hast du einen Waschbären gehört?"

Die Hündin ging näher zur Tür und bellte dann einmal. Es klang laut und so bedrohlich wie das Knurren, das sie hinterhersetzte.

Maja erhob sich immer noch stirnrunzelnd. „Komm, ich zeige es dir. Da ist nichts."

Ich griff nach ihrem Handgelenk. „Bist du verrückt?"

Maja lachte auf. „Du bist ja ein richtiger Angsthase." Dann legte sich ihre Stirn in Falten. „Was ist dir nur passiert, Lara?"

Ich erhob mich, zog die Waffe aus der Bauchtasche und ging als Erste zur Tür. „Genug."

Ich bedeutete ihr, die Klinke zu betätigen. Sie tat es und ich machte mich darauf gefasst, in braune Augen zu sehen, die mich lachend anfunkelten. Aber der Eingangsbereich war leer.

Im nächsten Augenblick ertönte ein Knall, der nicht nur das Haus, sondern auch den Wald erzittern ließ.

„Ah, da haben wir ja unser Gespenst." Maja kraulte Lunas Kopf. „Ich wette, du hast den Blitz gesehen, oder?"

„Sie bellt bei einem Gewitter?"

„Nur beim ersten Blitz."

Der Donner grollte erneut und nach ihm platschten Millionen von Regentropfen auf die Blätter um uns herum. Ich ging zum Fenster. Innerhalb von Sekunden war der Waldboden von Feuchtigkeit benetzt. Bisher hatte ich den Ort noch nicht nach einer Unterkunft durchforstet. Das hatte ich an diesem Nachmittag tun wollen.

„Wie weit ist es bis zum Dorf?"
„Zu Fuß?"
Ich nickte.
„Etwa eine Stunde."
Ich hob die Augenbrauen. „Du wohnst eine Stunde vom nächsten Ort entfernt?"
Sie zuckte mit den Schultern. „Ich habe doch Luna." Sie schaltete ein paar Lampen ein. „Ich weiß nicht, wie viele Leute in diesem verfluchten Dorf wussten, was mein Vater getrieben hat. Ein paar waren sicher dabei. Ich will ihnen nicht jeden Tag auf der Straße begegnen."
„Warum ziehst du dann nicht weg?"
„Das kann ich irgendwie nicht."
„Ich habe noch keine Unterkunft für heute Nacht. Vermutlich sollte ich mich langsam auf den Weg machen."
Sie sah mich lange an. „Bleib noch. Ich kann dich später mit dem Auto hinbringen."
Ich erwiderte ihren Blick. Es würde dieses später nicht geben. Wenn ich jetzt blieb, würde ich die Nacht hier verbringen. Ich sah es in ihren Augen. Wir würden die Nacht damit verbringen, über Bobbi und Majas Vater, über Henry, meinen Großvater und Finn zu sprechen. Über sie und über mich.
Ich nickte langsam. „Okay."
„Was hältst du davon, wenn wir uns etwas zu Essen zubereiten?"

SIEBZEHN

Ich fluchte wortlos. Musste es ausgerechnet jetzt anfangen zu regnen? Die Nässe störte mich nicht. Ich hatte die passende Kleidung für dieses Wetter dabei. Aber nun war es zu laut, um Lara und diese andere Frau weiter zu belauschen. Zusätzlich hatten sie das Fenster geschlossen.

Aber es war egal. Ich war nicht hier, um weitere Schauergeschichten zu erfahren. Ich war hier, um *sie* zu finden.

Ich drängte mich gegen die Hauswand. Die beiden würden bei diesem Wetter nicht ins Freie treten und ich konnte mich endlich etwas ausruhen. Es hatte verdammt lange gedauert, sie bis hierher zu verfolgen. Zwischendurch hatte ich ihre Spur verloren. Aber dann hatte ich eine Frau etwas rufen hören.

Es war die andere Frau gewesen, die nach diesem dämlichen Köter brüllte. Musste Lara ausgerechnet bei jemandem Unterschlupf finden, der einen Kampfhund besaß?
Ich konnte nur hoffen, dass sie nicht die gesamte Nacht in diesem Haus verbringen würde. Ich zumindest war nicht scharf darauf, im Wald zu schlafen.

ACHTZEHN

LARA

Wir aßen Salat mit Fisch und Hähnchenbruststreifen, von denen auch Luna ihren Teil bekam.

„Möchtest du ein Glas Wein?“

Ich schüttelte den Kopf. „Ich trinke keinen Alkohol.“

„Angst?“

Ich nickte, obwohl es ihr einen zu tiefen Blick erlaubte.

Für einen Moment schwieg sie, dann sah sie auf und sagte, als wäre es ihr erst in diesem Moment wieder eingefallen:

„Die Namen."

Ich hatte die gesamte Zeit über das nachgedacht, was vor dem ersten Donnerschlag unser Gespräch bestimmt hatte, und wusste somit sofort, was sie meinte. Ich nickte.

Maja zog ein kleines Buch aus der Tasche ihrer Strickjacke. Ein kleines, schwarzes, ledergebundenes Notizbuch. Sie legte es auf den Tisch und ich ließ meine Gabel sinken.

„Was ist das?"

„Da stehen auch Namen drin."

Die Liste. Es überraschte mich nicht, dass auch Maja über eine Liste mit Namen verfügte. In diesem Haus fügte sich ein Puzzleteil an das andere. Ob Bobbi das gewusst hatte? Hatte Bobbi von Maja gewusst? Sie vielleicht sogar beobachtet? Aber dann fiel mir wieder ein, dass Maja die Notizbücher erst nach dem Tod ihres Vaters gefunden hatte. Sicher war Bobbi zu diesem Zeitpunkt bereits abgereist.

„Darf ich?" Ich streckte die Hand nach dem Büchlein aus. Es war kleiner als ein Smartphone. Meine Finger zitterten erneut, als ich den Einband aufschlug. Die Schrift war unordentlich, aber lesbar. Ich ließ die Seiten durch meine Finger gleiten wie ein Daumenkino. Es waren ein paar Namen mehr, als ich in HKBs Notizbuch gefunden hatte. Namen und Orte.

„Kommen dir die Namen bekannt vor?"

Ich nickte. „Ein paar." Dann stand ich auf, holte mein Tablet und öffnete das Notizbuch. Ich scrollte durch die Seiten, stieß auf Orte, die auch in dem Notizbuch verzeichnet waren und glich die zugehörigen Namen ab. Sie stimmten überein. „Was zur Hölle ist das?" Ich blätterte weiter durch die Seiten des schwarzen Büchleins, suchte nach Namen und Orten, die neu für mich waren, und stieß schließlich auf einen bekannten, der auf dem Tablet keinem Ort zugeordnet war. „Henry Karl Brand." Ich flüsterte die drei Bestandteile von HKBs Namen.

„Wer ist das?“

Ich sah zu ihr auf. „Bobbis Vater.“ Und noch so viel mehr.

„Das wäre dann also die Rückverbindung zwischen den beiden.“

„Was sind das für Namen, Maja?“

„Ich habe nur eine Vermutung.“

„Verrätst du sie mir?“

Sie sah auf unsere Teller. Wir hatten sie fast geleert. „Das ist kein Gespräch für ein Essen. Eher für eine Flasche Vodka. Bist du sicher, dass du keinen Alkohol trinkst?“

Ich nickte, auch wenn ich meine Standhaftigkeit bröckeln spürte. Alkohol würde meine Sinne beeinträchtigen. Und ich wollte sie alle klar wissen. Ich schob den Teller von mir, zog ihn dann aber wieder zu mir heran und aß den Rest meines Abendessens, um Kraft für die nächsten Stunden zu sammeln.

Eine halbe Stunde später hatten wir den Abwasch erledigt und saßen mit einem Tee vor dem Kamin. Der Regen prasselte noch immer gegen die Scheiben, das hölzerne Dach und die Blätter des Waldes. Es war gemütlich, hier mit Maja zu sitzen, aber das würde sich in den nächsten Minuten ändern.

„Maja?“

„Ja?“

„Warum hat dein Vater dir Puppen geschenkt?“

Sie starrte ins Feuer. „Ich war noch sehr klein, als meine Mutter uns verließ. Sechs. Sie weckte mich mitten in der Nacht, weißt du? Sie konnte es nicht tagsüber tun …

abhauen, meine ich … weil sie dann jemand gesehen hätte. Uns gesehen hätte. Sie wollte mich einfach greifen und mit sich nehmen. Aber ich wollte nicht mit. Die Erinnerung daran ist wirklich schwach. Ich weiß nur, dass ich weinte und mich an meine Puppen klammerte. Und irgendwann war sie verschwunden. Für immer."

Sie hatte ihre kleine Tochter einfach allein gelassen? „Sie hat nicht noch einmal versucht, dich zu holen?"

Majas Gesichtszüge verhärteten sich. „Sie hatte Angst um ihr Leben. Mehr als um meins."

„Woher weißt du das? Woher weißt du überhaupt, dass sie bei der Polizei war?"

„Sie hat sich einer Freundin anvertraut. Nachdem man die Leiche von meinem Vater gefunden hatte, hat sie mir alles erzählt."

„Was bedeutet alles? Was hat deine Mutter der Polizei erzählt? Wovor ist sie davongerannt?"

„Die Freundin meiner Mutter gab vor, nichts gewusst zu haben. Sie hat mir nur erklärt, dass meine Mutter Angst vor meinem Vater hatte. Dass sie Angst hatte, er könnte sie umbringen. Sie wusste nicht, warum sie ihn bei der Polizei angezeigt hatte, zumindest behauptet sie das."

„Du glaubst ihr nicht."

„Ich glaube niemandem irgendetwas." Ihr Blick schien mich zu durchbohren und mir gleichzeitig vermitteln zu wollen, dass sie auch meiner Geschichte nie ganz Glauben schenken würde. Ich konnte es ihr nicht verübeln. Schließlich hinterfragte auch ich innerlich jedes ihrer Worte.

Wir schwiegen ein oder zwei Minuten, bevor sie weitersprach. „Mein Vater hat mich nie angefasst. Aber diese Männer in dem Buch da …" Sie sprach nicht weiter und deutete auf das kleine Notizheft, das zusammen mit meinem Tablet und dem großen Notizbuch die Fläche des

Couchtisches bedeckte.

Ich griff nach ihrem Arm. „Maja, was war mit diesen Männern?"

„Es können nicht alle gewesen sein." Ein Schluchzen durchbrach ihre Worte. „Das kann einfach nicht sein. Aber wir bekamen Besuch von Männern. Und diese Männer …" Sie straffte die Schultern, schluckte mehrfach und trank einen Schluck Tee. In ihrem befand sich neben dem Teebeutel und drei gehäuften Löffeln Zucker auch Rum. Die folgenden Worte drangen so schnell aus ihrem Mund, als hoffte sie, sie dann selbst nicht zu verstehen. „Sie haben mich vergewaltigt, angefasst oder sich vor meinen Augen einen runtergeholt. Manchen hat es gereicht, wenn ich sie vor Angst zitternd angestarrt habe, anderen nicht."

Ich schluckte und mein Griff um ihr Handgelenk wurde fester. Für einen Moment war ich sprachlos, aber dann traf mich der Unglaube. Nicht jedoch gegenüber ihrer Geschichte. „Das muss doch jemand mitbekommen haben. Im Kindergarten. In der Schule."

Sie schüttelte den Kopf. „Vielleicht. Wahrscheinlich. Aber es spielt keine Rolle. Niemand hat mir geholfen."

Ich flüsterte, weil mir zu lauteren Worten die Kraft fehlte. „Hast du es jemandem erzählt?"

Sie schüttelte ein weiteres Mal den Kopf und lachte auf. „Mein Vater hat mir eingeredet, es wäre normal. Dass das die Freunde eines Vaters immer mit den Töchtern täten. Es würde sie auf das Erwachsensein vorbereiten."

Galle stieg in mir auf und ich stellte meinen Tee zur Seite, weil das Zittern meiner Hand den Inhalt der Tasse mehr und mehr überschwappen zu lassen drohte.

„Irgendwann hörte es auf. Ich war etwa neun, denke ich." Ihr Blick glitt wieder zum Couchtisch, hin zu dem großen Notizbuch. „Keines der Mädchen ist älter als neun."

Als ich nichts sagte, lachte sie erneut auf. Aber nur für eine Sekunde. „Ich hätte nie gedacht, dass ich all das einmal jemandem erzähle. Und nun sitze ich hier mit einer völlig Fremden."

Das Feuer warf sein Licht auf ihr Gesicht, ließ die Tränen glitzern und wieder stach einzig ihre Schönheit heraus. Nicht die Falten, die sich in die Stirn gefurcht hatten, nicht die verwischte Wimperntusche unter den Augen. Ich sah nur die Kraft und die weichen Züge, die hinter der Fassade lagen, die die Wahrheit weggespült hatte.

„Bobbi ist auch in diesem Buch."

„Sie ist eines der Mädchen." Es lag keine Überraschung in ihren Worten.

Ich nickte und nahm das große Notizbuch vom Couchtisch. Als ich zu der Seite geblättert hatte, in die drei Polaroid-Fotos von ihr eingeklebt waren, hielt ich kurz inne und gab das Buch dann an Maja weiter.

Sie strich mit den Fingern über Bobbis blondes Haar. Es waren drei komplett unterschiedliche Bilder. Auf dem einen strahlte sie in die Kamera, streckte ihren Bauch nach vorn. Auf dem zweiten weinte sie und auf dem dritten saß sie verängstigt in einer Ecke.

Wie auch in den vergangenen Stunden blieb mein Blick am letzten Foto hängen. Es weckte jene Gefühle in mir, die ich zu unterdrücken versuchte, seitdem sie mir im Strandhaus die Hand auf den Mund gedrückt hatte. Ich hatte immer gewusst, dass etwas in ihrer Vergangenheit geschehen sein musste. Dass es etwas gab, das sie eines Teils ihrer Menschlichkeit beraubt hatte. Hatte Henry auch Freunde mit nach Hause gebracht, wenn er zwischen seinen Reisen dorthin zurückgekehrt war?

Auch Majas Aufmerksamkeit lag auf dem letzten Bild. Sie hatte einen Finger daraufgelegt und starrte es an.

Irgendwann flüsterte sie: „Du hast also meinen Vater getötet." Dann runzelte sie die Stirn und fragte etwas lauter: „Hast du ein aktuelles Bild von ihr?"

Natürlich hatte ich das. Nicht ein einziges hatte ich gelöscht. Ich zog mein Handy heraus, schaltete es ein und öffnete die Foto-App. Alle Fotos von Bobbi befanden sich in einem separaten Ordner. Das letzte zeigte uns beide am Strand, Eisschollen im Hintergrund, glücklich. Ich starrte darauf, ließ mich kurz in die Vorstellung fallen, wie es danach hätte weitergehen können, wenn sie nicht den Plan verfolgt hätte, mich zu töten. Dann gab ich Maja das Handy.

Sie scrollte durch die Bilder, zoomte so weit hinein, dass sie nur das Gesicht sehen konnte. Nach ein paar Minuten sah sie wieder zu mir auf. „Könnte es sein, dass sie jetzt eine andere Frisur hat?"

„Ja, sicher. Ich nehme es an." Als der Inhalt ihrer ungesprochenen Worte mich erreichte, richtete ich mich auf. Ein kleiner Schlag durchfuhr mich. „Du hast sie gesehen. Vor zwei Jahren."

Sie zögerte, betrachtete wieder die Bilder. Jene auf dem Handy und die im Notizbuch. Dann nickte sie, ganz langsam. „Ja, das habe ich. Sie sagte, ihr Name wäre Karla."

NEUNZEHN

BOBBI

Ich habe sie gefunden.“

Mein Herzschlag beschleunigte sich. „Wo?“

Er nannte den Namen des Ortes und ich grinste. Sie war direkt dorthin gefahren. Was sie wohl inzwischen herausgefunden hatte? Hatte sie Maja getroffen? Für einen Moment stieg Eifersucht in mir auf. Bestimmt war Maja nicht ihr Typ. Sie war optisch das komplette Gegenteil von mir. Aber ich konnte die Vorstellung, dass sie mit einer anderen Frau zusammen war, einfach nicht aushalten.

Aber dann bestätigte er meine Befürchtungen: „Sie ist in

einem kleinen Holzhaus. Es liegt abgelegen im Wald und gehört einer Frau namens Maja Po…“

Ich unterbrach ihn ungeduldig. „Ja, ja, das weiß ich.“

„Du weißt es?“

Ich hatte ihm nie von Maja erzählt. Wozu auch? Uns verband nichts außer dieser einen Nacht. Keine Gespräche, keine Enthüllungen, keine Gefühle. Sie war eine von vielen gewesen. Frauen wie Männern. Auch, wenn es sich mit einer Frau immer ein wenig anfühlte, als würde ich Lara hintergehen.

„Bobbi?“

„Ich war dort, schon vergessen?“

„Nein, natürlich nicht.“

„Wann wird sie weiterfahren?“

„Ich weiß es nicht.“ Sarkasmus erfasste seine Stimme. „Ich habe sie nicht gefragt.“

Mein Fuß wippte auf und ab. Immer schneller. Immer schneller verlor ich die Geduld. Es war nichts mehr übrig. Warum fuhr sie nicht weiter? Wir waren noch immer hunderte Kilometer voneinander entfernt. Es konnte Wochen dauern, bis sie hier auftauchte. Besonders, wenn sie sich zwischendurch Liebeleien hingab und mit irgendwelchen anderen Frauen ihre Lebensgeschichte besprach. Ich war sicher, dass sie es tat.

„Dann bring sie dazu, dass sie weiterfährt.“

„Wie stellst du dir das vor?“ Er zischte flüsternd.

„Keine Ahnung, denk dir etwas aus. Du bist doch sonst so schlau.“

„Ich muss auflegen.“ Er beendete das Gespräch, ohne meine Reaktion abzuwarten, und ließ mich wieder in der Dunkelheit allein. Mit einem neuen, quälenden Gedanken. Was, wenn Lara die Haarfarbe egal war?

ZWANZIG

LARA

Hast du das gehört?“ Ich drehte mich zum Fenster, sprang auf und starrte in die Dunkelheit. Ich drehte am Riegel und zog die Scheibe zu mir. Ich suchte die Umgebung ab, konnte aber nichts finden. Luna hatte sich erhoben und stand nun neben mir. Ich kraulte ihren Kopf. „Hast du auch etwas gehört, Luna?“ Sie bellte einmal auf, legte sich dann aber zurück auf den Teppich.

„Erzählst du mir in den nächsten Stunden noch, woher diese Paranoia kommt?“

Ich schloss das Fenster wieder und drehte mich zurück in den Raum. Mit auf das Fensterbrett gestützten Händen blieb ich stehen. „Ja, das werde ich. Aber erst will ich wissen, wie du Bobbi kennengelernt hast."

Maja leerte ihre Tasse und betrachtete sie für einen Moment. „Jetzt, wo ich weiß, wer sie ist, brauche ich noch einen weiteren Drink. Bist du sicher, dass du dich mir nicht anschließen willst?" Sie zögerte. „Ich bin ziemlich sicher, dass du ihn brauchen wirst."

Ich sah zu Luna, die uns warnen würde, wenn sich draußen etwas regte. Es schüttete noch immer, als wären wir nicht mitten in Osteuropa, sondern in einem tropischen Regenwald. Es war unwahrscheinlich, dass sich jemand da draußen befand. Allerdings hatte ich keine Ahnung, welche versteckten Räume dieses Haus hatte. „Gibt es hier einen Keller?"

„Du meinst, einen Ort, an dem ich erlesene Weine lagere?" Sie erhob und streckte sich.

„Nein, einen Ort, an dem sich jemand verstecken könnte."

Sie lachte auf, aber ich unterbrach sie. „Ich habe fast eine Woche lang in einem Haus gelebt, in dem sich ein Mörder versteckt hat. Es war Winter. Kalt und verschneit. Ich war sicher, der Typ wäre draußen und müsste dort sterben. Aber er wohnte gemütlich im Bootshaus, zu dem es einen geheimen Zugang über das Haus gab. Er hatte einen Generator und einen Eimer, in den er hinein…"

Sie hob beide Augenbrauen und die Hände und starrte mich an. „Also, ich brauche definitiv noch einen Drink. Einen doppelten. Und du kannst von mir aus das komplette Haus durchsuchen."

„Ja, das würde ich tatsächlich sehr gern tun."

„Oh. Okay, gut. Aber falls du auch die Schränke

durchwühlen möchtest, mach dich auf Unordnung gefasst." Offenbar hatte sie nicht damit gerechnet, dass ich ihr Angebot annehmen würde. Aber ich musste wissen, dass niemand hier war. Ich hätte sie schon viel früher darum bitten sollen.

Das Haus war nicht besonders groß. Es gab keine Abstellkammer. Nur das Wohnzimmer, ein Schlafzimmer, die Küche, ein Badezimmer, eine Waschküche und einen Eingangsbereich, von dem alle Räume abgingen. Kein Keller, kein Dachgeschoss, nicht einmal einen Dachboden. Es war eine kleine Holzhütte mit wenig Mobiliar, das keine Geheimgänge zu verstecken schien. Ich überprüfte dennoch jede einzelne Möglichkeit.

Nach zwanzig Minuten ging ich nach draußen. Majas ziemlich neu aussehender SUV stand unter einem Carport. Dort gab es einen kleinen Geräteschuppen, den ich ebenfalls inspizierte. Von der Küche ging eine Terrasse ab, auf der das Feuerholz lagerte und ein Tisch und ein Stuhl eine Sitzgelegenheit boten. Auch hier befand sich nichts Auffälliges, niemand Unerwartetes.

Als ich das Haus wieder betrat, war ich bis auf die Unterwäsche durchnässt.

Maja reichte mir ein Handtuch und ein Glas, in dem eine klare Flüssigkeit etwa drei Zentimeter hoch stand. Ich roch daran und verzog das Gesicht. Es war vier Jahre her, dass ich Vodka getrunken hatte. Zuletzt mit einem Kommilitonen an seinem Geburtstag.

Ich stieß mit meinem Glas gegen ihres und stürzte den gesamten Inhalt mit einem Mal hinunter. „Ich sollte mich umziehen."

Sie nickte. „Ich habe dir ein Handtuch ins Bad gelegt und frische Sachen."

„Ich habe Sachen dabei."

„Oh, richtig. Aber wenn du möchtest, kannst du sie trotzdem anziehen. Sie sind bequem und du hast für die weitere Reise frische Sachen. Die da …“ Sie deutete auf mein T-Shirt, das an meinem Körper klebte. „… trocknen sicher nicht bis morgen.“ Sie ging also bereits davon aus, dass ich am nächsten Tag wieder verschwinden würde. Einerseits erleichterte mich dieses Wissen, andererseits enttäuschte mich die Tatsache, dass sie offenbar nicht wollte, dass ich länger blieb.

„Karla … nein, Bobbi, tauchte eines Tages hier auf.“

„Bei deinem Haus?“

Maja schüttelte den Kopf. „Das habe ich erst nach dem Tod meines Vaters bauen lassen. Ich habe mein komplettes Erbe dafür genutzt, mir einen Ort zu schaffen, an dem ich allein sein kann. Nein, Bobbi tauchte in dem kleinen Café auf, in dem ich arbeitete. Sie hatte kurze braune Haare und zwei Narben im Gesicht.“

„Die hat sie von mir.“

Maja nickte. „Sie erzählte, dass sie der Spur ihres Vaters folgen würde, der vor Jahrzehnten durch unsere Gegend gereist wäre. Das Seltsame daran war, dass wenige Jahre zuvor schon einmal zwei Männer mit dieser Geschichte in unserem Ort waren.“

Ich starrte sie an. Natürlich. „Ihre Brüder.“

Maja runzelte die Stirn. „Echt jetzt?“

„Ich nickte. Karl und Finn.“

„Karl? Dann stand sie dem wohl näher.“

Ich schüttelte den Kopf. „Sie hat jeden von ihnen versucht zu töten. Aber nur bei Finn hatte sie Erfolg.“

Maja lehnte sich gegen die Couch. Wir hatten unseren Platz gewechselt und es uns mit Decken, Tee, einer Flasche Vodka und ein paar Knabbereien gemütlich gemacht. Wieder einmal war es zu gemütlich. Aber ich saugte diesen kurzen Moment auf, sammelte wiederholt Kraft.

„Jetzt mal ehrlich, Lara. Warum sitzt diese Frau nicht im Gefängnis?"

„Ich werde es dir erzählen, aber jetzt muss ich erst einmal diese Geschichte hören."

„Also gut, sie kam in das Café. Ihre Brüder waren nach ein paar Stunden weitergezogen, aber Kar… Bobbi blieb. So lange, bis das Café schloss. Und auch noch danach. Sie verschwand am nächsten Morgen, ohne sich zu verabschieden und ich habe sie nie wieder gesehen."

In mir wallte etwas auf. Ein unbestimmtes Gefühl, das mich mehr und mehr einnahm, bis es schließlich klar genug war, damit ich es greifen konnte. Eifersucht. „Ihr hattet etwas miteinander."

Maja war kein unsicherer Typ. „Ich fürchte schon, ja. Ziemlich schräg, oder?"

„Ja, das ist es. Und irgendwie auch nicht." Ich starrte sie an, wusste nicht länger, ob ich eifersüchtig war, dass jemand mit Bobbi geschlafen hatte, oder dass sie mit Maja im Bett gewesen war.

Der Alkohol hatte meine Nervenbahnen längst erreicht und ich verlor die Klarheit, die ich in diesem Augenblick, in dieser Situation, in diesem Moment so sehr gebraucht hätte. Doch statt mich zu sammeln und weitere Fragen zu stellen, schob ich meine Hand zu Majas Knie.

Ihr Blick heftete sich darauf, folgte ihr, als ich sie ihren Oberschenkel hinaufschob, und erst als ich mein Glas auf den Tisch stellte und mich ihr näherte, hob sie ihn und sah mir in die Augen. „Machst du das nur, weil ich etwas mit

deiner Ex hatte?"

Ich schüttelte den Kopf. „Aber jetzt weiß ich, dass …"

„Was? Dass ich auf Frauen stehe?"

Ich nickte.

„Wir sollten das nicht tun."

Ich schüttelte den Kopf. „Nein, das sollten wir nicht." Meine Stimme klang rau und war so leise wie ein Flüstern. Ich legte die freie Hand auf Majas Gesicht und wartete auf ihre Reaktion.

Sie kam, indem sie mir den Kopf entgegenschob und meine Lippen berührte. Ein Feuerwerk explodierte in mir. Ich riss meine Augen, die sich gerade hatten schließen wollen, wieder auf und erkannte in ihren dasselbe Verlangen, dieselbe Ungläubigkeit. Doch anstatt der Erregung nachzugeben, riss ich mich von ihr, verschränkte die Arme vor der Brust und griff wieder nach meinem Glas. Es war leer und ich füllte es erneut mit zu viel Vodka.

Ich räusperte mich. „Sie ist also einfach verschwunden."

Maja rückte näher zu mir. „Offensichtlich nicht. Am nächsten Tag war mein Vater weg und er tauchte erst über ein Jahr später wieder auf. Man konnte ihn nur noch anhand seiner Zähne und seiner Brieftasche identifizieren."

Sie füllte ihr eigenes Glas und stieß damit gegen meins. „Ich weiß nicht, ob ich lesbisch bin. Das wäre auch ein zu großer Zufall, oder?" Sie sah zu mir und ich wandte den Blick langsam wieder in ihre Richtung.

„Aber ich werde mich nie wieder von einem Mann anfassen lassen." Sie trank den Vodka in einem Zug und ich tat es ihr gleich. Sie stellte beide Gläser auf den Tisch.

„Das ist doch total schräg." Entgegen meiner Worte legte ich meine Hand erst auf ihren Bauch und strich dann weiter zu der Wölbung ihrer Brüste.

Maja stöhnte leise auf und ich vergaß die letzten

Bedenken, das, was uns verband, und das, was uns trennte. Nur heute. Nur dieser eine Moment. Es würde helfen. Es half schon jetzt.

Nun war es Maja, die sich mir näherte, mich in die Kissen des Sofas drückte und mich schließlich küsste. Nicht sanft oder vorsichtig. Nein, ihr Kuss drückte all das Verlangen aus, das ich in ihrem Blick gesehen hatte. Wir versanken in Berührungen, zogen uns die Kleidungsstücke von den Körpern und hielten für einen kurzen Moment inne, bevor wir die nackte Haut der anderen betasteten. Mit den Fingern, den Lippen. So lange, bis das Feuer in uns den Wellen der Befriedigung wich und wir nebeneinander schwer atmend zusammensanken.

EINUNDZWANZIG

Ich biss die Zähne aufeinander, um nicht laut aufzustöhnen, während ich mich in meine Hand ergoss. Ich war sicher, dass sie mich nicht sehen konnten. Ich stand im Dunkeln, aber das große Fenster war wie ein überdimensionierter Fernseher, in dem ich das Liebesspiel der beiden unbeobachtet verfolgen konnte.

Ich mochte keine Lesben. Aber die beiden waren wirklich heiß. So heiß, dass mein Schwanz noch immer hart in meiner Hand lag, während sich mein Atem nach und nach beruhigte.

Ein Lächeln legte sich auf meine Lippen. Das war doch eine angenehme Entschädigung dafür, dass ich seit Stunden hier draußen im Regen ausharrte, Laras Hausumrundung vor ein paar Stunden gerade so entkommen war und keine Ahnung hatte, wie ich heute Nacht überhaupt schlafen sollte, ohne Gefahr zu laufen, entdeckt zu werden oder Laras Abgang am nächsten Tag zu verpassen.

Für den Moment ließ ich mich zu den Wurzeln des Baumes sinken, an dessen Stamm ich mich gelehnt hatte. Mein Blick ruhte weiter auf den beiden nackten Körpern, die scheinbar reglos dalagen.

ZWEIUNDZWANZIG

LARA

Ich strich mit zwei Fingerspitzen über Majas Brüste. Eine Gänsehaut folgte der Berührung und ihre Brustwarzen verhärteten sich.

Sie stöhnte auf. „Lass das!“

Ich grinste und küsste die Brustwarze, saugte daran und umspielte sie mit der Zunge.

Maja lachte auf und schob mich von sich. Dann setzte sie sich auf und zog ihr T-Shirt über.

„Was tust du da?“

Sie sah zu mir, verschränkte die nackten Beine im Schneidersitz, sodass ich einen ungestörten Blick auf ihre entblößte Mitte werfen konnte. Ich setze mich neben sie, blieb jedoch nackt.

Sie füllte unsere Gläser und reichte mir meines. Ich spürte den Alkohol der vergangenen Stunden nicht mehr und betrachtete mein Glas. Dann kippte ich auch diesen Inhalt in mich hinein. Ich hoffte, dass dies eine der Vodka-Sorten war, bei denen man die Kopfschmerznebenwirkung eliminiert hatte. Maja tat es mir gleich und ich betrachtete sie dabei. Mein Herzschlag, der sich gerade wieder beruhigt hatte, wallte auf und mir wurden zwei Dinge klar. Erstens war ich nicht darauf eifersüchtig gewesen, dass Bobbi mit einer anderen Frau geschlafen hatte. Tatsächlich war es mir, wie ich mit einem zufriedenen Lächeln feststellte, egal.

Zweitens war es mir nicht egal, dass Maja mit Bobbi im Bett gewesen war. Vom ersten Moment an war mir diese Frau nicht egal gewesen. Vom ersten Moment an war diese Intensität zwischen uns für mich greifbar gewesen.

Okay, es waren drei Dinge. Aber die dritte Sache wollte ich mir nicht eingestehen. Es war die vollkommen falsche Situation. Nach diesen Gesprächen mit Maja zu schlafen, war so, als würde man Mary Poppins als Soldat in einen Schützengraben schicken. Ja, es war so ähnlich. Und genau deshalb war es richtig gewesen. Vielleicht hatte ich mich zu schnell auf sie eingelassen, aber wenn ich über die Alternative nachdachte, verengte sich meine Magengegend. Weiter über all das Böse zu sprechen, das ihr und mir widerfahren war, hätte mich zu viel Kraft gekostet. Scheinbar funktionierte mein Lebensinstinkt doch noch, wenn auch bei Weitem nicht so gut wie mein Überlebensinstinkt.

„Ich wünschte, ich könnte für eine Weile hierbleiben."

Sie sah mich an, strich mir eine Strähne hinters Ohr und lächelte. „Aber das kannst du nicht." Sie brachte damit nicht zum Ausdruck, dass sie mich nicht hier haben wollte. Nun ja, vielleicht doch. Ich wusste schließlich nicht, was in ihrem Kopf passierte. Aber es fühlte sich an, als spürte sie, dass ich meine Reise nicht einfach abbrechen konnte.

Ich schüttelte den Kopf.

„Vielleicht könntest du wiederkommen." Sie sagte es nicht vorsichtig, sondern mit klarer, fester Stimme.

Ja, vielleicht könnte ich wiederkommen. Aber dafür musste ich ein Ende finden und dieses Ende überleben.

„Warum kannst du nicht bleiben?"

„Ich bin sicher, sie wartet auf mich." Und dann erzählte ich Maja von Bobbi. Wie wir uns kennengelernt hatten, wie mein Großvater und meine Mutter gestorben waren. Wie Bobbi mich dazu überredet hatte, ins Strandhaus zu fahren.

Ich erzählte vom Wald, vom Segler, von Finn und Niklas und dem toten Polizisten. Alex. Kein Detail ließ ich aus. Keinen Moment vergaß ich zu erwähnen. Ich erzählte die Geschichte so, wie ich sie erlebt hatte. Es klang wie ein Thriller und Maja hing an meinen Lippen. Die Flasche war leer, als ich keine Worte mehr hatte. Als alles erzählt war und nur noch der fahle Geschmack übrig blieb, der mich daran erinnerte, dass es noch immer nicht vorbei war.

„Was glaubst du, wer F ist?"

Ich zuckte mit den Schultern. „Ich bin sicher, sie weiß es."

Maja verstand, warum ich die Polizei nicht einschaltete. Vielleicht verstand sie meine Gründe nicht, aber sie wusste, dass die Polizei nicht immer half.

„Was hast du vor, wenn du sie gefunden hast?" Ihre Stimme war so klar wie ihre Frage. Keine Angst, keine Abneigung lag dahinter verborgen.

„Ich gehe davon aus, dass eine von uns beiden diese Begegnung nicht überlebt."

„Du willst sie töten."

Die Emotionen wichen aus meinem Körper, wie immer, wenn ich daran dachte. Die Wahrheit war, dass ich nicht zulassen konnte, dass sich Gefühle in meinen Weg stellten. Dass es anders sein könnte, anders sein würde, wenn sie vor mir stand, verdrängte ich. „Das ist nicht meine erste Wahl. Ich würde sie gern im Gefängnis sehen. Ich möchte, dass sie für das büßt, was sie getan hat." Der leise Funken, von dem ich geglaubt hatte, er würde ewig glühen, war verschwunden. Ich hatte mir etwas vorgemacht. Wie hatte ich nur glauben können, diese Frau, die für den Tod meiner Familie verantwortlich war, die versucht hatte, mich zu töten, noch immer zu lieben?

„Dann brauchst du die Polizei."

Ich nickte. „Aber erst zum Schluss."

Wir schliefen in dieser Nacht weitere Male miteinander.

Als der Morgen graute und der Regen endlich nachließ, beendeten wir die schlaflose Nacht mit einem kleinen Frühstück. Maja lieh mir weitere Klamotten und versprach, die meinen gut aufzubewahren. Wir würden einander wiedersehen. Ich hatte ein gutes, lebensbejahendes Ziel, das hinter all dem lag. Endlich gab es etwas, auf das ich hinarbeiten konnte. Etwas, das mir einen Sinn gab, um zu überleben. Ein neues Leben zu beginnen.

Maja brachte mich mit dem Auto zum Bahnhof und ich stieg in den nächsten Zug. Die Fahrt würde einige Stunden dauern, was nicht daran lag, dass mein nächstes Ziel weit entfernt lag. Es war einfach ein elend langsamer Zug. Aber ich würde die Fahrt nutzen. Ich konnte ein oder zwei

Stunden schlafen und das Internet nach neuen Hinweisen durchforsten. Vielleicht hatte man eine weitere Leiche gefunden. Dazu hatte ich allerdings nur an größeren Bahnhöfen Gelegenheit und der nächste lag eine Stunde entfernt.

Also fixierte ich den Rucksack um meinen Arm und schloss die Augen. Dahinter tauchte Majas Gesicht auf. Zuhause hatte ich mich dagegen gewehrt, anderen zu nahe zu kommen. Warum hatte ich es bei Maja zugelassen? Die Antwort war einfach: Sie hing bereits mit drin. Ich hatte Piya und die anderen schützen wollen. Sie sollten kein Teil meiner Welt sein. Maja war es.

Irgendwann vermischte sich ihr Gesicht mit denen von Bobbi und Finn und Karl. Aus Bäumen wurden Wellen und Lunas Bellen wurde durch das Geräusch eines Pistolenschusses abgelöst. Ich versank in diesen vertrauten Schrecken und schlief binnen Sekunden ein.

Als ich wieder aufwachte, hatten wir die nächstgrößere Stadt erreicht. Es war später Vormittag, auf dem Bahnsteig wimmelte es von Menschen und ich ließ meinen müden Blick über ihre Köpfe gleiten, suchte nach einem bekannten Augenpaar. Aber ich fand nur Fremde, sog mich an dem Bild einer kleinen Familie fest, die auf einen anderen Zug wartete, besann mich schließlich und zog das Tablet aus dem Rucksack.

Mein Netzempfang war stark genug, um das Internet aufzurufen. Ich klickte mich durch die üblichen Websites, Polizeimeldungen und Social Media Accounts. Nichts. Also würde ich meine Fahrt wie geplant fortsetzen und den nächsten Mann aus HKBs Notizbuch ausfindig machen. Den übernächsten, denn der nächste war vor Jahren an einem Herzinfarkt gestorben.

Eigentlich hatte ich nur jene Orte besuchen wollen, in denen ein Mann aus dem Notizbuch als vermisst gemeldet worden war, aber in den vergangenen 24 Stunden hatte ich meine Meinung geändert.

Für einen Moment ließ ich die Tatsache, dass Maja und ich weniger als einen Tag miteinander verbracht hatten, auf mich wirken. Es schien undenkbar. Wir hatten in diesen wenigen Stunden mehr miteinander geteilt, als ich es mit den meisten anderen Menschen jemals getan hatte. Es war eine intensive Zeit, die Material für mehrere Monate geboten hätte. Ich war nicht sicher, ob wir uns tatsächlich wiedersehen würden. Für den Moment blieb sie jedoch ein Teil meiner Geschichte. Als eine Erinnerung und als ein Funke, der mir Hoffnung gab.

Ich las den Eintrag für den folgenden Ort ein weiteres Mal:

Unterkunft behaglich. Fast schon zu alt. Neugierige Nachbarn.

Außer Datum, Ort und Namen war das alles. Ein Stern neben dem Namen hob den Eintrag jedoch von allen anderen ab. Was er bedeutete, wusste ich nicht. Zweifel stiegen in mir auf und ich hinterfragte meine neuen Beweggründe. Es hatte keinen Sinn, in diesen Orten nach Bobbi zu suchen. Sie würde nicht dort sein. Und selbst wenn jemand sie gesehen hatte, wäre sie inzwischen über alle Berge gewandert. Sie hatte Majas Dorf vor über zwei Jahren verlassen. Ich hatte keine Ahnung, in welchem Tempo sie sich bewegte. Würde sie auf mich warten oder davonlaufen? Wusste sie, wo ich war? Dass ich ihr auf der Spur war?

Tatsächlich hatten die zusätzlichen Stopps einen anderen Hintergrund. Einen, der nichts mit Bobbi zu tun hatte. Seitdem ich das Album gesehen hatte, ging es nicht mehr nur um

Rache oder einen Abschluss eines Lebens, das ich längst hinter mir hätte lassen sollen. Jedes einzelne Gesicht hatte sich in mein Gehirn gebrannt. Zusammen mit einem Gedanken. Majas Vater war vor zwei Jahren gestorben. Aber das Netzwerk konnte noch immer existieren. Vielleicht gab es noch immer Mädchen, die sich in der Gewalt dieser Männer befanden. Die für die Freunde dieser Männer bereitstehen mussten. Enkeltöchter, Mädchen aus der Nachbarschaft.

Ein Schauder lief über meinen Körper und breitete sich in Form einer Gänsehaut auf meinen Armen aus. Mir wurde schlecht und ich verließ meinen Platz, um das WC aufzusuchen. Dort angekommen erbrach ich jenen Teil meines Frühstücks, den mein Magen noch nicht verdaut hatte, ließ Wasser über meine Arme laufen und spritzte mir welches ins Gesicht. Dann spülte ich meinen Mund aus, spuckte mehrfach ins Becken und versuchte, meinen Atem unter Kontrolle zu bringen.

Ich hob den Blick. Der Spiegel war zerkratzt und ich erkannte kaum mein Gesicht darin. Dahinter sah ich HKB, wie er mich vor den Toiletten angegrinst hatte. Ich erinnerte mich daran, wie er mich angesehen hatte, als er am Fuß der Treppe bei meinem Großvater stand. Die Selbstverständlichkeit darin. Das Bewusstsein, dass ich ihm nicht entkommen konnte. Bis zu diesem Moment hatte ich gedacht, dass er mich für klein und schwach gehalten hatte. Dass er deshalb nicht geglaubt hatte, ich könnte etwas gegen ihn ausrichten.

Aber der Hintergrund war ein anderer. Es war Routine. Eine Gewohnheit. Etwas, das er schon so oft getan hatte, dass sein Gehirn gelernt hatte, wie diese Situationen abliefen. Vielleicht hatte mich das gerettet. Vielleicht wäre er vorsichtiger gewesen, wenn ich die Erste gewesen wäre.

Jemand klopfte gegen die Tür und riss mich damit aus den Gedanken, die mich in dieses stinkende Klo geführt hatten. Ich öffnete die Kabine, sah in die Augen eines Mannes und dahinter einen weiteren, der in seine Zeitung vertieft an der Wand lehnte. Ich schob mich an beiden vorbei. Fremde.

Auch Maja war eine Fremde gewesen. Sie war es immer noch, egal, was wir geteilt hatten. Sie würde es so lange bleiben, bis ich einen Schlussstrich ziehen konnte.

Sollte ich Bill anrufen? Sollte ich ihm von meinem Fund erzählen? Sollte er die Bilder und die Namen an die Polizei weiterleiten? Ihnen ein weiteres Schriftstück vorlegen, in dem diese Namen standen. HKBs Notizbuch hatten sie nicht weiter überprüft. Warum hätten sie das auch tun sollen? Es war nichts Falsches daran, die Namen von Menschen aufzuschreiben, die man in einem Ort kennenlernte. Auch ich hatte lange Zeit gedacht, es wären die Namen von Stadtvorstehern oder anderen Personen, die HKB bei seinen Recherchen geholfen hatten.

Erst als ich vom Tod von Majas Vater gelesen hatte, war ich stutzig geworden. Erst da hatte ich die anderen Namen überprüft und war zu der Überzeugung gekommen, dass Bobbi diesen Namen eine andere Bedeutung zumaß. Und nun wusste ich, welche. Aber woher hatte sie die Informationen? Maja konnte sie ihr nicht gegeben haben, denn sie kannte das Buch vor dem Tod ihres Vaters nicht. Hatte sie seine Wohnung durchsucht?

Ich dachte an Maja, die all diese Informationen für sich behielt. Seit Monaten. Vielleicht glaubte sie, dass es vorbei war. Dass mit dem Tod ihres Vaters auch die anderen Männer aufgehört hatten, das Leben von Kindern zu zerstören. Vielleicht wollte sie auch einfach nicht den Männern begegnen, die sie vor Jahrzehnten misshandelt hatten. Wer konnte es ihr verübeln?

Ich erreichte meinen Platz und als ich mich setzte und aus dem Fenster sah, überkam mich ein seltsames Gefühl und dann riss der Nebel auf und ich wusste, warum Maja die

Männer nicht verfolgte. Die Verjährungsfristen für Kindesmisshandlung waren lächerlich. Es war lächerlich, dass dieses Verbrechen überhaupt verjährte, noch immer verjährte.

Der Zug würde noch zehn Minuten im Bahnhof stehen. Ich zog das Tablet wieder aus dem Rucksack. Ein Druck lag um meinen Hals. Wie würde es für Maja sein, wenn sie den Männern gegenüberstehen würde und wüsste, dass sie für ihre Taten nicht mehr belangt werden konnten?

Ich verstand also, warum sie den Weg zur Polizei nicht gehen konnte. Dennoch war es möglich, dass noch immer Mädchen unter diesen Männern litten. Und vielleicht waren noch nicht alle Missbrauchsfälle verjährt.

DREIUNDZWANZIG

Fast hätte Lara mich entdeckt. Schon wieder. Ich hatte es gerade noch so geschafft, auf den Zug aufzuspringen. Natürlich hatte sie selbst am Fenster gestanden, um sich von ihrer neuen Freundin zu verabschieden. Zum Glück waren die beiden so sehr in ihr Geturtel vertieft gewesen, dass sie mich nicht bemerkt hatten.

Ich hatte mein Motorrad am Bahnhof zurücklassen müssen. Zum Glück hatte ich es rechtzeitig erreicht, um den beiden überhaupt dorthin folgen zu können. Aber nun war ich darauf angewiesen, dieselben Verkehrsmittel zu benutzen wie Lara.

Jetzt also den Zug. In dem sie mich fast entdeckt hatte. Gerade noch rechtzeitig hatte ich die Zeitung vors Gesicht gehoben, die ein anderer Fahrgast zurückgelassen hatte. Lara hatte mich sogar berührt. Ihre Hand hatte mein Bein gestreift. Dadurch war die Erinnerung an die letzte Nacht wieder aufgeflammt. Der Lesben-Porno hinter dem Fenster. Nicht der Regen, der erst in den Morgenstunden aufgehört hatte, sich über mich und die Welt zu ergießen. Na ja, jedenfalls suchte ich das WC direkt nach dem Typen auf, der es nach Lara betreten hatte, und erlöste mich von der Erinnerung.

Nun stand ich wieder auf meinem Posten. Würde sie den Zug verlassen, dann durch diese Tür. Für den Fall, dass sie den anderen Ausgang nahm, spähte ich jedoch bei jedem Halt aus dem Fenster. Ich durfte sie auf keinen Fall aus den Augen verlieren.

VIERUNDZWANZIG

LARA

Den Rest der Fahrt las ich wieder und wieder das Notizbuch, besah die Bilder, wenn ich keinen Sitznachbarn hatte, und plante, wie ich dem Mann gegenübertreten sollte, der im nächsten Ort wartete.

Meine Recherchen hatten ergeben, dass es sich um den Bürgermeister des kleinen Ortes handelte. Immer waren es kleine, fast winzige Orte. Orte, in denen die Menschen doch normalerweise alles über ihre Nachbarn wussten. Konnte es sein, dass so viele Menschen schwiegen?

Es würde nicht leicht sein, an diesen Mann heranzukommen. Ich würde mich als Reporterin ausgeben, die einen Artikel über die vergessenen Orte des Ostens schrieb. Warum ich ausgerechnet diesen Ort ausgewählt hatte, musste ich mir jedoch noch überlegen. Ich hoffte darauf, die Antwort in den Straßen zu finden. In den Gesichtern der Menschen.

Auch das war ein Grund, weshalb ich die Bilder studierte. Vielleicht würde mich eines dieser Augenpaare fragend ansehen. Vielleicht lebte eines dieser Mädchen noch dort. Inzwischen als erwachsene Frau, die vielleicht selbst Kinder hatte.

Maja hatte mir versichert, niemals Kinder zu bekommen. Aber sicher dachten nicht alle Frauen so. Und nicht alle Frauen hatten die Möglichkeit, eine Schwangerschaft abzubrechen, wenn sie ungewollt eintrat.

Nach zwei weiteren Stunden fuhr der Zug in einen kleinen Bahnhof ein. Ich würde noch einen Teil des Weges mit dem Bus zurücklegen müssen. Ich streckte mich, stellte den Rucksack neben mich auf den Boden und sah mich um.

Außer mir hatten drei oder vier weitere Menschen ihr Ziel erreicht und stiegen aus dem Zug. Jeder einzelne verließ den Bahnsteig ohne Zögern durch die großen Flügeltüren, die in das Bahnhofsgebäude führten. Als sie sich öffneten, erkannte ich einen kleinen Imbiss. Mein Magen machte sich umgehend bemerkbar. Es war nach Mittag und ich hatte seit dem kleinen Frühstück bei Maja nichts zu mir genommen.

Ich entschied mich dafür, zunächst die Abfahrtszeiten des Busses zu kontrollieren und dann etwas zu essen.

Die Haltestelle befand sich genau vor dem Gebäude. Ein Bus wartete bereits dort und die wenigen Menschen, die den Zug verlassen hatten, stiegen ein.

Ich ging zum Fahrplan. Der Bus würde in fünf Minuten abfahren. Es war der einzige, der an diesem Tag fuhr. Ich schwankte. Ich wollte so schnell wie möglich vorankommen, aber wenn ich nicht bald etwas aß, würde mein Gehirn seinen Dienst verweigern. Außerdem sträubte sich alles in mir, mich direkt wieder in ein stickiges Fortbewegungsmittel zu quetschen. Sicher, es waren nur etwa zwanzig Kilometer bis zum Ort des Bürgermeisters, aber … Genau, es waren nur zwanzig Kilometer. Eigentlich würde mir der Fußmarsch ganz guttun. Auf diese Weise würde ich außerdem weniger Aufmerksamkeit auf mich ziehen.

Ich sah zum Himmel. Er war klar. Die Sonne wärmte die Luft gerade so weit auf, dass es angenehm und nicht zu heiß war. Die Entscheidung war getroffen. Ich zuckte mit den Schultern, drehte mich zurück zum Bahnhofsgebäude und freute mich darauf, etwas zu essen, und auf die anschließende Bewegung.

Das Essen hatte meinen Bauch gefüllt, auch wenn es nicht die hochkulinarische Mahlzeit war, die ich mir gewünscht hätte. Dennoch hatte es mich gestärkt. In einem winzigen Supermarkt hatte ich meine Wasservorräte aufgefüllt und mir ein paar Snacks für den Weg besorgt.

Nun lief ich die Straße entlang, die der Bus vor einer guten Stunde genommen hatte. Wann immer es möglich war, lief ich auf dem danebenliegenden Grasstreifen. Feldwege mied ich. Auch hier schien es in der letzten Nacht stark geregnet zu haben. Der Sand hatte sich mit dem Wasser zu Matsch verbunden und ich war bereits einmal auf der glitschigen Pampe ausgerutscht. Obwohl ich mich hatte auffangen können, war ich nicht scharf darauf, mein Glück ein weiteres Mal zu provozieren.

Die Autos rasten mit überhöhtem Tempo und unmelodische Liedchen hupend an mir vorbei und mehr als ein Mal sah ich, wie jemand den Mittelfinger aus dem Fenster streckte.

Nach vier Stunden erreichte ich das Ortseingangsschild. Es war später Nachmittag. Ich war müde, hatte Hunger und würde an diesem Tag keinen vernünftigen Auftritt mehr hinlegen können. Weil es in diesem Kaff jedoch weder ein Hotel noch eine Pension gab, beschloss ich, mir etwas zu Essen zu besorgen und danach mein Zelt am Waldrand in der Nähe eines Sees aufzuschlagen. Der Himmel war noch immer klar, vor Wildschweinen hatte ich inzwischen keine Angst mehr und vor Menschen schon gar nicht.

Natürlich erregte ich die Aufmerksamkeit der Menschen auch, ohne Passagier im Bus gewesen zu sein. Ich nickte ihnen zu, erklärte der Bedienung in der Gaststätte, dass ich auf der Durchreise sei, und vertiefte mich beim Essen in die Tageszeitung, die ich mir in einem kleinen Laden besorgt hatte.

Hier zu sitzen war wie eine Zeitreise in eine Vergangenheit, für die ich zu jung war, um sie erlebt zu haben. Es schien, als wären weder die Vorhänge noch die Stühle in den vergangenen vierzig Jahren ausgetauscht worden. Auch das Essen sah aus, als sollte es für ein Kochbuch der Achtziger Jahre Modell stehen.

Es wunderte mich deshalb nicht, dass mein Telefon keinen Netz-Empfang fand, als ich es einschaltete. Der arme Bill hatte seit zwei Tagen nichts von mir gehört. Sicher machte er sich Sorgen. Ich schrieb ihm eine Nachricht, die hoffentlich irgendwann versandt werden würde, und sah mich nach einem Festnetztelefon um. Im Notfall konnte ich es mit der Achtziger-Methode versuchen.

„Kann ich Ihnen noch etwas bringen?“

Ich sah zu der Kellnerin auf. Sie war in meinem Alter und vermutlich sah ich ihr zu lange in die Augen. Sie runzelte die Stirn. Auch sie war eine Fremde. Keines der Mädchen auf den Fotos.

Ich nickte. „Ein Kaffee wäre toll. Mit Süßstoff, wenn sie den haben."

Sie schüttelte den Kopf. „Bei uns gibt es nur Zucker."

Bei uns. Natürlich. Schon ihr Blick, den sie auf mich geheftet hatte, als ich den Laden betreten hatte, hatte mir verraten, dass nicht sie die Fremde war, sondern ich. Ich hatte hier nichts verloren. Ich war hier nicht erwünscht. Mein Auftreten hatte mich im ersten Augenblick als jemanden identifiziert, der hier nicht hergehörte.

„Dann trinke ich ihn schwarz." Ich hatte diese Sprache, genau wie drei weitere so intensiv gelernt, dass ich mich fließend ausdrücken konnte und alles verstand. Das Internet und die vielen Menschen dort, die meine Muttersprache lernen wollten, hatten mir dies ermöglicht. Ich hatte vier Tandempartner, mit denen ich fast täglich sprach. Zu Beginn war es verwirrend gewesen, die einzelnen Sprachen auseinanderzuhalten, aber letztendlich hatte es mir geholfen, sie schneller zu lernen. Im Kern ähnelten sie einander.

Da ich von Anfang an das Gefühl hatte, Bobbi könnte dem Weg ihres Vaters folgen, hatte ich schon vor drei Jahren damit begonnen. Jedoch hatten mir zu diesem Zeitpunkt die konkreten Beweise gefehlt und ich hatte nicht unvorbereitet auf sie treffen wollen.

Also trainierte ich meine Schlagkraft, meine Koordination und meine Reflexe genauso intensiv wie meine Zunge. Ich belegte Online-Kurse, ging in eine Sprachschule. Ich begann, in den anderen Sprachen zu lesen, hörte Radiobeiträge und über das Internet sah ich mir Fernsehserien an, von denen ich anfangs nichts und später alles verstand.

Dennoch war mein Akzent sicher eindeutig. Ich war nicht nur eine Fremde, sondern auch eine Ausländerin. Ihre Abneigung war greifbar und ich verzichtete darauf, sie nach dem Bürgermeister oder irgendetwas anderem zu fragen.

Nach dreißig Minuten verließ ich die Gaststätte, die dieses längst vergessene Wort auch wirklich verdiente, und erkundete das Dorf. In einem Laden besorgte ich mir ein weiteres Mal Getränke und Snacks, aß auf einer Bank nahe einer Wiese ein Eis und beobachtete einige Männer, die ein Auto über die einzige Hauptstraße des Ortes zur einzigen Werkstatt schoben. Den Schildern nach konnte man dort auch Waschmaschinen, Mikrowellen, Staubsauger und so ziemlich jedes andere technische Gerät reparieren lassen.

Als das Sonnenlicht sich mehr und mehr in ein sattes Gelb wandelte, beschloss ich, den Weg zum See hinter mich zu bringen und mein Zelt an dessen Ufer aufzuschlagen. Vielleicht konnte ich noch eine Runde schwimmen gehen, bevor die Sonne endgültig hinter dem Horizont versank.

Hätte mir vor dreieinhalb Jahren jemand gesagt, dass ich einmal den Mut finden würde, eine Nacht allein in einem Zelt an einem See zu verbringen … Nun ja, die Zeiten ändern sich, richtig? Ich hatte in den vergangenen Jahren nicht nur meinen Mut wieder zusammengekratzt, ich hatte ihn gestählt, vergrößert und ihm erklärt, dass ich nie wieder Angst haben würde.

Außerdem hatte ich eine Pistole und ein Messer und konnte mich gegen vier erwachsene Männer gleichzeitig verteidigen. Aber das Wichtigste war, dass ich mich nicht davor fürchtete zu sterben. Der Tod war so gut wie das

Leben. Es wäre ein schnellerer Schlussstrich, würde mir eine enorme Last von den Schultern nehmen und mir die Strapazen der kommenden Wochen ersparen.

Ich hätte dieses Ende schon früher setzen können. Es meinem Weg selbst setzen können. Aber immer, wenn ich daran dachte, sah ich den toten Polizisten im Haus meines Großvaters liegen. Er sollte nicht umsonst gestorben sein.

Deshalb beobachtete ich in diesem Moment, wie die Sonne ihre letzten Strahlen auf dem See ausbreitete, ihn golden färbte und dieser Welt einen Anstrich gab, der sie zu etwas Schönem machte. Der für einen Augenblick die Schatten vertrieb, die die hochstehende Sonne und die Dunkelheit der Nacht hervorriefen. Die Dämmerung zog dem Bösen eine Maske auf. Einen Schleier.

Das Zelt war für jeden sichtbar. Ich hatte darüber nachgedacht, mich zu verstecken, mich aber dagegen entschieden. Wenn Bobbi in diesem Ort war, wusste sie längst, wo ich mich befand. Sie würde mich beobachten und wenn sie das tat, sollte sie nicht glauben, dass ich Angst vor ihr hatte. Sie sollte auf den ersten Blick erkennen, dass ich stärker und ein anderer Mensch war als vor drei Jahren.

Vielleicht war es dumm, mich so offen zu zeigen, aber ich hatte keine Lust auf ein Versteckspiel.

Das Wasser tropften von meinen Haaren auf meine Schultern. Ich brühte etwas Wasser über dem kleinen Gaskocher auf, den ich im Camping-Geschäft gekauft hatte, und gab Instant-Kaffee in die metallene Tasse. Zusammen mit etwas Stevia, wovon die Frau in der Gaststätte vermutlich noch nie etwas gehört hatte.

Die Stille, die meiner Aktivität folgte, nahm mich völlig ein. Ich ließ mich in sie fallen, schaffte es, meinen Kopf für einen Moment zu leeren, die Gedanken hinter den Schleier der goldenen Sonne zu verbannen und zu atmen. Tief und fest zu atmen. Klare, reine Luft, die meine Lungen aufblähte und deren Sauerstoff bis in die äußersten Adern meines Körpers strömen ließ.

Ich sammelte Kraft für das, was kommen würde.

Irgendwann erhellte nur noch das fahle Licht des Mondes den See und die Umgebung. Ich entschied, dass es Zeit war zu schlafen, räumte meine Sachen zusammen, kroch mit ihnen ins Zelt, zog den Reißverschluss nach oben und fixierte ihn mit einem Schloss.

Natürlich konnte ein einfaches Küchenmesser die Zeltwand aufschneiden. Aber dies erforderte ein gewisses Maß an Kriminalität.

Als ich mich in meinen dünnen Schlafsack gezwängt hatte, zog ich das Handy aus dem Rucksack. Das Solar-Ladegerät hatte den Akku während meines Zwanzigtausendmeter-Spaziergangs geladen. Hier unten hatte ich erneut keinen Handyempfang, aber irgendwann zwischen meinem frühen Abendessen und diesem Moment der heimeligen Einschlafzeit musste das Gerät Verbindung zu einem Netzwerk aufgebaut haben.

Die Nachricht an Bill war versendet und er hatte mir zurückgeschrieben: ‚Kann dich nicht erreichen. Hast du schon etwas herausgefunden?'

Ich verdrehte die Augen. Sollte er nun wirklich und endlich Interesse zeigen? Sollte ich ihm vielleicht doch alles erzählen, ihn einweihen und ihm so die Möglichkeit geben, mir zu helfen? Etwas in mir sträubte sich dagegen. Zumindest noch. Ich brauchte einen weiteren Beweis. Einen einzigen, dann würde ich ihm erzählen, was ich herausgefunden hatte.

Für den Moment konnte er sich damit begnügen, dass ich lebte und ihn darüber unterrichtete. Ich schrieb: ‚Möglicherweise. Melde mich, wenn ich wieder mehr Empfang habe und wir telefonieren können.‘ Dann legte ich das Handy zur Seite, griffbereit neben die Pistole zu meiner Rechten. Das Messer lag links von mir. Der Schlafsack war nicht verschlossen. Ich war bereit und konnte mich deshalb entspannen, die Augen schließen und mich den gewohnten Bildern hingeben.

FÜNFUNDZWANZIG

Das konnte unmöglich ihr Ernst sein. Eine weitere Nacht im Wald. Wenigstens regnete es heute nicht. Meine Klamotten waren auf dem langen Weg vom Bahnhof hierher vollständig getrocknet, ja, aber die Erde um mich herum war nass. Viel Schlaf würde ich wieder nicht finden. Oh, wie ich sie hasste. Sie würde büßen für diese Strapazen.

Aber nicht heute Nacht. Ich musste Geduld haben.

Fast wäre ich ohne sie mit dem Bus gefahren. Im Nachhinein wäre es die bessere Variante gewesen. Ich hätte zumindest für einen Moment die Augen schließen können. Aber als Lara am Fahrplanschild umkehrte, konnte ich nicht sicher sein, was sie als Nächstes tun würde. Es war denkbar, dass sie ihr Ziel änderte. Das kannte ich im Übrigen nur deshalb, weil sie es Maja vor deren dämlicher Holzhütte erzählt hatte.

Es wäre gefährlich gewesen, mit Lara im selben Bus zu fahren. Ich wollte schließlich nicht, dass sie auf mich aufmerksam wurde. Aber ich hätte mich erneut hinter meiner Sonnenbrille und der Zeitung versteckt. Sie würde mich nicht erkennen. Dafür trug ich Sorge.

Das Licht in ihrem Zelt verlosch. So eine Aktion hatte ich nicht von ihr erwartet. Ja, sie war außerordentlich gut im Krav Maga, aber dass sie den Mut besaß, eine Nacht allein an einem See zu verbringen, imponierte mir fast.

Sie war nicht die, für die ich sie hielt, so viel war klar. Ich freute mich auf den Moment, in dem ich mich ihr endlich zeigen konnte. Ihr endlich offenbaren konnte, wer ich wirklich war. Den ganzen Quatsch richtigstellen, an den sie sich in den letzten Jahren geklammert hatte. Die Lügen und die Hoffnungen zerstören und entlarven. Lara glaubte, dass sie alles im Griff hatte. Dabei hatte sie nicht die leiseste Ahnung, wer sie im Griff hatte.

SECHSUNDZWANZIG

LARA

„Aufwachen und Rauskommen! Sofort!"

Für einen Moment verstand ich die Worte nicht. Mein noch immer träumendes Gehirn brauchte ein paar Sekunden, bevor es das Übersetzungsprogramm gestartet hatte. Ich war bei dem Geräusch der Schritte aufgewacht, aber mein Sprachzentrum hielt nicht mit meinem Flucht- oder Kampf-Instinkt schritt. Während dieser Teil meines Gehirns noch geschlafen hatte, war mein Körper bereits angespannt und ich hockte mit der Waffe in der Hand im Zelt.

„Kommen Sie da sofort raus!"

Es war noch nicht hell. Aber es war auch nicht mehr dunkel. Nicht so richtig.

„Hören Sie mich?" Die Stimme vor dem Zelt war laut und wütend. Vielleicht war der Mann ja doch gefährlich.

Ich wischte mir über die Augen und zog die Schuhe an. „Ja, ja. Jetzt lassen Sie mich doch erst einmal aufwachen." Was erwartete der Kerl? Dass ich bis fünf zählte und mit geputzten Zähnen vor ihm stand?

„Raus da! Sie dürfen hier nicht zelten."

„Moment!" Auch meine Stimme fand nun ihre Kraft und ich richtete mich auf. Offensichtlich wollte er mich nicht überfallen. Ich hatte also noch ein wenig Zeit. Nachdem ich einen Schluck Wasser getrunken hatte, sah ich aufs Handy. Es war 05:56 Uhr. In wenigen Minuten wäre ich ohnehin aufgewacht. Ich seufzte, verstaute das Messer im Rucksack, die Pistole aber in der Bauchtasche, die ich mir sofort umband, und krabbelte zum Eingang. Dort öffnete ich das Schloss und anschließend den Reißverschluss.

Mattes Licht fiel auf mein Gesicht und dann der Strahl einer Taschenlampe. Ich hob die Hand vor die Augen und sprang auf und drei Schritte zurück. Linkes Bein vorne, das rechte hinten. Fest mit dem Boden verankert. Eine stabile Kampfstellung. Nun war ich wütend. „Sagen Sie mal, was soll das? Nehmen Sie das Ding weg. Es ist hell genug."

„Was haben Sie hier zu suchen?"

Ich blinzelte ein paar Mal und sah mich um. Außer diesem Mann standen zwei weitere hinter dem Zelt. Sie trugen Schlagstöcke mit sich. Meine Hand fuhr instinktiv zum Reißverschluss der Gürteltasche und ich öffnete ihn weit genug, um eine Packung Kaugummi und im Notfall die Waffe herausziehen zu können. Ich sah wieder zu dem Mann mit der Taschenlampe und jetzt, da meine Augen sich an das Licht der Dämmerung gewöhnt hatten, erkannte ich ihn. Für einen Moment erstarrte ich, schluckte und presste die Lippen aufeinander. Der Bürgermeister. Der Mann, wegen dem ich in diesem Ort war. Verdammt! So hatte ich mir diese Begegnung nicht vorgestellt. Außerdem hatte ich nicht erwartet, dass er mir mit zwei seiner Bluthunde über den Weg lief.

Er zog die Augenbrauen zusammen. „Sind Sie taub? Sprechen Sie unsere Sprache nicht?“ Sehr langsam wiederholte er seine Frage: „Was haben Sie hier zu suchen?“ Die Frage war sinnlos, schließlich hatte ich bereits mehrere Sätze zu ihm gesagt. In seiner Sprache.

Ich atmete tief durch, sammelte mich und veränderte die Reihenfolge der Worte, mit denen ich ihn hatte in ein Gespräch verwickeln wollen. „Ich heiße Karla Gonzales. Ich bin Reporterin für ein spanisches Magazin und reise durch ihr Land, um einen Artikel zu schreiben.“ Mein Herz raste. Würde er mir glauben? Was würde er mit mir tun, wenn er die Lüge erkannte?

Die Falte auf seiner Stirn wurde tiefer. Wie die von jemandem, der nicht wollte, dass Reporter bei ihm herumschnüffelten. Dieser Tatsache hätte ich mir bewusst sein müssen. Warum sollte er mit einer Reporterin reden? Dieses kleine Dorf war seine Welt. Die restliche Welt sollte nichts von diesem Dorf erfahren.

„Worüber?“

Ich sah mich um, erblickte den See und improvisierte: „Über die Natur. Ich bin Geologin, also eine wissenschaftliche Journalistin, und erkunde die Natur. Mein Artikel richtet sich vor allem an die Menschen, die in großen Städten wohnen und gar nicht mehr wissen, wie sich der Morgen an einem See anfühlt. Deswegen mache ich diese Erfahrungen für sie. Ich beschreibe, was ich erlebe, und teile es dann mit ihnen.“

Er starrte mich noch immer an, so als überlegte er, wie wahrscheinlich es war, dass eine Frau aus Spanien in sein Dorf kam, um an einem See zu schlafen. Es war nicht sehr wahrscheinlich. Aber auch nicht unmöglich.

„Ich kann es ihnen zeigen." Ich tat, als wollte ich ins Zelt gehen, und überlegte, welche Website ich ihm als Beweis präsentieren könnte, als mir einfiel, dass es hier keinen Internetempfang gab.

„Es ist verboten, hier am See zu schlafen." Seine Stimme klang versöhnlicher und ich atmete auf. Er schien mir zu glauben. Und jetzt war es wichtig, dass ich einen guten Eindruck machte.

„Das tut mir leid. Ich hatte keine Ahnung."

„Haben Sie denn gar keine Angst?"

Sofort leuchteten die kleinen Lämpchen, die Peter in meinem Kopf installiert hatte, auf. Ich war allein mit drei Männern. In einem Dorf, in dem die Menschen wegsahen, wenn etwas passierte, das an anderen Orten die Titelseiten der gelben Presse füllen würde. Einer von diesen Männern war außerdem höchstwahrscheinlich ein Triebtäter.

Ich straffte die Schultern und sah ihm fest in die Augen, die rechte Hand am Reißverschluss der Bauchtasche.

Er lachte auf. „Vor wilden Tieren, meine ich. Davon gibt es hier einige."

Ich erwiderte sein Lachen, auch wenn ich es nicht natürlich klingen lassen konnte. „Ich habe keines bemerkt. Die gute Luft hier hat mich schlafen lassen wie ein Baby." Ich gähnte, um meine Worte zu unterstreichen.

„Ich nehme an, Sie verschwinden heute wieder?"

Es gab keinen Grund, den ich dagegen hätte anbringen können. „Ja, ja, das wollte ich ohnehin tun." In diesem Moment klingelte der Wecker meines Handys. Ich griff nach dem Strohhalm und deutete ins Zelt. „Ich wollte sowieso gerade aufstehen, meinen Artikel schreiben und dann irgendeinen Ort suchen, um ihn an meine Redaktion zu schicken." Ich sah ihn an. „Allerdings konnte ich gestern keine Stelle in ihrer Stadt finden, wo ich ausreichend Netzempfang hatte." Ich sagte ‚Stadt', weil ich wusste, dass es seinem Ego gefallen würde.

Er seufzte. „Den gibt es auch nicht."

Ich runzelte die Stirn. „Und wie sieht es mit einer mobilen Datenverbindung aus?"

Er schien zu wissen, was ich meinte, schüttelte aber den Kopf. „Wir sind mit der Regierung im Gespräch, einen Mobilfunkmast in der Nähe aufzustellen, aber die Verhandlungen sind noch nicht beendet. Sie diskutieren noch über den genauen Standort."

„Aber wie rufen Sie denn dann das Internet auf?"

„Mit einem Modem über die Telefonleitung."

Ich hatte davon gehört, jedoch nicht geglaubt, dass es noch immer Menschen gab, die auf diese Weise das weltweite Netz nutzten. Es musste Stunden dauern, eine Website wie Facebook aufzurufen. „Oh."

„Es sieht so aus, als müssten Sie Ihren Artikel woanders schreiben. Der nächste Bus zum Bahnhof fährt in zwei Stunden."

Die Botschaft hinter seinen Worten war eindeutig. Ich wollte nicht Gefahr laufen, dass er meine fragile Geschichte hinterfragte, vielleicht sogar meine Sachen durchsuchte und auf dem Tablet auf die Fotos und die Namensliste stieß. Natürlich hatte ich es mit einem Passwort gesperrt. Leider gab aber auch mein Daumenabdruck den Zugang frei. Ich musste das unbedingt ändern. Also nickte ich. „Ja, das habe ich mir schon gestern notiert."

„Gut, dann verpassen Sie ihn nicht. Es ist der Einzige, der heute fährt."

„Dann werde ich den Artikel später abschicken."
Er nickte. „Wie war doch gleich Ihr Name?"
Ich straffte die Schultern und wiederholte den Namen, wobei ich darauf achtete, das ‚r' in Karla zu rollen und dem ‚z' in Gonzales kein ‚t' voranzusetzen. Ich klang wie Kaa, als sie mit Bagheera und Baloo darüber spricht, Mowgli aus den Händen der Bandarlog zu befreien.
Als ich mich schon in Sicherheit wog, fragte er: „Und für welches Magazin schreiben Sie?"
Auch diese Antwort musste ich nur minimal abändern. „Es ist ein Online-Magazin. Wir sind noch nicht besonders bekannt, wollen aber so groß werden wie die Vogue oder Harper's Bazaar. Mit der Zeit."
„Und wie heißt dieses Online-Magazin?" Er sagte die letzten beiden Wörter nicht, als würde er wissen, wovon er sprach.
„Vivir con la natura." Auch in diese Worte steckte ich mein bestes Schulspanisch.
„Und was heißt das?"
„Mit der Natur leben."
Er musterte mich für einen Moment und mahlte dabei seine Zähne aufeinander. Aber irgendwann entschied er sich offenbar endgültig, mir zu glauben. Warum sollte meine Geschichte auch gelogen sein? In seinen Augen war ich eine schwache Frau, ein Mädchen. Ich stellte keine Gefahr dar. Trotzdem durfte ich mir jetzt keinen falschen Schritt erlauben. Meine Anwesenheit hatte sein Misstrauen und seine Angst, entdeckt zu werden, geweckt. Vermutlich.
Ich wollte meine weitere Reise nicht in Gefahr bringen. Wollte nicht aufgeben, was ich in den letzten drei Jahren vorbereitet hatte. Ich würde einen Weg finden, ihn zu entlarven. Es war einfach nicht der richtige Moment.
„Sind wir dann hier fertig? Ich muss einen Bus bekommen und habe noch ein bisschen was zu erledigen." Ich

deutete auf das Zelt. „Es sei denn, Sie und Ihre Männer wollen mir beim Abbau behilflich sein." Ich lächelte ihn an. Irgendwie gelang es mir, meine Mundwinkel zu heben.

Er starrte mir noch immer in die Augen, schüttelte dann aber den Kopf. „Sie haben es auch allein aufgebaut, oder?"

Ich nickte. „Nicht zum ersten Mal." Das stimmte. Ich hatte es geübt, in meinem Wohnzimmer. Zwanzig, dreißig Mal.

Dementsprechend schnell konnte ich es wieder abbauen, als die Männer sich grußlos verabschiedeten, endlich den Rückweg antraten und mein Herzschlag sich mit jedem Meter, den sie sich von mir entfernten, mehr beruhigte.

Ich wollte nur noch dort weg, rollte den Schlafsack zusammen, putzte meine Zähne und steckte alles an seinen festen Platz in meinem Rucksack. Als ich fertig war, war es halb sieben. Ich ging nicht davon aus, einen Kaffee oder etwas Essbares in dem kleinen Dorf zu finden, und ich wollte auch keine weitere Aufmerksamkeit auf mich lenken. Also zog ich Becher, Kocher und Instantcoffee wieder aus dem Rucksack, bereitete mir einen Kaffee zu und aß ein Stück der Salami und ein paar Hände voll Nüsse, die ich am Vortag besorgt hatte.

Auch der Morgen tauchte den See in ein außergewöhnliches Licht. Jedoch konnten das Pink und das Gold den Schleier dieses Mal nicht dicht genug halten. Ich hatte ihn gesehen. Einen von ihnen. Einen von den Männern, die Majas Foto besaßen. Die Bobbis Foto besaßen. Die eine von ihnen möglicherweise missbraucht hatten.

Vielleicht kannte Maja den Bürgermeister sogar. Mit dem Auto waren es nicht mehr als drei Stunden Fahrtzeit zwischen den beiden Dörfern. Vielleicht war er einer der Männer gewesen, die ihren Vater besucht hatten.

Heute war er über sechzig. Dennoch hatte ich die

Autorität gespürt, die aus jeder seiner Poren herauszutreten schien. Anders als bei HKB. Auch der Bürgermeister strahlte eine Selbstverständlichkeit aus. Aber bei ihm paarte sie sich mit der Aura der Macht. Mit einem Ego, das überzeugt war, über allen anderen zu stehen.

Wie hatte ich nur glauben können, er würde mich hinter seine Fassade blicken lassen? Was hatte ich erwartet? Dass wir ein bisschen plauderten und ich dann seinen Schreibtisch durchsuchen könnte? Nein, dieser Mann wusste seine Geheimnisse zu verbergen. Dessen war ich mir sicher. Ich musste einen anderen Weg finden. Das erste Mal überkam mich der Gedanke, dass ich es allein möglicherweise nicht schaffen könnte. Dass ich jemanden brauchte, der sich mit diesen Dingen auskannte. Aber dazu musste ich sie erst einmal finden. Ich kehrte zurück zu Plan A und entschied, Bill vorerst von keiner der Begegnungen der letzten Tage und Stunden zu erzählen.

SIEBENUNDZWANZIG

BOBBI

Natürlich hatte Lara den nächsten Ort auf der Liste aufgesucht. Sie konnte schließlich nicht ahnen, dass ich mich dagegen entschieden hatte, den Bürgermeister zu besuchen. Zumindest zum damaligen Zeitpunkt. Es gab Menschen auf dieser Liste, die zu mächtig waren, um sie verschwinden zu lassen. Er gehörte dazu.

Bedeutete das, dass sie noch nicht herausgefunden hatte, warum ich Majas Vater getötet hatte? Maja musste die Notizbücher inzwischen gefunden haben. Außerdem erinnerte sie sich. Das hatte ich in ihren Augen gesehen. Wunderschöne Maja. Beim

Gedanken an die Nacht, die wir miteinander verbracht hatten, wallten zwei Gefühle in mir auf: Verlangen und Eifersucht.

Lara hatte die Nacht in ihrem Haus verbracht. Sicher hatten die beiden gevögelt. Wie gern wäre ich zurück zu Maja gefahren, um ihr zu erzählen, was ich davon hielt.

Inzwischen befand sich Lara wieder auf der Reise. Aber würde sie nun taktischer vorgehen? Was wusste sie? Oh, wie gern ich ihr Hinweise geschickt hätte. Wie gern hätte ich sie dazu gebracht, den richtigen Ort anzusteuern. Ich würde ihr alles erzählen können. Ich würde ihr die Wahrheit sagen. Vielleicht würden wir einen Weg finden, wie wir diese Schweine gemeinsam fertig machen konnten.

Ich griff nach meinem Glas, das ich zu früh am Tag geleert hatte. Es war noch nicht einmal Mittag, aber ich verlor das Zeitgefühl, weil ich diese dämlichen Fensterläden nicht öffnen konnte. Ich fühlte mich wie Staubfinger in Bastas Haus, nur dass er nicht so lange dort hatte ausharren müssen. Ich saß seit Tagen in diesem Loch.

Den Spiegel hatte ich zerstört, weil ich die noch immer gelben Haare nicht ertragen konnte. Zusammen mit den zwei Narben in meinem Gesicht sah ich aus wie eine billige Hure. Normalerweise erinnerten mich die weißen Streifen an Lara und ich trug sie mit Stolz. Natürlich war ich damals wütend auf sie gewesen. Es hatte an mir gekratzt, dass dieses schwache, verletzte Ding mich hatte überwältigen können. Aber nachdem die Wunden verheilt waren, umspielte jedes Mal ein Lächeln meine Mundwinkel, wenn ich daran dachte. Sie war nicht klein zu kriegen.

Ja, letztendlich war ich froh, dass sie meinen Plan überlebt hatte. Plan A und Plan B. Plan C war so viel besser. Ohne jemand anderen. Nur Lara und ich. Na ja, und er. Aber ihn würde ich loswerden, sobald ich ihn nicht mehr brauchte.

Sobald wir ihn nicht mehr brauchten.

ACHTUNDZWANZIG

LARA

„Komm zurück, Lara."

„Nein."

„Es ist sinnlos. Das musst du doch einsehen."

„Es ist nicht sinnlos."

Bill stöhnte auf. „Vielleicht bist du längst an ihr vorbeigefahren. Sie könnte sich überall verstecken. Du läufst einem Phantom hinterher, verdammt. Sie könnte tot sein."

Ja, das könnte sie. Aber ich glaubte nicht daran. Gestern hatte ich mit Paul telefoniert. In den vergangenen zwei

Wochen war keine neue Karte für mich eingetroffen, aber das hieß gar nichts. Eine pro Monat. Wenn sie in drei Wochen keine weitere geschickt hatte, dann würde ich mir Gedanken machen. Noch nicht.

„Vielleicht folgst du auch einer völlig falschen Spur. Vielleicht ist sie längst in Lateinamerika. Oder in China."

„Vielleicht sitzt sie auch im Keller dieses Hauses und wartet darauf, dass ich für den Wirt eine Flasche Wein hochhole. Man, Bill, ich habe nicht erwartet, dass ich sie nach drei Tagen finde."

„Inzwischen sind es aber fünfzehn."

„Und wenn es fünfhundert werden, ich gebe nicht auf." Das sagte sich leichter, weil ich eine zweite Mission hatte. Aber von der wusste Bill noch immer nichts. Sie lag auf Eis, bis ich Bobbi gefunden hatte oder sicher war, dass das nicht mehr notwendig war. Die vergangenen zwei Wochen hatte ich damit verbracht, die Dörfer abzuklappern, in denen vor ein paar Wochen oder Monaten Vermisstenanzeigen für Männer der Liste aufgegeben worden waren. Zu keinem Fall war eine Leiche oder der lebendige Verschollene aufgetaucht. Bobbi leistete saubere Arbeit.

Ich verbrachte jeweils ein paar Tage in den Dörfern, versuchte, unverfänglich Gespräche über die Vermissten zu führen und suchte nach den Augen von den Fotos. Niemand gewährte mir Einblick. Die Struktur der Dörfer ähnelte jener im Dorf des Bürgermeisters, nur dass das Oberhaupt der Stadt nicht auf der Liste stand. Dennoch begegnete ich jedem Mann mit Argwohn.

Leichen fand ich keine und auch nicht die Frauen, die auf den Bildern noch Kinder gewesen waren. Ich versuchte, sie unter dem Familiennamen der Männer aus HKBs Notizbuch zu finden. Aber in den dünnen Telefonbüchern der Regionen tauchten sie nicht auf. Ich nahm an, dass viele verheiratet waren und nun einen anderen Namen trugen. Vielleicht hatten auch ein paar die Dörfer verlassen.

Die meisten Orte verfügten über eine Pension. Da ich ohnehin mehrere Tage dort verbrachte, mietete ich mich in die kleinen Gästehäuser ein, schlief mich aus und verbrachte den Morgen mit meiner üblichen Recherche. Das Dorf des Bürgermeisters schien den anderen Orten technisch deutlich hinterherzuhinken. Hier gab es überall Mobilfunkmasten und ich konnte die Websites problemlos aufrufen.

„Wo bist du jetzt?"

Ich sagte es ihm.

„Wie viele Orte sind noch übrig?"

„Einer, in dem es eine Vermisstenanzeige gegeben hatte."

„Und was wirst du danach tun?"

„Weitersuchen, die anderen Orte abklappern. Von vorne anfangen. Was weiß ich."

Er seufzte, schwieg einen Moment und sagte dann: „Ich muss auflegen. Melde dich, wenn du weiterziehst."

„Ja, sicher." Emotionslos betätigte ich das rote Hörersymbol. So langsam ging er mir gewaltig auf die Nerven. Bill mochte sich Sorgen machen, aber konnte er mich nicht wenigstens ein bisschen unterstützen?

Ich sah zu meinem Rucksack. Es war an der Zeit, weiterzuziehen. In diesem Dorf war ich schon seit sechs Tagen. Zu lange. Hier waren die Menschen etwas freundlicher, es gab ebenfalls einen schönen See und zwei verschiedene Restaurants. Eines bot sogar italienisches Essen. Ich wusste, dass ich die letzte Station hinauszögerte. Bills Frage hatte den Kern getroffen. Ich wusste nicht, wie es weitergehen würde, wenn ich auch im nächsten Ort keinen Hinweis auf Bobbi erhielt.

Ein Klopfen unterbrach meine Überlegungen. Ich runzelte die Stirn, griff nach dem Messer und fragte: „Ja, bitte?"

„Hier ist Magda von der Rezeption. Es kam ein Brief für Sie an.“

Ich erstarrte. Ein Brief? Für mich. Das war unmöglich. Ich hatte unter falschem Namen eingecheckt. Für Magda hieß ich Karla Finesse. Auch mein französischer Akzent funktionierte in der fremden Sprache. Und Bill hatte gerade erst erfahren, wo ich mich befand.

Langsam ging ich zur Tür, öffnete sie und blickte in das strahlende Gesicht der rundlichen Pensionsbesitzerin. Ich erwiderte ihr Lächeln knapp, griff nach dem Brief und bedankte mich in dem Moment, in dem ich die Tür wieder schloss.

Dann betrachtete ich den Umschlag. Darauf verzeichnet war die Adresse und der Name ‚Karla Finesse‘. Ich schluckte.

Langsam schob ich die Messerspitze in die kleine Öffnung. Der Brief war nicht dick und ich war sicher, was ich darin vorfinden würde. Ich zog die Karte mit dem einzelnen Strich heraus. Darauf stand einzig ein Datum. Es war zwei Tage alt.

Hastig drehte ich den Umschlag auf die Vorderseite. Es klebte eine Briefmarke darauf. Und sie war abgestempelt. Ich ging zum Fenster, weil dort ausreichend Licht in den Raum trat. Der Stempel war klar erkennbar, auch den Ortsnamen konnte ich eindeutig entziffern.

Ich zog mein Tablet aus dem Rucksack, rief das Kartenprogramm auf und tippte den Ort ein. Dann ließ ich mir einen Ausschnitt zeigen, der einen Umkreis von fünfzig Kilometern um den Ort herum abbildete. Es war eine mittelgroße Stadt. Sicher war sie nicht dort. Ganz bestimmt war sie nur dort hingefahren, um den Brief einzustecken. Mit zitternden Fingern gab ich nun die Orte ein, die in HKBs Notizbuch standen. Drei von ihnen lagen weniger als fünfzig Kilometer von der Stadt vom Poststempel entfernt.

Ich war sicher, Bobbi hatte mir einen Hinweis gegeben. Ich war sicher, in einem der Orte würde ich sie finden. Ich war sicher, in einem dieser Orte würde sie dafür sorgen, dass ich sie fand.

NEUNUNDZWANZIG

Mehr als zwei Wochen waren vergangen und Lara war noch immer keinen Schritt weiter. Meine Ungeduld wuchs. Ich rechnete jeden Tag damit, dass jemandem meine Abwesenheit auffiel, aber der befürchtete Anruf erreichte mich nicht. Noch nicht. Wenn Lara nicht bald auf etwas traf, würde ich die Sache beschleunigen müssen.

Es war schwierig, in den Orten Unterschlupf und etwas zu essen zu finden, wenn sie mehrere Tage dort blieb. Ich konnte mich nicht zeigen, selbst wenn ich ihr aus dem Weg ging. Eine Fremde erregte Aufmerksamkeit, zwei Fremde Argwohn. Die Leute würden darüber reden und Lara so auf meine Fährte locken. Sie würde wissen wollen, wer sich außer ihr in den Dörfern befand, ohne dorthin zu gehören.

Zwar rechnete sie nicht damit, verfolgt zu werden, aber ich war sicher, dass sie auf Unsicherheiten achtete und ich konnte mich diesem Risiko nicht aussetzen.

Also schlief ich weiter im Wald, klaute den Bauern Eier und dem Bäcker Brot und schlug mein Lager an einem kleinen Bachlauf auf.

Dennoch hielt ich mich immer in Laras Nähe auf. Ich konnte nicht riskieren zu verpassen, wenn sie weiterzog. Glücklicherweise fuhren auch in diesen Dörfern selten Busse, Bahnhöfe gab es nicht und Taxis sowieso nicht.

Dennoch hätte ich ihre Abreise fast verpasst. Nur eine Stunde, bevor der nächste Bus abfuhr, verließ sie die schäbige Pension mitsamt ihrem Gepäck. Ich selbst fuhr nicht mit dem Bus. Das wäre zu auffällig gewesen. Stattdessen hatte ich mir nach unserer letzten gemeinsamen Fahrt ein Auto besorgt. Auch das war riskant, denn ich konnte nie sicher sein, welchen Ort sie als Nächstes ansteuerte. Deshalb raste ich jedes Mal wie ein Besessener von Bahnhof zu Bahnhof und wartete ab, ob sie aussteigen würde. Tat sie es nicht, raste ich weiter. Schritt sie durch die Bahnhofstüren, wartete ich mit ihr auf den Bus und verfolgte dann diesen.

Ich beschloss, mir bei der nächsten Gelegenheit ein anderes Auto zu besorgen. Aber für heute musste es noch ausreichen. Es war ein Modell, das die Hälfte der Leute hier zu fahren schien. Schmutzig, alt und verrostet. Es war ein Wunder, dass es überhaupt fuhr.

DREIßIG

LARA

Der erste Ort ähnelte den anderen wie jene zuvor. Fast glaubte ich, die Menschen, die mich mit finsteren Augen anstarrten, schon gesehen zu haben. HKB war ganz sicher nicht hier gewesen, um verschiedene Geschichten zu erzählen. Schon seit Tagen überlegte ich immer wieder, ob seine Tätigkeit als Journalist nicht nur eine Fassade gewesen war, um seine pädophile Abart auszuleben.

Aber dann dachte ich daran, wie mich einige seiner Bilder und Worte berührt hatten. Ich konnte die beiden Männer nicht in Einklang bringen. Jenen sensiblen Autor, der das Gefühlsleben der Menschen so auf den Punkt bringen konnte, und das Monster, dessen Augen mich jede Nacht anstarrten. Angsteinflößend grinsend und tot und leer.

Ich buchte ein Zimmer in der einzigen Pension, die ich hatte ausfindig machen können, ging in das wenige Meter entfernte Restaurant, um etwas zu essen und feilte weiter an meinem Plan. Bobbi würde es mir nicht leicht machen. Ihr war sicher bewusst, dass ich die Orte chronologisch absuchen würde. Nach HKBs Zeitstrahl. Wo war sie?

Zunächst würde ich den Mann von der Liste ausfindig machen, um zu überprüfen, ob er noch am Leben und nicht in einem Keller an einen Stuhl gefesselt war. Dann würde ich den Ortsrand absuchen. Auch dieses Dorf hatte einmal eine Industrie gehabt, die zum Erliegen gekommen war. Das Bergwerk stand seit Jahrzehnten still und viele der damaligen Arbeiter hatten die Stadt verlassen.

Nun war es keine Stadt mehr, gemessen an der Einwohnerzahl. 1.678 Seelen zählte der Ort noch. Damit galt er zumindest bei uns nicht einmal als Landstadt, was auch immer das bedeutete. Landstadt. Wer hatte dieses Wort erfunden?

Ich würde überprüfen, ob die Häuser der Arbeiter noch standen. Vielleicht witterten sie unbeachtet vor sich hin. Dann würden sie ein gutes Versteck bieten. Ich schluckte, als mir klar wurde, dass man dort nicht nur lebendige Menschen verstecken konnte. Was, wenn Bobbi, mich nur hierherlockte, damit ich ihre Opfer fand?

Ich leerte meine Kaffeetasse, bezahlte die Rechnung und verließ das Restaurant. Es war früher Abend und bald würde es dämmern. Den Ausflug zu den Arbeiter-Ruinen sparte ich mir deshalb für den kommenden Tag auf. Heute würde ich versuchen, den Listenmann zu finden.

Zurück in meinem Pensionszimmer duschte ich, wusch die Kleidung aus, die ich tagsüber getragen hatte, und

wechselte in jene, die in den letzten Tagen im Badezimmer der letzten Pension getrocknet war.

Ich war inzwischen geübt darin, meine Geschichte zu erzählen, nannte mich dieses Mal Karla Smith und legte einen hoffentlich überzeugenden britischen Akzent hin.

Die Frau, der die Pension gehörte, war ungewöhnlich freundlich und als ich die Treppen später am Abend wieder hinunterstieg, trat sie zu mir und lächelte mich an. „Es sieht so aus, als hätte jemand gewusst, dass Sie heute bei uns eintreffen würden."

Meine Schultern verspannten sich. Natürlich. „Wieso glauben Sie das?"

Sie streckte mir einen weißen Umschlag entgegen, auf dem die Adresse des Hotels sowie mein Name standen. Nur der Vorname. „Ich nehme an, der ist für Sie. Es gibt bei uns keine Karla."

Ich nickte und presste die Lippen aufeinander. Dann versuchte ich mich an einem Lächeln und schaffte es irgendwie, einen leichten und belustigten Ton zwischen meinen Lippen hindurchzuquetschen. „Das war sicher meine Freundin. Sie erlaubt sich gern Scherze." Ich sah auf den Brief, er war nicht abgestempelt. „Haben Sie sie zufällig gesehen? Sie ist etwas kleiner als ich und …" In diesem Moment wurde mir bewusst, dass ich nicht wusste, wie Bobbi heute aussah. War sie wieder blond? Oder hatte sie noch immer kurze braune Haare wie vor zwei Jahren, als sie Maja kennengelernt hatte? Und woher zum Teufel wusste sie so genau, wo ich war? Und dass ich immer den Namen Karla benutzte? Ich würde das von nun an ändern.

„Nein, ich habe den Brief gerade erst im Briefkasten gefunden."

„Gerade erst? Dann war er heute Morgen noch nicht dort?"

Sie schüttelte den Kopf. „Nein, ich kontrolliere den Briefkasten immer zweimal am Tag, falls jemand ein Zimmer für Bekannte reservieren möchte. Dann würde er den Brief nicht mit der Post senden, sondern einfach einwerfen."

Ich vermutete, dass sie es vielmehr aus Langeweile tat und dass ihre Nachbarn erstens nie Besuch bekamen, den sie in einer Pension unterbringen mussten, und sich zweitens in einem solchen Fall direkt an sie wenden würden. Aber ich sagte nichts. Sicher war es für sie ein Highlight, dass überhaupt jemand eines ihrer Zimmer bewohnte.

Die Pensionen, in denen ich die Nächte auf der Suche nach Bobbi verbrachte, waren keine kuschligen und schnuckeligen Altbauten, wie man sie aus Strandbädern oder hübschen Bergdörfern kannte. Nein, es waren Plattenbauten, die für die Arbeiter errichtet worden waren, die nur unter der Woche im Bergbau tätig gewesen waren und nicht in den Siedlungen gewohnt hatten.

Deshalb befand sich das WC auf dem Gang, die Fenster ließen sich entweder nicht öffnen oder blieben einen Spalt weit offen stehen, wenn man sie schloss, und ich konnte hören, wenn die Mitarbeiter der Pension furzten.

Der Aufenthalt in diesen Räumen war alles andere als ein schönes Urlaubserlebnis. Aber mit den Ferienunterkünften schien ich ohnehin kein Glück zu haben.

Dieses Haus hatte zwei Etagen, auf der jeweils sechs Zimmer zu finden waren. Keines war belegt. Dem Geruch nach zu urteilen, der sich in der stehenden Luft in den Räumen entwickelt hatte, währte dieser Zustand auch schon eine ganze Weile.

Dennoch hatte die Betreiberin versucht, die Zimmer einigermaßen in Schuss zu halten. Billige Möbel aus den Achtzigern, beschlagen mit sich lösendem Furnier, das früher einmal geglänzt haben mochte, waren bedeckt mit

Millionen von Häkeldeckchen. Okay, keine Millionen, aber tausende. Sie lagen überall. Selbst auf dem Kopfkissen. Auf die Klobrille hatte sie ebenfalls eines geklebt und im Treppenhaus hingen sie als Schmuck an den Fenstern.

Sie konnten weder das schreckliche Braun der Möbel noch das schmutzige Ockergelb des Linoleum-Fußbodens auffrischen. Im Gegenteil. Alles erschien in einem einzigen braun-beige-farbenem Matsch, der mich zu sehr an eine Mischung aus Sand- und Waldboden erinnerte.

Die Pensionsinhaberin starrte mich an, als wartete sie darauf, dass ich bestätigte, wie wahrscheinlich es war, dass sie ständig wichtige Post in ihrem Briefkasten vorfand. Aber ich nickte nur, bedankte mich für den Brief und ging damit nach draußen.

Inzwischen dämmerte es. Aber ich brauchte kein Licht, um den Inhalt der Karte zu lesen. Es war nur das Datum. Was mich wirklich interessierte, was mein Herz schneller schlagen ließ, war die Tatsache, dass auf dem Umschlag kein Stempel war. Jemand hatte die Karte persönlich eingesteckt. Hier. Dieser Jemand war hier. Hier in diesem Ort.

Ich sah mich um, als könnte diese Person jeden Moment hinter einer der Ecken auftauchen. Ich hielt Ausschau nach einem blonden langen Zopf, wohl wissend, dass ich ihn nicht finden würde. Weil Bobbi keine langen blonden Haare mehr hatte. Und weil sie es mir nicht so einfach machen würde. Noch wollte sie spielen und ich hatte keine andere Wahl, als mich darauf einzulassen.

Ich hatte nicht lange gebraucht, um ihn zu finden. Zuerst hatte ich seine Wohnung aufgesucht. Eine Nachbarin hatte gefragt, wer ich sei und was ich wollte. Ich hatte ihr erklärt, dass ich ihn für einen Artikel sprechen wollte, weil ein befreundeter Journalist mir seinen Namen genannt hätte. Es war hoch gepokert gewesen, aber die Frau hatte mir die Geschichte mit einem abfälligen Lächeln abgekauft. Sie hatte mich in die Kneipe geschickt, mir allerdings wenig Hoffnung auf ein produktives Gespräch gemacht.

Alle hatten mich angestarrt, als ich eingetreten war. Ich war die einzige Frau. Gab es hier eine stumme Regel, die nur Männern Zutritt gewährte? Ich nickte in die Runde und trat die wenigen Schritte zum Tresen, obwohl ich lieber rückwärts in die andere Richtung gegangen wäre.

Er war alt. Älter als der Bürgermeister. Älter, als HKB es heute wäre. Ich hatte es gewusst, kannte das bisschen von seinem Lebenslauf, das ich mir hatte zusammensuchen können. Es war nicht viel. Geboren vor 73 Jahren, Leiter der Frühschicht im Berg und dann lange arbeitslos. Es waren offenbar nicht nur die Mächtigen. Oder vielleicht war er es einmal gewesen.

Ich hatte ihn sofort erkannt. Vielleicht, weil ich sein Foto, sein Antlitz auf einem Gruppenfoto, zwanzig Jahre alt, aus einem Zeitungsartikel immer wieder angestarrt hatte. Die Narbe, die quer über sein Gesicht lief, verriet ihn.

Er hatte am Tresen der einzigen Bar des Dorfes gesessen. Der Raum war nicht größer als ein Keller, in dem eine Horde Männer auf einen Fernseher starrte, um dabei zuzusehen, wie ein schwarz-weißer Ball über einen grünen Rasen gekullert wurde.

Einer der Typen meiner Mutter hatte so einen Keller gehabt. Einmal in der Woche hatte er sich mit seinen zwanzig besten Freunden getroffen, um Bier in sich zu schütten und rumzubrüllen. Frauen und Kinder waren dabei unerwünscht gewesen.

Hier gab es einen drei Meter langen Tresen, hinter dem ein paar Bretter an die Wand genagelt waren, um Platz für Gläser und Flaschen zu bieten. Der einzige Zapfhahn füllte die Gläser mit hellem Bier und aus zwei Ecken drang knarzende Musik in den Raum.

Ich hatte gesehen, was ich hatte sehen müssen. Der Listenmann lebte. Bobbi hatte ihn nicht getötet. Ich hätte wieder verschwinden können. Ich hätte in die Pension gehen und am nächsten Morgen in den Bus steigen können, um den nächsten Ort aufzusuchen. Andererseits war es möglich, dass Bobbi mich dabeihaben wollte, wenn sie den Mann tötete. Zumindest war es nicht ausgeschlossen.

Ich setzte mich etwa zwei Meter von dem Mann entfernt. Sein Gestank drang trotz des Abstandes in jede Pore meiner Haut. Ich sah an ihm hinab. Sein einst blaues Hemd war ausgeblichen, übersät mit Flecken und unter den Achseln hatte der Schweiß gelbe Spuren hinterlassen.

Seine Hose, die ich in dem funzligen Licht kaum erkennen konnte, war ein paar Nummern zu groß und auch diese stand vor Dreck.

Sein Haar war zu lang, hing in fettigen Strähnen an seinem Kopf herab. Im Bart hingen Krümel und als er mich ansah und ein maliziöses Lächeln hervorbrachte, starrte ich in ein schwarzes Loch mit braunen und gelben Stumpen.

Ich rückte einen weiteren Meter von ihm ab und saß nun am Ende des Tresens. Vielleicht war Bobbi hier gewesen. Vielleicht hatte sie den Listenmann gesehen und war zu dem Schluss gekommen, dass der Tod lediglich eine Erlösung für ihn wäre. Dass sie ihn nicht erlösen wollte. Es wäre ein Leichtes gewesen, ihn zu töten. Aber er hatte es nicht verdient. Dieser Listenmann ertrug einen Teil seiner Strafe, indem er dieses Leben weiterführen musste.

„Was möchtest du?"

Ich sah auf, überrascht darüber, eine weibliche Stimme zu hören. Als ich den Blick der Barfrau traf, setzte mein Herzschlag aus. Ihre Augen. Ich kannte ihre Augen. Sie war keine Fremde.

Sie runzelte die Stirn. „Verstehst du unsere Sprache doch nicht? Tyna meinte, du würdest sie überraschend gut beherrschen."

„Wer ist Tyna?" Ich starrte sie noch immer an, wandte aber schließlich den Blick ab.

Sie rollte genervt mit den Augen. „Deine Vermieterin. Also, was willst du?"

„Ähm … ich …" Hatte gehen wollen, aber dieses Vorhaben hatte ihre Anwesenheit vereitelt. „Ich hätte gern ein Bier." Im nächsten Moment ohrfeigte ich mich innerlich. Schon wieder Alkohol. Aber immerhin war es kein Vodka.

„Na, geht doch." Sie nahm eines der Gläser aus dem Regal und hielt es unter den Hahn.

„Ich nehme an, ihr habt kein Flaschenbier?"

Sie sah mich ein weiteres Mal genervt an, ließ den Zapfhahn wieder los und knallte das halbvolle Glas auf die Metallfläche darunter. Dann tauchte sie unter den Tresen, öffnete einen Kühlschrank und stellte Sekunden später eine Flasche und einen Öffner auf meinen Platz. Auch diese Aktion war mit einem Knall verbunden.

Ich sagte: „Danke", runzelte die Stirn und überlegte, wie ich mit ihr ins Gespräch kommen konnte.

„Gib mir das, Anna. Aber mach es voll."

Ich hätte nicht gedacht, dass sich ihr Blick noch weiter verfinstern könnte, dass sie noch genervter wirken könnte, aber als sie den Blick von mir zu dem Listenmann wandte, hatte ich das Gefühl, dass sie mir ihre freundliche Seite gezeigt hatte. „Du musst es bezahlen, Igor. Hast du Geld dabei?"

„Gib mir das verdammte Bier! Du bist meine Tochter. Du musst mir gehorchen.“ Für einen winzigen Moment erkannte ich die Autorität, die er einmal innegehabt haben musste. Er sprang auf, wollte hinter den Tresen gehen, aber er kam nicht so weit. Nach zwei Schritten hielt er inne und ich sah, wie sich ein dunkler Fleck im Schoß seiner Hose ausbreitete. Mein Magen verknotete sich.

„Igitt! Verschwinde hier endlich.“ Anna war hinter dem Tresen hervorgetreten, schien sich aber nicht dazu überwinden zu können, ihren Vater zu berühren. Zwei der jüngeren Männer erhoben sich. Auch sie fassten ihn nicht an. Aber sie redeten auf ihn ein und irgendwann nickte er mürrisch und verließ die winzige Kneipe.

Ich sah wieder zu Anna, die mich mit einem weiteren wütenden Blick bedachte. „Was starrst du denn so?“

Ich hätte es ihr gern gesagt. Ich hätte ihr gern gesagt, dass ich es wusste. Dass ich ihr gern helfen würde. Aber was hätte ich tun können? Was hätte ihr helfen können? Anna war Mitte Dreißig, vielleicht auch älter. Ihr Haar war dünn und kurz, die Augen nicht geschminkt. Sie trug billige Klamotten und Falten im Gesicht, für die sie zu jung war.

Ich versuchte mich an einem Lächeln. „Wie könnte ich nicht? Ich weiß, ich hätte diese Szene ignorieren sollen, aber ich konnte es nicht. Es tut mir leid.“

Sie nickte nur, rief einem der Männer zu, er solle ein Fenster öffnen und räumte Igors Glas vom Tresen. Das Bierglas, das sie für mich zur Hälfte gefüllt hatte, leerte sie in einem Zug selbst.

Ich beschloss zu bleiben. Es war bereits nach neun Uhr, außer mir befanden sich nur zwei weitere Menschen im Raum und ihre Gläser standen leer vor ihnen.

Ich zog eine Zeitung hervor, die ich mir am Nachmittag gekauft hatte, und tat, als würde ich die Artikel studieren.

In Wirklichkeit las ich kein einziges Wort. Ich wartete darauf, mit Anna allein zu sein.

Nach zwanzig Minuten bestellte ich ein weiteres Bier, legte die Zeitung zur Seite und fragte sie, ob sie eines mit mir trinken würde. Sie zögerte, sah zu den Männern und rief ihnen zu: „Was ist mit euch? Wenn ihr nichts mehr trinken wollt, verschwindet gefälligst. Das ist keine Bushaltestelle."

Die Männer sahen auf und einer von ihnen sagte: „Und dass wir deinen Vater vor die Tür gebracht haben, zählt wohl gar nichts."

Die harten Züge in ihrem Gesicht blieben. „Nein, das zählt nichts."

Die Männer stöhnten, erhoben sich dann aber. „Bis morgen, Anna."

„Ja, ja."

Die Männer verließen die Kneipe und als sie die Tür hinter sich geschlossen hatten, legte Anna einen Schlüssel auf den Tresen und sagte: „Schließ die Tür ab. Sonst steht in drei Minuten der nächste Trottel hier."

Ich folgte ihrer unfreundlichen Bitte. Schließlich wollte auch ich nicht, dass noch jemand anderes den Schankraum betrat. Wenn auch aus anderen Gründen. Den Schlüssel ließ ich jedoch stecken, um im Notfall einen anderen Fluchtweg als das Fenster oder die Hintertür nehmen zu können.

Sie stellte eine Flasche vor mich, öffnete sie und kam dann mit einem gezapften Bier und zwei kleinen Gläsern in der anderen Hand um den Tresen herum. Unter dem Arm klemmte eine Flasche Vodka.

Ich stöhnte leise auf.

„Jetzt sag bloß, du bist nicht trinkfest."

Ich dachte an Maja und zuckte mit den Schultern. „Ich gehe davon aus, dass ich nicht mit dir mithalten kann."

Sie lächelte. Es war das erste Mal, dass sie freundlich aussah und dem Mädchen von dem Foto ähnelte.

Wir setzten uns an einen der Tische. Sie schenkte den Vodka ein und wir stießen an. „Worauf trinken wir, Fremde?“

Ich musterte sie für einen Moment. „Auf das Ende.“

Sie runzelte die Stirn und dann lachte sie. Es war laut und kurz. „Ich wusste, der Abend würde interessant werden, als du hier reingekommen bist. Also, was steckt wirklich hinter dem Märchen von der Journalistin, die über unsere Wälder schreiben will?“

Ich lehnte mich zurück. Der Vodka brannte in meinem Hals und ich wusste nicht, wo ich anfangen wollte. Ich hatte sie dazu bringen wollen, mir ihre Geschichte zu erzählen. Nun war ich es, die mit ihrer eigenen aufwarten musste.

„Sagen wir mal so, ich bin nicht zufällig in diesem Dorf.“

Sie verdrehte die Augen. „Du hast mich angestarrt, warum?“

Ich presste die Lippen aufeinander, schluckte. Ich war Bobbi so nah. Ich konnte sie förmlich spüren. Immer wieder hämmerte ich den Gedanken ‚Plan A‘ in meinen Kopf. Erst Plan A. Aber hier saß Anna. Vielleicht hatte sie Hinweise, die mir helfen würden, Plan B durchzuziehen.

Sie lehnte sich zurück und lachte wieder auf. Es war nur ein Atemstoß. „Das wird ja immer interessanter.“ Sie schenkte erneut Vodka in die Gläser und schob mein Glas bis an die Kante des Tisches.

Ich griff in meine Tasche, in der ich das Tablet, meine Dokumente, mein Geld und Bobbis Karten verwahrte, wenn ich nicht den Rucksack dabei hatte. Heraus zog ich ein Foto. Ein Foto von Bobbi. „Hast du sie schon einmal gesehen?“

Sie beugte sich wieder vor, riss mir das Bild aus der Hand und betrachtete es. Nach ein paar Sekunden schüttelte sie den Kopf. „Nein, wer soll das sein?“

Nun griff ich nach der Flasche, füllte die Gläser und schob das ihre über den Tisch. Bis an die Kante. „Es könnte sein, dass du das nicht wissen willst.“

„Woher willst du wissen, was ich wissen will und was nicht?“

Ich zuckte mit den Schultern. „Ich sagte doch, es gibt einen Grund, warum ich hier bin.“

„Wirst du mir den auch irgendwann verraten oder was soll das hier?“ Sie stürzte den Vodka hinunter und starrte mich an. Ihr Ton war noch immer feindselig, aber in ihrem Blick lagen Neugier und eine Spur von Angst.

Ich trank mein eigenes Glas aus. „Ich bin wegen deinem Vater hier.“

Wieder lachte sie auf, griff in die Tasche ihrer Strickjacke, deren Fäden an einigen Stellen hervortraten, und zog eine Packung Zigaretten hervor. Sie hielt sie mir fragend hin. Ich schüttelte den Kopf und sie zündete sich eine Zigarette an. Nachdem sie den Rauch einmal tief eingezogen und dann schnell in meine Richtung gepustet hatte, fragte sie: „Was willst du von diesem versoffenen Drecksack? Er war doch gerade hier.“ Sie deutete zur Tür. „Du hättest ein ausführliches Gespräch über Körperhygiene mit ihm führen können.“

Ich ging nicht auf ihre Worte ein. „Ich bin hier, weil sein Name auf einer Liste steht und ich nach jemandem suche, der diese Liste abarbeitet.“

Ihre Augen verengten sich. „Was für eine Liste?“

Ich wollte nach der Flasche greifen, aber Anna hielt meine Hand fest. „Was für eine Liste?“ Ihr Tonfall war scharf.

„Eine Liste von Männern.“ Ich überlegte, wie groß der Teil der Wahrheit sein sollte, den ich ihr schon jetzt präsentierte. Oder besser vor die Füße warf. Ich entschied mich für die kleinere Variante. „Ich habe diese Liste in einem Notizbuch gefunden.

Jemand hat Orte besucht und neben wenigen scheinbar sinnlosen Notizen die Namen von Männern notiert."

Sie presste die Lippen aufeinander. „Warum sucht deine Freundin nach ihnen?" Anna nahm die Flasche nun selbst und füllte unsere Gläser nach.

Ich leerte meines und griff nach dem bisschen Mut, der mich dadurch erreichte. „Ich weiß, was Igor mit dir getan hat, Anna."

Sie starrte mich an und sagte nichts.

„Und ich weiß auch, dass nicht nur er es war, der dich zu solchen Dingen gezwungen hat." Warum umschrieb man sexuellen Missbrauch eigentlich so oft? Unser Krav Maga Verein bekam einmal die Anfrage eines Radio-Senders, ob Frauen, ‚die schon einmal unangenehme Situationen' erlebt hätten, bereit wären, ein Interview zu führen. Als mir klar wurde, dass man das Thema auf diese Weise nur weiter verschleierte, fügte ich hinzu: „Ich weiß, dass andere Männer dich sexuell missbraucht haben. Die Männer von der Liste."

Hinter der steinernen Fassade arbeitete es. Ich konnte es sehen, fast spüren. Anna kämpfte mit sich.

Ich entschied, einen Schritt weiter zu gehen. „Ich habe dich angestarrt, weil ich deine Augen kannte."

Sie fragte nicht woher, aber ich beantwortete die stumme Frage, die mich über ihren Blick erreichte. „Ich habe sie auf einem Foto gesehen. Es befand sich in einem Notizbuch, das mir eine andere Frau gezeigt hat. Eine Frau, die …"

Anna sprang auf. Die Flasche kippte, schlug auf dem Tisch auf und ich verhinderte, dass sie zu Boden knallte.

Sie griff sich in die Haare, die Kippe im Mundwinkel, sah abwechselnd zu mir und in jede andere Richtung. Irgendwann hatte sie sich wieder im Griff, setzte sich zurück auf ihren Stuhl und füllte die Gläser.

„Es befinden sich dutzende Fotos von Mädchen in diesem Buch. Wir nehmen an, dass jeder der Männer über so ein Buch verfügt."

„Dann geht doch zur Polizei damit." Sie trank nicht.

Ich fuhr mit dem Finger über den Rand meines Glases. „Ich nehme an, du weißt, dass das nichts bringt."

Sie schwieg. Minutenlang saß sie da und sagte nichts. Sie starrte auf ihr volles Glas, regungslos.

„Anna?"

Nun sah sie auf. Ihr Blick war leer. „Ich will, dass du verschwindest."

Irritiert sah ich sie an. „Ich …"

Sie sprang wieder auf. Der Tisch wackelte, die Flasche kippte, knallte auf den Tisch und ich konnte dieses Mal nicht verhindern, dass sie zur Kante rollte und auf dem Boden zerschellte.

„Verfluchte Scheiße!" Sie starrte nicht die Flasche, sondern mich an und ich war sicher, dass ihre Worte auch nicht den Scherben galten. „Hau jetzt endlich ab."

Ich stand langsam auf, steckte Bobbis Foto zurück und zog einen Geldschein aus meiner Tasche, den ich unter mein Glas klemmte, nachdem ich es geleert hatte. Als ich mich zum Gehen wandte, hielt ich für einen Moment inne, drehte mich wieder um und ging zum Tresen. Dort notierte ich auf einem Zettel meine Telefonnummer. Und meinen richtigen Namen.

„Wenn du reden willst, ruf an. Wenn du wissen willst, wer ich bin, google nach meinem Namen." Sie würde etliche Zeitungsartikel über mich finden, die sie mit Hilfe eines Übersetzungsprogrammes lesen konnte. „Das Notizbuch, in dem ich die Männernamen gefunden habe, stammt von dem Mann, den ich mit sieben Jahren getötet habe."

Ich hielt ihr den Zettel hin, aber sie nahm ihn nicht. Also legte ich ihn zu dem Geldschein und blickte dann ein letztes Mal zu Anna. Ihr Blick hielt eine Fassade aufrecht, hinter die ich nicht blicken konnte.

Also verließ ich die Kneipe und hoffte, dass sie sich melden würde. Später. Wenn ich bereit war für Plan B.

EINUNDDREISSIG

BOBBI

Ich wusste, es war unmöglich, aber dieser Typ war seit seinem Tod noch schwerer geworden. Oder waren es meine verkümmerten Muskeln, die seit fast drei Wochen darauf gewartet hatten, benutzt zu werden? Die zwei Ausflüge in die Stadt und das kleine Dörfchen, in dem Lara sich gerade befand, konnte ich nicht gerade als Sporteinheit werten. Sollte Lara nicht bald auftauchen, müsste ich mir ein kleines Programm überlegen. Aber das würde meinen Energiebedarf steigern und es war nicht gerade leicht, hier an Essen zu kommen.

Vielleicht lag meine aktuelle Schwäche aber auch daran, dass ich bereits zwei Mal gekotzt hatte, seitdem ich den Stollen betreten hatte. Ich hätte es fast nicht über mich gebracht, seine Jacke zu berühren, um daran zu ziehen.

Der Plan war, ihn in mein Auto zu bringen, um ihn irgendwo am Straßenrand abzulegen. Aber das würde ich nicht schaffen. Und inzwischen sah ich ein, dass dies eine extrem dumme Idee war. Jemand könnte mich sehen. Die Leute würden sich fragen, wie er dorthin gekommen war.

Nein, das war ein dämlicher Plan. Ich ließ den stinkenden Körper fallen und bewegte mich zwei Dutzend Meter davon weg. Und dann kam mir eine Idee. Ich zog das Handy aus der Tasche, wählte die Nummer der nächstgelegenen Polizeistation und erklärte, bevor die Person am anderen Ende der Leitung überhaupt zu Wort kam, dass ich am stillgelegten Stollen eine Leiche gesehen hätte. Dann legte ich wieder auf und rannte los. Ich schlug bewusst die falsche Richtung ein, rannte zu einem kleinen Fluss, der nur etwa knieftief war. Für zwanzig Minuten watete ich seinen Lauf entlang und entstieg ihm dann wieder, um weiter zu meinem Versteck zu rennen.

Vielleicht würden sie keine Spürhunde nach mir suchen lassen, aber falls sie es taten, würden sie meine Fährte nicht aufnehmen können. Oder etwa doch? Ich schlug mir gegen die Stirn. Natürlich könnten sie das. Schließlich war ich ja auch dorthin gelaufen. Nun, ich musste einfach hoffen, dass solche Hunde zu teuer waren, um sie nach mir suchen zu lassen.

Als ich meine Hütte erreichte, schlug mein Herz noch immer bis zum Hals. Ich hoffte, dass die Polizei meinem Hinweis nachging. Sie würden so etwas doch nicht ignorieren, oder? Vielleicht würden sie es anfangs für einen Streich halten, aber dann würden sie zumindest einen Beamten schicken, der nach dem Rechten sah, oder?

Ich pellte mich aus den stinkenden Klamotten und warf sie in die Badewanne. Stunden hatte ich damit verbracht, dieses Ding zu schrubben. Natürlich gab es hier kein warmes oder überhaupt fließendes Wasser. Aber ich hatte auch das Regenfass hinter dem Haus gereinigt und dank des verregneten Frühlings, der mehr und mehr in den Sommer überging, war das Fass bis zum Rand gefüllt und spendete mir Wasser für alle Notwendigkeiten des Alltags. Nur die Toilette konnte ich auch damit nicht benutzen.

Hier musste ich mir mit einem Eimer behelfen. So wie auch Finn es im Bootshaus hatte tun müssen. Der gute, alte Finn. Manchmal tat es mir fast leid darum, ihn getötet zu haben. Manchmal glaubte ich, dass es mit ihm ein bisschen mehr Spaß gemacht hätte.

Ich zog das Telefon wieder aus der Tasche. Es war ein altes Ding ohne Internet, betrieben mit einer Prepaid-Karte, deren Nummer ich nicht mitsendete. Ich verfügte auch über ein Smartphone, aber das Prepaid-Handy nutzte ich für sämtliche Anrufe. Nach meinem Hinweis an die Polizei hatte ich es ausgeschaltet. Nun aktivierte ich es wieder. Zehnmal hatte er versucht mich zu erreichen.

Ich seufzte und wählte seine Nummer. Er hob nach dem zweiten Klingeln ab. „Was hast du getan?"

Ich stutzte. „Was meinst du?"

„Ich habe gerade eine E-Mail darüber erhalten, dass ganz in deiner Nähe eine Leiche gefunden wurde."

„Wie bitte?"

„Es war nur eine kleine Polizeimeldung." Er zitierte den Text: „Stark verweste Leiche vor Stolleneingang gefunden. Hinweis durch anonymen Anrufer. Identität des Toten durch Ausweis ermittelt."

„Wow, das ging schnell." Ich sah auf die Uhr und erst jetzt wurde mir bewusst, dass es vier Stunden her war, seit ich den Stollen verlassen hatte. Noch immer war es Vormittag und dennoch fühlte ich mich, als hätte ich den Tag schon hinter mich gebracht.

„Bobbi, was verflucht nochmal hast du getan?"

„Ich wollte sie doch nur ein bisschen schneller auf meine Spur bringen. Man, du hast keine Ahnung, wie verdammt langweilig es hier ist."

Er stöhnte auf. „Du wirst alles ruinieren."

„Nein, das werde ich nicht."

„Mach dich darauf gefasst, dass sie dein Versteck durchsuchen."

„Warum sollten sie das tun?"

„Weil sie nach einem Mörder suchen werden. Und dem anonymen Anrufer."

Ich schluckte. Vielleicht hatte er recht. Daran hatte ich nicht gedacht. Aber dann verwarf ich die Idee. „Sie werden erkennen, dass die Leiche schon ewig dort gelegen hat."

„Sie werden nach einem Täter suchen. Zumindest nach Spuren von ihm."

Ich biss mir auf die Lippen, bis sie bluteten. Verdammt. Er könnte wirklich recht haben. Ich hoffte, Lara würde sich beeilen. Vermutlich war es tatsächlich nur eine Frage der Zeit, bis die Polizei hier aufschlug.

ZWEIUNDDREIßIG

LARA

Ich hatte kaum geschlafen. Immer hatte ich mich gefragt, ob es richtig gewesen war, Anna allein zu lassen. Ob es richtig gewesen war, ihr alles zu erzählen. Ich war erst in den frühen Morgenstunden eingeschlafen und erwachte, als dicke Regentropfen gegen das Fenster schlugen. Ein paar drangen durch den Spalt und platschten auf mein Gesicht.

Ich schreckte auf und sah auf die Uhr. 11:34 Uhr. Oh man, ich hatte den halben Tag verschlafen. Und nun regnete es, was es nicht leichter machen würde, den Dorfrand zu erkunden. Ich hätte doch ein Auto nehmen sollen. Warum hatte ich kein Auto genommen?

Ich streckte mich, ging auf die Toilette, duschte und beschloss, in dem kleinen Restaurant zu frühstücken. Oder direkt zu Mittag zu essen. Die gestern frisch gewaschenen Sachen waren noch immer feucht und so zog ich die Klamotten vom Vorabend über. Majas Sachen. Ein klein wenig rochen sie noch immer nach ihrem Waschmittel. Ich seufzte, es würde noch eine Weile dauern, ehe ich zu ihr zurückkehren konnte.

Zehn Minuten später betrat ich das Restaurant, bestellte einen Kaffee und ein Eiergericht. Dann zog ich das Tablet aus der Tasche und begann mit meiner Recherche. Ich war darauf gefasst, nichts zu finden, und übersah den Namen deshalb fast.

Einer der Listenmänner. Man hatte seine Leiche gefunden. In einem der Orte, in denen ich Bobbi vermutete. Nicht hier. Aber der andere Ort lag nur etwa achtzig Kilometer entfernt. Ich sprang auf, rannte dabei fast die Kellnerin um und wollte aus dem Gebäude stürmen. Aber dann besann ich mich. Der nächste Bus fuhr erst morgen früh.

Also ging ich zurück zu meinem Platz, entschuldigte mich bei der Kellnerin und überlegte, wie ich zum Fundort der Leiche gelangen konnte. Ich suchte im Internet nach einer Verbindung. Ich würde erst morgen Abend dort sein, weil ich von hier aus zunächst in die Stadt fahren und in dieser auf den abendlichen Bus warten musste. „Verdammt!“ Das Wort entfuhr meinem Mund lauter als geplant. Allerdings in meiner eigenen Sprache.

„Was ist, schmeckt der Kaffee nicht?“

Ich sah auf, in Annas Gesicht. Sie hob die Hand und bedeutete der Kellnerin, ebenfalls einen Kaffee trinken zu wollen. Sie nickte und ging hinter den Tresen. Ein richtiger Tresen, so wie man ihn kennt.

„Ich habe den Bus verpasst."

Sie wirkte überrascht. „Du reist schon wieder ab."

Ich zögerte, nickte dann aber und sagte leise: „Ich denke, ich habe sie gefunden."

Ihr Blick verriet mir nichts über ihre Gedanken. Für einen Moment starrte sie mich nur an. „Wo musst du denn hin?"

Ich nannte ihr nicht den genauen Ort. „Ich muss in drei Stunden einen Bus bekommen, der von hier aus weiterfährt." Ich deutete auf das Tablet, auf dem ich eine Landkarte geöffnet hatte.

Die Kellnerin brachte den Kaffee und mein Frühstück und als sie den Tisch wieder verlassen hatte, sagte Anna: „Ich fahre dich."

Ich hob die Augenbrauen. „Gestern wolltest du mich noch unbedingt loswerden."

Sie zuckte mit den Schulten. „Dann ist es doch gut, wenn ich dich persönlich aus der Stadt schaffe." Sie lächelte. Es wirkte freundlich.

Ich erwiderte ihr Lächeln und sagte: „Es tut mir leid, dass ich dich gestern …"

Mit einer Handbewegung schnitt sie meine Worte ab und sah sich um. Ich verstand. Sie wollte nicht darüber reden. Nicht hier.

„Entschuldige."

Sie nickte nur und trank von ihrem Kaffee. Dann verzog sie das Gesicht. „Dein Ausruf hätte auch gut auf dieses Gebräu hier gepasst. Ich wette, du bist Besseres gewöhnt, Lara." Sie sprach in normaler Lautstärke, nur meinen Namen sagte sie so leise, dass nur ich ihn hören konnte.

Ich zuckte mit den Schultern. „Es ist schon viel wert, wenn man den Kaffee nicht mit Seewasser über einem Gasbrenner zubereiten muss."

Sie lachte auf, das gleiche kehlige Lachen der vergangenen

Nacht. Ein paar der wenigen Mittagsgäste sahen sich zu uns um. Anna warf ihnen einen finsteren Blick zu. Ich hätte sie gern gefragt, warum sie noch immer hier lebte. Warum hatte sie diesen Ort nicht verlassen, um neu anzufangen? Vielleicht würde sich auf der Fahrt eine Gelegenheit ergeben, um Antworten auf diese Fragen zu erhalten.

Eine Stunde später saß ich neben Anna im Auto. Sie fuhr einen alten Kombi, der aber gut gepflegt zu sein schien.

„Das einzig Gute, das mein Vater mir jemals beigebracht hat, war, wie man Autos in Schuss hält."

„Ich dachte, er hätte im Bergwerk gearbeitet."

Sie sah mich einen Moment lang an und lachte dann auf. „Ich fürchte, du weißt mehr über meine Familie als ich."

„Nein, ganz sicher nicht."

„Egal, er hat es mir beigebracht. Deswegen macht dieser Wagen keine Probleme."

Ich nickte. „Danke, dass du mich fährst."

„Irgendwie habe ich das Gefühl, etwas wieder gutmachen zu müssen."

„Nein, das musst du nicht."

Sie lachte wieder. Sie wirkte seltsam gelöst und ich traute mich nun doch, sie nach ihrer Wohnortwahl zu fragen: „Warum hast du dieses Dorf nie verlassen?"

Sie schien für einen Moment zu überlegen. Dann sagte sie: „Das habe ich. Als ich zwanzig war, ging ich in die Stadt. Ich wollte studieren, etwas aus mir machen." Wieder lachte sie. „Ich wollte Anwältin werden oder Polizistin. Ich wollte diese Schweine hinter Gittern bringen."

„Was ist passiert?"

„Meine Mutter wurde krank. Er hat sie geschlagen. Sie sich genommen, wenn niemand anders da war. Er hätte sie einfach sterben lassen. Ich konnte sie nicht allein lassen."

Ich starrte sie an, traute mich aber nicht, meinen Gedanken auszusprechen. Als sie kurz zu mir blickte, fing sie die Frage trotzdem auf. „Du willst wissen, warum ich mich um sie sorgte, während sie all die Jahre weggesehen hatte?"

Ich nickte.

„Weil sie ein einziges Mal aufgestanden ist gegen ihn. Sie hat ihm eine Harke übers Gesicht gezogen, als er mich ins Auto stecken wollte, um mit mir zu einem von den Männern auf deiner Liste zu fahren."

Ich starrte sie an. „Er hat dich zu ihnen gebracht?"

Sie nickte. „Bis zu diesem Tag. Danach hat er mich nie wieder angerührt. Ich war schon acht. Vielleicht war ich ihnen zu alt. Je größer die Kinder sind, desto eher suchen sie sich Hilfe, nehme ich an."

„Warum habt ihr ihn nicht angezeigt?"

Sie presste die Lippen aufeinander, bevor sie antwortete. „Das habe ich sie immer wieder gefragt. Immer wieder habe ich zu ihr gesagt: ‚Komm, Mama, wir gehen zur Polizei. Dann wird alles gut.' Aber sie sagte, nichts würde gut werden. Die anderen würden kommen. Sie würden uns töten. Einmal stand tatsächlich einer der Männer vor der Tür. Er war groß und sah aus wie der nette Nachbar von nebenan, den man bittet, die schweren Getränkekisten ins Haus zu tragen."

Wie der Bürgermeister, dachte ich.

„Er drohte ihr, mich dorthin zu bringen, wo sie mich nicht finden würde, wenn sie auch nur ein Wort sagte. Sie hatte solche Angst, dass sie blieb."

„Und du?"

„Ich habe keine Angst mehr. Aber es ist zu spät. Du weißt es selbst. Kein Schwein interessiert sich mehr dafür, was mit

uns geschehen ist."

Wir fuhren auf einer vierspurigen Straße durch einen Wald und erreichten eine Brücke. Anna drosselte das Tempo und der Wagen kam in ihrer Mitte zum Stehen. Sie löste den Gurt und sah zu mir. „Warte kurz, ja?"

Ich runzelte die Stirn. „Was tust du?" Das war wohl kaum die richtige Stelle, um pinkeln zu gehen.

Anna sah in den Außenspiegel und öffnete die Tür, nachdem ein einzelnes Auto vorbeigefahren war. Sie umrundete das Auto und bedeutete mir, das Fenster zu öffnen. Ich tat es. Dann reichte sie mir einen Zettel, sagte „Danke", und kletterte auf die Brüstung der Brücke.

Ich erstarrte, schrie auf, stieß meine Tür auf und wollte aus dem Auto springen. Aber ich hatte den Gurt nicht gelöst, konnte mich nicht aus dem Sitz erheben und nur dabei zusehen, wie sie eine Sekunde auf der Brüstung stand, die Arme ausbreitete und sich nach vorne fallen ließ..

DREIUNDDREIẞIG

Scheiße, scheiße, scheiße!

Sie war weg. Einfach verschwunden mit dieser dämlichen Kuh. Ich konnte es nicht glauben. Die gesamte Zeit über hatte ich Lara nicht aus den Augen gelassen und nun war sie verschwunden. Ihr dämliches Zimmer war leer gewesen und auch die Tochter von diesem dreckigen Säufer war verschwunden.

Natürlich hatte auch er keine Ahnung gehabt, wo die beiden sich befanden. Seine Wohnung war ein einziger Dreckstall gewesen. Nichts hatte an seinem Platz gestanden. So-

gar die Regale waren leer gewesen und ihr ehemaliger Inhalt hatte verstreut auf dem Boden gelegen.
Seine Tochter sei bei ihm gewesen in der letzten Nacht, aber dann sei sie verschwunden.
Mit Lara. Da war ich ganz sicher.
Ich stampfte mit dem Fuß auf und trat gegen meinen Reifen. Ich war so sicher gewesen, dass sie nur mit dem Bus abreisen würde. Dass sie schon wieder eine Lesbe fand, die ihr half und sie mit dem Auto irgendwo hinkutschierte … Mal ehrlich, wie wahrscheinlich war das?
Vermutlich würde sie sie zum Bahnhof bringen. Oder in die Stadt. Die war nur eine knappe Stunde entfernt. Ich könnte dort hinfahren. Aber was dann?
Nein, ich musste auf diese Anna warten. Sie würde mir schon erzählen, wo sie Lara hingebracht hatte.
Wieder einmal musste ich warten. Oh, wie ich es hasste zu warten.

VIERUNDDREIßIG

LARA

Ich starrte auf die Stelle, an der vor Sekunden noch Anna gestanden hatte. Hatte. Vor Sekunden. Jetzt war die Stelle leer. Anna war weg. Sie war einfach gesprungen.

Endlich löste ich den Gurt und stieg langsam aus dem Auto. Fast hätten meine Beine den Rest meines Körpers nicht getragen, aber ich half ihnen, indem ich mich an der Tür des Kombis festhielt. Dann an der Brüstung der Brücke.

Ich zwang meine Lungen dazu, zu atmen und trat langsam weiter vor, bis ich sehen konnte, was unter der Brücke lag. Es war ein Tal, durch das ein Fluss lief. Es lag zwanzig oder dreißig Meter unter mir und war von Bäumen bedeckt. Dennoch sah ich Annas rote Jacke. Ein winziger Punkt zwischen einer grünen Masse.

Mein Kopf war vollkommen leer. Einzig ihr fröhliches Gesicht tauchte in meinen Gedanken auf. Sie hatte gelöst gewirkt. Es schien ihr gut zu gehen.

Weil sie gewusst hatte, dass sie dieser Hölle endlich entkommen würde? Nicht der Dunkelheit um sie herum, sondern jener in ihrem Kopf.

Ich spürte den Zettel in meiner Hand. Die Kanten des Papiers drückten in meine Haut. Sie hatte „Danke" gesagt. Wofür hatte sie sich bedankt? War ich der Auslöser dafür gewesen, dass sie sich das Leben genommen hatte? Ja, es war meine Schuld. Ich hätte sie am Vorabend nicht allein lassen dürfen. Ich hätte es verhindern müssen. Warum war ich nicht sofort ausgestiegen? Warum hatte ich sie nicht aufgehalten?

Ich sank zwischen Auto und Brückengeländer auf den Boden, legte den Kopf zwischen die Knie und versuchte zu atmen. Die Luft schmeckte nach Abgasen, nach Gummi. Was sollte ich jetzt tun? Ich konnte nicht einfach weiterziehen. Wie konnte ich meine Mission jetzt so ohne weiteres fortsetzen? Ich konnte sie doch nicht dort unten liegen lassen.

Ich hob den Kopf wieder, lehnte den Rücken an das Auto und ließ den Blick über die Berge vor mir gleiten. Ich musste die Polizei informieren. Aber was dann? Sie würden wissen wollen, wer ich war. Warum ich hier war. Warum ich eine Waffe bei mir trug. Nein, ich konnte die Polizei nicht informieren. Nicht offiziell.

Mein Blick sank auf den Zettel in meiner Hand. Mit zitternden Fingern öffnete ich das zusammengefaltete Blatt Papier. Es standen nur ein paar Zeilen darauf: ‚Verschwinde!

Such dir einen ruhigen Ort und sieh dann in meine Tasche. P.S.: Das Auto gehört nun dir.'

Ich runzelte die Stirn. Verschwinden? Warum? Ich stand auf, öffnete die Tür zum Fond und griff nach Annas Tasche. Darin befanden sich einige Schriftstücke und zwei Notizbücher, ein großes und ein kleines. Ich schluckte und sah die Dokumente durch. Ein Brief, verschiedene weitere Unterlagen und ein Kaufvertrag über den Kombi. Mein Name stand darauf.

Ein Auto fuhr vorbei und verlangsamte das Tempo. „Kann ich Ihnen helfen?" Der Mann wirkte freundlich, er war in meinem Alter.

Ich schloss die Türen, winkte ab und ging zur Fahrerseite. Ich musste hier verschwinden. Als das andere Auto außer Sichtweite war, startete ich mit noch immer zitternden Fingern den Motor und fuhr langsam zurück auf die Straße.

Nach und nach brachen die Gedanken über mir zusammen. Anna war tot. Sie hatte sich selbst das Leben genommen. Und sie hatte diesen Tod geplant. Sie hatte sich darauf vorbereitet. Sie hatte mir ihr Auto hinterlassen. Und in ihrer Tasche befanden sich Informationen, von denen sie wollte, dass ich sie mir ansah. Warum hatten wir das nicht gemeinsam tun können?

Ich folgte der Straße, bis ich die Stadt vor mir sah. Dort bog ich ab, fuhr weiter ins Land hinein. Es war mir egal, dass ich von meinem Ziel abwich. Bobbi würde einen weiteren Tag warten können. Ich konnte Annas Tod nicht einfach abhaken und weitermachen.

Nach einer Weile erreichte ich einen Feldweg. Ich fuhr hinein und nach etwa fünfhundert Metern führte er mich an einen kleinen See. Schon wieder ein See. Ich fuhr fast bis ans Ufer, schaltete den Motor aus und legte den Kopf aufs Lenkrad. Und dann weinte ich.

Das erste Mal seit Jahren weinte ich. Ich weinte um Anna, um die vielen anderen Mädchen und ich weinte um mich selbst. Es war so viel Zeit vergangen, in der ich einfach nicht gelebt hatte. Wie Anna hatte ich mein Leben von etwas anderem bestimmen lassen. Etwas, das ich mir nicht ausgesucht hatte. Jemand anderes hatte darüber bestimmt, was in meinem Leben eine Rolle spielte.

Ich schlug mit der Faust auf das Armaturenbrett und schrie. Einmal, zweimal, dreimal. Beim dritten Mal brach meine Stimme und ich sank nach hinten gegen die Sitzlehne.

Wann würde das alles endlich vorbei sein?

Wenn ich dafür sorgte, dass es vorbei war, fuhr es mir plötzlich durch den Kopf. Und genauso plötzlich erfasste mich eine neue Energie. Anna hatte ihren Freitod selbst gewählt. Ich hatte diesen Schritt nicht gewagt. Ich hatte in meinem tiefsten Innern immer darauf gehofft, dass am Ende etwas warten würde. Vielleicht nicht der Goldtopf, denn immerhin war es kein Regenbogen, dem ich hier folgte. Nein, einfach nur Frieden. Ich hoffte darauf, am Ende Frieden zu finden.

Und deshalb musste ich handeln. Ich löste den Gurt, öffnete die Tür und sog die frische Luft tief in meine Lungen. Dann zog ich meine Klamotten aus und rannte in den See. Das Wasser war kalt und klar und nachdem ich ein paar Runden geschwommen war, fühlte sich mein Kopf klarer an. Ich erstellte gedanklich einen Plan. Ich würde die Nacht hier verbringen. In meinem Zelt, denn das Auto gab dafür nicht ausreichend Platz her. Dann würde ich meine Vorräte durchsehen. Es war nicht mehr viel übrig, aber vielleicht konnte ich einen Hasen erlegen. Mit Peter hatte ich ein paar Survival-Workshops besucht, bei denen wir uns selbst verpflegen mussten. Ich war zwar nicht scharf darauf, kuschlige Hoppelhäschen zu häuten, aber ich brauchte etwas zu essen.

Erst dann würde ich mich mit Annas Tasche befassen. Ja, ich zögerte diesen Moment hinaus, aber da ich ohnehin die Nacht hier verbringen würde, machte es keinen Unterschied. Ich war nicht sicher, ob ich danach dazu in der Lage sein würde, mich um mich selbst zu kümmern. Also tat ich es lieber vorher.

Das Zelt stand innerhalb von wenigen Minuten. Und wie es aussah, würde ich keine Kuscheltiere fangen müssen. Anna hatte eine Kühlbox mit Brot, Eiern, Wurst und jeder Menge Süßigkeiten und anderen Nahrungsmitteln im Kofferraum verstaut.

Ich lachte auf. „Du hast wirklich an alles gedacht, Anna." Der Klang meiner eigenen Stimme durchriss die Stille der Natur. Sie gehörte hier nicht her. Ich gehörte hier nicht her.

Eine halbe Stunde später saß ich am Ufer des Sees, auf dem Schoß Annas Tasche. Zunächst zog ich den Brief hervor und starrte ungläubig auf die Zeilen. Er war in meiner Sprache verfasst:

Liebe Lara,
es tut mir leid, dass ich dich in diese Situation gebracht habe. Obwohl ich tatsächlich glaube, dass du nun besser aufgestellt bist als zuvor. Du hast ein Auto und hoffentlich auch die Vorräte gefunden, die ich im Kofferraum deponiert habe.
Ich möchte, dass du weißt, dass ich dir dankbar bin. Ich weiß, es gibt einen Grund, weshalb du mich gefunden hast. Und ich bin sicher, dass du nicht nur auf der Suche nach deiner Ex-Freundin bist. Ja, ich habe das Internet nach deinem Namen durchsucht. Und wie du siehst, brauchte ich kein Übersetzungsprogramm, um deine Geschichte zu verstehen.
Ich habe HKB wiedererkannt. Er war einer der wenigen, der in dieser Sprache mit mir gesprochen hat. Die Sprache meiner Mutter. Unsere einzige Insel. Unser einziger Zufluchtsort vor meinem Vater.
Egal, darum soll es hier nicht gehen. Du findest einen USB-Stick in meiner Tasche, auf dem ich genau erzähle, was mir in meiner Kindheit geschehen ist. Ich habe das alles heute Morgen aufgenommen. Vielleicht gibt es irgendeine Möglichkeit, diese Schweine anzuklagen. Sie hinter Gitter zu bringen.
Falls ja, bitte ich dich darum, dieses Video an jemanden weiterzuleiten, der dazu die Macht hat. Und die Kraft. Ich habe sie nicht mehr.
Ich danke dir, dass du mich aus dieser Hölle befreit hast. Es ist nicht deine Schuld, dass ich nicht mehr lebe. Ich habe mehrfach versucht, diesem schrecklichen Dasein ein Ende zu setzen. Nun habe ich es endlich geschafft. Endlich ist es vorbei.
Ich fühle mich so glücklich wie noch nie zuvor. Ich glaube, das kann ich bedenkenlos so sagen. Ich fühle mich frei und kann endlich gehen.
Gehe du deinen Weg und komme irgendwann zurück ins Leben.
Ein letzter Gruß
/Anna

Ich las den Brief fünf Mal. Immer wieder, bis endlich die Tränen durchdrangen. Nun war sie wirklich frei. Ich hoffte, dass sie ihren Frieden im Jenseits fand. Gefunden hatte.

Bei den weiteren Dokumenten handelte es sich um handbeschriebene DIN A4 Seiten, liniert, cremeweiß. Beschrieben mit Worten in meiner Sprache. Jede Seite war datiert. Sie reichten Jahrzehnte zurück.

Das Licht schwand, ich nahm die Taschenlampe aus dem Rucksack und entzifferte die eng aneinander liegenden Buchstaben. Es waren Aufzeichnungen. Anna musste sie angefertigt haben, als sie ein Teenager war. Sie hatte aufgeschrieben, was hinter ihr lag. Ich las die erste Seite und schob danach alle Blätter zurück in die Dokumententasche. Ich konnte das jetzt nicht lesen.

Nach ein paar Sekunden entnahm ich die Blätter jedoch wieder und fotografierte jedes einzelne mit dem Handy. Auch die Notizbücher fotografierte ich, egal, wie schwer es mir fiel, die Bilder ein weiteres Mal zu betrachten. Ich konnte nicht riskieren, dass ich eines dieser Beweisstücke verlor. Aus diesem Grund verband ich auch den USB-Stick mit Hilfe eines Adapters mit dem Handy und zog die Video-Datei in meinen Cloud-Speicher. Sobald ich mit einem Mobilfunknetz verbunden war, das auch den Versand von Daten ermöglichte, würden das Video und die Bilder online gespeichert sein.

Nachdem ich alles erledigt hatte, verstaute ich den Inhalt der Tasche in meinem Rucksack und beschloss, den Tag zu beenden. Es war noch nicht spät, aber die Dämmerung hatte meine Umgebung in die Dunkelheit geführt und ich wollte mich in dieser nicht länger meinen Gedanken stellen.

Ich nahm das Handy, holte es aus dem Flugmodus und wollte ins Zelt krabbeln, als eine SMS eintraf.

‚Hey.'

Ich starrte auf die drei Buchstaben. Minutenlang. Dann schaltete ich das Display aus, verschloss das Zelt und legte mich in den Schlafsack.

Aber ich konnte die Augen nicht schließen. Vor wenigen Minuten hatte ich befürchtet, Annas Gesicht nicht aus meinem Kopf zu bekommen und nun war es ein anderes.

Ich legte die Hände auf die geschlossenen Lider, versuchte die Dunkelheit zu verstärken, aber Majas dunkle Augen drangen hindurch.

Ich hatte ihr meine Telefonnummer gegeben, ja. Ich hatte auch ihre. Aber wir hatten besprochen, dass ich mich melden würde. Wenn alles vorbei war. Nicht mittendrin. Nicht jetzt. Nicht kurz nachdem eines der Mädchen aus dem Buch sich das Leben genommen hatte.

Irgendwie schaffte ich es, die Augen zu schließen und mein Bewusstsein wegzulenken von der realen Welt. Aber ich schlief unruhig und nach drei Stunden lag ich wieder wach in meinem Zelt.

„Verdammt!" Ich richtete mich auf, griff nach dem Handy und wählte Majas Nummer.

Sie nahm nach dem zweiten Klingeln ab. „Lara!"

„Was soll das?" Meine Stimme klang nicht wütend genug. Der Klang ihrer Stimme hatte die Rage besänftigt.

„Ich hab von dem toten Listenmann gelesen."

Bobbis Spur. Offenbar hatte Maja ihren eigenen Rechercheablauf routiniert. Sie war kaum zufällig darauf gestoßen. Ich seufzte.

„Bist du schon dort?"

„Nein, es ist … etwas dazwischengekommen."

Ich hätte gern behauptet, dass ich fast sehen konnte, wie sich ihre Stirn in Falten legte, aber so gut kannte ich sie nicht. Die Wahrheit war, dass ich mir ihr Gesicht kaum noch vorstellen konnte. Nur ihre Augen sah ich klar vor mir.

„Willst du mir erzählen, was?"

„Nein." Doch. Und dass ich es wollte, vermittelte ich mit meiner Stimme.

Sie schwieg.

„Ich habe eine Frau aus dem Buch getroffen." Ich vermied es, ‚eine weitere Frau' zu sagen.

Maja schwieg noch immer und ich begann zu erzählen. Von ihrem versoffenen Vater, von der zerbrochenen Vodka-Flasche, dem späten Frühstück und von unserer Fahrt.

Auch als ich geendet hatte, mit Annas Brief, schwieg Maja. Irgendwann seufzte sie und sagte: „Ich habe auch daran gedacht."

Ich wusste, dass sie von Annas Selbstmord sprach. „Aber du hast es nicht getan."

„Nein."

Mehr sagte sie nicht. Eine Weile schwiegen wir gemeinsam. Sie tat gut, diese gemeinsame Stille. Ich ließ mich in sie fallen und fast hätte sie mich in den Schlaf begleitet, aber Majas Stimme zog mich wieder in die Wirklichkeit.

„Du wirst sie morgen finden, oder?"

Ich schloss die Augen, atmete tief durch und beobachtete mein Herz, das beim Gedanken an das Wiedersehen mit Bobbi zu rasen begann. Nicht, weil es sich an sie erinnerte und voller Erwartung darauf war, wie sich dieses Wiedersehen anfühlen würde. Nein, mein Herz raste, weil es morgen tatsächlich zu Ende sein konnte.

„Lara?"

„Wenn sie mich lässt, ja. Dann werde ich sie morgen finden."

„Was geschieht danach?"

„Das weiß ich noch nicht." Die Wahrheit war, dass ich

sehr genau wusste, wie es danach weitergehen würde. Ich würde diese Männer entlarven. Ich würde sie aus ihren Ämtern kicken, aus ihren sozialen Umfeldern. Ich würde nach Möglichkeiten suchen, sie für ihre Taten büßen zu lassen. Vielleicht gab es Schicksale, die nicht verjährt waren. Vielleicht waren sie noch immer aktiv. Ich konnte nicht zulassen, dass dieses Netz weiter Mädchen einfing.

Aber es gab noch eine andere Wahrheit. Ich hatte keine Ahnung, ob ich den morgigen Tag überlebte. Ich wusste nicht, in welche Falle Bobbi mich lockte. Ich wusste nicht einmal genau, wie ich mich verhalten würde, wenn ich sie sah.

Es gab zwei Szenarien in meinem Kopf. Nein, eigentlich waren es drei. Im ersten schaffte ich es, sie zu überwältigen, in meinen Gewahrsam zu nehmen und die Polizei zu informieren. Im zweiten schaffte ich es nicht und musste sie töten, damit sie mir nicht entkam. Im dritten schaffte ich es auch nicht und sie tötete mich.

Hätte ich eine Wette abschließen müssen, hätte ich mein gesamtes Geld auf die dritte Variante gesetzt. Hätte ich einen Wunsch frei, würde ich die erste Variante wählen.

„Sie wird sich nicht in meine Arme werfen und um Vergebung betteln. Das alles könnte eine Falle sein."

„Und du läufst einfach so hinein?"

„Ich habe keine Wahl."

„Du könntest zurückkommen."

„Sie würde uns finden."

Maja schwieg.

Wieder ließ ich mich in unsere gemeinsame Stille fallen.

„Ich will nicht auflegen. Ich habe das Gefühl, dass dies unser letztes Gespräch sein könnte."

Ich atmete tief ein. „Ja, das ist möglich."

„Puh."

„Ja."

Und dann schwiegen wir. Irgendwann schlief ich tatsächlich ein und bekam nicht mehr mit, wie Maja den Anruf beendete.

FÜNFUNDDREIẞIG

BOBBI

Wo war sie? Wie lange konnte es schon dauern, die paar Kilometer zurückzulegen. Ich wählte seine Nummer.

„Sie ist an einem See."

„Wie bitte?" Was tat sie an einem See? An welchem? Und wie verdammt nochmal war sie dort hingekommen?

„Ich weiß auch nicht mehr. Ihr Handy war ausgeschaltet. Als sie es wieder aktiviert hat, war es später Abend. Und da war sie an diesem See."

„Wo?“

Er zögerte.

„Sag mir, wo!“

„Was hast du vor? Willst du zu ihr fahren und dann was?“

Ich brummte, biss auf meine Faust, um nicht laut aufzuschreien. „Ich halte das einfach nicht mehr aus.“

„Du hast aber keine andere Wahl. Du musst dich bedeckt halten, verdammt nochmal.“

„Das tue ich seit über drei Jahren.“

„Dann tu es noch ein paar Stunden länger. Ich bin sicher, sie ist auf dem Weg.“

Ich glaubte nicht mehr daran. Ich glaubte an überhaupt nichts mehr. Mein Plan ging nicht auf. Nichts funktionierte. Lara würde nicht herkommen. Ich lief in dem versifften Wohnzimmer auf und ab. Immer schneller und richtungsloser.

„Bobbi, was tust du?“

„Ich weiß es nicht. Ich kann das einfach nicht mehr, verdammt!“

„Doch, das kannst du. Du musst. Hör zu, ich muss jetzt auflegen. Lass uns später noch einmal sprechen.“

Ich brummte ein „Okay“ und er beendete das Gespräch.

Ich knallte das Telefon auf die Tischplatte und wollte mich umdrehen, eine weitere Flasche Schnaps aus der Küche holen und irgendetwas tun, das mich nicht in den Wahnsinn trieb. Aber ich kam nicht dazu. Bevor ich die Hand vom Telefon gelöst hatte, spürte ich etwas Hartes in meinem Rücken und den heißen Atem einer Frau an meinem Nacken.

SECHSUNDDREIßIG

LARA

Ich hatte zu lange geschlafen. Ich wusste es, als ich die Augen aufschlug. Ich griff nach meinem Telefon. Es war abgeschaltet. Mein Versuch, es zu aktivieren scheiterte, bis ich den Akkupack angeschlossen hatte und das Gerät wieder mit Strom versorgt wurde.

Eine Nachricht von Maja traf ein. Sie hatte mir eine gute Nacht gewünscht. Das war acht Stunden her. Außerdem erklärte mir mein Telefon, dass ich meinen Wecker verpasst hatte und es gab eine Nachricht von Bill.

‚Sag mir nicht, dass du zu dieser verwesten Leiche fahren willst.‘

Ich seufzte, legte das Handy zur Seite, rollte den Schlafsack zusammen und öffnete dann das Zelt. Der Vormittag hatte den Morgen abgelöst und verhieß einen verregneten Frühsommertag. Es war warm und dicke dunkle Wolken hingen über dem See und den Bergen dahinter. Noch regnete es nicht, aber ich wollte nicht darauf warten.

Nach zehn Minuten hatte ich das Zelt abgebaut und meine Sachen im Kombi verstaut. Ich badete im See, um mich auf diese Weise zu waschen und zog die Klamotten an, die ich in der Pension gewaschen hatte. Es steckte noch immer etwas Feuchtigkeit darin. Wie konnte das sein? Wie konnten noch nicht einmal 24 Stunden vergangen sein, seitdem Anna mir angeboten hatte, mich in die Stadt zu fahren?

Als ich mich angezogen hatte, begann es zu regnen. Ich öffnete die Heckklappe des Kombis, setzte mich in den Kofferraum und öffnete die Kühlbox, um zu frühstücken. Dabei studierte ich eine Straßenkarte, die ich in Annas Handschuhfach gefunden hatte. Sie war alt und ich hoffte, dass der Straßenbau nicht allzu weit vorangeschritten war in den vergangenen zwanzig Jahren.

Ich würde das Dorf in weniger als einer Stunde erreichen. Aber was dann? Wo sollte ich suchen? Am Fundort der Leiche? War das Bobbis Plan? Sollte die Polizei mich dort finden und Fragen stellen? Wollte sie mich letztendlich gar nicht zu sich locken, sondern aufhalten?

Ich schüttelte den Kopf. Nein, dafür betrieb sie zu viel Aufwand.

Ich würde das Auto an den Ortsrand fahren und zu Fuß ins Dorf gehen. Dort würde ich wie in den vergangenen zwei Wochen auftreten und Nachforschungen anstellen. Das Übliche. Nur, dass ich dieses Mal nicht nach dem

Listenmann suchen würde. Aber vielleicht lebte auch seine Tochter noch dort.

Mein Telefon begann neben mir zu vibrieren. Ich sah darauf. Bill. Seufzend nahm ich den Anruf entgegen.

„Warum meldest du dich nicht?"

„Glaub mir, es ist besser für dich, wenn du nicht alles weißt."

„Lara, das ist kein Spiel. Es könnte überlebenswichtig für dich sein, dass ich weiß, wo du bist."

„Wo bist du? Es klingt, als würdest du durch einen Bahnhof laufen."

„Ich habe auch ein Leben neben deinem Wahnsinn, weißt du?"

Ich verdrehte die Augen. „Warum mischst du dich dann in meines ein?" Ich schloss die Lider und bereute meine Worte. Schließlich fand ich es manchmal auch schön, dass es Bill gab, der sich Sorgen um mich machte. „Entschuldige."

„Also, wie lautet dein Plan? Wo bist du überhaupt?"

Ich seufzte. „Ich bin auf dem Weg zu dem verwesten Mann."

„Es klingt nicht, als wärest du unterwegs."

„Im Moment frühstücke ich."

„Wo?"

„An einem See."

„An einem See?"

„Ja, an einem See. Ich dachte mir, dass es schön wäre, ein letztes Mal die Natur zu genießen, bevor ich …"

„Es ist nicht witzig. Was tust du an diesem See?"

„Ich habe die Nacht hier verbracht. Und jetzt frühstücke ich und fahre dann weiter."

„Du fährst weiter. Was meinst du damit? Liegt der See vielleicht an einer Bushaltestelle?"

Ich runzelte die Stirn. „Warum ist das so wichtig? Bill, ich muss jetzt wirklich auflegen. Es ist schon viel zu spät, es regnet und wenn ich nicht langsam losfahre, fehlt mir die Zeit, um nach ihr zu suchen."

„Das könnte unser letztes Gespräch sein."

„Nicht auch noch du." Die Worte hatten meinen Mund verlassen, bevor ich über sie nachgedacht hatte.

„Was soll das heißen?"

„Nichts. Vergiss es."

„Das werde ich nicht. Mit wem hast du Kontakt? Mit wem hast du gesprochen?"

„Mit niemandem. Ich werde jetzt auflegen." Dann besann ich mich. „Bill, wenn das wirklich unser letztes Gespräch sein sollte, dann möchte ich, dass du weißt, wie dankbar ich dir für alles bin. Ohne dich hätte ich die letzten Jahre nicht überstanden."

Er seufzte, es war ruhiger um ihn herum geworden.

„In meiner Wohnung findest du alle Unterlagen, die wichtig sind, wenn mir etwas passiert. Mein Testament liegt bei dir und …"

„Hör sofort auf! Wir werden heute Abend sprechen. Kapiert?"

Ich lächelte und obwohl ich wusste, dass es nicht zu diesem Gespräch kommen würde, sagte ich: „Kapiert."

Dann beendeten wir das Telefonat und ich mein Frühstück. Nachdem ich mir die Zähne geputzt und alles ordentlich verstaut hatte, stieg ich auf den Fahrersitz des Autos und startete den Motor. Ich spürte, dass dies der letzte Teil meines Weges sein würde. Morgen um diese Zeit wäre es auf die ein oder andere Art vorbei.

Eigentlich hätte mein Herz vor Aufregung rasen sollen, aber es schlug ganz ruhig und gleichmäßig in meiner Brust. Mein Atem floss tief und entspannt und meine Gedanken ruhten.

Ich würde alles auf mich zukommen lassen. Es war sinnlos, einen Plan zu erstellen. Bisher hatte nichts nach Plan funktioniert und ich bezweifelte, dass sich dies ausgerechnet jetzt ändern würde.

Die erste Hürde erreichte ich bereits nach zwanzig Minuten, als ich zurück auf die Landstraße fuhr. Oder vielmehr erreichte sie mich in Form eines Stauendes. Etwa dreißig Meter davor, in einer Kurve, blockierten ein Polizeiauto, ein Krankenwagen und ein auf der Seite liegendes Motorrad die Straße. Sanitäter behandelten die Fahrer und zwei Polizisten sammelten die Einzelteile des Fahrzeugs ein.

Ich sah in den Rückspiegel. Es war eine wenig befahrene Straße und bisher stand hinter mir kein weiteres Auto. Allerdings war ich unsicher, ob ich einfach so wenden durfte. Ich wollte die Aufmerksamkeit der Polizisten nicht auf mich lenken. Vielleicht war Anna inzwischen als vermisst gemeldet worden. Vielleicht hatte man ihre Leiche gefunden. Suchte die Polizei möglicherweise bereits nach ihrem Auto?

Die Ruhe schwand, ich begann zu schwitzen und ließ das Fenster herunter. Das Rauschen des Windes zwischen den Blättern drang an mein Ohr. Ich stellte den Motor ab. Es konnte nur noch wenige Minuten dauern, ehe die linke Spur wieder freigegeben wurde und wir weiterfahren konnten.

Nur keine Panik.

Ich schaltete das Radio ein, hörte Musik, die ich nicht mochte, und beobachtete dabei, wie der Verletzte behandelt wurde. Meine Mutter hatte einmal einen Freund gehabt, der Motorrad fuhr. Ich war damals zwölf oder dreizehn gewesen. Jedes Mal, wenn sie mit ihm unterwegs gewesen war, hatte ich Angst gehabt, sie könnte nicht wiederkommen. Woher diese Angst gerührt hatte, wusste ich nicht. Sie war einfach dagewesen. Und auch jetzt erfasste mich dieses Gefühl.

Nach fünfzehn Minuten bedeutete einer der Polizisten dem ersten Autofahrer auf der anderen Spur den Wagen zu starten. Sobald der Gegenverkehr die Unfallstelle passiert hatte, durfte auch unsere Seite fahren.

Der Polizist nickte jedem Fahrer zu. Suchte er nach Gesichtern? Ich hatte nicht das Gefühl, dass er die Nummernschilder oder Autotypen besonders beachtete. Ich konnte ohne Probleme passieren. Dennoch dauerte es weitere zehn Minuten, ehe sich auch mein Herz beruhigt hatte. Erst dann sammelte ich mich wieder und fokussierte mein Ziel. Bobbi.

Das Dorf sah aus wie die anderen. Ich fuhr einmal hindurch und suchte danach am Stadtrand nach einer Möglichkeit, das Auto abzustellen. Wie auch in einem der vorherigen Dörfer gab es hier leerstehende Häuser, die einst den Bergarbeitern gehört hatten. Ich hatte vorgehabt, Annas Auto dort zu verstecken, aber als ich die Häuser erreichte, sah ich einen Polizeiwagen. Vermutlich durchsuchten sie die Winkel der Stadt nach Hinweisen. Ob sie Bobbi dort fanden? Ich hörte in mich, um herauszufinden, ob ich das wollte. Aber ich fand keine Antwort.

Ich wollte stehenbleiben, den Polizisten folgen. Mit ihnen gemeinsam nach ihr suchen. Aber wie hätte ich meine Neugier erklären sollen?

Also fuhr ich weiter und parkte den Kombi auf einem Feldweg. Es würde ein weiter Weg sein, aber zumindest würde niemandem das Auto auffallen. Ich beschloss, durch den Wald zu gehen. Es zog mich zum Fundort der Leiche, den ich dank weiterer Informationen aus sozialen Medien und Google Maps hatte bestimmen können. Aber was, wenn es dort auch Polizisten gab, die nach Spuren suchten?

Nein, ich würde einen anderen Weg zum Dorf wählen. Ich glaubte ohnehin nicht, dass Bobbi dort auf mich wartete.

Je näher ich der Stadtgrenze kam, desto unsicherer wurde ich jedoch. Welchen Sinn hatte es, mich den anderen Menschen zu zeigen? Jedes fremde Gesicht würde Fragen aufwerfen. Noch mehr als sonst würden die Leute mich beobachten, Vermutungen darüber anstellen, was ich hier zu suchen hatte.

Ich blieb am Rande einer kleinen Lichtung stehen, in deren Mitte ein einziger Baum stand. Ein großer Baum, der durch den Schatten, den er spendete, einen idealen Platz für eine Pause bot. Inzwischen hatten die Regenwolken der Sonne Platz gemacht. Ich konnte nicht weitergehen. Nicht, weil ich eine Pause brauchte. Nein, ich konnte deshalb nicht weitergehen, weil ich mich nicht zeigen durfte.

Ich war davon ausgegangen, genau so vorzugehen, wie in den anderen Städten. Aber wer würde mir hier abkaufen, dass ich einen Artikel über die Schönheit der Natur schreiben wollte? Jeder würde mich für eine Reporterin der Klatschpresse halten. Vielleicht waren die sogar schon da.

Ich zog die Karte und meinen Kompass aus der Tasche. Für eine Weile betrachtete ich den kleinen schwarzen Polfinder. Wir hatten den Kompass, den Bobbi damals mit in den Wald genommen hatte, nie benutzt. Ich hatte sie einfach über den Weg bestimmen lassen. Einfach so. Ich war ihr gefolgt wie ein Hund, der seinem Herrchen blind vertraut. Warum hatte ich sie nicht gefragt, warum sie den Weg so sicher beschritt?

Ich schüttelte mich. Das spielte keine Rolle mehr.

Es war schwierig, meine Position genau zu bestimmen, aber ich vermutete, dass ich mich etwa eine halbe Stunde entfernt von den leerstehenden Häusern befand. Vielleicht waren die Polizisten inzwischen verschwunden.

Ich beschloss, eine weitere Stunde hier zu warten, etwas zu essen und meinen Akkupack mit den Solarkollektoren zu laden. Die Sonne brannte vom Himmel und warum sollte ich diesen letzten Tag nicht zumindest ein wenig genießen?

SIEBENUNDDREIßIG

Sie war nicht zurückgekommen. Igors verfluchte Tochter war nicht von ihrem Trip mit Lara zurückgekehrt. Sie war nicht in der Bar aufgetaucht, hatte ihr Auto nicht vor ihrer Wohnung geparkt und an ihr dämliches Handy ging sie auch nicht. Es war ausgeschaltet.

Was sollte ich jetzt tun? Wo konnte Lara sein?

Sie würde den nächsten Ort aufsuchen. Aber welchen? Auch ich hatte die Liste. Aber diese Liste brachte mich nicht weiter, wenn ich nicht wusste, wo sie verdammt nochmal als nächstes hinwollte.

Diese dreckige, kleine …

Also gut, ich musste mich beruhigen. Ich musste einen Plan schmieden. Ich musste das in den Griff bekommen.

Wie würde Lara den nächsten Ort auswählen? Welcher der Listenmänner würde ihr Interesse am ehesten wecken? Ihr erstes Ziel war der Tote gewesen. Dann war sie der Reihenfolge von Henry gefolgt und danach hatte sie Orte aufgesucht, in denen die Listenmänner verschwunden waren. Das hatte ich als besonders clever erachtet, weil Bobbi dort möglicherweise Spuren hinterlassen hatte.

Aber Igor war nicht vermisst. Und er war auch nicht tot. Zumindest nicht auf eine Art, auf die man den Tod gemeinhin definierte.

Laras Vorgehensweise wirkte so willkürlich. Was, wenn sie einfach nur die Orte abklapperte, ohne einer wirklichen Route zu folgen? Hitzig wie Bobbi. Einfach drauf los.

Ich schlug mir mit der Faust aufs Knie, scannte erneut die Landkarte, auf der ich die Orte markiert hatte. Es würde mir nichts übrigbleiben, als ebenfalls ziellos durch die Orte zu streifen.

Zwei lagen nicht weit entfernt. Ich würde mit ihnen anfangen. Aber mit welchem?

Ich hatte mich in das WLAN-Netzwerk eines jungen Mannes eingewählt. Es reichte bis zum Waldrand und ich saß, verborgen hinter einem Baum, in Reichweite. Ich googelte die Orte und schon das dritte Ergebnis zog meine Aufmerksamkeit auf sich. Man hatte eine Leiche gefunden. Ich musste die Seite vom Translator übersetzen lassen, aber das wäre gar nicht notwendig gewesen. Der Name des Listenmannes war klar und deutlich zu lesen.

Nun wusste ich, wo ich Lara finden würde. Und ganz bestimmt auch Bobbi.

ACHTUNDDREIßIG

BOBBI

Verfluchte Scheiße!

Dass es nicht Lara war, erkannte ich sofort. Ich brauchte nicht die Stimme der anderen Frau zu hören. Und ich brauchte sie auch nicht zu sehen. Die Art wie sie roch, wie sie atmete, ihre gesamte Präsenz. Das war nicht Lara.

Ich versuchte mich zu drehen, aber sie drückte den harten Gegenstand fester in meinen Rücken. Auf Höhe der Nieren. Ich vermutete, dass es sich dabei um eine Pistole handelte. Nur aus diesem Grund wehrte ich mich nicht. Wie unfassbar dämlich wäre es gewesen, ausgerechnet heute eine Kugel in den Rücken zu bekommen?

„Wer sind Sie?" Meine Stimme brummte noch immer.

„Das kommt darauf an. Wer sind Sie? Und was machen Sie hier?"

Ich erzählte die Geschichte, die ich mir in den letzten Wochen für genau diesen Fall zurechtgelegt hatte. Nun, nicht genau für diesen Fall. Ich dachte, ein etwaiger Besucher würde anklopfen, bevor er mich bedrohte.

„Mein Name ist Karla. Ich reise durch Osteuropa und mache hier seit ein paar Tagen Pause. Ich weiß, ich sollte nicht in einem fremden Haus leben, aber für eine Pension habe ich kein Geld und ich wollte mich von der Reise der letzten Wochen erholen."

„Umdrehen. Mit erhobenen Händen." Sie klang selbstbewusst. Nun war ich sicher, dass sie eine Waffe auf mich gerichtet hatte.

Ich hob die Hände auf Schulterhöhe und drehte mich langsam zu ihr. Sie war etwas älter als ich. Viel mehr konnte ich in dem wenigen Licht, das durch die Fenster hereindrang, nicht erkennen.

Sie sah sich um. „Es wirkt eher, als würden Sie hier schon seit ein paar Wochen hausen. Vielleicht drei Wochen?"

Natürlich. Inzwischen hatten sie den Todeszeitpunkt der Leiche herausgefunden. Oder mussten sie das gar nicht? Sicher hatte ihn jemand als vermisst gemeldet. Ich sagte nichts. Sie bedeutete mir mit der Waffe, mich auf einen der von Ratten zerfressenen Sessel zu setzen. Ich tat es. Ebenso langsam wie ich zuvor die Drehung durchgeführt hatte.

„Vor drei Wochen wurde mein Vater ermordet." Mit der linken Hand zog sie ein Päckchen Zigaretten aus ihrer Hosentasche, danach ein Feuerzeug.

Im Schein des Feuers sah ich ihr Gesicht besser. Sie sah nicht auf die Zigarette, sondern zu mir. Ihr Blick war forschend. Sie wirkte nicht wie eine Polizistin, die einen Fall aufklären wollte, auch wenn ich sicher war, dass sie normalerweise in einer Uniform anzutreffen war.

„Das tut mir leid." Tat es nicht. Natürlich nicht.

Sie nickte und zündete die Kerze an, die auf dem Tisch mit meinem Telefon stand. „Was weißt du darüber?" Ihr Tonfall war weicher geworden. Sie setzte sich auf einen Stuhl. Weit genug von mir entfernt, dass ich sie nicht unverhofft angreifen konnte, aber nah genug, um mich zu erschießen.

Ich runzelte die Stirn. Wenn er ihr Vater gewesen war, dürfte sie nicht sonderlich traurig darüber gewesen sein, als sein von Fliegen und Würmern zerfressener Körper aufgetaucht war. Oder war sie eine der Ausnahmen? Ich beschloss zu schweigen. Sie war aus einem bestimmten Grund hier. Allein. Und ich wollte ihn erfahren.

„Okay, gut. Ich verstehe. Du hast keinen Grund, mir zu sagen, was ich wissen will. Dann lass mich anfangen. Ich habe meinen Vater gehasst. Als er verschwand, dachte ich, er würde seine miesen Geschäfte weiterführen. Jahrelang konnte ich ihm nichts nachweisen. Ich habe zu spät eingesehen … egal. Ich dachte, er würde wieder anfangen, und habe ihn gesucht. Natürlich bin ich nicht auf die Idee gekommen, in einem alten Bergstollen nach ihm zu suchen. Und dann kam ein Anruf von einer Frau. Ich war die Erste am Fundort. Die Leute erwarteten von mir, dass ich weinend auf den Boden sank und ich gab ihnen dieses Schauspiel. Aber nur deshalb, weil ich auf diese Weise mein Lachen verbergen konnte. Ihn so zu sehen … Es macht nichts besser oder wieder gut. Es entschädigt mich auch nicht für das, was er mir angetan hat. Aber es …"

„… rückt die Welt ein kleines bisschen zurecht."
Sie schwieg und nickte dann. „Ja, so könnte man es nennen. Wie hast du es angestellt?"
Ich würde ihr kein Geständnis liefern. Vielleicht war das nur eine seltsame Ermittlungs-Taktik. „Du bist Polizistin."
Sie nickte wieder. „Aber als diese bin ich nicht hier."
„Warum bist du dann hier?"
„Ich wollte den Mörder meines Vaters finden. Ich habe dich gesehen, als du hier angekommen bist. Erst habe ich dich nicht beachtet, aber nachdem ich ihn gefunden hatte, ging mir dein Gesicht nicht mehr aus dem Kopf." Sie strich mit den Fingern über ihre Wange. „Die sind ziemlich auffällig."
Ich schnaubte.
„Ich wollte dich finden, weil die anderen dich einsperren werden. Warum bist du noch hier?"
Ich presste die Lippen aufeinander.
„Ich kann ihnen sagen, dass ich hier niemanden gefunden habe. Aber sie werden einer Frau nicht glauben, dass sie die Hütten gründlich genug nach Hinweisen abgesucht hat. In ein paar Tagen werden sie hier aufschlagen und es noch einmal tun. Warum bist du nicht längst verschwunden?"
„Ich kann noch nicht gehen."
„Warum nicht?"
„Das kann ich dir nicht sagen."
„Ich könnte dich einfach mitnehmen."
„Ja, das könntest du." Ich sah ihr direkt in die Augen, auch wenn das Kerzenlicht sie kaum erhellte.
Sie seufzte. „Warum hast du ihn getötet?"
Ich zögerte. Sollte ich ihr die Wahrheit sagen? Wusste sie sie nicht ohnehin? Ich atmete tief durch. Vielleicht konnte sie helfen. So wie Maja geholfen hatte. „Sein Name stand auf

einer Liste." Er wollte nicht, dass ich mit anderen über die Liste sprach. Er wollte, dass ich es allein schaffte. Aber ich war in dieser Sache nicht allein. Die anderen gehörten dazu.

„Eine Liste?" Ihre Stimme klang dünner. „Was für eine Liste?"

„Eine Liste mit Namen von Männern, die ihre Töchter an andere Männer ausgeliehen haben."

Sie ließ die Waffe sinken.

„Hast du das Haus von deinem Vater schon durchsucht?"

Sie schüttelte den Kopf. „Seine Frau wohnt noch darin. Was sollte ich dort finden?"

„Ich weiß es nicht genau."

„Woher hast du diese Liste?"

„Der Name meines Vaters stand auch darauf."

„Hast du ihn auch getötet?"

Sie war nicht dumm. „Wer sagt, dass ich jemanden getötet habe?"

„Hast du?"

„Ich habe meinen Vater nicht getötet. Das hat jemand anderes übernommen."

„Wer?"

„Eine Freundin." Ich dachte an Lara, die jeden Moment hier auftauchen konnte.

„Du musst hier verschwinden."

„Das sagtest du schon. Und ich kann nicht. Noch nicht."

Sie sah mich an. „Hat es etwas mit der Liste zu tun?"

Ich nickte, auch wenn es nur indirekt stimmte.

„Wie lange?"

„Zwei Tage." Ich ging davon aus, dass ich keine zwei Tage brauchen würde, aber es war nicht falsch, einen kleinen Puffer einzubauen.

Sie strich über die Waffe und blickte dann wieder zu mir auf. „Ich könnte dir zwei Tage verschaffen. In dieser Zeit werde ich das Haus meines Vaters durchsuchen. Aber du musst dich bedeckt halten."

Ich konnte ihr dieses Versprechen nicht geben. Natürlich war es möglich, dass Lara und ich unsere Streitigkeiten friedlich beilegten und zusammen in den Sonnenuntergang fuhren. Wahrscheinlicher aber war es, dass wir die gesamte Siedlung abbrannten und in diesem Höllenfeuer verkohlten. „Das habe ich in den letzten Wochen gut hinbekommen."

Sie nickte, starrte mich noch eine Weile an und stand dann auf. „Ich bin Swetlana."

„Ich weiß."

Sie nickt wieder und verließ dann den Raum.

Ich sank in dem stinkenden Sessel zusammen. Das war knapp gewesen. Warum hatte dieser Idiot eigentlich immer recht?

NEUNUNDDREISSIG

LARA

Die Pause tat gut. Zu gut. Vielleicht wusste mein Körper, was auf ihn zu kam und er wollte noch einmal ausreichend Kraft tanken. Vielleicht wollte er mich auch davon abhalten, den nächsten Schritt zu tun. So oder so und entgegen allen Adrenalins, das durch meine Adern strömte, schlief ich an den Baumstamm gelehnt ein.

Geweckt wurde ich durch das Geräusch von Regen, der seine Tropfen auf Blätter fallen ließ. Die Krone des Baumes schützte mich davor, nass zu werden, aber lange würde sie diese Aufgabe nicht mehr erfüllen können.

In der Ferne hörte ich einen Donner grollen.

Ich sah auf die Uhr. Zwei Stunden hatte ich hier gesessen. Ich trank einen Schluck Wasser und stand dann auf, streckte mich, ließ mich in eine Vorbeuge fallen und streckte mich wieder. Eine halbe Stunde trennte mich von der Siedlung. Wenn ich Bobbi dort nicht fand, würde ich zumindest Unterschlupf vor dem Regen finden. Andererseits hielt ich es für unwahrscheinlich, dass sie mit einem Zelt im Wald campte. Sie musste seit drei Wochen hier sein, wenn sie es noch immer war. In den Häusern würden ihr keine Wanderer über den Weg laufen.

Ich schulterte meinen Rucksack, sah auf den Kompass und folgte der Richtung, in der ich die Häuser vermutete. Vermutete. Es konnte auch sein, dass ich zu weit östlich oder westlich lief. Aber ich hatte keine Wahl. Natürlich hätte ich mein Handy benutzen können, aber ich schonte den Akku und folgte keiner befestigten Straße. Auch hier hätte ich nur den Kompass nutzen können.

Die Wolken verdunkelten den Himmel und auch zwischen die Bäume drang kaum Licht. Der Wald wirkte bedrohlicher als vor zwei Stunden und ich schärfte meine Sinne. Nur nicht stolpern, keine Wildschweine aufwecken und keine Frau verpassen, die sich hinter einem Stamm verbarg.

Nach zwanzig Minuten erreichte ich die Straße. Ich hielt mich weiter zwischen den Bäumen und folgte ihr, bis eine weitere, kleinere Straße von ihr abzweigte. Sie führte zu der alten Siedlung. Auch hier konnte ich noch ein Stück weit im Schutz der Bäume laufen.

Der Regen fiel inzwischen so stark, dass ich den Schutz über den Rucksack gelegt und mir selbst eine Regenjacke übergezogen hatte. Ich sah aus wie eine gut vorbereitete Touristin.

Als ich die Häuser erreichte, scannte ich die Umgebung noch genauer. Das Polizeiauto war verschwunden und auch sonst konnte ich kein Fahrzeug ausmachen. Abgesehen von einem verrosteten Dreirad, das irgendwann einmal grün gewesen war.

Um die Häuser, die eher Bungalows ähnelten, waren vereinzelt Maschendrahtzäune gezogen. Manche Fenster waren durch Holzplatten verbarrikadiert, andere eingeschlagen und vor manchen befanden sich Fensterläden.

Ich öffnete die Bauchtasche und entnahm ihr die Waffe. Obwohl ich nirgendwo einen Hinweis auf eine andere Person sah, war ich mir sicher, dass sie hier war. Sie musste einfach hier sein.

Mehrere kleine Straßen teilten die Siedlung in Blocks ein. Insgesamt mochten es dreißig Häuser sein. Sollte ich jedes einzelne durchsuchen?

Ich atmete tief durch. Der Rucksack zog schwer an meinen Schultern. Ich hätte ihn im Auto lassen sollen, aber ich war nicht sicher, ob ich dorthin zurückkehren konnte. Ein paar Dinge wollte ich bei mir haben. Das Zelt und der Schlafsack lagen im Auto, aber das Tablet, ein paar Vorräte und die Notizbücher trug ich bei mir. Ich zog die Gurte enger und dann trat ich auf die Straße.

Der Regen hatte den Staub zur Seite gespült. Das düstere Wetter verstärkte die Trostlosigkeit, die die schlichten und verfallenen Gebäude aussandten. Hier hatten einmal Familien gelebt. Was wohl aus ihnen geworden war?

Langsam, einen Schritt nach dem anderen, ging ich die Straße entlang. Ich scannte die Häuser zunächst nur von außen. Gab es Hinweise darauf, dass die Tür vor Kurzem geöffnet worden war? Hatte jemand eine Reparatur vorgenommen, die noch nicht lange zurückliegen konnte? Hing irgendwo eine weiße Flagge? Unwahrscheinlich, aber nicht auszuschließen.

Sollte ich auf diesem Weg nichts finden, würde ich die Häuser einzeln durchsuchen. Natürlich war mir bewusst, dass Bobbi mich wahrscheinlich beobachtete. Aber ich konnte nicht hier rumstehen und darauf warten, dass sie sich zeigte.

Also ging ich weiter und irgendwann sah ich tatsächlich etwas. Neben einem alten Regenfass stand ein Eimer. Das war auf den ersten Blick nicht ungewöhnlich. Ungewöhnlich waren die Schaufel, die danebenstand, und das frisch bearbeitete Stück Wiese davor. Die Rasenflächen der anderen Häuser waren mit hohem Gras bewachsen. So war es hier auch. Aber an mehreren Stellen befanden sich Erdhaufen anstelle der hohen Grashalme. Sie waren zu groß für Maulwürfe. Sie fanden sich auf keinem der anderen Beete und waren weit genug voneinander entfernt, dass man dazwischen stehen konnte. Hier vergrub jemand regelmäßig etwas, das er nicht im Haus haben wollte.

Ich besah die Fenster des Hauses. Fast alle waren durch Fensterläden verschlossen. Ein einziger Laden so weit geöffnet, dass ich meine Hand hindurch stecken könnte. Nach innen würde so Licht in das Haus gelangen. Von dort konnte man vermutlich hinausgucken.

Ich hatte keine Zeit, meine These näher zu überprüfen, denn im nächsten Moment sprang die Tür neben dem Fenster auf.

Für einen einzigen Augenblick standen Bobbi und ich uns gegenüber. Fast erkannte ich sie nicht. Ihre Haare waren blond und lang, ja, aber sie sah aus wie eine billige Kopie ihrer selbst. Bis zu den Ohren waren ihre Haare fast weiß, in den Längen wirkten sie deutlich dunkler, aber mehr wie das Blond, das sie vor drei Jahren getragen hatte. Ihre natürliche Haarfarbe.

Durch den Regen konnte ich ihr Gesicht nur schwer erkennen, aber auch dieses wirkte unecht, unwirklich, nicht wie Bobbis.

Hatte ich mich genauso verändert?

Als ich sie kennengelernt hatte, hatte sie ausgesehen wie ein Engel. Nun sah sie aus wie eine Alkoholikerin, die seit dreißig Jahren ihre Tage damit verbrachte, die Darsteller in Reality Shows auszulachen.

Der Moment des Schocks verhalf ihr zum Vorteil. Ich vergaß die Waffe in meiner Hand, als sie auf mich zustürmte und mich zu Boden warf. Zum Glück trug ich den Rucksack inzwischen nur noch über einer Schulter. Als ich fiel, rutschte er über meinen Arm und befand sich nun neben mir.

Bobbi lag auf mir. Die Waffe einen Meter von mir entfernt. Sie hatte die Hände um meine Handgelenke gekrallt und versuchte, meine Arme zu Boden zu drücken. Ich hielt dagegen. Sie sah mich an. Ein Grinsen lag auf ihren Mundwinkeln. Zuerst glich es Wahnsinn, aber mehr und mehr kehrte Menschlichkeit in ihr Gesicht zurück. Fast glaubte ich, Freude darin zu entdecken.

Es war nicht schwer, mich aus ihrem Griff zu befreien. Ich war stärker als sie, trainierter und nüchterner. Sie stank nach Alkohol und für einen Moment fragte ich mich, warum ich all das eigentlich auf mich genommen hatte.

Ich schwang meinen rechten Arm nach links und griff mit der Hand nach ihrem Handgelenk. Gleichzeitig verhakte ich meine Füße vor ihren, hob die rechte Hüfte und stieß sie auf diese Weise von mir. Sie konnte sich nicht auffangen, weil ich weiter ihre Hand fixierte, und kam hart auf dem Rücken zum Liegen. Ich war nun über ihr, mein rechtes Knie unter ihrem linken. Einem Mann hätte ich nun in den Schritt geschlagen, aber bei ihr begnügte ich mich damit, ihr rechtes Bein zu greifen, es auf die andere Seite zu schwingen und sie auf diese Weise auf die Seite zu drehen.

Ich trat ihr in die Rippen. Fest genug, damit es wehtat. Aber nicht so fest, dass es sie ernsthaft verletzten würde.

Bobbi drehte sich auf den Rücken, eine Hand an ihrer Seite und blieb am Boden liegen, während ich die Waffe auf sie richtete. Wir beide atmeten schwer. Der Regen verschleierte die Sicht und doch sah ich sie klar vor mir.

Ich hatte es geschafft. Ich hatte sie gefunden und ich hatte sie überwältigt. Eine winzige Bewegung meines Zeigefingers und sie wäre tot. Für immer aus meinem Leben verschwunden. Der endgültige Schlussstrich. Aber ich zögerte. Ich wollte, dass sie verschwand. Dass sie nicht länger ihre Dämonen in meine Träume schicken konnte. Natürlich wollte ich das. Deswegen war ich hier.

Aber in diesem Moment wurde mir klar, dass sie es trotzdem weiterhin tun würde. Ich konnte nicht mit meiner Vergangenheit abschließen, indem ich einem anderen Menschen das Leben nahm. Ich würde nie damit abschließen können. Bobbi zu töten würde dagegen bedeuten, dass ich eine weitere Szene aus meinem Leben immer und immer wieder erleben würde. Dies wäre ein weiterer Moment, den ich nie wieder loswerden würde.

Bobbi lächelte. Der Regen fiel auf ihre Haut, ihre Haare. Er schien sie von dem Bild, das sie mir zuvor gezeigt hatte, zu befreien. Ich sah die zwei Narben auf ihrer Wange. Sie waren noch immer da. Auch ich hatte Spuren bei ihr hinterlassen. Auch sie würde meine Dämonen nie loswerden.

Ich konnte es nicht. Nicht in diesem Moment. Nicht, ohne dass wir auch nur ein einziges Wort miteinander gewechselt hatten. Sie war schwach. Sie stellte keine Gefahr für mich dar. Dennoch sank ich zu Boden und kniete nun über ihr, die Waffe weiter auf ihren Kopf gerichtet. Sie starrte mich genau so an wie ich sie.

„Was ist los, Lara? Davon träumst du doch seit drei Jahren, oder?“ Auch ihre Stimme klang verändert. Sie war deutlich tiefer und rauer.

„Warum hast du mich hierhergelockt?"
„Ich wollte dich sehen." Sie lächelte noch breiter. „Ich habe dich vermisst."
Ich rollte mit den Augen, aber ich wusste, dass sie die Wahrheit sagte. Ich sah es in *ihren* Augen.
„Warum bist du hier?"
Ich wusste es nicht mehr.
Es blitzte. „Ich bin dir nicht aus dem Kopf gegangen, richtig?" Ein Donner grollte hinter ihren Worten auf. Das Gewitter musste sich fast direkt über uns befinden.
Ich schüttelte den Kopf. „Wir haben das nicht zu Ende gebracht."
Sie lachte auf. „Und das möchtest du jetzt erledigen?"
Ich sagte nichts.
Ihr Blick verfinsterte sich. „Du hast es immer noch nicht kapiert, oder Lara?"
„Was meinst du?"
„Das Leben ist nicht so einfach. Es gibt nicht nur schwarz und weiß."
„Was soll das, Bobbi? Du hast versucht, mich umzubringen. Du hast meine Familie auf dem Gewissen. Das ist schwarz. Schwärzer geht es nicht."
„Ist das so, ja? Du hast meinen Vater getötet, als ich ein verdammtes Kind war."
Ich lachte auf. „Ich habe dich von einem Kinderschänder befreit. Und ich war selbst noch ein Kind."
Sie nickte. „Aber das wusste ich damals nicht. Nicht alles." Ihr Blick wurde weicher. „Du weißt es jetzt auch, oder?"
„Das hat nichts mit uns zu tun." Ich drückte die Waffe etwas fester gegen ihren Kopf.
„Was hat Maja dir erzählt? Was hat sie über ihren Vater herausgefunden? Sag es mir, Lara."

Meine Hand begann zu zittern. Natürlich wusste sie, dass ich bei Maja gewesen war. Aber was wusste sie sonst noch?

In Bobbis Augen traten Tränen. „Diese Schweine haben das Leben so vieler Mädchen zerstört, als es noch nicht einmal begonnen hatte." Ihre Stimme hob sich über einen weiteren Donner.

„Das hat nichts mit uns zu tun." Auch ich schrie.

„Nein? Bist du dir da so sicher? Haben wir nicht das gleiche Ziel?"

Ich konnte ihre Frage nicht mehr beantworten, denn in diesem Moment raste ein Auto die Straße entlang und stoppte vor dem Grundstück auf dessen Boden ich Bobbi drückte. Ungläubig sah ich auf. Bobbi nutzte die Ablenkung und stieß mich von sich. Sie rannte ein paar Meter weg, ich taumelte und landete auf dem Boden. Im nächsten Moment erhob ich mich wieder und wir starrten beide zum Auto.

VIERZIG

LARA

Die Fahrertür öffnete sich langsam. Träge. Genau wie der Mann, der aus dem Auto stieg. Ein großer, schwerer Mann, bei dessen Anblick ich die Waffe sinken ließ.

Meine Gedanken rasten durch meinen Kopf, prallten gegeneinander und formten sich immer wieder neu. Was tat er hier? Wie hatte er mich gefunden? Warum hatte er mich nicht darüber informiert, dass er kommen würde? War er wahnsinnig, hier aufzutauchen?

„Was tust du hier?“ Meine Stimme klang wie ein Flüstern durch den Sturm.

Er kam auf mich zu, aber sein Blick war auf Bobbi geheftet.

Irgendwie musste er herausgefunden haben, wo genau sie sich befand. Und dann war er hergekommen. Hatte er die Polizei endlich überreden können? Würden in den nächsten Minuten weitere Fahrzeuge eintreffen? Würde Bobbi ins Gefängnis gehen?

Aber dann stutzte ich. Warum war er vor den Polizisten hier?

Bills Blick war noch immer auf Bobbi gerichtet. „Du hättest verschwinden sollen.“

Es fühlte sich an wie die Faust eines Preisboxers, die sich mitten in meine Brust rammte. Der Atemzug, der gerade meine Lungen erfüllt hatte, drang in einem keuchenden Laut aus meinem Mund und wurde nicht durch neue Luft ersetzt. Ich wandte mich zu Bobbi. Sie starrte ihn an und stellte dann dieselbe Frage, die ich vor Sekunden, es konnten nur Sekunden gewesen sein, gestellt hatte. „Was tust du hier?“

Ich sah von einem zum anderen. Bill kam auf mich zu, aber ich hob die Waffe, richtete sie auf ihn und dann wieder auf sie. Hin und her und wieder zurück. Dabei wich ich ein paar Schritte von ihnen weg.

Er war nicht wegen mir hier. Er wusste, wo Bobbi sich befand, weil sie es ihm gesagt hatte. Die gesamte Zeit über musste er gewusst haben, wo sie sich befand.

„Du warst es.“

Er war stehengeblieben und blickte nun endlich zu mir.

„Du hast die Karten für sie überbracht.“ Ich schrie durch den Regen. Es donnerte und blitzte noch immer in kurzen Abständen. „Und du bist weder damit noch mit meinen

Vermutungen zur Polizei gegangen. Natürlich nicht. Du hast mich in dem Glauben gelassen, mir zu helfen, dabei hast du nur eins getan. Du hast für sie spioniert."

Er öffnete den Mund, aber ich ließ ihn nicht zu Wort kommen. „Deshalb wolltest du immer so genau wissen, wo ich mich befand. Damit sie es wusste. Damit sie wusste, wie weit ich noch von ihr entfernt war." Ich sah wieder zu Bobbi, die sich erhoben hatte und gegen die Fassade des Bungalows gelehnt dabei zusah, wie ich Bills Lügen eine nach der anderen aufdeckte.

„Wie lange folgst du mir schon? Hast du auch die Karten in die Pensionen gebracht?" Ich runzelte die Stirn. Nein, das konnte nicht sein. Zumindest die erste der beiden hatte mich auf dem Postweg erreicht.

In diesem Moment wurde mir klar, dass es einen weiteren Grund dafür gegeben hatte, warum ich ihm nicht von Anna und von Maja erzählt hatte. In meinem tiefsten Innern hatte ich auch ihm nicht vertraut.

„Lara, es gibt einiges, das du nicht weißt."

„Offensichtlich." Ich lachte auf und deutete mit der Waffe zu Bobbi und zurück zu ihm.

Er kam weiter auf mich zu und ich verlor die Kontrolle über meine Nerven.

Drei Jahre lang hatte ich Situationen trainiert, in denen mich jemand angriff oder ich mich aus einer anderen Situation befreien musste, die mich körperlich in Gefahr brachte. Aber nie hätte ich damit gerechnet, dass ich mich ein weiteres Mal von einer Person hinters Licht führen lassen würde, der ich vertraute.

Ich dachte zurück. „Du hast ihr dabei geholfen, das Krankenhaus zu verlassen. Du hast nicht die Polizei informiert, nachdem ich dir gesagt hatte, dass es einen zweiten Finn gab." Wieder lachte ich auf. „Natürlich nicht. Das hast du gewusst, oder? Wie lange schon? Wie lange arbeitest du mit Bobbi zusammen? Warum wolltest du, dass sie mich töten, verdammt?"

„Das wollte ich nicht. Und ich wusste auch nicht, dass sie es vorhatten."

Noch einmal lachte ich, fand aber keine Worte, um den Schock weiter zu überspielen.

„Dein Großvater und ich waren seit Jahren zerstritten. Wir …"

Ein Donner übertönte seine Worte. Aber ich wollte sie ohnehin nicht hören. Ich wollte das alles nicht hören. Ich wollte, dass es aufhörte! Ein für alle Mal aufhörte.

Ich starrte Bill an, der noch immer die Lippen bewegte. Aber ich verstand ihn nicht. Der Regen, das Grollen des Himmels und das Rauschen des Blutes in meinen Ohren bildeten eine Barriere, die kein weiteres Geräusch durchdringen ließ.

Aber mein Blick war klar. Ich sah, wie er langsam in die Innentasche seiner Jacke griff. Ich sah, wie er etwas herauszog. Etwas, das wie eine Waffe aussah. Ich streckte meine Arme etwas stärker durch, richtete meine Waffe auf Bills Unterkörper und schoss. Im selben Moment verschwand die Barriere vor meinen Ohren. Ich hörte Bills Stimme, Bobbis Schrei und den Knall.

EINUNDVIERZIG

Es sollte sich herausstellen, dass es auch Nachteile hatte, wenn man ein Auto fuhr, dessen Modell weit verbreitet war. Ich brauchte eine Weile, um zum Versteck des Wagens zu kommen. Als ich dort ankam, hatte es angefangen zu regnen. Ich hasste nasse Klamotten und zog mich auf der Rückbank um. Dann fuhr ich los.

Nach einer halben Stunde überquerte ich eine Brücke, auf der ein Polizeiwagen stand. Zwei in Regenmäntel gehüllte Beamte hatten den Blick über das Geländer nach unten gerichtet. Ich fuhr weiter, passierte die Zufahrt zur einzigen Großstadt in der Umgebung und hielt mich östlich, um weiter in Richtung des Ortes zu fahren. Auf halber Strecke sah ich wieder einen Polizeiwagen. Ich wollte auch ihn passieren, aber einer der Beamten bedeutete mir, an den Rand zu fahren. Auch er trug einen Regenmantel, um sich gegen das Wetter zu schützen.

Ich sah ein Motorrad auf der Seite liegen. Es sah nicht besonders gut aus.

Ich überlegte. Ich hatte die Nummernschilder des Autos gewechselt. Sicher konnten die Polizisten sie überprüfen und würden dann feststellen, dass auch die Schilder geklaut waren. Das würde Probleme verursachen. Große Probleme.

Wenn ich jedoch weiterfuhr, würden sie mich dann verfolgen?

Ich mahlte die Kiefer aufeinander, drosselte schließlich aber das Tempo und fuhr rechts ran. Einer der Polizisten musterte mein Auto, dann mich und kam an die Fahrerseite. Ich ließ das Fenster herunter und wartete darauf, dass er mir sagte, was das Problem war. Der Regen flog ins Auto und traf die Haut auf meinem Arm. Er brachte Kälte mit sich.

Von der Jacke des Polizisten tropfte weiterer Regen ins Auto, als er sich zu mir herunterbeugte. Er sah nicht unfreundlich aus. Vielleicht hatte ich nur einen defekten Scheinwerfer. Das wäre ein Klischee, aber es würde keine Probleme nach sich ziehen. Bei diesem Wetter war es wichtig, mit ausreichend Licht zu fahren. Es wäre ein Grund, ein Auto anzuhalten.

Meine Sprachkenntnisse waren rudimentär und ich verstand kein Wort von dem, was er sagte. Ich musste ihm das klar machen. Andererseits würde er dann Verdacht schöpfen? Warum sollte ich mit einem einheimischen Auto durch die Gegend fahren?

Ich entschied mich für den Angriff und sagte auf Englisch: „Hören Sie, ich verstehe Ihre Sprache nicht. Meine Frau und ich besuchen meinen Schwager. Er hat mich gebeten, ein paar Besorgungen zu machen. Für das Abendessen. Verstehen Sie?"

Der Polizist musterte mich, runzelte die Stirn und winkte seinen Kollegen zu sich. Sie wechselten Worte, die ich nicht verstand, und ich wartete. Der Regen durchweichte schon wieder meine Kleidung. Es blieb mir nur noch ein trockenes Outfit. In mir bäumte sich Wut auf. Was wollten diese Typen von mir?

ZWEIUNDVIERZIG

LARA

In den Stunden im Schützenverein hatte ich gelernt, wo ich einen Menschen treffen musste, damit er zu Boden ging, aber nicht lebensgefährlich verletzt wurde. Bill hatte ich aus diesem Grund nur am Bein getroffen.

Er sank zu Boden, fiel auf die Hände und keuchte.

„Bist du nicht mehr ganz dicht?“

Bobbi rannte zu ihm, legte ihm die Hand auf den Rücken und redete leise auf ihn ein.

Ich stand nur da, betrachtete ungläubig die Szenerie und suchte nach der Antwort auf die Frage, wie ich all das hatte übersehen können. Schon wieder. Wie hatte es hier auf diese Weise enden können?

Ich griff in meine Tasche, zog das Telefon heraus und schaltete es ein. Ich würde die Polizei rufen. Es war mir egal, dass ich erklären musste, warum ich eine Waffe bei mir trug. Bobbi und Bill würden hinter Gittern landen. Ich würde sie kein weiteres Mal entkommen lassen.

Ich sah zu Bills Hand. Auch er hielt ein Telefon darin. Keine Pistole. Er hatte mich nicht bedroht. Es hatte keinen wirklichen Grund gegeben, auf ihn zu schießen. Ich ging zu ihm, durchsuchte seine Jacke nach einer Waffe. Er trug keine bei sich.

Er sah zu mir auf. „Ich bin nicht bewaffnet, Lara." Seine Stimme war kaum laut genug, um sie zu verstehen. Er keuchte.

Er hatte recht. Ich war die Einzige von uns beiden, die bewaffnet war.

„Die Polizei wird dich mitnehmen, nicht Bobbi oder mich."

Mein Herzschlag setzte aus. Wenn ich jetzt die Polizei rief, hier, wo niemand wusste, was vor drei Jahren geschehen war, wäre ich diejenige, die man festnehmen würde. Bobbi würde wieder entkommen.

Ich funkelte ihn an. „Warum erzählst du mir das?"

„Weil ich nicht will, dass du …" Er sprach nicht weiter. Sein Atem schien sich zu verlangsamen und gleichzeitig nahm das Keuchen zu. Er sank weiter zu Boden, die rechte Hand hob sich, wollte den linken Arm fassen, aber er brach unter seinem eigenen Gewicht zusammen.

„Scheiße, Bill! Was ist los? Rede mit mir!" Bobbi versuchte, ihn wieder aufzurichten. Er war zu schwer. Sie stemmte sich gegen den massigen Körper, aber sie hatte keine Chance.

Bill sah noch immer mich an. Ich konnte seinen Blick nicht deuten. Er war verzerrt und was auch immer er hatte hineinlegen wollen, fand nicht zu mir. Ich trat ein paar Schritte zurück, unfähig, mich in der Situation zurechtzufinden.

„Scheiße, Lara, hilf mir. Er stirbt."

Erst jetzt begriff ich. Es war nicht mein Schuss, der ihn schwächte. Es waren nicht die Schmerzen oder der Schock darüber, dass ihn eine Kugel getroffen hatte.

Ich rührte mich nicht. Konnte es nicht. Vielleicht war es wieder nur ein Trick. Vielleicht war ich selbst auch zu geschockt über das, was hier gerade passierte.

Unter Bill floss das Blut zusammen mit dem strömenden Wasser über den Asphalt.

„Lara!" Bobbi schrie und ich beschloss, dem Bild zu glauben.

Ich rannte die wenigen Meter zu ihr, sicherte die Waffe, behielt sie aber in der Hand, und gemeinsam schafften wir es, Bill aufzurichten. Irgendwie legten wir ihn auf den Rücken und Bobbi begann, sein Herz zu massieren.

Ich wusste nicht, ob es etwas brachte. Zwischendurch spendete sie ihm Atem. Es wäre meine Aufgabe gewesen.

Bobbi drückte Bills Brust fest nach unten, aber ich sah, dass es keinen Sinn hatte. Er würde sterben. Er würde hier auf diesen rissigen Asphaltplatten sterben, weil ich ihm das Knie zerschossen hatte. Und weil er alt war, zu viel Kuchen aß und nie das Sportprogramm durchgezogen hatte, das ich ihm erstellt hatte, flüsterte eine kleine Stimme in mir. Sie war gemein und wollte mich in erster Linie von meiner Schuld befreien. Denn Schuld spürte ich. Ich spürte die Schuld, aber kein Bedauern, keine Trauer, keine Verzweiflung darüber, dass der einzige Mensch, der mir nahegestanden hatte, starb.

Aber vielleicht unterdrückte ich diese Gefühle auch nur. Bill hatte mich hintergangen. Ich wollte nicht um einen Menschen trauern, der mir vorgespielt hatte, auf meiner Seite zu stehen. Der hinter meinem Rücken mit dem Menschen zusammenarbeitete, der mich töten wollte.

Irgendwann verschwand das Leben aus Bills Augen. Ich sah es und wusste, dass auch Bobbi es bemerkt hatte. Trotzdem machte sie weiter. Minutenlang, bis ich irgendwann ihren Arm festhielt.

Die Berührung veränderte alles. Sie holte uns zurück in den Moment vor Bills Ankunft. Aber nicht nur dorthin. Die Berührung schaffte eine Nähe, vor der ich mich gefürchtet hatte. Es war noch immer Bobbi, die hier vor mir auf dem nassen Boden kniete.

Unsere Blicke trafen sich. Im selben Moment entsicherte ich die Waffe. Wir starrten einander an, durchnässt bis auf die Haut. In ihren Augen funkelte es mehr und mehr. Ich konnte es nicht deuten. Was sah sie?

Irgendwann sank sie zusammen, sah zu Bill und schloss seine Augen. „Was machen wir jetzt?"

Ich erwiderte nichts.

„Wir müssen ihn verschwinden lassen."

Im ersten Moment irritierte mich ihr Pragmatismus, der Wechsel ihrer Gefühle. Noch vor wenigen Minuten hatte sie alles dafür getan, um Bill zurück ins Leben zu holen. Nun sah sie ihn nur noch als etwas, das man verschwinden lassen musste. Und doch hatte ich nichts anderes erwartet. Mir fiel es selbst schwer, den Körper vor mir mit dem Menschen in Einklang zu bringen, der über drei Jahre lang mein Vertrauter gewesen war. Aber schließlich war er auch nicht dieser Mensch. Der Bill, den ich zu kennen geglaubt hatte, hatte nie existiert. „Es dürfte schwierig sein, diesen Körper irgendwohin zu befördern."

Sie verzog die Lippen und nickte. „Er wiegt sicher über einhundert Kilo."

„Eher 150. Wie hast du es mit den anderen geschafft?" Sie hatte mindestens zwei Körper bewegt. Majas Vater und den aus dem Bergwerk.

Bobbi strich sich über die Stirn. Es war eine theatralische Geste. „Hör mir bloß auf." Sie musterte Bills Körper. „Aber zu zweit könnten wir es schaffen. Ich hab gehört, du bist unter die Kampfsportler gegangen." Sie grinste mich an. Sie grinste tatsächlich und erwartete offenbar, dass ich dieses Grinsen erwiderte.

Auch wenn ich keine Tränen um den Mann vor mir vergießen konnte, war ich nicht dazu in der Lage, Grimassen zu schneiden. Ein Mensch war vor unseren Augen gestorben. Ich trug eine Mitschuld an seinem Tod. Für Bobbi mochte das normal sein, mich ließ sein Tod trotz allem aber nicht kalt. Ich schluckte jede Bemerkung hinunter, die mir in den Sinn kam, und sah mich um. „Wo sollen wir ihn hinbringen?"

Wir hatten beschlossen, ihn ins Auto zu bringen. Ich wusste nicht, warum Bobbi mir half. Sie hätte einfach verschwinden können. Sie hätte den Kampf fortsetzen können. Vielleich lag es an Bill. Vielleicht hatte sie tatsächlich Mitleid mit seinem Körper und wollte nicht, dass er unbeachtet hier liegen blieb.

Das Blut war ein Problem. Eigentlich war alles ein Problem. Allem voran mein Kopf, der einfach nicht glauben konnte, dass Bill tot war. Dass er nicht nur tot war, sondern mich fast vier Jahre lang hintergangen hatte. Wie lange hatte er meinen Großvater belogen? Er war auf der Beerdigung meiner Mutter gewesen. Ich versuchte mich daran zu erinnern, wie die beiden sich einander gegenüber verhalten hatten, aber es fiel mir nicht mehr ein.

Das lag vermutlich daran, dass es andere Dinge gab, die wir vorrangig angehen mussten. Also noch einmal: Das Blut war ein Problem. Es durfte nicht im Auto zu finden sein. Ohne das Auto würden wir den Leichnam jedoch nicht zu einem der anderen Häuser bringen können. Das war der Plan. Wir würden ein Haus aufbrechen, das am anderen Ende der Siedlung lag, Bills Körper dort hineinbringen und danach das Auto weit von der Siedlung wegfahren.

Was danach geschehen würde, hatten wir nicht besprochen. Eigentlich hatten wir überhaupt nichts besprochen. Bobbi hatte den Plan vorgeschlagen und ich hatte genickt.

Ich starrte auf Bills Gesicht. Der Regen perlte von seiner fleischigen Haut ab. Die wenigen Haare klebten an seiner Kopfhaut und sein riesiger Körper schien zu viel Fläche einzunehmen.

Bobbi war im Haus. Sie wollte nach einer Plane suchen. Warum ich nicht mit ihr gegangen war, um zu kontrollieren, was sie wirklich tat? Weil die verdammte Leiche der einzigen Person vor mir lag, der ich noch vertraut hatte.

Aber dann keimte ein Gedanke in mir auf. Er war nicht mein einziger Vertrauter gewesen. Maja. Sie hatte ich in der vergangenen Nacht angerufen. Ihr hatte ich von Anna erzählt. Und ihr würde ich auch von Bill erzählen. Oder war auch sie noch immer mit Bobbi in Kontakt? War auch sie nur Teil des Spiels?

Bobbi trat aus dem Haus, in der Hand ein Päckchen. „Da hatte wohl jemand vor, das Haus zu streichen, bevor er auszog.“ Sie kam näher und ich erkannte in der quadratischen Plastikfolie eine Abdeckplane. Dann lachte sie auf.

„Unsinn, natürlich habe ich sowas dabei. Man weiß ja nie."

Ich sah sie irritiert an. Der vertraute Funken war wieder verschwunden. Nun wirkte sie genauso irre wie bei meiner Ankunft. Hatten die letzten drei Jahre sie so sehr verändert oder hatte sie ihren Wahnsinn nur vor mir versteckt?

Bobbi ging weiter zum Auto, öffnete den Kofferraum des Geländewagens und fummelte an der Tüte herum. Nach ein paar Sekunden riss die Folie und sie breitete die Plane im Innenraum aus. „Bring ihn mal her." Sie lachte auf, kam dann aber zu mir.

Ziehend, schiebend und mit der Hilfe einiger Kisten, auf die wir Bills Körper rollten, um die Höhe zum Kofferraum zu überwinden, schafften wir es innerhalb von zwanzig Minuten, ihn ins Auto zu verfrachten. Das Wort verfrachten beschrieb diese Aktion tatsächlich am besten.

Bobbi schlug die Klappe zu, trank einen Schluck aus der Whisky-Flasche, die sie zwischendurch geholt hatte, und umrundete das Auto, um zur Fahrertür zu gelangen.

Ich wollte nicht, dass sie fuhr, aber ich wollte auch nicht, dass sie Beifahrer war. Ich rannte zu ihr, nahm ihr den Schlüssel aus der Hand, den sie soeben aus ihrer Hosentasche gezogen hatte, und schob mich an ihr vorbei. „Ich fahre."

Sie machte eine großzügige Geste in Richtung der Fahrertür. „Aber selbstverständlich doch."

Ich stieg in das Auto, legte die Waffe zwischen meine Beine und die Hand an den Hebel, um den Sitz zu verstellen. Und in diesem Moment überkam es mich. In diesem Moment verstand ich, was geschehen war. Ich hatte Bill getötet. Nun, vielleicht hatte ich ihn nicht erschossen. Aber er war gestorben, nachdem ich auf ihn geschossen hatte. Schuss mit Todesfolge.

Er war tot.

Bill war tot.

Er würde mich nie wieder mit seinen besorgten Anrufen nerven. Das würde mir fehlen. Selbst wenn ich inzwischen wusste, dass er diese Anrufe nur deshalb getätigt hatte, um mich auszuspionieren, würde es mir fehlen, von ihm zu hören.

Ich verstellte den Sitz und die Spiegel.

Bobbi setzte sich neben mich, die Flasche in der Hand, einen prüfenden Blick in den Augen. „Fahr los. Ich weiß, welches Haus wir nehmen. Es liegt am Waldrand."

Als würde das einen Unterschied machen.

Ich startete den Motor und folgte ihren Richtungsanweisungen. Nach nur fünf Minuten erreichten wir das andere Haus. Wir hatten die Kisten mitgenommen und Bill verließ das Auto auf dem gleichen Weg, wie er es betreten, nein, wie er hineingekommen war. Es ging etwas schneller. Schließlich ging es nun bergab mit ihm.

Ich hatte das Auto direkt an die Hintertür gefahren. So mussten wir den Körper nicht über das gesamte Grundstück schleppen. Der Regen würde die Reifenspuren wegspülen. Von außen wäre nichts zu sehen.

Die Hintertür führte direkt in die Küche. Bobbi brach sie auf und wir brachten Bill hinein. Nur zwei Meter hinter der Tür ließ Bobbi seine Arme fallen und klatschte in die Hände.

Ich runzelte die Stirn. „Willst du ihn hier liegen lassen?"

Sie zuckte mit den Schultern. „Warum nicht?"

„Wollen wir ihn nicht irgendwie … verstecken?"

Sie legte den Kopf schief. „Laralein. Ich glaube nicht, dass in den nächsten zwei Tagen jemand nach ihm suchen wird."

Die Falte auf meiner Stirn vertiefte sich. „In den nächsten zwei Tagen?"

„Danach spielt es keine Rolle mehr. Er wird stinken wie ein Scheißhaus, in dem eine Kuh verreckt ist. Egal, unter wie vielen Teppichen du ihn versteckst, jemand wird ahnen, dass hier eine Leiche liegt."

Galle stieg meinen Hals empor. „Vielleicht denken sie dann aber, dass der Gestank von einem Tier kommt." Ich konnte nicht glauben, dass ich dieses Gespräch führte.

Bobbi machte eine wegwerfende Geste. „Glaub mir, der Unterschied ist eindeutig." Sie warf einen letzten Blick auf Bill, tätschelte seine Wange und schob sich dann an mir vorbei und durch die Hintertür ins Freie.

Ich betrachtete den toten Körper ein letztes Mal. Es erschien mir falsch, ihn hier liegenzulassen. Vielleicht sollten wir die Polizei informieren. Ich könnte die Polizei informieren und dann abhauen. Ich könnte Bobbi bewusstlos schlagen, ins Auto packen und dann verschwinden. Irgendwo würde ich ihr dann all die Fragen stellen, die mich noch davon abhielten, auch sie zu töten.

Aber zuerst mussten wir den Mietwagen loswerden.

DREIUNDVIERZIG

BOBBI

Es tat mir leid, dass Bill tot war. Es tat mir wirklich leid. Er hatte mich gerettet. In gewisser Weise. Also, irgendwie. Wobei, eigentlich befand ich mich nur wegen ihm in dieser Situation. Aber ohne ihn hätte ich auch Lara nicht getroffen. Und er hatte mir verziehen, dass die Sache mit ihrem Großvater etwas aus dem Ruder gelaufen war. Auch wenn er darüber echt sauer gewesen war.

Er hatte gewusst, dass ich Lara nicht töten wollte. Dieses Mal. Sonst hätte er sie wohl etwas besser vor mir versteckt.

Lara starrte auf die Straße. Die Scheibenwischer liefen auf Hochtouren. Wie lange würde dieser Regen noch anhalten?

Ich betrachtete sie. Die nassen Haare klebten an ihren Wangen. Sie rahmten ihr Gesicht ein, das eine ungewohnte Härte umgab. Aber natürlich war sie härter geworden. Sie war nicht mehr naiv und sie war nicht länger unschuldig. Nun, das war sie ohnehin nicht gewesen, aber nun wusste sie es. Das Wissen, einen Menschen getötet zu haben, veränderte einen.

Und trotzdem war sie schön. Schöner, als ich sie in Erinnerung hatte. Ich hätte gern die Haare aus ihrem Gesicht gestrichen, ihre Haut berührt.

„Du hast sie repariert."

Sie blickte für einen Moment zu mir. Eine Falte lag auf ihrer Stirn.

Ich lächelte. „Die Uhr deines Großvaters."

Sie sah wieder auf die Straße. „Ich wusste, dass du sie mir geschickt hast."

„Das habe ich nicht."

„Woher weißt du dann, dass sie kaputt war?" Sie atmete hörbar aus. „Ach ja, richtig. Ich habe ganz vergessen, dass du ja über jeden meiner Schritte informiert warst."

Ich lehnte mich zurück, schob die Schuhe von den Füßen und verschränkte die Beine im Schneidersitz.

Sekunden später öffnete sich das Fenster auf meiner Seite. Ich sah zu Lara.

„Deine Füße stinken schlimmer als eine verreckte Kuh im Scheißhaus."

Es hätte witzig sein können, dass sie meine Worte wiederholte. Aber ihr Blick war so angewidert, als hätte sie tatsächlich besagte Kuh gesehen und zum Abendessen verspeisen müssen. Wut stieg in mir auf. „Wenn du nicht Ewigkeiten damit vergeudet hättest, mit anderen Weibern zu vögeln, und dir mehr Mühe dabei gegeben hättest, meine Spuren zu lesen, hätte ich keine drei Wochen in diesem Loch ausharren müssen." Außerdem hatte ich mich gewaschen. Vielleicht hatte ich dabei allerdings meine Klamotten nicht ganz so gründlich gereinigt und möglicherweise war auch ich seit meinem zweiten Zusammentreffen mit Swetlanas Vater etwas zu kurz gekommen.

Sie sagte nichts.

„Sie ist hübsch, oder?" Ich meinte Maja.

Noch immer erwiderte sie nichts, aber ich sah, wie sich ihr Kiefer verhärtete. Das verstärkte meine Wut und nicht nur die. Etwas Heißes stieg in mir auf. Es brannte in meiner Lunge und in meinem Hals. „Jetzt sag bloß, du hast dich in diese kleine Schlampe verliebt."

Lara starrte stur auf die Straße. Sie würde nicht mit mir über Maja reden. Das bestätigte meine Worte. Sie hatte sich verliebt.

„Wer hat mir die Uhr geschickt?"

Es dauerte ein paar Sekunden, bis auch ich zum ursprünglichen Thema zurückfand. Die Uhr. Die Uhr des Großvaters. Die Uhr, die Finn ihm geklaut hatte und die er getragen hatte, als er sich Lara endlich gezeigt hatte.

„Auf dem Zettel stand F. Du warst es nicht. Karl saß im Gefängnis. Was ist mit Bill?"

„Wenn er es war, hat er es mir nicht gesagt." Ich hatte lange überlegt, wer ihr die Uhr geschickt haben konnte. Es musste jemand gewesen sein, der sich im Haus befunden hatte, als Finn gestorben war. Jemand musste ihm die Uhr vom Handgelenk genommen haben.

„Ja, sicher." Sie beschleunigte, fuhr zu schnell über die nassen Straßen.

„Wenn du uns sowieso umbringen möchtest, hätten wir Bill auch einfach auf der Straße liegen lassen können."

Sie bremste ab, schlug mit der flachen Hand aufs Lenkrad und sah zu mir. „Ist das alles nur ein verdammtes Spiel für dich?"

Ich wollte ja sagen, denn es gefiel mir, dass sie wütend war. Bisher hatte sie sich nicht erlaubt, ihre Gefühle mir gegenüber herauszulassen. Den Hass, weil ich sie damals angelogen hatte. Abgesehen von dem kurzen Moment, in dem sie mich mit der Colaflasche angegriffen hatte. Ich strich über meine Wange.

„Geht dein Plan diesmal auf? Hast du es dir so vorgestellt?" Sie sprach laut gegen den Sturm an, der durch mein offenes Fenster hereinwehte. Ich zog die Schuhe wieder an und schloss es.

„Oder hat Bill dir alles versaut? Was hattest du vor? Warum bin ich hier?"

„Stellst du mir die letzte Frage oder dir? Du hättest nicht zu kommen brauchen."

Sie sah zu mir und wirkte ungläubig. „Und was wäre dann gewesen, hm? Wie wäre es weitergegangen?"

„Nun ja, zum einen würde Bill noch immer leben."

Wieder wandte sie den Blick von der Straße ab zu mir. Aber sie sagte nichts.

„Würde es dir etwas ausmachen, den Blick nach vorne zu richten? Wo fährst du überhaupt hin?" In all den Überlegungen hatte ich vergessen, dass wir eine Möglichkeit brauchten, zurück zum Haus zu kommen. Meine Sachen waren noch dort. Das Auto, das ich vor einem Monat geklaut hatte, stand nicht weit von der Siedlung. Ich runzelte die Stirn. Hatte Lara ebenfalls nicht daran gedacht oder verfolgte sie einen anderen Plan? „Wo fährst du hin, verdammt?"

Ein Lächeln blitzte in ihren Mundwinkeln auf. Sie hatte einen Plan.

VIERUNDVIERZIG

Der Polizist bedeutete mir, auszusteigen. Ich schluckte. Das hier war gar nicht gut. Überhaupt nicht gut.

„Ein Auto dieser Marke und Farbe wurde heute Morgen dabei beobachtet, wie es einen Motorradfahrer überholte und dabei von der Straße drängte. Der Fahrer des Motorrads ist tot. Wo waren Sie heute Morgen so gegen neun Uhr dreißig?“

Ich hatte darauf gewartet, dass diese dämliche Anna-Kuh zurückkam und ich sie nach dem Aufenthaltsort von Lara fragen konnte. „Ich war bei meiner Frau und ihrem Bruder.“

„Können die beiden das bestätigen?“

„Selbstverständlich.“

Der Polizist musterte mich. „Was ist mit Ihrem Schwager?“

Ich runzelte die Stirn. Natürlich, ich hatte dem Polizisten gesagt, es sei sein Auto gewesen. „Das ist der Bruder meiner Frau.“ War der Typ nicht besonders clever oder versuchte er, mich aus dem Konzept zu bringen? „Wie gesagt, wir waren zusammen.“

„Wo?“

„Bei meinem Schwager. Hören Sie, ich weiß ja nicht, wie das bei Ihnen ist, aber da, wo ich herkomme, darf man niemanden einfach so festsetzen, wenn kein dringender Tatverdacht besteht.“ Ich versuchte mich an einem Grinsen. „Und bei mir besteht die sehr dringende Notwendigkeit, eine Besorgung für meine Frau zu erledigen. Sie ist nämlich schwanger. Und wenn ich nicht sehr bald mit einer Packung Erdbeereis zu ihr zurückkomme, wird sie das Kind nach ihrer Großmutter benennen.“ Ich zögerte und fügte hinzu. „Es wird ein Junge.“

Der Polizist lächelte. Er glaubte mir. Dann lachte er sogar auf und klopfte mir auf die Schulter. „Ich bin auch schon drei Mal Vater geworden und meine Frau hat in jeder Schwangerschaft etwas anderes in sich hineingefressen. Bei Silvia war es Melone, bei Aleks Toastbrot und bei Jakob Bratwürste.“

Der andere Polizist meldete sich zu Wort. „Wir müssen dennoch Ihr Kennzeichen notieren. Haben Sie auch eine Telefonnummer für uns?“

Ich nickte eifrig. „Ja, ja, sicher.“ Ich nannte ihm die Nummer des Jungen, in den dessen WLAN ich mich eingeloggt hatte. Was dies anging, war ich vorbereitet.

Der Polizist notierte sie und ließ mich endlich weiterfahren.

FÜNFUNDVIERZIG

LARA

Annas Wagen stand etwa zehn Minuten entfernt. Es wäre besser gewesen, Bills Wagen weiter weg zu verstecken, aber ich hatte nicht vor, mit zwei Autos zu fahren. Ich würde Bobbi nicht aus den Augen lassen.

Mein Plan sah wie folgt aus: Wir würden mit meinem Wagen zurück in die Siedlung fahren. Ja, das war gefährlich. Möglicherweise wusste jemand, dass Bill dort hingefahren war. Aber ich bezweifelte es.

Die Polizei hatte die Siedlung bereits durchsucht. Ich

stutzte. „Vor ein paar Stunden stand ein Polizeiauto in der Nähe deines Hauses."

„Es ist nicht mein Haus. Und ich habe dich gefragt, wo du hinfährst."

Ich lächelte. Es tat gut, diejenige zu sein, die den Plan kannte. „Warum haben die Polizisten dich nicht mitgenommen?"

„Sie haben wohl nicht besonders gründlich gesucht."

„Glaubst du, sie kommen wieder?"

„Woher soll ich das wissen? Wo fahren wir hin, Lara?"

Ich antwortete ihr nicht. Wir erreichten den kleinen Feldweg. Es würde noch eine Weile regnen und so würden hoffentlich auch hier die Spuren der Autos im Matsch verschwinden. Nach etwa vierhundert Metern erreichten wir die Stelle, an der ich Annas Auto abgestellt hatte. Verborgen hinter einer Kurve, bedeckt mit einigen Ästen. Ganz wie Marty McFly es 1955 mit dem DeLorean getan hatte.

Ich stoppte den Geländewagen und stieg aus. Bobbi folgte mir mit einigen Sekunden Abstand. Dann entdeckte sie das Auto. „Gut, dass wir dein hübsches Köpfchen heil gelassen haben." Sie begann, die Äste von dem Wagen zu ziehen. Ich half ihr, fuhr das Auto aus dem Versteck und den Geländewagen hinein. Wir bedeckten auch dieses Auto so gut es ging und stiegen dann in den Kombi.

Natürlich hätten wir Bills Leiche einfach im Auto lassen können. Er war an einem Herzinfarkt gestorben. Wir hätten ihn hinter das Steuer setzen können, um es wie einen natürlichen Tod aussehen zu lassen. Wenn, ja, wenn ich ihn nicht zuvor ins Bein geschossen hätte und seine gesamte Kleidung durchnässt, das eine Hosenbein von Blut durchtränkt gewesen wäre.

In diesem Zustand wäre es keine Option gewesen. Das Auto würde früher oder später entdeckt werden. So würde es eine Weile dauern, ehe man die Fäden miteinander verknüpfte. Hoffentlich.

„Was ist das für ein Auto?"

„Unwichtig. Was ist mit der Polizei?" Ich musste wissen, ob es sicher war, zurückzufahren. Vielleicht würde es mehr Sinn machen, in den nächsten Ort zu fahren. Vielleicht gab es dort auch leerstehende Häuser.

„Sie haben nichts gefunden. Ich denke nicht, dass sie kurzfristig zurückkommen."

„Ich denke, wir sollten trotzdem nicht dorthin zurückkehren." Ich sagte wir. Ich sprach von uns. Ich wollte das nicht, aber ich hatte zu viele Fragen an sie. Für einen kurzen Moment würde es ein ‚wir' geben müssen. Genau solange, bis wir ein sicheres Versteck gefunden hatten.

„Also, eigentlich würde ich dir da zustimmen. Das Problem ist nur, dass wir meine Sachen dort gelassen haben."

„Warum ist das mein Problem?"

Sie legte den Kopf schief. „Nun, zum einen werde ich nicht zulassen, dass wir ohne meine Sachen weiterziehen."

Ich sah auf die Waffe, die wieder zwischen meinen Beinen lag, und dann mit erhobenen Augenbrauen zu ihr. „Und zum anderen?"

„Zum anderen finden sich zwischen diesen Dingen etwa 576 Hinweise auf dich. Deine Adresse auf ein paar Karten, deine Fotos auf meinem Handy, ein ausgedrucktes Bild von dir neben meinem Bett." Sie blinzelte mich an.

Scheiße! Daran hatte ich nicht gedacht. Vermutlich führte sie sogar ein Notizbuch darüber, welche Dinge sie schon getan hatte, um mich zu sich zu locken.

„Also gut, dann haben wir wohl keine andere Wahl." Ich startete den Motor und fuhr langsam den kleinen Feldweg entlang. Als wir die Straße erreichten, stand dort ein anderes Auto. Blinkend. Es wollte in den Feldweg abbiegen.

„Verdammt.“ Meine Finger verkrampften sich um das Lenkrad.

„Ruhig bleiben, Lara, bestimmt will er nur wenden.“

Mein Herz raste. Ich war sicher, dass der andere Autofahrer uns kaum beachtete. Es war wichtig, dass wir nicht auffielen. Dann würde er sich vermutlich noch nicht einmal an die Farbe oder die Marke von Annas Wagen erinnern.

Zur Sicherheit setzte ich den Blinker in die falsche Richtung.

Als ich dorthin abbog, fragte Bobbi: „Was tust du?“

Ich antwortete ihr nicht. Mein Blick war auf den Rückspiegel gerichtet. Das Auto fuhr den Feldweg entlang. Er wollte nicht wenden. Er fuhr weiter und weiter. Ich sah wieder nach vorne, fuhr an den Rand der Fahrbahn und wendete das Auto dann.

„Ah, du bist ein cleveres Mädchen. So wird er den Bullen erzählen, dass wir in die andere Richtung gefahren sind.“

Ich nickte. Das war meine Absicht gewesen. Aber nun dachte ich weiter. „Sie werden trotzdem in beiden Richtungen suchen. Wir werden deine Sachen holen und dann verschwinden.“

„Was meinst du mit verschwinden?“

„Wir suchen uns einen anderen Ort, an dem wir plaudern können.“

„Ich habe dort auch ein Auto versteckt. Ich werde es nicht zurücklassen.“

„Oh doch, das wirst du.“

„Werde ich nicht. Wer hat dir das Kommando übertragen?“ Wut ließ ihre Stimme wie ein Fauchen klingen.

Ich blieb ruhig. Es war jetzt mein Spiel. „Ich.“

„Das kannst du vergessen.“ Sie wollte nach der Waffe greifen, aber meine Reflexe sahen ihre Hand, bevor sie auch nur die Mittelkonsole passiert hatte. Mit einem Ellbogenschlag stieß ich sie zurück.

„Au, spinnst du?“ Sie rieb sich den Unterarm.

Ich sah zu ihr. „Ich mache jetzt die Regeln. Und ich sage, wir holen deine Sachen und verschwinden.“

„Was ist, wenn ich dir sage, dass sich in dem Auto auch Hinweise auf dich befinden?“

Das war möglich, aber unwahrscheinlich. „Nein. Du würdest dort keine Dinge zurücklassen. Das wäre zu gefährlich.“

Sie brummte etwas.

„Das ist der zweite Teil, Bobbi. Ich weiß jetzt, wie du tickst.“

Sie lachte auf. „Der zweite Teil. Das gefällt mir. Wird es auch einen dritten geben?“

Ich zuckte mit den Schultern. „Sicher. Ich weiß nur noch nicht, ob du darin vorkommen wirst.“

Wieder lachte sie. „Es ist gut, dass du fährst. Ich brauche unbedingt einen Drink.“

„Ja, das sieht man.“

„Bitte was?“

Ich sah zu ihr, musterte das aufgequollene Gesicht, die glasigen, roten Augen und die unnatürlich geröteten Wangen. „Wann hast du zuletzt in den Spiegel gesehen?“

Sie fuhr sich durch die Haare und band sie zu einem Zopf.

„Ich rede nicht von deinem Versuch, Barbie zu spielen.“ Ich sah sie nicht an, aber ich hörte, wie sich ihr Atem verstärkte. „Du siehst aus, als würdest du schon mit einem Drink aufstehen.“

„Und wenn schon!“

Ich zuckte mit den Schultern, wollte ihr zeigen, dass es mir egal war, ob sie ihr Leben versoff. Aber das war es nicht und deshalb sagte ich nichts. Vielleicht hätte sie die Lüge durch meine Worte enttarnen können.

Den Rest der Fahrt über schwiegen wir und als wir in die Straße zur Siedlung einbogen, dachte ich darüber nach, ob es klüger wäre, im Auto zu warten oder mit ihr in das Haus zu gehen. Beide Varianten bargen Gefahren.

Wenn ich im Auto blieb, könnte sie mit einer Waffe in der Hand herauskommen. Wenn ich mit hineinging, begab ich mich auf ihr Terrain. Sie kannte dieses Haus. Sie hatte auf mich gewartet. Möglicherweise hatte sie ein paar Seile gespannt oder Steine bereitgelegt, mit denen sie mich k.o. schlagen konnte.

Ich entschied mich gerade dazu, draußen zu warten - vor dem Auto mit der Waffe in der Hand - als ein unerwartetes Bild meinem Plan die Notwendigkeit entzog.

SECHSUNDVIERZIG

BOBBI

„Warum steht deine Tür offen?“ Lara senkte die Geschwindigkeit und stoppte den Wagen schließlich zwei Häuser von meinem entfernt.

Ich überlegte, ob ich sie offengelassen hatte. Vielleicht hatte ich das.

„Sie war verschlossen, ich bin ganz sicher.“

Ich starrte auf die offene Tür, sah mich um, konnte aber sonst nichts Ungewöhnliches entdecken.

„Er war doch wirklich tot, oder?“ Lara löste ihren Gurt.

Ich hatte mich nicht angeschnallt und öffnete meine Tür. „Falls nicht, ist er ein besserer Schauspieler, als ich dachte."

Auch Lara stieg aus dem Auto.

„Du hast doch sicher nicht nur die da bei dir." Ich deutete auf die Pistole, die sie in der rechten Hand an ihrer Seite hielt.

„Erwartest du von mir, dass ich dich mit einer Waffe ausstatte?"

Ich schnaubte. Mir gefiel diese Lara immer mehr. Wir passten so viel besser zueinander, wenn wir uns nicht verstellten.

„Wer weiß, dass du hier bist? Ich meine, wer außer Bill?"

„Niemand." Doch das stimmte nicht. „Außer ..." Es regnete noch immer, als würde jemand meinen, die Welt bräuchte eine Grundreinigung. Das brauchte sie natürlich wirklich, aber so langsam ging es mir auf die Nerven, dass ich kaum bis zum nächsten Baum sehen konnte. Mir war kalt und trotzdem schwitzte ich, als säße ich in einer Sauna. Dabei war es alles andere als warm.

Der Regen war so laut, dass es unmöglich gewesen wäre, mich flüsternd mit Lara zu unterhalten, und dennoch hörten wir die andere Stimme klar und deutlich.

„Außer mir."

Wir beide wandten den Kopf zurück. Hinter uns stand Swetlana, eine Waffe in der Hand auf unsere Rücken gerichtet. Lara reagierte blitzschnell. Sie schubste mich zur Seite, rollte sich in Richtung Swetlana und schaffte es irgendwie, ihr die Waffe aus der Hand und sie zu Boden zu reißen.

Ich war beeindruckt.

„Wer bist du?" Sie drückte ihr die Waffe an den Hals wie ein echter Profi.

„Entspann dich, Lara. Sie ist okay."

Sie wandte den Blick nicht von Swetlana ab, die keuchend

unter ihr lag. „Sie hat eine Waffe auf uns gerichtet, hat sich angeschlichen und offensichtlich war sie in deinem Haus. Ich will wissen, wer sie ist."

Swetlana keuchte. „Ich bin die Tochter von dem Mann aus dem Bergstollen."

Sofort entspannte sich Lara, aber sie veränderte nichts an ihrer Position. „Warum bist du hier?"

„Ich hab sie beobachtet." Sie deutete auf mich und ich hob die Augenbrauen.

„Ich wollte wissen, was sie als Nächstes tut."

Laras Schultern sackten ab. „Du hast alles gesehen."

„Ja, das habe ich."

Ich runzelte die Stirn. „Warum hast du nicht eingegriffen?"

„Das wollte ich, aber ich hatte keine Ahnung, was ihr mit mir machen würdet."

„Und da dachtest du dir, du durchsuchst erst einmal Bobbis Sachen?"

Sie nickte. „Ja."

„Warum bist du nicht zur Polizei gegangen?"

Ich lachte auf und Lara sah für den Bruchteil einer Sekunde zu mir. Nicht genug Zeit, damit Swetlana sich von ihr lösen konnte.

„Was ist so lustig?"

Swetlana beantwortete die Frage: „Ich bin Polizistin."

„Was?" Lara sprach zu laut. Wurde sie nervös?

„Wenn du dieses Ding von meinem Hals nimmst, erkläre ich es."

Lara zögerte, aber irgendwann nickte sie und erhob sich. Dabei nahm sie auch Swetlanas Waffe in die Hand und deutete mit jeweils einer auf jeden von uns. „Los, aufstehen und dann ins Haus." Sie sah sich um. „Vielleicht hat uns noch niemand gesehen. Ich will jetzt ein paar Antworten."

SIEBENUNDVIERZIG

LARA

Sie gingen vor mir ins Haus und ich drängte sie zur Couch.

„Gibt es hier auch Licht?"

Bobbi deutete auf eine Kerze, die auf einem Tisch stand.

„Du willst mir doch nicht erzählen, dass du hier keine vernünftige Taschenlampe hast." Ich suchte den Raum ab. Es roch modrig und die Polstermöbel schienen schon des Öfteren als Nahrungsquelle für Nagetiere gedient zu haben.

„In der schwarzen Tasche."

Sie stand neben dem Tisch mit der Kerze. Ich legte eine der Waffen zur Seite, hielt die andere weiter auf Bobbi und die andere Frau gerichtet und durchsuchte die Tasche. „Na, bitte.“ Ich entnahm die Taschenlampe und leuchtete damit auf die beiden Frauen. Keine von ihnen wirkte eingeschüchtert. Bobbi blickte mich fast erwartungsfroh an. Die andere wirkte eher genervt.

„Wie heißt du?“

„Swetlana.“

„Warum bist du hier?“

„Das sagte ich doch schon. Ich habe sie …“ Sie deutete auf Bobbi. „… beobachtet, gesehen, was ihr mit dem Mann gemacht habt, und dann versucht, herauszufinden, was das alles bedeutet.“

„Und zu welchem Schluss bist du gekommen?“

Sie verengte die Augen. „Könntest du das Ding aus meinem Gesicht nehmen?“

Ich seufzte und tat es.

„Ich habe immer noch keine Ahnung. Wer war dieser Typ?“

Ich sah zu Bobbi. „Ja, Bobbi. Wer war dieser Typ?“

Auch Swetlanas Kopf wandte sich nun ihr zu.

„Er war der Anwalt von Laras Großvater.“

Swetlana sah wieder zu mir. „Ich nehme an, du bist Lara?“

Ich reagierte nicht auf ihre Frage. „Wer war dieser Mann, Bobbi?“

„Sagen wir, er war ein Freund.“

„Nein, das sagen wir nicht.“ Wut stieg in mir auf. Allerdings begriff ich in diesem Moment, dass nicht der richtige Zeitpunkt war, die Frage nach Bills und Bobbis Verbindung zu klären. Der Mann in dem anderen Auto fiel mir wieder ein. Wir konnten nicht hierbleiben. Umso dringender war es, herauszufinden, ob Swetlana eine Gefahr darstellte.

Allerdings hatte ich keine Ahnung, was ich tun wollte, wenn dem so wäre.

Ich sah sie an. „Ja, ich bin Lara. Und Bill war der Anwalt meines Großvaters. Ich weiß allerdings nicht, warum er hier war."

„Warum hast du auf ihn geschossen?"

„Ich dachte, er zieht eine Waffe."

„Warum hätte er das tun sollen?"

Ich wusste es nicht. Aber ich wusste auch noch immer nicht, warum er überhaupt hier aufgetaucht war. Ein weiterer Mensch, den ich zu kennen geglaubt hatte, ohne zu wissen, wer er war. „Das ist eine lange Geschichte."

„Hängt das mit meinem Vater zusammen?"

Ich sah zu Bobbi. Nur sie kannte die Antwort. Sie kräuselte die Lippen. „Das könnte man so sagen, ja."

Ich runzelte die Stirn, versuchte mit meinem Blick hinter ihre Worte zu sehen. Sie erwiderte ihn und lächelte. In ihren Augen funkelte die Macht, mehr zu wissen, als ich es tat.

Schweigen erfüllte den Raum. Irgendwann sagte Swetlana: „Ihr müsst hier verschwinden."

Der Stein, der seit ihrem Auftauchen auf meiner Brust lag, wurde etwas leichter.

„Das hatten wir vor." Ich sah mich im Raum um. Bobbis Sachen schienen aufgeräumt. Sie war darauf vorbereitet, das Haus zu verlassen. Warum nur hatte sie ihre Sachen nicht schon vorhin gegriffen?

„Gut."

„Du wirst uns nicht verraten?"

Sie schüttelte den Kopf.

Es lag mir auf der Zunge, sie nach dem Grund zu fragen, aber ich war dankbar für ihre Entscheidung und wedelte mit der Waffe in Bobbis Richtung. „Räum deine Sachen zusammen. Und vergiss nichts."

Swetlana runzelte die Stirn. „Moment mal, was ist das eigentlich hier? Warum bedrohst du sie mit der Waffe?"

Ich hielt den Atem an.

Bobbi fragte: „Ja, Lara, warum bedrohst du mich?"

„Ihr habt gekämpft, bevor der Alte ankam. Was läuft hier?"

Sollte ich ihr die Wahrheit sagen? Was würde sie dann tun? Nein, es war besser zu lügen. „Bobbi und ich kennen uns schon ziemlich lange. Wir haben ein paar Meinungsverschiedenheiten, aber ich bin sicher, dass wir die in den kommenden Tagen besprechen können und eine Lösung finden werden."

Bobbi grinste und Swetlana runzelte die Stirn.

„Ich will nur ein paar Antworten von ihr. Mehr nicht."

„Genau, und ich werde ihr jede Frage beantworten, die ihr auf dem Herzen liegt."

Ich stöhnte auf und Swetlana sagte: „Ich kann euch nicht gehen lassen."

„Vor ein paar Minuten wolltest du, dass wir verschwinden. Entscheide dich endlich!"

„Das werde ich, wenn du mir sagst, was du mit ihr vorhast." Sie deutete auf Bobbi.

„Hör zu, ich habe nicht vor, sie umzubringen. Das Ganze ist schon lange her und ich möchte herausfinden, warum sie mich damals angelogen hat."

Bobbi lachte schnaubend auf. „Damit überzeugst du sie bestimmt."

Swetlana sah zu Bobbi, die inzwischen aufgestanden war. „Willst du mit ihr gehen?"

Bobbi sah sie mit erhobenen Augenbrauen an und lachte dann. „Sieht es so aus, als hätte ich eine Wahl? Die Frau ist Meisterin im Krav Maga. Du hast doch selbst gesehen, was sie draufhat. Ich werde mich ihr nicht entgegenstellen." Da war sie wieder, die Schauspielerin Bobbi. Aber warum log sie vor Swetlana? Warum wollte sie das Haus mit mir gemeinsam verlassen? Sie hätte zu ihrem eigenen Auto gehen können. Ihre Flucht allein fortsetzen.

Aber dann erkannte ich es. Sie hatte mich hierhergeführt. Auch sie hatte einen Plan. Mit Swetlana konnte sie ihn nicht umsetzen. Natürlich musste sie auch jetzt schon etwas davon abweichen, aber letztendlich hatte es für sie einen Grund gegeben, mich hierherzuführen.

„Du willst wirklich mit ihr gehen?"

Bobbi nickte. „Ja, das möchte ich. Ich möchte diese Streitigkeiten schon lange beilegen und was eignet sich besser dafür, als vor einer Leiche zu fliehen?"

„Vor zwei Leichen", verbesserte Swetlana sie und stand ebenfalls auf. „Könntest du das Ding da runter nehmen?" Sie deutete mit dem Finger auf die Waffe in meiner Hand.

Ich tat es. Bobbi ging weiter durch den Raum, zog eine kleinere Taschenlampe hervor und leuchtete in die Ecken. Ich war sicher, dass man ihre Spuren überall finden würde, aber zumindest achtete sie darauf, keine großen Fundstücke zurückzulassen.

„Es ist nicht richtig, euch laufen zu lassen, aber ich werde es tun. Vermutlich werde ich es mein gesamtes Leben lang bereuen."

Bobbi verließ den Raum, kam kurz darauf zurück und durchsuchte dann die anderen Zimmer.

„Du wirst sie nicht umbringen, oder?"

Ich schüttelte den Kopf. „Nicht, wenn sie es nicht provoziert."

„So wie der Anwalt deines Großvaters?"

Ich stöhnte auf. „Ich habe ihm ins Knie geschossen. Wer konnte ahnen, dass er kurz darauf einen Herzinfarkt bekommt?" Es war erstaunlich leicht, über Bill zu sprechen.

Über das, was geschehen war. Vermutlich lag es daran, dass mir all das hier wie ein Film erschien. Ich war Staubfinger, den Zauberzunge aus seiner Geschichte herausgelesen hatte. Dies hier war nicht meine Geschichte. Ich spielte nur die Rolle von Lara.

„Es kam nicht besonders überraschend, oder?" Bobbi kam zurück, einen Rucksack über der Schulter und eine neue Flasche Whisky in der Hand. Sie führte sie zum Mund, schluckte und sagte dann: „Der Fettsack hätte besser auf sich achtgeben sollen. Können wir los? Ich habe keine Lust auf noch mehr Besuch. Wisst ihr, es war so wunderbar ruhig hier. Und dann purzeln an einem Tag drei Menschlein in meine vier Wände, ruinieren den Vorgarten und meinen Plan. Das gefällt mir nicht." Sie wandte sich an Swetlana. „Ach ja, möglicherweise hat schon jemand das Auto von Bill gefunden. Es könnte also sein, dass jemand nach dem Besitzer sucht."

„Wie bitte?" Swetlana schaute ungläubig zwischen uns beiden hin und her. Sie schüttelte schließlich den Kopf. „Wir werden jetzt alle drei von hier verschwinden. Sofort."

Ich stimmte ihr zu. Bevor ich es verhindern konnte, hatte sie ihre Waffe gegriffen und ging uns voran zur Tür. Niemand befand sich vor dem Haus.

„Verschwindet!" Sie deutete mit der Waffe auf Annas Auto und ich entriegelte die Schließanlage.

„Danke." Ich sah sie an.

Swetlana nickte. „Seht einfach zu, dass euch niemand erwischt." Sie zögerte. „Und lasst einander am Leben."

„Das machen wir, nicht wahr, Laralein?"

Ich funkelte Bobbi an, hob die Hand in Swetlanas Richtung und ging zum Auto.

ACHTUNDVIERZIG

Ich war bis zum Dorf gefahren. Ja, es war eine dumme Idee, aber ich wollte sie nicht entkommen lassen. Ich fuhr ein bisschen weiter, damit ich das Auto gut verstecken konnte. Von dort aus würde ich den Weg zu Fuß zurücklegen. Schon jetzt hatte ich keine Lust darauf.

Der Regen schien kein Ende zu finden. Auch mit der wetterfesten Kleidung, die mich auf dieser Reise schon mehrfach geschützt hatte, würde ich schnell nasse Füße bekommen. Ich passierte den Stadtkern und erreichte schließlich eine ähnliche Ansammlung leerstehender Häuser wie auch schon in einem der anderen Orte. Etwas zog mich dorthin. Vielleicht würde ich eine alte Garage finden, in der ich den Wagen verstecken konnte. Und vielleicht traf ich in einem der Häuser auf Bobbi und Lara.

Die Häuseransammlung lag genauso trostlos und verlassen da, wie ich es erwartet hatte. Aber das musste nichts heißen. Ich fuhr langsam, bis mir bewusst wurde, wie dämlich das war. So lenkte ich alle Aufmerksamkeit auf mich.

Ob ich es wollte oder nicht, ich musste raus in den Regen.

Es gab hier keine Garagen. Die Häuser hätten allein kaum ausreichend Platz für ein Auto geboten. Also stellte ich den Wagen in eine Seitenstraße, montierte die Nummernschilder ab und warf sie zusammen mit meiner Reisetasche durch das kaputte Fenster von einem der Häuser.

Und dann schlich ich mich von einem Haus zum anderen. Ich nahm nicht die Straße, nein. Ich ging gebeugt von einem Vorgarten zum anderen, umrundete jedes Haus und suchte nach Spuren. Beim sechsten Haus wurde ich fündig. Reifenspuren, die der Regen schon fast davon gespült hatte.

Sie führten zur Hintertür, was mich wunderte. Aber nur deshalb konnte ich sie sehen. Sie hatten sich tief in den Matsch gegraben. Sonst wirkte alles ebenso trostlos wie bei den anderen Häusern. Die Tür war geschlossen, aber nicht verriegelt.

Ich schob sie langsam auf, in der Erwartung, jemanden im Haus vorzufinden. Als der erste Spalt offenstand, lauschte ich. Kein Geräusch war zu vernehmen, außer dem Prasseln des Regens auf meiner wasserfesten Kleidung.

Ich drückte die Tür ein Stück weiter auf, was diese mit einem lauten Quietschen quittierte. Ich schrak zusammen und lauschte wieder. Immer noch war es still.

Nach etwa einer Minute gab ich der Tür einen Stoß, hob

die Waffe und schrie: „Egal, wer hier drin ist, komm raus, oder ich jage das Haus in die Luft." Die Worte waren etwas melodramatisch gewählt, aber hey, mir fehlte der Kontakt zu anderen Menschen.

Die Tür stieß gegen einen Widerstand und prallte zu mir zurück. Ich wollte fluchen, sah dann aber ein Paar Beine, unter denen ein Blutfleck den Boden benetzt hatte. Es war keine große Pfütze. Lediglich eine kleine Menge, die die Szenerie farblich hervorhob. Sie vermutlich von den anderen Häusern abgrenzte.

Es waren keine Frauenbeine. Weder Bobbi noch Lara hatte die jeweils andere also getötet. Zumindest lag keine der beiden hier vor mir.

Ich trat einen weiteren Schritt in den Raum, erkannte ihn als Küche und betrachtete den Körper. Die massige Gestalt beanspruchte einen großen Teil der Bodenfläche. Als mein Blick endlich den Kopf des Mannes erreicht hatte, erkannte ich in dem Toten den Anwalt von Lara. Nur, dass er nicht tot war.

NEUNUNDVIERZIG

LARA

Fast drei Stunden waren wir inzwischen unterwegs. Ich hatte kein bestimmtes Ziel. Ich folgte der Straße, tankte das Auto zwischendurch auf und organisierte etwas zu essen.

Bobbi machte keine Schwierigkeiten. Dafür leerte sie die Flasche Whisky nach und nach. Irgendwann war sie so betrunken, dass sie einschlief. Ich betrachtete sie und fragte mich, wie ich sie jemals hatte attraktiv finden können. Natürlich hatte sie vor drei Jahren besser ausgesehen, aber jetzt stieß mich alles an ihr ab. Sie widerte mich regelrecht an.

Ich zog das Telefon aus meiner Jackentasche und schaltete es ein. Für einen Moment erwartete ich einen Anruf von Bill. Dann scrollte ich durch die Mitteilungen, die nach und nach eintrafen. Eine stammte von Maja, die wissen wollte, ob ich noch lebte. Peter fragte, wann ich zurückkommen würde. Paul informierte mich darüber, dass er er meinen Briefkasten geleert, jedoch nur Werbung darin gefunden hatte. Und Karl hatte angerufen. Fünfzehn Mal. Auch von Bill meldete das Telefon Anrufe in Abwesenheit.

Ich seufzte, zog das Auto an den Straßenrand und schaltete den Motor ab. Ich warf einen weiteren Blick auf Bobbi und überprüfte, ob sie noch immer schlief. Das Fehlen des Motorengeräusches hatte sie nicht geweckt.

Ich stieg leise aus dem Auto, zog den Reißverschluss der Jacke zu und öffnete ihn im selben Augenblick wieder. Hier schien es kaum geregnet zu haben. Außerdem war es warm.

Ich schrieb Maja eine Textnachricht, in der ich versuchte, ihr klarzumachen, dass es noch nicht vorbei, ich bisher aber unversehrt war.

Paul sandte ich einen erhobenen Daumen und Peter erhielt ein Emoticon, dass ein bisschen so wirkte, als würde es mit den Schultern zucken. Ich war gerade dabei, auch an Karl eine Nachricht zu formulieren, als mein Telefon ein weiteres Mal klingelte.

„Wie du das nur schaffst, dein Telefon ausgeschaltet zu lassen.“

„Hallo Karl, ich habe wirklich schlechten Empfang.“ Und ich beantwortete den Anruf nur, damit er mich danach in Ruhe ließ.

„Wo steckst du?“

Ich wollte diese dreiste Frage nicht einmal mit einer Lüge honorieren. „Warum rufst du an?“

„Ich dachte, wir könnten uns mal wieder treffen.“

„Ich bin verreist.“

„Oh." Er schwieg. „Wann bist du denn zurück?"

„In zwei Wochen."

„Oh, das ist ja noch eine Weile."

„Allerdings. Karl, gibt es etwas Wichtiges? Ich muss jetzt auflegen."

Er schwieg wieder eine Weile.

„Karl?"

„Nein, nein, es ist alles bestens. Dann hab noch eine schöne Reise. Melde dich, wenn du zurück bist."

Das würde ich nicht tun. „Mach's gut, Karl."

Ich nahm den Hörer vom Ohr und hätte das Telefon am liebsten wieder ausgeschaltet. Aber dann überlegte ich es mir anders. Wir konnten nicht weiterfahren. Nicht immer auf derselben Route. Einerseits wäre unser Weg auf diese Weise zu leicht nachvollziehbar. Auf der anderen Seite war ich wahnsinnig müde. Die Dunkelheit hatte längst die Wolken abgelöst. Ob Bobbi bis zum Morgen schlafen würde?

Ich stieg wieder ins Auto. Dieses Mal hatte sie sich zumindest angeschnallt. Anderenfalls läge sie wohl längst im Fußraum vor ihrem Sitz.

Ich hatte keine Lust zu zelten. Aber ich wollte es auch nicht wagen, mich in einer Pension zu zeigen. Also schlug ich Annas Karte auf und suchte ein weiteres Mal einen Platz, an dem ich die Nacht im Freien verbringen konnte. Bobbi würde im Auto bleiben.

Eine halbe Stunde später erreichten wir eine kleine Straße, die zu einem See führte. Ich hatte ihn auf der Karte herausgesucht, weil er mir die Möglichkeit bieten würde, mich und meine Klamotten zu waschen. Wenn all das hier vorbei war, würde ich vielleicht wirklich ein Buch über die Seen auf meiner Route schreiben. Die schönen Aspekte des Lebens sehen. So hieß es doch immer in diesen schlauen YouTube-Videos, in denen Zwanzigjährige einem etwas über das Leben erzählen wollten. Konzentriere dich auf das, was gut ist.

Die kaputte, asphaltierte Straße wurde nach einem Kilometer von einem sandigen Weg abgelöst, der schließlich in eine Wiese überging. Ich fuhr so dicht ans Wasser wie möglich und ließ die Scheinwerfer leuchten, um in ihrem Licht das Zelt aufzubauen.

Nach zehn Minuten entschied ich mich, ein Lagerfeuer zu entfachen. Mit Bobbis Taschenlampe suchte ich die Umgebung nach trockenem Holz ab. Hier hatte es nicht geregnet und ich hoffte, dass die Wolken uns nicht zu unserem Nachtlager folgen würden. Ich hatte keinen Datenempfang und konnte keine Regenradarkarte aufrufen, um dies zu überprüfen. Aber es sah gut aus. Der Himmel war sternenklar und es wehte kaum Wind.

Als das Feuer brannte, schaltete ich die Scheinwerfer des Autos aus und legte endlich die noch immer nasse Kleidung ab. Warum hatten wir das nicht längst getan? Ich war so getrieben gewesen, wollte so unbedingt weg von diesem Ort, von Swetlana, Bills Leiche und dem Geländewagen, dass ich überhaupt nicht daran gedacht hatte, mich umzuziehen. Es hätte bedeutet, stehenzubleiben, und schon der Aufenthalt an der Tankstelle war mir als zu lang erschienen. Zu unsicher.

Ich wollte nicht gefasst werden. Dabei ging es mir weniger darum, der Polizei oder sonst jemandem nicht in die Fänge zu fallen. Nein, ich wollte nicht, dass jemand auf diese Weise beendete, was wir angefangen hatten. Nicht, bevor ich die Wahrheit kannte. Ich wollte nicht, dass ich schon wieder mit einem Kopf voller Fragen zurückblieb.

Dass Bobbi ausgerechnet jetzt einen Rausch ausschlafen musste, ärgerte mich. Jetzt hatten wir Zeit. Wer wusste schon, wer uns morgen aus dem Schlaf reißen würde? Auf der anderen Seite war ich froh über die Pause. Ich brauchte sie dringend. Mein Kopf war schon jetzt mit so vielen Bildern und Informationen gefüllt, dass ich ihn am liebsten in den See entleert hätte. Wie schön musste es sein, wenn das möglich wäre. Wenn man einfach neu anfangen konnte. Mit einem weißen Blatt Papier.

Ich nahm ein paar Vorräte aus Annas Kühlbox, schloss den Wagen ab und setzte mich vor das Zelt. Ich hatte es so ausgerichtet, dass ich das Feuer, den See und das Auto sehen konnte. Nachdem ich etwas gegessen hatte, dachte ich darüber nach, wie ich verhindern konnte, dass Bobbi mich in der Nacht überwältigte.

Erneut durchsuchte ich den Kofferraum und fand Gewebefaserband. Es war vielleicht nicht besonders nett, sie auf diese Weise zu fesseln, aber nett stand auch nicht auf der Liste der Umgangsformen, die ich für sie vorgesehen hatte. Das ‚Wir' war vorbei. Wir waren entkommen. Jetzt ging es nur noch um mich.

Mein Blick fiel auf ihre Tasche. Ich würde ihn durchsuchen, sobald ich mit ihr fertig war.

Ich wollte ihre Hände fesseln, aber sie lagen zu weit voneinander entfernt und ich hatte Angst, sie zu wecken, wenn ich sie zusammenführte. Also schlang ich das Band um ihren Oberkörper und die Lehne des Sitzes. Dreimal. Erst danach legte ich ihre Hände zusammen und fixierte sie aneinander.

Ich aktivierte die Zündung, ließ das Fenster auf ihrer Seite ein Stück herunter, zog den Schlüssel wieder heraus und verriegelte das Auto. Für einen Moment überkam mich ein schlechtes Gewissen. Auch sie trug noch die nassen Klamotten. Aber dann zuckte ich mit den Schultern. Sie hätte sich die gesamte Fahrt über umziehen können. Stattdessen hatte sie die halbe Flasche Whisky geleert und war dann eingeschlafen.

Hoffentlich pinkelte sie sich nicht in die Hose und damit auf den Sitz. Ich sah sie ein letztes Mal an und ging dann mit ihrer Tasche zum Zelt. Es befand sich jede Menge unnützes Zeug darin. Haarfärbemittel, Klamotten, Schokoriegel. Sehr tief unten verbargen sich dieselben Bücher, die ich von Anna bei mir trug. Für einen Moment hielt ich inne. Bobbi war eine von ihnen, wie Maja bei unserer Begegnung im Wald gesagt hatte.

Dann schüttelte ich mich. Darum ging es hier nicht. Sie musste etwas Nützliches verstecken. Ihr Telefon trug sie bei sich und ich wagte nicht, sie danach zu durchsuchen. Ich brauchte Schlaf und den würde ich nicht bekommen, wenn Bobbi wach war.

Der gesamte Inhalt der Tasche lag vor mir auf dem Boden. Ich klopfte die Seiten der Tasche ab und fand schließlich einen Reißverschluss, den ich zuvor nicht bemerkt hatte. Das Fach dahinter war leer, aber es hatte einen amateurhaft vernähten Riss. Ich öffnete ihn, griff hinein und fand im Futter der Tasche Geldscheine. So viele, dass ein Mensch davon ein paar Jahre leben konnte, wenn er weder Wohnung noch Versicherungen davon zahlen musste. Wo hatte sie das Geld her?

Ohne darüber nachzudenken, zog ich jeden einzelnen Schein heraus und verstaute sie in meinem eigenen Geheimfach. Dann nahm ich Nadel und Faden aus meiner Erste-Hilfe-Tasche und nähte das Loch genauso stümperhaft wieder zu. Nachdem ich Bobbis Sachen zurück in die Tasche gesteckt hatte, legte ich die Tasche zurück und setzte mich ans Feuer.

Ich würde warten, bis es heruntergebrannt war, danach die Zeltöffnung schließen und schlafen.

Aber schon als ich mich hinsetzte, fiel mein Kopf auf die Knie und ich hatte Mühe, die Augen offen zu halten. Noch wollte ich nicht schlafen. Ich griff nach meinem Handy, ließ meinen Finger über Majas Nummer schweben und wählte sie schließlich.

„Hey!“ Sie hob nach dem dritten Klingeln ab. „Du lebst ja immer noch.“

„Ja.“ All die Müdigkeit ergoss sich in dieses eine Wort.

„Oh je, was ist passiert?“

Ich erzählte es ihr. Jedes kleine Detail erzählte ich ihr. Sogar das Gespräch mit Karl rezitierte ich, auch die Nachrichten von Paul und Peter ließ ich in meine Erzählung einfließen. Irgendwann bestand das Feuer nur noch aus roter Glut und ich ging ins Zelt, schloss die Öffnung und legte mich in den Schlafsack. Wieder schlief ich mit Majas Stimme im Ohr ein. Wieder hörte ich nicht, wie sie auflegte. Und aus diesem Grund bemerkte ich auch die Anrufe der unbekannten Nummer nicht, die eine halbe Stunde lang auf meinem stummgeschalteten Telefon eintrafen.

FÜNFZIG

BOBBI

Inzwischen sollte ich an dieses Gefühl genauso gewöhnt sein wie an die Betäubung meiner Gefühlswelt durch den Alkohol. Ein pelziger Geschmack auf der Zunge. Ein Rauschen in den Ohren. Und alles, was sich zwischen ihnen befand, fühlte sich an, als hätte es einmal an einem deutlich größeren Ort gewohnt.

Wie immer zögerte ich, bevor ich die Augen öffnete. In diesem Zustand war es nie gut, Tageslicht auf die Netzhaut zu lassen und damit meinen Nervenzellen die Gelegenheit zu geben, eine Explosion zwischen all den halb toten Synapsen zu verursachen.

Dass es um mich herum hell war, dass ich mich nicht in dem alten Bungalow mit den verschlossenen Fensterläden befand, wusste ich auch, ohne es zu sehen, denn ich saß. Warum saß ich?

Ich wollte die Hände an mein Gesicht heben, um die Helligkeit nach und nach zwischen den Fingern hindurch an meine Augen dringen zu lassen, aber es ging nicht. Ich konnte sie nicht voneinander lösen. Scheiße! Nun riss ich die Augen auf, schloss sie wieder, denn das Licht blendete mich so stark, dass es drohte, einen Kurzschluss in meinem Hirn auszulösen.

Ich senkte den Blick, sah auf meine Hände. Verfluchte Scheiße!

„Lara!" Ich schrie, aber das Wort dröhnte nur in meinem Kopf als Schrei nach. In Wirklichkeit klang ich wie ein gequältes, schwaches Tier. Ich versuchte es noch einmal: „Lara!" Es war besser, aber nicht laut genug.

Beim dritten Mal erreichte ich endlich eine Lautstärke, die man auch außerhalb des Autos hören können musste. „Lara, komm verdammt nochmal her!"

Warum hatte ich bloß diese dämliche Flasche geleert? Laras Worte fielen mir wieder ein, aber ich schüttelte den Kopf. Ich war ganz sicher keine Alkoholikerin, die nicht ohne dieses Zeug auskam. In den letzten Wochen war es etwas viel geworden, das mochte sein, aber ich brauchte das Trinken nicht.

Langsam gewöhnten sich meine Augen an das Licht, auch wenn ich ihnen die Helligkeit gern erspart hätte. Ich saß in diesem alten Kombi, den Lara unter Ästen versteckt hatte. Meine Beine konnte ich frei bewegen. Wenigstens etwas. Meine Hände waren mit einem Klebeband zusammengebunden. Ehrlich, Lara? Klebeband? Und ich war noch immer angeschnallt. Ich führte die zusammengebundenen Hände zum Gurtschloss, aber dort war nichts, was ich hätte lösen können. Warum konnte ich nicht aus diesem dämlichen Sitz raus?

Und dann sah ich es. „Lara!" Diesmal war meine Stimme laut. Sie musste mich einfach hören. „Lara, du dumme Kuh, komm sofort her!"

Ich sah aus dem Fenster. Das Auto stand an einem See. Ich wandte den Kopf zur Seite: Wiese, Schilf, See. Zur anderen Seite: Wiese, See, Wald. Sonst nichts. Wo verdammt nochmal war sie? Sie hatte mich doch wohl nicht in dieser Einöde zurückgelassen. War das ihr Racheplan? Würde ich in diesem Auto verrecken?

Aber wo war sie hin?

„Lara!" Meine Stimme überschlug sich und der Schrei endete in einem Husten.

Jetzt spürte ich die noch immer nasse Kleidung auf meinem Körper. Ich begann zu zittern und ganz langsam stieg Panik in mir auf. Ich kniff die Augen zusammen, riss sie wieder auf. Nein! Ich würde nicht durchdrehen. Ich würde hier rauskommen.

„Na, gut geschlafen?" Ihre Stimme war butterweich. Ruhig und sanft. Sie klang wie ein Engel. Ich wandte den Kopf zu ihr nach rechts. Sie hatte ihre Haare nach hinten gestrichen. Sie waren nass. Um ihre Schultern lag ein Handtuch und in der Hand hielt sie eine Tasse. Ich roch Kaffee. Ganz bestimmt hatte sie mich bereits zuvor gehört.

Ich funkelte sie an. „Ist das ein schlechter Witz?"

Sie legte den Kopf schief. „Ich konnte nicht riskieren, dass du meine Nachtruhe störst." Ein Lächeln legte sich auf ihre Lippen. Ein falsches Lächeln. „Wer konnte schon ahnen, dass du den halben Tag verschläfst?"

„Schneid die Dinger durch.“ Ich hob die Hände, um ihr die Fesseln zu zeigen.

„Sofort. Ich möchte nur ein paar Regeln festlegen.“

Ich hob die Augenbrauen. „Was für Regeln?“

„Regeln für unser Zusammenleben in den nächsten Stunden.“

Ich schnaubte, aber ich sank etwas in mir zusammen.

„Erstens: Du musst dich unbedingt waschen und deine Zähne putzen.“

Ich erwiderte nichts.

„Zweitens: Ich habe eine ganze Menge Fragen und ich erwarte von dir, dass du sie mir beantwortest.“

„Was ist, wenn ich es nicht tue?“

Sie trank einen Schluck Kaffee. „Ich dachte, ich hätte ein Problem damit, einen Menschen zu töten.“ Sie zuckte mit den Schultern. „Wie es sich herausgestellt hat, ist dem nicht so.“

„Du hast Bill nicht getötet.“

„Drittens: Ich bestimme, wann wir weiterziehen, ob wir weiterziehen und wohin.“

Ich lachte auf. „Das hast du dir ja schön zurechtgelegt. Pass auf, Laralein, ich bin schon einmal einem idiotischen Plan gefolgt.“ Ich lächelte. „Das hat uns immerhin hierhergebracht. Aber ich werde nichts tun, auf das ich keine Lust habe. Also schieb dir deine Fragen sonst wohin.“

Wieder zuckte sie mit den Schultern. „Wie du willst.“ Und dann ging sie. Sie ging einfach weg. Der Rückspiegel war angeklappt und ich hatte keine Möglichkeit zu sehen, wo sie stehen blieb. Ich sah nur diesen Scheiß-See, den Wald und die Wiese.

„Lara!“

Offenbar war sie nur ein paar Schritte zurückgewichen, denn ihre Stimme erklang fast direkt neben meinem Ohr.

„Ja?“

„Lass mich hier raus.“

Sie trat wieder neben das Fenster und sagte nichts.

Ich biss mir auf die Zunge. Ich wollte nicht nachgeben. Ich wollte nicht verlieren. Aber wenn ich nicht in wenigen Minuten hier rauskam, würde die klamme Nässe meiner Klamotten einer wärmeren und frischeren weichen. Für einen Moment hielt ich ihrem Blick weiter stand, dann senkte ich den meinen und sah aus dem Fahrerfenster. Wald. „Also, gut. Ich werde im See baden, deine Fragen beantworten und mich deinem weisen Urteil über unsere künftigen Aufenthaltsorte beugen.“

Sie trank einen weiteren Schluck Kaffee. „Okay. Streck die Hände aus dem Fenster.“

Ich sah zu der Öffnung. Es würde gerade so gehen.

Lara zog ein Messer hervor, kein Jagdmesser. Zumindest war es deutlich kleiner als meins. Sie zerschnitt das Klebeband und öffnete dann die Tür zum Fond. Einen Moment später hörte ich, wie sie die Zentralverriegelung wieder aktivierte. Dann durchtrennte sie etwas in der Lehne meines Sitzes und sofort fiel es mir leichter zu atmen. Ich bewegte meinen Oberkörper nach vorne. Das Klebeband verursachte ein reißendes Geräusch, als es sich vom Stoff des Sitzes löste. Es war ein seltsam befriedigendes Gefühl, das zu hören.

Bevor ich auch nur dazu in der Lage gewesen wäre, nach ihr zu greifen, hatte sie das Auto verlassen.

Ich strich über meine Handgelenke, riss das restliche Klebeband von meinen Klamotten und meiner Haut und beobachtete, wie Lara, sich vom Auto entfernte. Als sie mein Blickfeld verlassen hatte, hörte ich die Verriegelung der Türen aufschnappen.

Sofort griff ich nach dem Türgriff, fiel fast aus dem Auto und rannte in den Wald. Dort hockte ich mich hinter einen

Baum und ließ den Whisky des vergangenen Abends in den Boden sickern.

Danach ging ich zurück zum Auto und schälte mich aus den Sachen. Ich tat es nicht für Lara. Ich selbst wollte aus diesen Klamotten raus. Ich selbst konnte den Gestank der feuchten Stoffe vermischt mit Schweiß und Matsch nicht länger ertragen. Ich nahm die Sachen mit zum Ufer und ging langsam ins Wasser. Es war eiskalt. Es hatte genau die richtige Temperatur, um meine Synapsen aus ihrem Koma aufzuwecken.

EINUNDFÜNFZIG

LARA

Es kam mir vor, als würde sie extra lange im Wasser stehen. Sie hob ihre falschen Haare an, als wäre sie das Model in einem Werbespot für ein Parfüm mit dem Namen ‚SeeLuft'. Ich setzte mich vor mein Zelt und griff nach meinem Handy.

Schon nach dem Aufwachen hatte ich die Anrufe in Abwesenheit bemerkt. Sie stammten von einer unbekannten Nummer. Die Person hatte weder per SMS noch auf der Mailbox eine Nachricht hinterlassen.

Drei Mal hatte sie versucht anzurufen. Aber mein Ton war wie immer ausgeschaltet gewesen. Auch bei Tag hätte sie mich auf diese Weise wahrscheinlich nicht erreicht.

Ich sah wieder zu Bobbi. Inzwischen schwamm sie.

Ich hatte keine Angst, dass sie auf diese Weise versuchen würde, zu fliehen. Zwar traute ich ihr zu, dass sie sich nackt durch den Wald schlagen konnte, aber warum sollte sie das tun?

Mir war klar, dass sie meinen Forderungen nur zugestimmt hatte, um aus dem Auto zu kommen. Ich würde nur ein paar Antworten bekommen. Und sie würde mich nicht über ihren Aufenthaltsort bestimmen lassen. Aber darum würde ich mich später kümmern.

Nach zehn Minuten stieg sie aus dem See. Die Sonne schien und es war warm. Irgendwann wusch sie ihre Klamotten, kam zurück zum Auto und hängte sie über die Türen. Sie zog frische Sachen an und kam schließlich zu mir.

Ich deutete auf eine Tasse Kaffee und einen Teller, auf dem ich ihr etwas zu essen zusammengestellt hatte.

„Wie spät ist es?" Sie setzte sich auf den Boden und griff nach der Tasse.

„Fast zehn."

„Wo sind wir?"

Ich zuckte mit den Schultern.

Sie biss in einen Apfel und sprach mit vollem Mund. „Also, was willst du wissen?"

Die Sonne schien auf ihr Haar. Die Strähnen der Friseurin traten so noch deutlicher hervor.

„Was soll das mit den Haaren?"

Sie lachte auf. „Das ist deine erste Frage?"

„Es sieht total bescheuert aus."

Bobbi verzog das Gesicht. Ich hatte sie gekränkt. Gut so.

Ohne wirklich darüber nachzudenken, stand ich auf und

setzte mich hinter sie. Ich hob ihr echtes Haar an. Sie hatte die Strähnen darunter befestigt. Es sah amateurhaft aus und sicher hatte sie sich das Ergebnis anders vorgestellt.

„Was tust du da?“ Sie konnte hinter ihrem zickigen Tonfall nicht verbergen, dass ihr die Berührung gefiel.

Ich stand wieder auf, ging zu meinem Zelt und zog die Erste-Hilfe-Tasche aus dem oberen Fach meines Rucksacks.

Ihre Augen weiteten sich. „Was hast du mit diesem stumpfen Ding vor?“

Ich sah auf die Schere und deutete damit auf Bobbis Kopf. „Ich kann dich echt nicht ernst nehmen, wenn du so aussiehst.“

Ihr Blick verdunkelte sich. Im nächsten Moment stand sie auf und ging zum Auto. Sie kramte eine Weile in ihrer Tasche herum und kam dann mit einer Schere in der Hand zurück.

„Du trägst eine Haarschneideschere mit dir herum?“

Sie zuckte mit den Schultern. „Selbstverständlich.“ Sie hielt mir die Schere hin. „Sieh zu, dass es gerade wird.“

Ich nahm die Schere und sah sie an. Eigentlich war mir bei ihren Worten die Lust vergangen, aber ich hatte das unbestimmte Gefühl, dass ich meine Antworten schneller aus ihr herausbekam, wenn ich nett zu ihr war. Wenn ich so tat, als wäre ich nett zu ihr.

Also griff ich nach meiner Waschtasche, zog einen Kamm aus ihr heraus und setzte mich wieder hinter sie. Ich ging mehrfach durch die Haare, was nicht besonders leicht war. „Womit hast du die Strähnen nur an deine Haare geklebt?“

„Das ist irgendein Zeug aus einem Friseurladen.“

Ich sah mir die Strähnen genauer an und entschied, dass ich einfach oberhalb der Klebestelle schneiden und danach sehen würde, was ich mit dem Rest der Haare anstellen konnte. Viel würde nicht übrigbleiben.

„Und warum ist das, was von *deinen* Haaren noch übrig ist, schneeweiß?“

„Zu viel Bleichmittel. Was soll das Lara? Hat dir deine Mami nie erlaubt, deinen Puppen die Haare zu frisieren, oder hast du endlich deinen Traumberuf entdeckt?“

Die Erwähnung meiner Mutter brachte mich zurück. Ich setzte die Schere deutlich weiter oben an, als es notwendig gewesen wäre, und schnitt.

„Wer hat meinen Großvater getötet?“ Ich ließ die Haare auf den Boden fallen.

„Na, endlich. Was glaubst du denn?“

„Das ist keine Rateshow. Antworte.“

„Finn.“

Seltsamerweise beruhigte mich diese Antwort. Natürlich konnte sie lügen. Ich wusste, wie gut sie darin war. Aber welchen Sinn hätte es, ihr Fragen zu stellen, wenn ich die Antworten nicht glaubte?

„Was ist passiert?“

ZWEIUNDFÜNFZIG

BOBBI

Es stimmte. Finn hatte den alten Béyer getötet. Aber wenn ich Lara verriet, was wirklich passiert war, würde sie mich trotzdem dafür verurteilen. Also erzählte ich ihr die Geschichte ganz genau so, wie sie passiert war. Mit dem Unterschied, dass ich darin keine Rolle spielte.

Ich erzählte ihr, Finn hätte das Essen der Mitarbeiter und Bewohner des Altenheimes vergiftet und dann die Gunst der ruhigen Nachtstunde genutzt, um ihren Großvater aus dem Zimmer zu locken und die Treppe hinunterzustoßen.

„Hast du davon gewusst?“

Ich zögerte. Ich brauchte ihr Wohlwollen. Abgesehen davon, dass sie sehr nah an meinem Hals mit einer Schere hantierte, wollte ich nicht, dass sie sauer auf mich war. Ich erzählte ihr deshalb auch hier die halbe Wahrheit. „Ich wollte nicht, dass er starb." Nicht auf diese Weise. Er hatte überhaupt nichts von all dem mitbekommen. Im Nachhinein betrachtet, war ich froh darüber. Andererseits hätte er gar nicht sterben müssen, denn ihn hatte keine Schuld getroffen. Und selbst wenn, jetzt, wo ich alles wusste, war ich ihm dankbar, dass er Henry so ein Ende gesetzt hatte. Deswegen sagte ich wahrheitsgemäß: „Es tut mir leid, dass er gestorben ist." „Das klingt fast so, als würdest du es wirklich meinen." Sie klang überrascht und hielt inne.

Ich wandte mich zu ihr. „Das tue ich."

Für einen Moment sahen wir einander in die Augen, dann schob Lara meinen Kopf zurück. „Was ist mit meiner Mutter?" Ich atmete tief ein. „Auch das war Finn." „Warst du dabei?" Lügen aneinanderreihen war nicht schwer. Allerdings mussten sie glaubhaft sein. Ich hätte Karl als weiteren Mittäter ins Spiel bringen können, aber die Lebenden erzählten Geschichten. Und Lara war laut Bill überzeugt davon, dass Karl keine Schuld traf, außer weggesehen zu haben. „Nein, ich war nicht dabei." „Du willst mir erzählen, dass er das allein durchgezogen hat?" „In gewisser Weise, ja. Er hat mir erst danach davon erzählt." „Du lügst." Ich schluckte.

Sie schnitt weiter. „Weißt du, was ich glaube? Ich glaube, du hast meine Mutter getötet. Karl hat mir erzählt, wofür die Punkte hinter deinem Ohr stehen." Sie schwieg für einen Moment und fuhr dann etwas leiser fort. „Kurz nachdem mein Großvater gestorben ist, hast du dir außerdem noch einen Punkt stechen lassen." Sie schob meine Haare zurück. „Wie viele sind es denn inzwischen?" Ich nutzte die letzte

Frage, um dem vorherigen Thema auszuweichen, und sprang auf. „Die letzten Punkte sind die Scheißtypen von der Liste, Lara. Willst du mir darüber vielleicht eine Moralpredigt halten?" Ihre Augen verengten sich. Sie stand auf. „Wer hat meine Mutter getötet?" Ich atmete schwer, hielt ihrem Blick stand. Sie wollte die Wahrheit hören. Sie wollte es wirklich wissen. Also sagte ich es ihr. „Ich war's. Ich habe deine Mutter die Treppe hinuntergestoßen. Und weißt du auch, warum? Weil meine Mutter nächtelang geweint hat. Sie hat sich einen Scheißdreck für mich interessiert, nachdem mein Vater weg war. Damals dachte ich, deine Familie hätte mir meine genommen. Ich wollte, dass es dir genauso geht. Ich wollte, dass du denselben Schmerz spürst wie ich als kleines Kind. Aber weißt du, was ich damals nicht wusste? Ich hatte keine Ahnung, dass du mich aus einer Hölle befreit hast. Ich konnte mich an nichts erinnern, verdammt. Ich dachte, Henry sei der Übervater gewesen. So hat meine Mutter ihn immer dargestellt. Niemals hätte ich gedacht, dass er mich angefasst hätte oder andere Männer …" Ich verschluckte mich an meinen Worten, hustete und atmete mehrfach tief ein.

Dann sah ich auf. In Laras Blick lag Erschütterung. Ich setzte mich und bedeutete ihr, es ebenfalls zu tun.

Ich konnte sie nicht aufhalten. Die Tränen. „Es tut mir leid." Sie sagte nichts. Die Muskulatur in ihrem Gesicht hatte sich verhärtet und sie versuchte wahrscheinlich, jede Regung zu unterdrücken. Es gelang ihr nur bedingt. Ihr Adamsapfel hob und senkte sich und ihre Augen waren gerötet.

„Ich bin noch einmal zurückgekommen. Ein halbes Jahr nachdem … Ich bin in das Haus meiner Mutter gegangen, weil ich Henrys Notizbuch nicht verstand. Ich habe die Namen der Männer gegoogelt und einer von ihnen war wegen Kindesmissbrauchs angezeigt worden. Die Tat war verjährt. Aber als ich die kurze Meldung las, kamen die Bilder, die

ich schon im Strandhaus hatte aufflackern sehen. Eins nach dem anderen. Nacht für Nacht. Ich konnte meine Mutter nicht fragen. Sie hätte mich sofort an die Bullen ausgeliefert. Also habe ich das Haus durchsucht, als sie nicht da war." Bills Rolle bei der ganzen Sache verschwieg ich. Sie musste nicht alles auf einmal erfahren. Ich wischte mir über die Wangen. Laras Miene war noch immer starr.

„Sie waren ganz weit hinten im Schrank versteckt. Zwei Bücher. Schwarz. Ein großes und ein kleines. In einem waren …"

„Fotos von Mädchen." Ihre Stimme war dünn. Nun rollte doch eine Träne über ihre Wange. Sie stand auf, ging zu ihrem Rucksack und zog die Bücher heraus.

Wut stieg in mir auf. „Was soll das? Beklaust du mich?" Ich rannte zu meiner Tasche und durchwühlte den Inhalt. Die Bücher waren noch da. Die Bücher waren noch da, aber was war mit dem Rest? Ich öffnete den Reißverschluss des Innenfachs und tastete nach der provisorischen Naht, die ich bereits unzählige Male erneuert hatte. Sie war verschlossen. Ich atmete auf und ging zurück zu Lara.

„Das sind nicht die Bücher von Henry."

Ich starrte sie an. „Von wem sind sie dann? Maja?" Etwas blitzte in ihren Augen auf. Ich schluckte die Eifersucht hinunter. Das konnte warten.

„Anna."

„Wer ist Anna?"

„Igors Tochter."

„Der alte Säufer."

Sie nickte.

„Ich fand, er ertrug die größere Strafe mit dem Leben, das er führt." Wieder nickte sie. „Ich dachte mir, dass du ihn deswegen am Leben gelassen hast." Ich lächelte. Sie kannte mich gut. „Anna?" Weitere Tränen strömten über ihr Gesicht. „Ihr gehört das Auto." „Sie hat es dir geliehen?" „Nein." Sie wischte sich über die Wangen. „Nein, sie hat es mir geschenkt. Sie wollte mich zu dir fahren. Oder zumindest in die Nähe. Aber dann ist sie unterwegs von einer Brücke gesprungen." Erst nach zwei Sekunden verstand ich ihre Worte. „Was?" „Sie hat mir einen Brief geschrieben. Sie meinte, ich hätte sie endlich befreit." Sie erzählte mir von Anna. Wie sie gemeinsam getrunken hatten und Anna danach das Haus ihres Vaters durchsucht hatte. Wie sie am nächsten Tag angeboten hatte, Lara in die Stadt zu fahren. Wie losgelöst sie ihr erschienen war.

„Scheiße, was ist das nur hier?" In diesem Moment sah ich mein Leben von außen. Das tat ich nicht oft, denn welchen Grund hätte ich dann noch gehabt, weiterzumachen? Aber in diesem Augenblick sah ich die vielen Scherben. Sie passten nicht zusammen, gehörten aber doch zu den Fensterscheiben eines einzigen Hauses.

Wir schwiegen. Die Sonne brannte auf unsere Haut und jede von uns hing ihren eigenen Gedanken nach. Lara sah an mir vorbei, presste die Lippen aufeinander und spielte mit der Schere.

„Wirst du das hier noch beenden?" Ich hielt eine der langen Strähnen hoch. Sie hatte recht. Was hatte ich mir nur dabei gedacht? Bei allem. Das Töten. Das Trinken. Das Klammern an sie. Die Wahrheit war: eine Menge. Nun, vielleicht nicht beim Trinken, aber alles andere hatte einen Sinn.

Sie sah auf, als erwachte sie aus einem Traum. Die Realität schien ihr jedoch nicht besser zu gefallen.

„Was? Hast du andere Antworten erwartet?" Sie sah mich an. So intensiv, als wollte sie mich mit ihrem Blick durchdringen. Und irgendwie schaffte sie es auch. Dann stand sie auf, trat hinter mich und ging wieder in die Hocke. Sie schnitt eine weitere Strähne ab. „Das wird ganz schön kurz." „Wird es gut aussehen?" „Außer dem Alkohol kann dich nichts entstellen, Bobbi."

DREIUNDFÜNFZIG

Ich hatte mich überwinden müssen, die Nacht bei dem Alten zu verbringen. Am liebsten hätte ich ihn allein verrecken lassen. Er würde ohnehin sterben, so viel war klar. Ich konnte keinen Krankenwagen rufen. Warum war offensichtlich, oder? Alles würde auffliegen. Wenn er überlebte, wen würde er dann verraten? Bobbi? Ganz bestimmt nicht. Nach der winzigen Information über Laras Pläne, die er mir vor Wochen gegeben hatte, hatte er mir kein einziges Mal geholfen.

Nun ja, zumindest hatte er Bobbi nicht erzählt, dass ich hinter ihr her war. Sonst hätte Lara sie wohl kaum gefunden. Dass sie sie gefunden hatte, hatte er mir gesagt. Aber das war auch das einzige gewesen. Seitdem war kein Wort über seine faltigen Lippen gekommen.

Natürlich wusste er nicht, wer ich war. Niemand wusste das. Und ich würde ihn auch unwissend sterben lassen. Wenn er es denn endlich tun würde. Dieses fette Herz schlug weiter und weiter und auch wenn er kaum dazu in der Lage war, seinen Arm zu heben, sah er mich doch unentwegt an. Ich versorgte ihn mit Wasser und versuchte, ihn dazu zu bringen, mir zu erzählen, wo Lara und Bobbi zu finden waren.

Aber er schwieg. Wahrscheinlich wusste er es selbst nicht. Vermutlich wollte er es genauso gern wissen wie ich. Ich hatte die anderen Häuser durchsucht. Nichts. Inzwischen waren auch die Reifenspuren verschwunden.

Ich harrte aus, bis der Regen endlich nachließ, versuchte, meine Klamotten zu trocken und mir zu überlegen, was ich jetzt tun sollte. Sie konnten überall sein. Lara hatte ihr Ziel erreicht. Sie würde nicht länger blind durch die Orte aus Henrys Notizbuch reisen.

Ich konnte sie auf dem Telefon erreichen, ja. Das hatte ich bereits getan. Es hatte ewig gedauert, bis sie geantwortet hatte. Aber natürlich hatte sie mir nicht gesagt, wo sie war. Warum hätte sie auch sollen? So vertraut waren wir nie miteinander geworden.

Es war Mittag, als Bill endlich starb. Er hatte kein einziges Wort mit mir gesprochen. Nur seine Augen hatte er die meiste Zeit auf mich gerichtet gehalten. Ich dagegen hatte ihn mit Fragen und kleinen Geschichten unterhalten.

Vielleicht hatte er auch einfach nicht mehr sprechen können.

Ja, man könnte mir unterlassene Hilfeleistung vorwerfen. Aber seien wir doch einmal ehrlich, es ist fraglich, ob er in einem Krankenhaus länger überlebt hätte. Ich bezweifelte es. Letztendlich hatte ich es ihm erspart, mit Schläuchen im Mund bei grellem Licht zu verrecken.

Nun gab es für mich keinen Grund, länger zu bleiben. Im Gegenteil, ich musste schleunigst verschwinden. Der Regen hatte aufgehört und der alte Kerl würde bald noch mehr stinken, als er es ohnehin schon tat. Ich nahm ihm seine Brieftasche und sein Handy ab und wunderte mich, dass er beides noch bei sich trug. Diese Weiber hatten wirklich keine Ahnung, wie man seine Spuren verwischte. Das würde es hoffentlich leichter machen, sie zu finden. In mir brannte es, zu erfahren, was mit ihm geschehen war.

In den vergangenen Stunden hatte ich mir einen Plan zurechtgelegt. Es war sinnlos, den beiden zu folgen. Sie konnten überall sein. Aber es würde einen Ort geben, an den zumindest Lara zurückkehren musste. Und etwas in mir sagte mir, dass Bobbi sie nicht allein fahren lassen würde. Ich lachte auf. Es war nicht irgendein obskures Etwas. Ich würde sie schlichtweg dazu zwingen.

VIERUNDFÜNFZIG

LARA

Irgendwie hatte ich es hinbekommen, Bobbi einen halbwegs passablen, kinnlangen Bob zu schneiden. Sie hatte sich im Rückspiegel von Annas Auto betrachtet und gesagt, sie sähe aus wie Cameron Diaz in ‚Verrückt nach Mary'. Sie hatte recht.

Danach war es schwierig.

Meine gesamte Motivation hatte darin bestanden, Bobbi zu hassen. Rache an ihr nehmen zu wollen. Ja, ich hatte befürchtet, dass die Gefühle noch nicht verschwunden sein könnten, aber vorangetrieben hatte mich der Wunsch, es ihr heimzuzahlen. Und Antworten zu bekommen.

Dass es diese Antworten sein würden, die mir die Grundlage für meine Motivation nehmen könnten, hatte ich nicht bedacht. Wie hätte ich auch erwarten können, dass sie bereute, was sie getan hatte? Wie hätte ich wissen können, dass sie nicht so gehandelt hätte, wenn sie die Wahrheit gekannt hätte?

Die Gefühle für Bobbi waren verschwunden. Zwar sah sie langsam wieder aus wie die Frau, die ich einmal kennengelernt hatte, aber sie zog mich nicht an. Darüber war ich mehr als dankbar, denn ich hatte nie verstehen können, dass die Zuneigung zu ihr durch die Schrecken, die sie in mein Leben getragen hatte, nicht zerstört worden war. Aber offensichtlich hatte ich mir diese Gefühle nur eingebildet. Ich hatte mich an sie geklammert, weil sie den Hass stärker gemacht und ihn gleichzeitig geschwächt hatten.

Nun war es ein anderes Gefühl, das den Hass abschwächte. Mitgefühl.

Mein eigenes und das ihre.

Ich hatte es in ihren Augen gesehen. Aus irgendeinem Grund wusste ich, dass diese Tränen echt waren. Dass sie in gewisser Weise bereute, was sie meiner Familie angetan hatte. Das Ergebnis war dasselbe. Meine Mutter und mein Großvater waren tot. Sie hatte mich um die Möglichkeit gebracht, mich mit meinem Großvater auszusöhnen. Aber wer wusste schon, ob es jemals dazu gekommen wäre? Vielleicht hatte er sich nur durch das Auftauchen von Finn dazu entschieden, sein Geheimnis mit mir zu teilen.

Es war kein Grund, ihr zu verzeihen. Und doch fehlte mir nun der Antrieb. Wie sollte es jetzt weitergehen? Sollte ich sie an die Polizei verraten? Dann wäre sie für den Rest ihres Lebens keine Gefahr mehr für die Unversehrtheit anderer Menschen. Aber wollte ich das?

Ich dachte an Igor und den Bürgermeister. An Anna und Maja. Würde Bobbi weitermachen? Würde sie die Listenmänner weiter einen nach dem anderen zur Strecke bringen? Sollte ich das zulassen?

Wir hatten die letzten beiden Stunden damit verbracht, etwas zu essen, Bobbis Alkoholvorräte zu verschütten und nicht zu reden.

Zu viele Worte kreisten bereits durch meinen Kopf und für den Moment wollte ich nicht noch mehr hören. Aber natürlich waren die Fragen weiterhin da. Nicht nur die Ungewissheit in Bezug auf die Listenmänner. Vor allem wollte ich wissen, was sie und Bill miteinander zu schaffen hatten. Zu schaffen gehabt hatten.

Jedes Mal, wenn mir sein Tod bewusst wurde, suchte ich in mir nach dem Gefühl der Schuld. Aber es wurde überlagert von Verrat und Unglaube und Wut. Er hatte gewusst, dass ich eine Waffe bei mir trug. Außerdem wollte ich einfach nicht wahrhaben, dass er mich so lange hintergangen hatte. Sobald Bobbi mir erzählte, welche Rolle er in ihrem Leben gespielt hatte, würde ich seinen Betrug endgültig als die Wahrheit akzeptieren müssen.

Die anderen Fragen, jene nach ihrem Verschwinden aus dem Krankenhaus zum Beispiel oder wie sie und Finn im Haus kommuniziert hatten, schienen inzwischen unwichtig. Welchen Unterschied würden die Antworten noch machen? Es wäre nur meine Neugier. Der paradoxe Wunsch zu erfahren, wie ich verraten worden war.

Bobbi war ein weiteres Mal schwimmen gewesen, weil kleine Härchen sie in ihrem Nacken gekitzelt hatten. Als sie zurückgekommen war, sich abgetrocknet hatte und in Tanktop und Shorts vor mir saß, sah ich ein, dass ich das Gespräch weiterführen musste. Dass wir möglicherweise keine Chance hätten, wenn ich länger wartete.

„Welche Rolle hat Karl gespielt?"

Sie trank einen Schluck Tee. Ihre Hand zitterte. „Karl?"

Ich nickte.

„Keine besonders große. Er wollte nichts von Rache wissen. Fairerweise muss man ihm zugutehalten, dass er nicht wusste, dass wir deine Mutter und deinen Großvater töten würden." Sie sah kurz auf. „Ich war wirklich überrascht, dass er bei dir aufgetaucht ist. Ich dachte, ihm wäre alles egal und er würde sich eher verstecken. Niemand wusste von Finns Bruder und er hätte eine Menge Zeit gehabt, zu verschwinden."

„Er sagt, es täte ihm leid, nicht früher eingegriffen zu haben."

Sie zuckte mit den Schultern. „Wer weiß, was Finn dann mit ihm gemacht hätte?"

„Also glaubst du, er sagt die Wahrheit?"

„Dass es ihm leidtut?"

„Ja."

„Ehrlich gesagt, kenne ich ihn überhaupt nicht. Finn war berechenbarer. Bei ihm hätte ich genau gewusst, was er als Nächstes tut."

Ich sah sie abwartend an.

„Vermutlich würde er irgendwo im Gebüsch hocken. Er hätte dich verfolgt, bis du mich gefunden hättest, um uns dann beide auszuschalten."

Unwillkürlich sah ich mich um. Hier war niemand. Ich war ganz sicher, dass uns niemand verfolgt hatte. Wie um mich selbst davon zu überzeugen, sagte ich: „Ja, aber Finn ist tot."

Sie verzog das Gesicht. „Glaub mir, das weiß ich."

Wir schwiegen wieder.

„Bill hat mir erzählt, dass du die Uhr hast reparieren lassen."

„Darüber haben wir schon gesprochen." Ich drehte an der Krone, obwohl ich die Omega erst vor ein paar Stunden aufgezogen hatte.

Sie zuckte mit den Schultern. „Was glaubst du, wer sie geschickt hat?"

Ich sah zu ihr auf. „Ich glaube noch immer, dass du es warst."

Sie nickte. „Das verstehe ich, aber ich habe damit nichts zu tun."

„Wer sonst sollte es gewesen sein? Bill?"

„Wer weiß schon, was der Alte hinter unserem Rücken getrieben hat? Ich hätte nicht erwartet, dass er hier auftaucht." Sie runzelte die Stirn. „Wir sind doch wohl hoffentlich weit genug weg von ihm, oder? Wo sind wir, Lara?"

„Wir sind so weit weg, wie es möglich war." Ich schwieg für einen Moment. „Vermutlich war es also Bill. Aber warum?"

„Vielleicht wollte er dich auf Trab halten. Hättest du nach mir gesucht, wenn das mit der Uhr nicht passiert wäre?"

Ich war die gesamte Zeit über davon ausgegangen, dass Bobbi mir die Uhr geschickt hatte. Wer sonst hätte sie Finn abgenommen haben können? Niklas hatte sich dafür sicher nicht die Zeit genommen. Und wenn, dann hätte er sie der Polizei überreicht. Wo sollte Bill die Uhr herhaben? Finn hatte sie getragen. Er hatte sie die gesamte Zeit über getragen. Oder war es am Ende nur eine Kopie?

„Warum hast du ihn erschossen?"

„Er ging mir auf die Nerven." Die Worte drangen nicht so emotionslos aus ihrem Mund, wie sie es vielleicht gehofft hatte.

„Das ist nicht der einzige Grund."

Sie blickte mir in die Augen. „Er hätte dich getötet."

Ich lachte auf. „Und das konntest du nicht zulassen."

Sie legte den Kopf schief. „Ehrlich gesagt, wusste ich in diesem Moment nicht, ob ich deinen Tod noch länger wollte."

„Natürlich nicht."

„Nein, ich meine das ernst. Ich habe dir geglaubt. Und dort vor der Haustür habe ich mich das erste Mal erinnert."

Ich hielt inne und sah sie an. Wir hatten den Kreis vollendet. „Woran erinnerst du dich?"

„Nicht an besonders viel. Zum Glück. Vermutlich könnte ein Therapeut alles herauskitzeln. Aber wer will das schon." Sie sah an mir vorbei. „Wenn ich diese Typen vor mir habe, suche ich in ihren Augen nach etwas Bekanntem. Hat Henry sie zu mir gebracht? Bevor sie sterben, zeige ich ihnen das Foto von mir, das in dem Notizbuch geklebt hatte."

„Du tust was?" Ich starrte sie an.

„Sie sollen wissen, warum sie sterben. Ich bin sicher, dass sie mit dem Bild etwas anfangen können. Vielleicht erinnern sie sich nicht an mich. Aber sie werden erkennen, was ich ihnen mit dem Bild sagen möchte." Ihr Blick war eiskalt.

Ich schauderte und wechselte das Thema. „Warum hast du dann in meiner Wohnung versucht, mich zu töten? Du wusstest doch inzwischen, was Henry getan hatte."

„Nein, ich wusste es nicht. Ich habe mir eingeredet, dass diese Bilder nicht echt waren. Dass sie nur deshalb in meinem Kopf entstanden sind, weil du Henry als Kinderschänder dargestellt hast. Ich wollte es nicht wahrhaben. Alles wäre umsonst gewesen."

„Du wolltest es zu Ende bringen, obwohl es keinen Sinn mehr ergab? Nur damit es zu Ende war?" Ich schluckte hart. „Ich wäre fast aus dem gleichen Grund gestorben, aus dem die meisten Leute ihr Studium durchziehen, obwohl sie schon im dritten Semester wissen, dass sie mit den Inhalten in ihrem späteren Leben nichts anfangen können werden?"

Bobbi sah mich schulterzuckend an. „Was soll ich dazu sagen? Mir ist klar, dass du mir nicht verzeihen wirst."

„Warum bin ich dann hier, Bobbi? Warum die Karten? Warum hast du auf mich gewartet?"

„Ich konnte einfach nicht aufhören, an dich zu denken."

Ich entschied, dass wir noch nicht weiterziehen würden. Es schien niemand herzukommen, die Straße lag weit genug entfernt und die Pause tat mir gut. Auf der anderen Seite war es keine Pause. Emotional und kognitiv arbeitete mein Körper auf Hochtouren. All die Informationen, die Ereignisse der letzten Tage und Wochen … Ich war kurz davor, die Hände zu heben und mein Schicksal zu empfangen.

Aber Schicksal war etwas für Anfänger. Für Leute, die ihr Leben nicht selbst in die Hand nahmen.

So oder so, die körperliche Pause tat gut. Ich ging nicht davon aus, dass Bobbi mich töten wollte. Und wenn sie es doch versuchen würde, wäre ich ihr deutlich überlegen.

Den Nachmittag verbrachten wir damit, den Kombi als Nachtlager für Bobbi herzurichten. Ich hatte überlegt, selbst dort zu schlafen, damit ich mich einschließen konnte. Aber ich wollte mich nicht von Angst treiben lassen.

Sie schaffte es, ein Kaninchen zu fangen. Und während ich frisches Feuerholz sammelte, häutete und zerlegte sie es. Ich war froh, alle diese Aufgaben nicht selbst ausführen zu müssen und trotzdem etwas zu essen zu haben.

Annas Vorräte leerten sich. Besonders jetzt, da wir zu zweit davon aßen.

Als es dunkel wurde, saßen wir essend am Feuer.

„Hast du das schon öfter gemacht?"

„Was?"

„Ein Kaninchen gefangen?"

Sie zuckte mit den Schultern. „Sicher. Ich hatte schließlich keinen Job. Und von dem Geld, das Bill mir gesandt hat, wollte ich so wenig wie möglich verbrauchen. Ich wusste schließlich nie, wie lange er mich noch damit versorgen würde."

„Er hat dir Geld geschickt?"

Sie nickte. „Ich hatte Zugang zu einem Konto. Einen Teil des Geldes trage ich immer bei mir für den Fall, dass das Konto gesperrt wird. Außerdem wollte ich keine Spur hinterlassen, wenn ich davon Geld abhebe."

„Woher kommt all das?"

„Was? Das Geld?"

„Nein, diese kriminelle, berechnende Energie."

„Hast du vergessen, wer mein Vater ist?" Sie lachte trocken auf, ohne dass dabei das Ernste aus ihrem Blick verschwand.

„Für den Fall, dass nur ich das hier überlebe, werde ich ein Buch über dich schreiben."

Sie sah mich an, nahm sich dann schulterzuckend ein Stück Fleisch und steckte es sich in den Mund. „Ich erteile dir hiermit die Erlaubnis." Sie leckte die Finger ab und hob dann einen in die Höhe. „Aber nur dann, wenn ich auch eines über dich schreiben darf, sollte ich das hier als Einzige überleben."

Ich verengte die Augen. Nicht zu Schlitzen. Aber dennoch so, dass sie es bemerken musste. „Wenn ich das hier nicht überlebe, dann reiße ich dich mit mir in die Tiefe."

Sie nahm ein weiteres Stück Fleisch und sagte dann kauend: „Okay." Nachdem sie den Bissen hinuntergeschluckt hatte, fügte sie hinzu: „Dann werden wir einfach beide überleben und jede schreibt ein Buch über die andere. Ich bin gespannt, welches sich besser verkauft."

„Das über dich natürlich. Deine Geschichte ist deutlich spannender.“

Sie schüttelte den Kopf. „Nein, nein. Du bist das Opfer. Die Leute lieben die Opfer. Ich werde steinreich.“

Ich hielt die Worte zurück, mit denen ich sie darauf hinweisen wollte, dass auch sie ein Opfer war, und sagte: „Das Problem ist nur, dass du dein Buch nicht veröffentlichen kannst, ohne dich selbst zu verraten.“

Sie winkte ab. „Ich suche mir einfach eine Strohfrau. Das klappt schon irgendwie.“

„Ich wurde schon mehrfach gefragt, ob ich aus meiner Geschichte nicht ein Buch machen will.“

„Warum hast du es nicht getan?“

Ich zuckte mit den Schultern. „Die Leute wissen jetzt schon genug. Außerdem gefiel den Verlagen das Ende nicht. Sie fanden es zu unrealistisch. Und ich wurde einmal ernsthaft gefragt, ob ich einen Mann aus dir machen könnte.“

„Sie wollten, dass du die Geschichte änderst?“

„Ja, sie wollten einen Roman daraus machen und die Geschichte dafür lesergerecht aufarbeiten.“

„Diese Drecksäcke. Aus allem wollen sie Geld machen.“

„Hast du nicht gerade davon gesprochen, mit meiner Geschichte steinreich zu werden?“

Bobbi wollte etwas erwidern, aber in diesem Moment erhellte sich das Innere meines Zeltes. Für einen Moment verstand ich nicht, woher das Licht plötzlich kam. Dann machte es Klick, ich sprang auf und hastete hinein. Bevor ich das Telefon in die Hand nahm, tippte ich auf das grüne Hörersymbol.

„Hey.“

„Warum bist du außer Atem?“

„Ich bin zum Zelt gehastet.“

„Aha.“

„Warum rufst du an?“

Maja seufzte. „Ich möchte wissen, ob du den Tag überlebt hast.“

„Warte kurz.“ Ich krabbelte aus dem Zelt und ging an Bobbi und dem Feuer vorbei zum See. Dort wandte ich mich um, damit ich sie im Blick behielt. „Ja, ich lebe noch.“

„Wie ist es? Ist sie aus ihrem Koma erwacht?“

Ich erzählte ihr von unserem Tag, den Gesprächen und davon, dass ich keine Ahnung hatte, wie es weitergehen sollte, wenn ich alle meine Antworten hatte.

„Dann kommst du zu mir. Ich dachte, das wäre klar.“

Ich lächelte. „Das klingt gut. Allerdings brauche ich vorher eine Lösung für Bobbi.“

„Du könntest sie ausliefern.“

Ich seufzte. „Diese Option hat sich leider erledigt. Immerhin kann sie bezeugen, dass ich Bill angeschossen habe und er daraufhin gestorben ist. Wir haben seine Leiche gemeinsam verschwinden lassen. Ich habe keinen Krankenwagen gerufen. Ich würde ihr nach kurzer Zeit in den Knast folgen.“

„Dann hauen wir ab, sobald du den Anruf erledigt hast.“

Wieder lächelte ich. „Maja?“

„Ja?“

„Wir haben nicht einmal 24 Stunden miteinander verbracht.“

„Die reichen für drei Jahre. Und wenn man die Stunden dazu rechnet, die ich damit verbringe, über dich nachzudenken, dann sind wir quasi verheiratet.“

Ich lachte auf und ließ es in ein Schmunzeln übergehen. „Du denkst so viel über mich nach?“

„Na ja, schon irgendwie. Auf die ein oder andere Art.“

„Erzähl mir etwas Banales.“

„Banal?“

„Ja, irgendetwas, das mich sehen lässt, dass es noch einen normalen Teil in dieser Welt gibt."

„Normal? Mit sowas kann ich nicht dienen. Hm, lass mich überlegen. Luna hat eines der Fuchsbabys erwischt."

„Oh, nein!"

„Ja, das war nicht schön. Ich nehme sie dort nun an die Leine, was sie überhaupt nicht lustig findet."

„Das glaube ich." Ich dachte an die große Hündin und sehnte mich danach, mit ihr und Maja vor dem Kamin zu sitzen. „Erzähl mir noch etwas."

„Unser Bäcker hat sich eine neue Kaffeemaschine gekauft, mit der er nun auch Milch schäumen kann."

„Lecker. Was noch?"

„Vor dem Bahnhof steht seit Wochen ein Motorrad. Ich habe es das erste Mal gesehen, als ich dich dorthin gebracht hatte. Heute Morgen, als ich ein paar Besorgungen machen musste, fuhr ich vorbei und es stand noch immer dort. Völlig verdreckt vom Regen und den Blütenpollen der Bäume."

Ich runzelte die Stirn. „Hat es vorher auch schon dort gestanden?"

Sie schwieg.

„Maja?"

„Ich bin mir nicht sicher."

Mein Herz setzte einen Schlag aus. „Doch, das bist du." Ich überlegte selbst. Scannte den Platz vor dem Bahnhof ab. Ich konnte mich nicht an ein Motorrad erinnern. „Maja?"

„Ich habe es erst gesehen, als ich wieder ins Auto gestiegen bin."

Mein Herz beschleunigte sich. „Scheiße!"

„Was? Glaubst du, das sei wichtig? Ich dachte, du hättest Bobbi gefunden. Es ist sicher nur ein Zufall. Ich wäre überhaupt nicht auf die Idee gekommen, dir davon zu erzählen, wenn du nicht nach etwas Banalem gefragt hättest."

„Bobbi ist hier, ja. Ich glaube nicht, dass im Moment eine Gefahr von ihr ausgeht."

„Von wem dann? Meinst du, Bill hatte noch weitere Leute, von denen du nichts weißt?"

Ich war mir sicher, dass es so war. „Erinnerst du dich an die Uhr?"

„Die von deinem Großvater?"

„Ja, genau. Erinnerst du dich an den Text auf dem Zettel?"

„Ja, du meintest, dass Bobbi ihn wahrscheinlich geschrieben hatte."

„Sie war es nicht."

Maja antwortete mit Schweigen.

„Sie hat selbst keine Ahnung, wer die Uhr geschickt hat."

„Lara?"

„Ja?"

„Ist es nicht offensichtlich, dass du ihr nicht vertrauen kannst? Vermutlich lügt sie."

Ich schüttelte den Kopf. Für mich, nicht für Maja, die diese Bewegung schließlich nicht sehen konnte. „Sie hat keinen Grund dazu. Warum sollte sie es mir nicht erzählen?" Ich sah zu ihr. Sie saß noch immer am Feuer.

„Weil sie Spiele spielt. Weil sie dich die gesamte Zeit, die du sie kennst, belogen hat."

„Ja. Ja. Du hast ja recht. Ich darf ihr nicht vertrauen. Aber in dieser Hinsicht gäbe es keinen Grund zu lügen."

„Es sei denn, sie will dich weiter verunsichern."

„Das Motorrad verunsichert mich mehr."

Wir schwiegen eine Weile. Irgendwann sagte sie: „Du solltest sie nicht so lange allein lassen."

„Ich kann sie von hier aus sehen."

„Trotzdem."

„Du hast recht."

Wir verabschiedeten uns, ich versprach, ihr am Morgen mittels einer SMS ein Lebenszeichen zu geben und dann legte ich auf und ging zurück zu Bobbi.

FÜNFUNDFÜNFZIG

Seit Stunden war ich nun zu Fuß unterwegs. Ich hatte mich dagegen entschieden, das geklaute Auto noch einmal zu benutzen. Es war einfach zu gefährlich. Fast ein Tag war vergangen, seit ich die Polizeikontrolle durchfahren hatte. Inzwischen hatten sie die Nummernschilder sicher geprüft und wussten, dass auch das Auto geklaut war.

Ich hätte mir im gleichen Ort einen Wagen besorgen können, aber dann hätten sie dieses Auto mit dem anderen und damit mit mir in Verbindung bringen können. Es war einfach zu gefährlich. Es reichte schon, dass sie meine

Person suchten. Auch wenn der Ausweis, den ich ihnen gezeigt hatte, gefälscht gewesen war, wussten sie doch, wie ich aussah.

Also ging ich zu Fuß durch den durchweichten Wald. Ich passierte zwei Dörfer und gelangte schließlich in ein größeres. Ich besorgte mir etwas zu essen und suchte mir einen ruhigen Platz. Ich würde bis zur Nacht warten müssen, bevor ich ein Auto stahl. Zum Glück gab es hier einige alte Kisten, die leicht kurzzuschließen waren.

Danach war es ein weiter Weg. Ich schwankte noch immer zwischen der Möglichkeit, ihn in einem Stück zurückzulegen, oder zwischendurch das Auto zu wechseln. Aber die Gefahr, dass Bobbi und Lara sich in der Zwischenzeit gegenseitig abschlachten würden, war zu groß. Ich konnte das Risiko nicht eingehen, die Verbindung zu Lara zu verlieren.

Wenn sie ihr Telefon in einen Abgrund fallen ließ oder Bobbi sie überwältigte, hätte ich keine Gelegenheit mehr, sie zu erreichen. Und dann spielte es auch keine Rolle mehr, ob ich diese Hundeschlampe in meiner Gewalt hatte oder nicht.

Die Nacht kam viel zu langsam. Es war warm und die Leute verbrachten den Abend in ihren Gärten. Nach den vergangenen Regentagen sogen sie den beginnenden Sommer in sich auf.

Erst nach Mitternacht wagte ich mich aus meinem Versteck, ging zu dem schwarzen Opel, der seine besten Jahre in den Neunzigern erlebt haben musste, und öffnete die Tür. Ich hatte beobachtet, wie der Wagen vorgefahren war. Der Besitzer hatte den Schlüssel unter die Sonnenblende gelegt und das Auto aus diesem Grund auch nicht verschlossen.

Er war in einen der Gärten gegangen und vor einer

Stunde stark schwankend wieder herausgekommen. Das Auto ließ er stehen und torkelte seinen Weg entlang.

Ich hatte abgewartet, bis alle Gäste die Party verlassen hatten und auch das Licht im Haus verloschen war.

Nun wagte ich mich vor, setzte mich auf den Fahrersitz und startete den Motor. Das laute Geräusch zerriss die Stille der Nacht. Ich gab langsam Gas und fuhr ohne Licht aus der Stadt hinaus. Erst dann schaltete ich die Scheinwerfer ein und folgte der Route, die ich mir in den vergangenen Stunden herausgesucht hatte.

SECHSUNDFÜNFZIG

LARA

Bobbi schlief kurze Zeit, nachdem sie sich in den Kombi gelegt hatte, ein. Ich hatte ihr von dem Motorrad erzählt. Wir hatten darüber spekuliert, wie wahrscheinlich der Zufall war, dass jemand genau in den gleichen Zug gestiegen und bis heute nicht zurückgekehrt war.

Ich hatte versucht, mich daran zu erinnern, ob ich irgendein Gesicht mehr als einmal gesehen hatte.

„Vielleicht verfolgt dich einer dieser Bücherschreiber." Bobbi hatte gegähnt bei diesen Worten.

„Vielleicht hat es aber auch gar nichts mit mir zu tun", erwiderte ich.

Einig waren wir uns darin, dass uns niemand bis hierher gefolgt war. Es war sinnlos, die Umgebung in der Nacht zu durchsuchen. Aber warum sollte sich hier jemand verstecken? An die Theorie mit dem Autoren wollte ich nicht glauben.

Er hätte mich schon deutlich länger beschatten müssen, um zu wissen, dass ich überhaupt aufgebrochen war. Und woher hätte er wissen sollen, wo ich hinfuhr?

Wir kamen zu keinem Schluss und ich war zu müde, um über andere Themen zu sprechen. Ich war für alles zu müde. Mit einer schlaflosen Nacht im Nacken fühlte ich mich zudem nicht dazu in der Lage, einen weiteren Tag dieser Art zu überstehen.

Um sechs Uhr entschied ich mich, aufzustehen. Ich schrieb Maja, dass ich noch lebte, und verließ das Zelt. Ich stieg in den See, schwamm eine halbe Stunde, um meinen Kopf klarer und Sauerstoff in meine Muskeln zu bekommen, putzte meine Zähne und zog mich an. Danach kochte ich mir einen Kaffee.

Maja sandte um sieben Uhr ein paar Emoticons und die Nachricht zurück, dass sie das beruhige und sie nun mit Luna in den Wald ginge. Einen ohne kleine Füchse.

Ich verbrachte die Zeit mit meiner Yoga-Praxis, die ich in ein hartes Trainingsprogramm übergehen ließ. Ich hatte auch in den vergangenen Wochen täglich trainiert. Selbst gestern früh, während Bobbi ihren Rausch ausgeschlafen hatte, hatte ich eine Stunde Liegestütze gemacht, Sprints und verschiedene Fall-, Tritt- und Schlagtechniken geübt.

„Du machst wohl nie eine Pause, oder?"

Ich hatte sie bereits kommen sehen und setzte mein Training unbeirrt fort. Tritte und Schläge in ihre Richtung. Ich drehte mich, wenn sie weiterlief, und blieb ihr zugewandt, wenn sie stehen blieb. Nachdem sie etwas Wasser getrunken hatte, zog sie sich das Shirt über den Kopf und ließ die Hosen zu Boden sinken. „Kommst du mit mir schwimmen. Ich schätze, du könntest eine Dusche vertragen."

Sie hatte recht und es war nicht die schlechteste Idee, nicht erst dann ins Wasser zu gehen, wenn sie allein bei unseren Sachen saß.

Also nickte ich und zog mich ebenfalls aus. Sie musterte mich mit erhobenen Augenbrauen. „Lara! Du siehst aus, als würdest du bei der nächsten Olympiade in allen Disziplinen außer dem Schwergewichtsboxen antreten."

Ich zuckte mit den Schultern und ging ihr voran zum See.

Sie folgte mir. „Jetzt musst du wirklich keine Angst mehr haben, dass ich dir etwas anzutun versuche."

„Die hatte ich ohnehin nicht." Ich streckte die Arme über den Kopf und sprang in den See. Aber als ich wieder auftauchen wollte, zog etwas an meinen Beinen und riss mich in die Tiefe. Ich sah nach unten. Bobbi schaute mich herausfordernd an. Sie umklammerte meine Beine so fest, dass ich mich nicht aus ihrem Griff befreien konnte. Also beugte ich den Oberkörper nach unten und stieß beide Hände gegen ihren Kopf. Sofort lockerte sie ihre Arme und ich konnte die Füße befreien. Ich trat noch einmal nach ihr und schwamm dann nach oben, zurück ans Ufer.

Sekunden später schoss sie aus dem Wasser. „Spinnst du? Du hättest mich k.o. treten können." Sie stieg selbst aus dem Wasser und schubste mich.

Ich wollte auf sie losgehen, aber sie hob die Hände. „Okay, okay. Es tut mir leid. Ich habe nur Spaß gemacht. Ich war sauer, dass du so überzeugt davon warst, ich könnte nichts gegen dich ausrichten. Ich hätte das nicht tun sollen."

„Nein, das hättest du nicht." Und doch war ich dankbar dafür. Es hatte mich daran erinnert, wie unberechenbar Bobbi war. Es erinnerte mich daran, mit wem ich hier nackt am Ufer eines Sees mitten in der Wildnis stand.

Ich stapfte zurück zu unserem Lager, trocknete mich ab und zog saubere Klamotten an. Dann nahm ich meine Sportsachen und ging wieder zum Wasser, um sie zu waschen.

Bobbi stand noch immer dort. „Wirklich, Lara, es tut mir leid."

Ich sah nicht zu ihr auf. „Wir werden heute die letzten Fragen klären und morgen hauen wir ab."

„Wohin?"

Ich zuckte mit den Schultern. „Das hängt von deinen Antworten ab." Ich hatte selbst keine Ahnung, was das bedeuten sollte. Ich wusste nur, dass ich Bills Rolle noch immer nicht verstanden hatte und dass ich endlich wissen wollte, warum sie die Männer jagte. Natürlich kannte ich die Antwort. Aber ich wollte von ihr erfahren, warum sie sich dazu entschieden hatte. Wofür die anderen Punkte hinter ihrem Ohr standen.

Als ich mit meinen Klamotten zurück zum Zelt lief, folgte sie mir. Ich hängte die Sachen auf und ging dann zu meinem Rucksack, wo ich das Solar-Ladegerät herausholte, in die Sonne legte und mein Telefon anschloss. Ein Blick auf das Display verriet mir, dass Maja angerufen hatte. Ich nahm das Telefon wieder vom Kabel und wollte ihre Nummer wählen, als der Anruf eines unbekannten Teilnehmers eintraf.

Nach einigem Zögern nahm ich ihn an. „Wer ist dort?"

Bobbi schaute auf, zog ihr Shirt über den Kopf und kam zu mir.

Ich erkannte die Stimme nicht sofort. „Lara, bist du das?"

Die Frau am anderen Ende der Leitung klang unruhig.

„Wer will das wissen?“ Ich sah zu Bobbi, die die Augenbrauen hob.

Die Frau am Telefon zögerte für ein paar Sekunden.

„Hallo?“

Ich hörte, wie sie stark ausatmete. „Hier ist Swetlana.“

Verdammt. Ich presste die Lippen aufeinander und fragte dann: „Warum rufst du an?“

„Es gibt ein Problem.“

„Was für ein Problem?“

Bobbi sah mich fragend an und formte mit den Lippen das Wort ‚wer‘.

Ich ignorierte sie. Ich wollte erst wissen, was Swetlana zu sagen hatte.

„Jemand war in dem Haus, in dem ihr den Alten versteckt habt.“

Ich schloss die Augen, aber dann öffnete ich sie wieder. „Was meinst du damit, jemand war im Haus?“

Bobbis Mund öffnete sich. „Wer ist das, Lara?“

Ich schüttelte den Kopf und Swetlana sagte: „Es war ein Mann. Er hat die Siedlung abgesucht und ist in das Haus gegangen.“

„Und dann?“

„Ich habe die ganze Nacht gewartet. Er kam erst am folgenden Nachmittag wieder heraus.“

Ich runzelte die Stirn. „Was hat er dort gemacht?“

„Ich weiß es nicht. Ich bin etwas näher herangegangen, aber ich konnte nichts sehen. Er hat geredet, aber ich verstand seine Sprache nicht.“

„Scheiße.“

„Was ist los, Lara?“

Ich legte die Hand auf das Mikrofon und erklärte Bobbi in zwei Sätzen, was Swetlana mir soeben berichtet hatte.

Dann stellte ich den Lautsprecher an. „Bobbi hört jetzt mit.“

„Hat er die Polizei gerufen?“ Bobbi setzte sich auf den Boden und ich tat es ihr gleich.

„Nein. Es sieht so aus, als wäre er einfach wieder verschwunden.“

„Wer soll das gewesen sein?“ Bobbi sah mich an, als würde ich die Antwort kennen.

„Wie sah er aus?“, fragte ich. „Welche Sprache hat er gesprochen?“

„Eure, nehme ich an. Am Abend konnte ich ihn nicht erkennen. Er trug einen langen Regenmantel.“

„Aber es war ganz sicher ein Mann?“ Bobbi starrte auf das Handy.

„Ich habe seine Stimme gehört.“

„Hast du ihn gesehen, als er ging?“

Sie zögerte. „Ja und nein. Ich war eingeschlafen und konnte ihn nur noch von hinten erkennen.“

„Und was hast du erkannt?“, fragte Bobbi.

„Leider nicht viel. Ich könnte euch nicht mal sagen, ob er besonders groß oder eher klein war. Nichts von beidem vermutlich. Er war nicht besonders dick, aber auch nicht extrem schmal. Es tut mir leid, ich kann euch leider nicht viel sagen.“

„Wann war das? Gestern Mittag?“ Ich sah auf die Uhr. Es war Neun.

„Ja, er ist so gegen zwei verschwunden.“

„Zu Fuß?“

„Ja. Ich habe in der Umgebung zwei Autos entdeckt. Beide sind als gestohlen gemeldet.“

„Eins davon ist meins“, sagte Bobbi.

„Das mit oder ohne geklaute Nummernschilder?“

„Ohne“, sagte Bobbi. „Du hast sie schon überprüft?“

„Ja.“

„Wo wurde das andere gestohlen?“ Ein mieses Gefühl überkam mich.

Sie nannte den Ort und ich stöhnte auf.

Bobbi sah mit erhobenen Augenbrauen zu mir.

„Was ist?“, fragte Swetlana. „Ihr kennt den Ort? Verfolgt euch jemand?“

„Das wissen wir nicht.“ Ich dachte an Maja und das Motorrad.

„Falls das so ist, hat er unsere Spur verloren. Ohne Auto kann er nicht wissen, wo wir sind, richtig, Lara?“

Ich nickte Bobbi zu. „Nein, das ist unmöglich.“

„Ich muss jetzt auflegen. Ich wollte euch nur auf den neuesten Stand bringen. Ich werde das Haus jetzt aber nicht weiter beobachten. Es ist mir zu gefährlich. Ich kann nicht riskieren, dort in der Nähe gesehen zu werden.“

„Danke, Swetlana.“ Ich wollte mich verabschieden, aber davor fragte Bobbi: „Wie können wir dich erreichen?“

„Gar nicht.“ Ich hörte die Angst in ihrer Stimme. Sie wollte mit all dem nichts zu tun haben.

„Komm schon, Sweta. Wir wissen, wo du wohnst, schon vergessen?“ Bobbi legte keinen drohenden Ton unter ihre Worte, aber die Botschaft war klar.

„Was sollte es euch bringen, mit mir in Verbindung zu bleiben?“

Bobbi lächelte mich an. „Ich bin sicher, da findet sich eine Notwendigkeit. Woher hast du eigentlich Laras Nummer?“

Swetlana räusperte sich. „Du hast sie in deinem Telefon gespeichert.“

Ich sah zu Bobbi, die mit den Schultern zuckte.

Letztendlich überredete sie Swetlana, uns ihre Handynummer zu geben, und nachdem sie diese mit ihrem eigenen Telefon überprüft hatte, beendeten wir das Gespräch.

Danach saßen wir eine Weile einfach nur da. Irgendwann schaltete ich den Gasbrenner an, kochte Wasser aus dem See auf und bereitete Kaffee zu.

„Was meinst du, wer es war?" Bobbi pustete in ihre Tasse.

„Keine Ahnung. Ich schätze F."

„Und wer bitteschön ist F? Wer wusste, wo wir sind?"

„Vielleicht hat dieser Typ auch gar nichts mit uns zu tun. Vielleicht ging es ihm nur um Bill. Warum sonst hätte er die Nacht bei einem Toten verbringen sollen?"

Bobbi sah mich lange an. Dann nickte sie. „Wahrscheinlich hast du recht. Es ist ohnehin egal." Sie streckte die Beine aus. „Er wird uns nicht finden." Dann weiteten sich ihre Augen. „Scheiße."

„Was ist?"

„Dein Handy?"

Ich sah darauf und erwartete fast, dass es in Flammen aufgegangen war. Aber es hing unbedarft am solarbetriebenen Akkupack. „Was ist damit?"

„Bill hatte Zugang zu deinen GPS-Daten."

„Wie bitte?" Das konnte nicht sein. Oder doch? „Warum wollte er dann ständig wissen, wo ich war?"

„Weil du dein Handy nie eingeschaltet hattest."

Das stimmte. Und es war jetzt anders. Ich griff sofort danach und wollte es ausschalten. Da erinnerte ich mich, dass Maja vor Swetlana angerufen hatte. Ich musste wissen, warum und schaltete nur die mobilen Daten und den GPS-Empfänger aus. Dieses Mal machte ich mir nicht die Mühe, außer Hörweite zu gehen, als ich ihre Nummer wählte.

Sie hob nach dem dritten Klingeln ab. „Hey, ist alles okay?"

„Ja, bei mir schon. Du hast angerufen."

„Sekunde. Ich parke gerade das Auto."

Ich wartete.

„Also, das ist wahrscheinlich ein extremer Zufall, aber ich wollte es dir trotzdem sagen." Ich hörte verschiedene Geräusche im Hintergrund und dann einen Knall, als sie die Autotür zuschlug.

„Was wolltest du mir sagen?"

„Das Motorrad. Ich bin noch einmal vorbeigefahren."

„Und?" Ich richtete mich auf.

„Das Nummernschild. Also, es ist nicht von hier."

Das war noch nichts Überraschendes. „Woher kommt es denn?"

„Keine Ahnung aus welcher Stadt. Aber das Kennzeichen gehört zu deinem Land."

Ich schloss die Augen. Es konnte noch immer ein Zufall sein. Dann kam mir ein Gedanke. „Kannst du mir das Kennzeichen geben?"

Sie seufzte. „Verdammt, ich hätte ein Foto machen sollen. Du willst es wahrscheinlich sofort haben, oder?"

„Ja, ich würde es gern überprüfen lassen."

„Überprüfen? Von wem?"

„Hm, sagen wir, wir haben behördliche Unterstützung."

Sie lachte auf. Wieder ertönten Geräusche im Hintergrund. Die Autotür schlug zu und sie startete den Motor. „Also gut, dann fahre ich noch einmal zurück. Arme Luna. Sie hatte sich schon so gefreut, endlich aus dem Auto zu kommen." Ich hörte Lunas Bellen und bekam ein schlechtes Gewissen.

Auf der anderen Seite musste ich wissen, wem das Motorrad gehörte. „Es tut mir leid. Ich hätte schon viel früher darauf kommen sollen."

„Ich hab ja auch nicht dran gedacht. Allerdings wusste ich auch nicht, wie viele Menschen in das alles involviert sind."

„Glaub mir, das wissen wir selbst nicht."

SIEBENUNDFÜNFZIG

BOBBI

„Wie lange braucht sie bis zum Bahnhof?"
Lara richtete die Sonnenkollektoren aus, obwohl sie es bereits getan hatte und sagte: „Etwa zwanzig Minuten."

„Und hast du irgendwelche neuen Erkenntnisse gewonnen?" Ich runzelte die Stirn. „Du hast meine Frage nicht beantwortet. Wer weiß, wo du bist?"

Sie sah auf und zuckte mit den Schultern. „So genau weiß das niemand. Dass ich überhaupt wegfahre, habe ich nur drei Leuten erzählt. Bill, meinem Hausmeister und meinem Trainer. Sie alle wussten, dass ich mich auf eine längere Reise begeben würde. Alle drei kennen meine Geschichte. Karl könnte vermuten, dass ich nach dir suche. Inzwischen weiß auch er, dass ich verreist bin. Allerdings erst seit gestern."

„Karl, hm." Ich dachte darüber nach, ob mein Bruder dazu in der Lage wäre, Lara wochenlang zu folgen. Es war durchaus möglich, dass er im Gefängnis die notwendige Härte entwickelt hatte. „Könnte einer von den anderen beiden …?"

Sie schüttelte den Kopf, zuckte dann aber mit den Achseln. „Ich lege für niemanden mehr die Hand ins Feuer."

„Nicht mal für Maja?" Ich hatte meine Eifersucht im Griff. Aber ich hatte auch gesehen, wie Laras Augen aufleuchteten, wenn sie mit ihr redete. Wie vertraut die beiden schon jetzt miteinander sprachen, war lächerlich. Innerlich machte es mich wahnsinnig, aber das durfte ich Lara nicht zeigen.

Sie erwiderte nichts und stand auf, um sich zu strecken.

„Was machen wir, wenn das Motorrad geklaut ist?"

„Was sollen wir schon machen?" Sie lief an der Leine entlang, die sie zwischen dem Kombi und einem Baum gespannt hatte und überprüfte, ob die Klamotten darauf getrocknet waren. Das war sinnlos, denn es war nicht einmal eine Stunde her, seit sie sie dort aufgehängt hatte.

„Du bist nervös."

Sie sah mich nicht an.

„Warum bist du nervös?" Und dann verstand ich. „Ah, du dachtest, dieses Mal hättest du alles unter Kontrolle. Tja, Schätzchen, ich muss dich leider enttäuschen, aber das Leben folgt unseren Plänen nicht so gern. Siehe Beispiel A." Ich deutete von ihr zu mir, als sie sich wieder zu mir gewandt hatte.

„Nein, das tut es wahrlich nicht. Los, hilf mir aufzuräumen." Es klang nicht wie ein Befehl. Sie wollte schlicht, dass ich genauso beschäftigt war wie sie. Ich stand auf und tat ihr den Gefallen.

Wir wuschen das Geschirr im See, deponierten es bei den Vorräten in der Kühlbox und reinigten das Lagerfeuer von der Asche.

„Hast du den Ton von deinem Handy eingeschaltet?"

Sie war gerade damit beschäftigt, den Gasbrenner mit einem Tuch abzuwischen und sah zu mir auf. „Mist!" Sie eilte zu ihrem Telefon, riss es vom Kabel und aktivierte das Display. „Maja hat schon zweimal versucht, mich anzurufen." Sie tippte auf dem Smartphone herum und hielt es sich dann ans Ohr.

Ich hob die Augenbrauen. „Würde es dir etwas ausmachen, den Lautsprecher einzuschalten?"

Sie überlegte für einen Moment und nickte dann. „Klar."

Sekunden später hörten wir Majas Stimme. „Lara? Bist du dran?"

„Ja, entschuldige, Bobbi hört mit. Hast du das Kennzeichen?"

„Ähm, nein." Sie zögerte. Warum zögerte sie?

Lara fragte: „Was ist los?"

„Das Motorrad ist weg."

Ich runzelte die Stirn und sah zu Lara, die einen ebenso ratlosen Gesichtsausdruck zeigte.

„Was soll das heißen, es ist weg?", fragte ich.

„Hallo, Bobbi."

„Hallo, Maja." Ein winziges Lächeln legte sich auf meine Lippen bei der Erinnerung an die Nacht mit Maja. Ich konnte Lara verstehen.

„Es ist einfach nicht mehr da. Ich nehme an, der Besitzer hat es endlich abgeholt."

Das wäre eine plausible Erklärung, aber ich glaubte nicht daran. „Wie offensichtlich hast du dir das Motorrad vorhin angesehen?“

„Ich bin nur dran vorbeigelaufen. Vielleicht bin ich ganz kurz stehengeblieben, aber das war es auch schon.“

Lara schaltete sich ein. „Danke, Maja.“ Sie klang erschöpft.

„Klar, gern. Ich bin jetzt wieder auf dem Weg nach Hause und werde dann endlich Luna aus dem Auto lassen. Wir telefonieren heute Abend, ja, Lara?“ Natürlich schloss sie mich schon jetzt nicht in diese Gesprächsrunde ein.

„Ja, das machen wir. Sag Luna, es tut mir leid.“

Maja lachte auf. „Sie wird es überleben. Bis später.“

Wir verabschiedeten uns.

„Wie weit sind wir von Maja entfernt?“

Laras Kiefer verhärtete sich schon wieder. Sie sah zum See.

„Hallo?“

Ihre Stimme war ganz ruhig. „Elf Stunden. Vermutlich mehr.“

„Das ist doch gut, oder? Sollte der Biker tatsächlich auf der Suche nach uns sein, dann hat er einen ziemlich langen Weg vor sich.“

Sie wandte den Blick zu mir. „Ja, du hast recht.“ Dann runzelte sie die Stirn. „Wie hat Bill das GPS-Signal meines Handys ausgelesen?“ Sie hockte sich vor das Zelt und nahm ihr Telefon in die Hand.

Ich kniete mich neben sie. Sie war wie ein Magnet und ich saugte ihre Nähe auf, wann immer ich es konnte. „Ich nehme an über eine App.“

Sie drehte den Kopf langsam zu mir. „Wir haben Bills Telefon nicht mitgenommen.“

„Shit.“

„Warum haben wir das nicht getan, verdammt?“ Sie sprang wieder auf. „Und seine Brieftasche.“

„Früher oder später hätte man ihn sowieso identifiziert. Außerdem, wenn seine Frau ihn als vermisst meldet, werden sie vielleicht seine Handydaten überprüfen. Vielleicht kann man darüber seinen letzten Standort bestimmen. Ich vermute, es ist besser, wenn dies nicht auf unserer Route geschieht. Du wirst doch jetzt nicht anfangen, Panik zu schieben, oder?“

Sie ging nicht auf meine Worte ein. „Nehmen wir mal an, dieser Typ, der die Nacht bei Bill verbracht hat, hat das Handy entdeckt. Vielleicht hat er die Nacht damit zugebracht, es unter die Lupe zu nehmen. Wenn sich darauf eine App befand, die meinen Standort ausliest, dann weiß er, wo wir sind.“

„Warte, aber das hat nichts mit dem Motorrad zu tun.“

Sie sah mich verständnislos an. „Was? Nein. Das ist gerade egal. Wir müssen hier weg, verstehst du nicht?“

Doch, ich verstand und nickte. „Okay, also es ist möglich, dass der Typ, der Bill gefunden hat, auf dessen Telefon Informationen gefunden hat, die ihn zu uns führen könnten. Wenn er das Telefon überhaupt gefunden hat. Interessant sind diese Informationen aber nur dann für ihn, wenn er wirklich nach dir sucht.“ Das waren viele Wahrscheinlichkeiten, die in der Summe eher eine Unwahrscheinlichkeit ergaben, wenn es darum ging, ob er uns hier aufspüren würde. Aber ich hatte schon aus weniger klaren Gründen gehandelt. „Dann packen wir zusammen und verschwinden.“

Sie nickte langsam und dann schneller. „Wenn er uns direkt gefolgt ist, müsste er längst hier sein.“

Wir sahen uns beide um. Die Wiese, die Bäume, der See - alles lag genau so ruhig und lächerlicherweise friedlich da wie vor ein paar Minuten. Aber ich sah den Sturm, der in Laras Innerem wütete, in ihren Augen.

Dann setzte sie sich in Bewegung. Sie nahm die Klamotten von der Leine, legte sie ausgebreitet in den Kofferraum und nahm dann die Leine ab. „Wirst du mir helfen oder stehst du nur dort herum?“

Ich seufzte, hob dann aber die Sachen vom Boden, die wir noch nicht weggeräumt hatten. Lara holte die Sachen aus ihrem Zelt und baute es ab, während ich die Wasserflaschen im See füllte.

Es dauerte fast eine Stunde, bis wir alles im Auto verstaut hatten. Zum Schluss zog ich mein Telefon aus der Tasche und machte ein Foto. „Das hätte ich machen sollen, als wir noch nicht aufgeräumt hatten.“ Ich fotografierte Lara, die mit einem Tuch über die Windschutzscheibe strich. „Für mein Buch, verstehst du?“

Sie sah auf und ihr Blick verfinsterte sich. „Lass das!“

Ich ging zu ihr, als sie eine Straßenkarte auf der Motorhaube ausbreitete. „Also, wo fahren wir hin? Wo sind wir?“

Sie deutete auf einen Punkt und ich starrte sie an. „Du bist mit mir über die Landesgrenze gefahren?“

„Es gibt keine Grenzkontrollen.“

„Lara! Ich werde gesucht, hast du das schon vergessen?“

Sie sah mich an. „Es gibt keine Kontrollen verdammt. Ich wollte einfach nur weg. Ich habe nicht darauf geachtet, dass wir uns der Grenze nähern.“

Ich atmete schwerer. „So ein Fehler darf nicht passieren.“ Wut stieg in mir auf. Fast hätte sie mich ausgeliefert. Ich sah wieder auf die Karte. „Wir könnten zum Meer fahren.“ Ich lächelte sie an. Am liebsten hätte ich ihr von ihrer Mutter erzählt.

In diesem Moment vibrierte Laras Telefon. Es lag ebenfalls auf der Motorhaube und fixierte die Karte. Ich deutete darauf.

Sie winkte ab. „Das ist nur Karl. Er versucht schon seit einer halben Stunde, mich zu erreichen."

Ich hob die Augenbrauen.

„Er ist eine Nervensäge, mehr nicht."

Es zuckte mir in den Fingern, nach dem Telefon zu greifen und den Anruf zu beantworten. „Vielleicht solltest du rangehen, damit das aufhört?"

Sie schüttelte den Kopf. „Irgendwann gibt er auf. Lass uns losfahren."

„Wohin?"

Sie sah zu mir. „Nicht ans Meer." Es lag ein Funkeln in ihren Augen, böse. In diesem Moment erkannte ich, dass sie mir niemals verzeihen würde, was passiert war. Nicht, dass ich damit gerechnet hätte. Aber falls, und das hatte ich nicht, falls ich angenommen hätte, wir könnten all das hinter uns lassen, hatte ich mich geirrt.

Wir stiegen ins Auto und Laras Telefon vibrierte erneut.

„Er wird die Batterieladung aufbrauchen."

Sie zog ein Kabel aus der Mittelkonsole und wollte es in ihr Telefon stecken, hielt dann aber inne. „Das ist nicht Karl." Sie hob das Handy ans Ohr. „Hey."

Mehr sagte sie nicht. Das Kabel fiel aus ihrer Hand und ihr gesamter Körper spannte sich an. Sekunden später sank sie in ihren Sitz. „Was willst du?"

ACHTUNDFÜNFZIG

DREI JAHRE ZUVOR
DAS HAUS AM MEER
FINN

Ah, der Retter in der Not.“ Ich schaffte es, einen ruhigen Ton anzuschlagen. Viel ruhiger, als ich es erwartet hatte. In mir tobte es. Wie hatte dieser Surfer-Boy es geschafft, mich zu überwältigen? An einen dämlichen Stuhl hatte er mich gefesselt, als befänden wir uns in einem schlechten Wild West Film. Das war die eine Aufregung, die mein Herz schneller schlagen ließ. Die andere galt der Person vor mir.

„Ich hatte nicht mehr mit dir gerechnet." Natürlich flüsterte ich. Die Stimmen aus dem Eingangsbereich drangen bis ins Wohnzimmer. Bobbi und die Schlampe waren vertieft in ihr Gespräch, sicher achteten sie nicht auf andere Geräusche, aber man konnte nie wissen.

„Ich bin nicht wegen dir hier."

Ich hätte gern aufgelacht, durfte aber nur breit grinsen. „Selbstverständlich nicht. Deswegen befreist du ja auch zuerst mich, anstatt dem armen Laralein zu helfen."

Er verengte den Blick.

„Ich hoffe, du hast nicht allzu weit weg geparkt. Es ist ganz schön kalt draußen."

„Ich bin hergerannt. Mir ist warm." Er zog seine Jacke aus. „Du kannst die erstmal haben." Dann machte er sich endlich an den Seilen zu schaffen. Seile. Etwas anderes war diesem Schönling nicht eingefallen.

Ich lächelte. Seine Stimme hatte ich schon eine ganze Weile nicht mehr gehört. Vielleicht hatte Bobbi ihn ja erledigt. Dann war sie immerhin zu etwas nütze gewesen. Diese dumme Kuh. Wie hatte sie Lara entkommen lassen können?

Er löste die Seile in einer Geschwindigkeit, als wäre es eine Übung im Pfadfindercamp. Die erste Übung.

„Nun mach schon."

„Das ist kein leichter Knoten." Wie immer blieb seine Stimme ruhig. Nie brachte ihn etwas aus der Fassung.

Endlich lösten sich die Seile von meinem Körper. Ich streckte die Arme in die Luft. Lange konnte ich hier nicht gesessen haben. „Lass uns hier verschwinden."

Er war durch die Terrassentür ins Haus gekommen und ich hatte vor, es auf dem gleichen Weg zu verlassen. Der Schönling hatte davon gesprochen, dass Verstärkung im Anmarsch wäre. Wir mussten uns also beeilen. Wenn sie herausfanden, dass ich geflohen war, würden sie nicht lange brauchen, um unserer Spur zu folgen.

„Hast du gehört?“ Ich zog die Jacke über, aber er starrte zur Tür.

„Sie erzählt ihr, was passiert ist.“

Verdammt. „Das kann ich dir auch erzählen. Nun komm schon. Wir haben keine Zeit. Die Bullen sind sicher gleich hier.“

„Ich will es hören.“

„Und ich will weg hier.“ Es machte keinen Spaß, dieses Gespräch flüsternd zu führen.

Ich griff nach seinem Arm, aber er schüttelte meinen ab. Er ging sogar einen Schritt näher zur Tür. Ich würde ihm nicht folgen. Wenn er in sein Verderben rennen wollte, sollte er es tun.

Er tat einen weiteren Schritt.

„Was zur Hölle tust du da?“

Er legte einen Finger an die Lippen.

Nun hörte auch ich Lara zu.

„Henry kam auf mich zu. Schnell dieses Mal. Ich hielt die Waffe in der linken Hand und rüttelte mit der rechten an der Tür. Aber als er nur noch zwei Schritte von mir entfernt war, riss ich die Waffe wieder hoch.“

Ich hatte es nicht verhindern können. Binnen Sekunden hatte er die Tür erreicht und war in den Eingangsbereich getreten. Ich hörte seine feste, klare Stimme, in der eine Spur Spott lag: „Und dann hast du ihn erschossen. Ein kleines Mädchen, das diese schwere Waffe bedient. Du versuchst, deinen Großvater zu schützen. Warum? Er ist tot. Warum erzählst du nicht endlich die Wahrheit?“

Ich hörte seine Schritte, die auf dem Holzboden klackende Geräusche verursachten. Er näherte sich ihnen. Dieser verdammte Idiot. Ich würde ohne ihn fliehen müssen. Er würde den Bullen alles erzählen. Ich wandte mich zum Gehen, doch bevor ich den ersten Schritt getan hatte, erfüllte ein Knall das Haus. Ich hielt inne. Er trug keine Waffe bei sich. Wer hatte geschossen? Wer war getroffen worden?

Im nächsten Augenblick fiel etwas Schweres zu Boden. Nein! Nein!

Ich eilte zur Tür. Ohne dass mich jemand sehen konnte, spähte ich in den Eingangsbereich. Ich sah nur einen Teil seines Körpers. Aber er bewegte sich nicht.

„Erzähl weiter." Bobbis Stimme klang schwach und so ruhig, als hätte sie soeben einen Anrufer abgewiesen, der ihr einen Handyvertrag verkaufen wollte.

Lara sagte nichts.

Mein Herz raste, sein Schlag zerriss mir fast den Hals. Wer hatte geschossen? Wer, verfluchte Scheiße, hatte meinen Bruder erschossen?

Lara beantwortete meine Frage. „Du hast ihn getötet." Ihre Stimme klang dünn. Sie war schockiert.

Ich raste vor Wut. Ich musste mich mit Gewalt davon abhalten, aus dem Wohnzimmer zu rennen und mich auf sie zu stürzen.

„Du hast keine Vorstellung davon, wie anstrengend es ist, Brüder zu haben, Lara."

Ich atmete schwer, presste die Hand zur Faust und dann gegen mein Bein. Ich schloss die Augen. Nein! Keine Tränen. Ich würde nicht um diesen dämlichen Idioten heulen.

„Erzähl mir das Ende." Bobbis Stimme. Sie würde mich für immer verfolgen.

Auch Laras Worte würde ich nie wieder vergessen. „Das hier. Das war das Ende."

„Du hast ihn also erschossen?"

„Der Schuss hat sich gelöst, als ich die Waffe hochriss. Ich wollte ihn nicht erschießen."

Wem wollte sie das erzählen?

Plötzlich wurde es laut im Eingangsbereich. Ich wagte mich weitere Schritte vor und sah gerade noch, wie der Sunny-Boy Bobbi die Waffe entriss. Das war mein Signal. Es war Zeit zu gehen. Auf Zehenspitzen eilte ich zur Terrassentür und trat in Karls Fußspuren. Im wörtlichen wie im übertragenen Sinn, denn von nun an würde ich er sein.

NEUNUNDFÜNFZIG

LARA

Bobbi stieß mich an und ich wandte den Blick langsam zu ihr. Das Runzeln auf ihrer Stirn wandelte sich in etwas, das man als Sorge hätte deuten können, wenn man sie nicht gekannt hätte. Sie bedeutete mir, den Lautsprecher einzuschalten, und ich tat es, unterbrach damit für einen Moment Karls Stimme. Für einen Moment waren wir wieder in der Stille des Sees. Für einen Moment war es nicht er, der mich von Majas Telefon aus angerufen hatte. Für einen Moment war Karl nicht Finn.

„Hör genau zu, Laralein. Du schwingst jetzt deinen Hintern und den von deiner dreckigen Freundin in das Auto dieser Bartante und fährst hierher. Ohne Stopp, ohne Mätzchen. Ich will meinem Schwesterherz erzählen, was ich davon halte, dass sie meinen Bruder erschossen hat." Sein Ton wurde geschäftsmäßiger. „Wir erwarten euch zum Abendessen."

Ich ließ seine Worte in meinem Kopf Sinn ergeben, überlegte, wie ich darauf reagieren sollte, und entschied mich für eine Lüge. „Wir brauchen vierzehn Stunden." Drei Stunden mehr Zeit. Er hatte keine Ahnung, wo wir waren. Mist, ich hätte etwas anderes sagen sollen. „Vermutlich eher fünfzehn. Wenn wir gut durchkommen."

Ungeduldige Wut legte sich in seine Stimme. „Dann fahrt endlich los, verdammt. Sonst findet ihr die arme Maja am Ende genau so vor, wie ihr den alten Bill verlassen habt. Nur, dass sich die Augen von dieser Schlampe nicht mehr von allein öffnen werden." Dann legte er auf.

Ich legte den Gurt an, wartete nicht darauf, bis Bobbi sich angeschnallt hatte, und wendete den Wagen. Sobald die Straße halbwegs befestigt war, trat ich das Gaspedal durch.

Irgendwann legte Bobbi ihre Hand auf meinen Arm. „Lara, du wirst Maja nicht retten können, wenn du dich vorher umbringst. Und so leid es mir tut, das sagen zu müssen. Allein werde ich nicht zu ihrer Rettung eilen."

Ich atmete tief durch, nahm den Fuß etwas vom Gaspedal und nickte. „Aber jetzt wirst du mir helfen?" Warum hätte sie das tun sollen? Warum hätte sie sich ihrem Bruder ausliefern sollen? Allerdings wusste sie noch nicht, zu welchem Bruder wir fuhren. Sollte ich es ihr sagen? Würde sie dann versuchen, zu entkommen?

„Ich habe offensichtlich keine Wahl, oder?"

Am liebsten hätte ich sie k.o. geschlagen und im

Kofferraum deponiert, bis ich dort war. Liebend gern hätte ich Bobbi gegen Maja getauscht, denn sie war es, die Finn wollte. Er wollte nicht mich, er wollte Bobbi. Sie hatte ihn hintergangen. Sie hatte ihn getötet. Also, nicht wirklich. Sie hatte Karl getötet, aber das hatte sie nicht gewusst. Sie war bereit gewesen, den Bruder zu erschießen, mit dem sie monatelang jeden einzelnen Schritt geplant hatte.

Ich stutzte. Oder hatte sie gewusst, dass es Karl war, der im Eingangsbereich des Strandhauses hinter mir aufgetaucht war? Ich wandte einen vorsichtigen Blick zu ihr, sah aber sofort wieder auf die Straße. Wie konnte ich das herausfinden? Es hatte nicht geklungen, als glaubte sie, Finn wäre noch am Leben. Aber schließlich war sie eine gute Schauspielerin.

Ich würde abwarten. Ich würde ihr nichts erzählen, was sie nicht bereits wusste. Meine Hände verkrampften sich um das Lenkrad. Bobbis Finger strichen irgendwann über die weißen Knöchel. „Lara, du musst dich entspannen."

Sie hatte recht. So konnte ich unmöglich elf Stunden Autofahrt überstehen. Ich hätte neun daraus machen können, aber ich wollte nicht Gefahr laufen, durch eine Geschwindigkeitskontrolle aufgehalten, vielleicht sogar festgesetzt zu werden.

Also entspannte ich mich. Ich lockerte meinen Griff, ließ die Schultern sinken und lehnte mich an. Und dann ließ ich meinen Kopf planen. Ich berechnete den Benzinverbrauch, entschied, bei der nächsten Möglichkeit nachzutanken und einen oder zwei Kanister zu kaufen für den Fall, dass wir im weiteren Verlauf der Strecke keine Tankstelle finden würden, wenn wir sie brauchten.

Wir würden zwischendurch etwas essen müssen. Kaffee trinken. Und genau genommen müsste ich schlafen. Aber die einzigen zwei Alternativen, die das ermöglichen würden, kamen nicht infrage. Wenn ich Bobbi fahren ließ, könnte sie bewusst oder ohne Absicht einen Fehler machen. Möglicherweise fuhr sie falsch oder sie baute einen Unfall.

Wenn wir anhielten, um zu schlafen, würden mehrere Stunden verloren gehen. Der Vorsprung, den ich uns erlogen hatte, würde sich in Luft auflösen, selbst wenn ich nur zwei Stunden schlief. Nein, ich musste durchhalten.

Und dann war da das Eigentliche. Das Wesentliche. Was taten wir, wenn wir dort ankamen? Sollte ich Bobbi einfach nur ausliefern? Meine Gedanken stellten mich vor die Frage, ob dies nicht wieder eins von Finns und Bobbis morbiden Spielchen sein konnte.

„Es ist Finn, oder?"

Ich erwiderte nichts.

„Karl wäre zu so etwas nicht in der Lage, Lara. Und alles würde so viel besser zusammenpassen, wenn es Finn wäre."

„Du hattest also wirklich keine Ahnung? Ihr arbeitet nicht zusammen?"

„Wenn es so wäre, wenn ich noch jetzt mit Finn unter einer Decke stecken würde, würde ich dich jetzt anlügen. Das ist dir doch klar, oder?" Sie hatte die Beine im Schneidersitz verschränkt und tippte mit den Fingern auf ihren Knien herum. Es hätte eine Taktwiedergabe von Musik sein können, die wir hörten. Aber wir hörten keine Musik. Sie war nervös. Vielleicht lag es am Alkohol-Entzug, vielleicht lag es daran, dass wir zu ihrem Bruder fuhren, den sie vor dreieinhalb Jahren getötet hatte. Vielleicht war sie aber auch nervös, weil ich recht hatte. Oder vielmehr, weil meine Frage eine Berechtigung hatte. Denn ich war mir keinesfalls sicher, dass es so war.

„Wenn ich dir nicht hundertprozentig glaube, werde ich dich aus diesem Auto werfen." Ich sah zu ihr. „Und ich werde dafür nicht anhalten."

Sie lachte auf. „Ist dir diese kleine Schlampe schon jetzt so viel wert? Meine Güte, Lara, du hast nur eine Nacht mit ihr verbracht."

Ich runzelte die Stirn. „Woher weißt du davon?"

„Bill."

„Ich habe ihm nichts von Maja erzählt."

Sie zuckte mit den Schultern. „Aber er wusste, wo du warst."

„Maja hat das Haus erst bezogen, nachdem die Leiche ihres Vaters gefunden wurde. Du warst nie dort." Wieder sah ich für einen Augenblick zu ihr.

Sie lehnte sich zurück, hob die Hände über den Kopf und grinste mich an. „Nein, ich war nicht noch einmal dort. Aber es auch war auch nicht besonders schwer, herauszufinden, wem das Häuschen im Wald gehört."

Nein, das war es bestimmt nicht gewesen.

„Okay, pass auf, Lara. Niemand von uns wusste, dass es nicht Karl war, der sich über einen selbstgebackenen Kuchen mit einer darin versteckten Feile freuen würde."

„Es gibt kein Uns."

Sie stöhnte auf. „Weder Bill noch ich noch du hatten eine Ahnung, dass Finn noch lebt."

„Beweise es mir."

„Wie soll ich das anstellen?"

Ich dachte nach. Welchen Plan konnten sie verfolgen? Wie konnte ich ihn durchkreuzen? Ich hatte keine Ahnung. Sie hatte mich schon zu oft an der Nase um die Wahrheit herum geführt, ohne dass ich sie gesehen hatte. Ich schlug mit der Hand auf das Lenkrad. „Verdammt!"

„Es sieht so aus, als müsstest du mir vertrauen."

Ich nickte langsam. „Wirst du mir helfen?"

„Auch auf diese Frage könnte ich dir mit einer Lüge antworten."

„Ich weiß, aber wie du richtig festgestellt hast, habe ich keine Wahl. Wenn ich ohne dich bei Finn aufkreuze, wird er das nicht gut aufnehmen."

„Außerdem wäre ich dann weg."

Ich schüttelte den Kopf. „Nein." Ich würde nicht zulassen, dass sie mir noch einmal entkam. „Also muss ich dich als Konstante in meinen Plan einbauen. Wirst du helfen?"

Sie seufzte einen langgezogenen Ton. „Ja, Lara, ich werde dir helfen, deine neue Freundin zu retten."

„Vielleicht versuchst du es so zu sehen, dass du ein weiteres der Opfer vor dem Nachkommen ihres Peinigers rettest."

Etwas in Bobbi veränderte sich. Sie hatte sich aufgerichtet. Ich sah zu ihr und der spöttische Gesichtsausdruck, der dem Seufzen gefolgt war, war verschwunden. Ich hatte sie erreicht.

„Scheiße, Lara. Ich fürchte, dein Buch wird sich doch besser verkaufen."

„Weil ich die richtigen Worte gefunden habe?"

Sie lachte auf. „Nein, weil ich bei dem Versuch, meinen Bruder zu überwältigen, sterben werde. Getötet von der Person, die ich selbst zur Strecke gebracht habe. Das gibt es sonst nur in Zombie-Büchern und vielleicht noch bei ‚Friedhof der Kuscheltiere'."

„Das heißt, du bist auf meiner Seite?"

„Ich bin und bleibe auf meiner Seite. Aber da mein lieber Bruder mich offenbar gefangen nehmen, foltern und letztendlich töten möchte, haben wir wohl den gleichen Endgegner."

„Er ist nicht der Endgegner, das weißt du genau."

Sie zog die Knie an die Brust. „Der Endgegner sind wir selbst."

So philosophisch hatte ich meine Worte nicht gemeint, aber dies war ein Thema, über das wir später sprechen konnten. Noch bevor wir das Haus erreichten. Es würde Bobbi gefallen, wenn sie meinen Plan B erfuhr. Vielleicht würde es sie eher motivieren, an meiner Seite zu kämpfen. Nicht, dass sie Teil von Plan B war. Ich wusste noch nicht einmal, ob und wann ich ihn durchführen wollte. Aber es konnte nicht schaden, wenn sie davon ausging, dass wir das gleiche Ziel hatten.

„Also, wie gehen wir vor?"

„Ich hoffe, du hast nicht vor, die Polizei zu rufen."

„Nein, habe ich nicht." Auch wenn ich einen Moment lang daran gedacht hatte. „Maja hatte nichts Gutes über die Beamten dort zu berichten."

„Du meintest, wir wären elf Stunden von ihr entfernt."

Ich nickte, weil ich wusste, dass sie zu mir sah.

„Aber du hast Finn gesagt, wir bräuchten vierzehn oder fünfzehn Stunden, um zu ihnen zu fahren."

„Ja."

„Das heißt, wir haben drei bis vier Stunden, in denen er nicht mit uns rechnet. Vermutlich rechnet er auch nicht damit, dass wir zusammenarbeiten."

Wir. Uns. Zusammen. Die Worte stießen mich ab. Sie fühlten sich falsch an und der größte Teil meines Verstandes glaubte nicht daran, dass Bobbi wirklich sich und mich damit meinte. Ich wollte ihr nicht vertrauen und hatte doch keine Wahl. „Ich werde dich ganz genau im Auge behalten. Meine Kugel wird zuerst dich treffen und dann ihn, wenn ich auch nur das geringste Gefühl habe, dass du auf seiner Seite stehst."

„Hast du schon mal darüber nachgedacht, dass Maja auch nur eine Lügnerin sein könnte?"

Ja, das hatte ich. „Es spricht so gut wie alles dagegen. Und wenn es so ist. Wenn ihr drei mich gerade gemeinsam verarscht und Bill vielleicht fröhlich mit Swetlana einen Kaffee trinkt und sein drittes Stück Sahnetorte hinunterschlingt, werde ich mich mit einem hysterischen Lachen in das Kanonenfeuer werfen."

„Woho, Lara. So zynisch kenne ich dich ja gar nicht."

„Du kennst auch nur die Lara, die Angst davor hatte, hinter das Geheimnis ihrer Albträume zu gelangen." Ich ließ die rechte Hand vor meinem Körper auf und abgleiten. „Das ist es, was du aus ihr gemacht hast."

„Du weißt, dass das nicht stimmt. Ich hatte nur einen geringfügigen Anteil daran."

Dieses Gespräch ging in die falsche Richtung, aber irgendetwas ließ mich daran festhalten. Was hatte ich übersehen? Ich ging es gedanklich noch einmal durch und blieb dann an Bills Namen hängen. „Bobbi?" Meine Stimme war leiser geworden und vermutlich konnte sie den Schock hören, der mich gerade überfallen hatte.

„Was ist?"

„Finn sagte, Bills Augen hätten sich von allein öffnen können."

Sie schwieg und ich sah zu ihr. Sie starrte mich an. Auch in ihrem Gesicht erkannte ich Schock.

„Wir hatten sie geschlossen. Die verdammten Augen waren zu. Er war tot."

„Ja, ja, das waren sie. Er war tot." Auch ihre Stimme spiegelte den Schock und den Unglauben wider. Aber dann entspannte sie sich. „Das ist nur eins von seinen Spielchen."

„Könnten wir übersehen haben, dass er noch lebte? Ich meine, wir haben es nicht wirklich überprüft, oder?"

„Er hat nicht mehr geatmet, verdammt."

„Ja, aber … aber … der Regen, der Stress. Wir haben es nicht überprüft. Keine von uns hat seinen Puls kontrolliert. Scheiße, Bobbi, er könnte noch gelebt haben."

„Wir müssen dort vorbeifahren." Sie ließ die Beine in den Fußraum ausgleiten, oder vielmehr fallen.

„Spinnst du? Ich werde nicht dorthin zurückkehren. Bisher hat niemand dieses Auto dort gesehen. Nicht mal Swetlana kennt es."

„Swetlana. Wir müssen sie anrufen. Sie muss kontrollieren, ob Bill noch lebt."

Ich sah auf die Uhr. Der Nachmittag ging in den Abend über. Sie würde in der Dämmerung nachsehen können. Ich deutete auf mein Handy. „Ruf sie an." Ich nahm es selbst in die Hand, damit die Gesichtserkennung das Display entsperren konnte. Dann übergab ich es an Bobbi.

„Da ist eine Nachricht von einem Peter. Er fragt, ob du sie schon gefunden hast. Es gibt also doch jemanden, der weiß, wo du bist."

„Er hat keine Ahnung. Jetzt ruf sie endlich an, verdammt."

SECHZIG

BOBBI

Swetlana beantwortete den Anruf erst beim dritten Versuch. Ich stellte den Lautsprecher des Telefons an.

„Ich dachte, ich wäre euch los.“

„Das hast du nicht wirklich gedacht, oder?“ Ich hob die Augenbrauen und sah zu Lara, die starr auf die Straße guckte.

„Was willst du, Bobbi? Hast du Lara nun doch erledigt?“

„Lara, mach mal Piep.“

Sie würdigte mich keines Blickes. „Swetlana, wir haben ein Problem.“

Swetlana seufzte.

Ich sagte: „Hör zu, Sweta. Es besteht die Möglichkeit, dass der Alte noch lebt. Der in dem netten Häuschen, du erinnerst dich sicher."

Sie schwieg.

Lara fand freundlichere Worte, nun ohne zynischen Unterton. „Könntest du bitte nachsehen?"

Swetlana atmete tief ein und wieder aus. „Er lebt nicht mehr. Nachdem dieser Typ das Haus verlassen hatte, habe ich nachgesehen. Ich habe den Puls überprüft, die Atmung. Er ist tot."

Ich atmete auf und sah, wie auch Lara sich entspannte. Sie sagte: „Danke."

„Warum glaubt ihr, er könnte noch leben?"

Wieder war es Lara, die antwortete. „Uns ist einfach bewusst geworden, dass wir seine Vitalfunktionen nicht genau genug überprüft hatten."

„Es muss seltsam sein, wenn man froh darüber ist, dass der Typ, den man aus Versehen getötet hat, tatsächlich tot ist."

Ich sah zu Lara, die das Gesicht verzog. „Du hast einen wunden Punkt getroffen, Sweta."

Wir schwiegen eine Weile, bis Swetlana fragte: „Wo seid ihr? Wechselt ihr wieder euer Versteck?"

Lara und ich antworteten nicht.

„Seid ihr noch dran?"

„Du wolltest doch so wenig wie möglich wissen und uns am liebsten direkt wieder los werden." Meine Hand verkrampfte sich um das Telefon. Ob Lara denselben Gedanken hatte wie ich?

„Ja, ja … du hast recht. Also, ihr habt eure Information. Dann viel Glück."

Lara und ich sahen uns an und sprachen im selben Moment: „Nein, warte."

Swetlana schwieg und ich sagte: „Du kannst mit dieser Information anfangen, was du möchtest."

„Welche Information?"

Lara nahm den Faden auf. „Wir sind auf dem Weg zu einem der Mädchen aus dem Buch. Bobbis Bruder hat sie in seiner Gewalt. Er will, dass ich ihm Bobbi ausliefere."

Swetlana stöhnte auf. „Was ist das hier? Eine schwarze Version von ‚Versteckte Kamera'? Das kann unmöglich alles in ein Leben passen."

„Na ja, genau genommen, sind es zwei Leben. Egal, wir sind auf dem Weg dorthin, brauchen aber noch eine ziemliche Weile." Ich sah auf die Uhr am Armaturenbrett. „Etwa neun Stunden, wenn Lara in diesem Schneckentempo weiterfährt."

„Ich will einfach nicht, dass uns eine Polizeikontrolle aufhält. Außerdem hast du mich vorhin daran gehindert, schneller zu fahren."

„Wo genau seid ihr? Und wo müsst ihr hin?" Sie sprach leise, aber ich hörte die Professionalität in ihrer Stimme. Selbst wenn sie uns nicht half, würde sie zumindest wissen, wo man unsere Leichen finden würde, wenn wir sie einweihten.

Ich gab ihr die Antworten auf ihre Fragen und sie erwiderte nichts.

Lara sagte: „Das Haus liegt mitten im Wald. Sie hat einen Dobermann." Ich konnte fast hören, wie Lara schluckte. „Wenn sie noch lebt. Also der Hund." Sie zögerte. „Und Maja."

Ich übernahm. „Er wird sie so lange am Leben lassen, bis er mich in seiner Gewalt hat. Wir haben einen Vorsprung von drei Stunden, allerdings fehlt uns noch der Plan."

„Ich … ich weiß nicht, ob ich etwas für euch tun kann." Sie sprach noch immer leise. Wir hatten sie nicht um ihre

Hilfe gebeten, aber ich spürte fast, dass sie uns helfen wollte. Genauso drangen jedoch auch ihre Zweifel über die Funkmasten ins Auto.

Lara sah mich an. „Bitte ruf nicht die Polizei."

Swetlana lachte auf. „Das hatte ich nicht vor." Dann zögerte sie. „Aber warum ruft ihr nicht die Polizei in eurem Land an? Die wären sicher früher da als ihr."

Lara schüttelte den Kopf, obwohl Swetlana es nicht sah, und ich sagte: „Die würden auch nur die hiesigen Bullen …" Ich räusperte mich. „Entschuldige, Polizisten informieren. Außerdem würde Finn den Braten riechen und das wäre gar nicht gut."

„Verstanden."

Dann schwiegen wir.

Irgendwann sagte ich: „Okay, dann bist du jetzt also im Bilde und kannst in ein paar Tagen nach unseren Leichen suchen lassen."

„Das ist nicht witzig, Bobbi." Swetlana klang ernst.

„Ich glaube nicht, dass es ein Witz war", schaltete Lara sich ein.

Ich sagte „Nein", und fügte hinzu: „Finn ist unberechenbar. Es würde mich nicht wundern, wenn er Majas Haus in die Luft sprengt, während wir uns alle darin befinden. Dann allerdings wird es schwierig sein, so etwas wie eine vollständige Leiche zu finden."

Swetlana stöhnte auf. „Meldet euch, wenn ihr etwas braucht." Mehr sagte sie nicht. Stattdessen beendete sie das Gespräch.

Ich sah zu Lara. „Was war das denn?"

EINUNDSECHZIG

LARA

Ich schüttelte den Kopf, über Bobbis fehlende Empathie. „Sie will kein Teil von all dem sein, verstehst du das nicht?"

„Sie ist Polizistin, verdammt. Sie sollte sich in das nächste Auto schwingen und uns helfen."

„Sie will sich nicht mit ihrer Vergangenheit auseinandersetzen." Ich konnte nicht glauben, dass Bobbi so blind war.

„Das würde ihr aber guttun. Als ich herausgefunden habe, was diese Dreckssäcke getan haben, wollte ich nichts mehr, als mit dieser ganzen Scheiße in meinem Kopf aufzuräumen."

„Es ist aber nicht jeder so."

„Oh ja, ich vergaß. Du hast dich selbst fast zwei Jahrzehnte gegen deine Schatten gewehrt."

Ich erwiderte nichts.

„Glaubst du wirklich, dass es ihr guttun wird, das alles auszublenden?"

Ich dachte an Anna. Bevor ich sie getroffen hatte, war sie verbittert gewesen und hatte ein Leben geführt, das sie nicht glücklich gemacht hatte. Das sie vermutlich sogar verabscheut hatte. Und dann war sie für einen kurzen Moment glücklich gewesen. Wie wäre es ihr ergangen, wenn sie weitergemacht hätte? Wenn sie sich uns angeschlossen hätte? Mir. Nicht uns.

„Sie wird dieses Wissen nicht los. Es wird sie verfolgen. Sie muss sich damit auseinandersetzen."

„Jetzt erzähl mir nicht, dass du deine Zeit damit verbringst, Hobby-Psychologie zu studieren."

„Ich habe eventuell das ein oder andere Buch gelesen. Was ist falsch daran?"

Ich lachte auf. „Nichts."

„Sie sollte uns helfen."

„Sie hat uns bereits geholfen."

Sie schwieg.

„Weißt du, Bobbi, nicht jeder will Rache. Manch einer möchte einfach nur in Ruhe weiterleben. Oder überhaupt erst damit anfangen."

„Oder sich von einer Brücke stürzen."

Ich schloss für einen winzigen Moment die Augen. „Tu das nicht!"

„Du hättest Swetlanas Blick sehen sollen, als ich ihr erklärt habe, warum ich ihren Vater getötet habe. Sie will das nicht vergessen. Sie war froh darüber, dass ihn jemand getötet hat."

„Mag sein, ja. Das bedeutet aber nicht, dass sie sich auch daran beteiligen will."

Bobbi legte die Füße aufs Armaturenbrett. „Ich finde, sie schuldet es mir, uns zu helfen."

„Warum bist du so entspannt?" Ich sah zu ihr.

Sie verschränkte die Arme vor der Brust. „Das sind vielleicht die letzten Stunden meines Lebens. Warum sollte ich sie in Sorgen und Trübsal ertränken?"

Entgegen allem musste ich lachen. Trotz dem, was vor uns lag, und dem, was sich hinter uns befand. Obwohl es Bobbi war, mit der ich lachte, und obwohl ich am Steuer des Autos einer Toten saß. Ich lachte. Nicht lange. Aber es reichte, um etwas in mir zu lösen. Etwas auszulösen. Einen neuen Lebenswillen. Einen Funken Mut.

Mein bisheriges Ziel hatte darin bestanden, Bobbi zu finden und Antworten zu bekommen. Ich hatte fast alle. Irgendwie würde das hier enden. Egal, was danach kam, es würde irgendwie weitergehen, denn ich würde mich nicht von Finn töten lassen. Ich würde überleben. Ein weiteres Mal. Und dann würde ich leben.

Irgendwann hörte ich auf zu lachen. „Du hast recht. Sie sollte uns helfen. Sie sollte den Mut aufbringen, sich ihrer Vergangenheit zu stellen."

„Bist du deswegen hier? Stellst du dich deiner Vergangenheit?"

Ich sah zu ihr. Vielleicht hatte sie den Nagel auf den Kopf getroffen. „Möglicherweise. Warum wolltest du, dass ich komme?"

Sie zog die Beine wieder zu sich auf den Sitz und verschränkte sie. „Es war noch nicht vorbei."

„Nein, das war es nicht."

„Wird es das jemals sein?“

Ich zuckte mit den Schultern. „Bisher dachte ich, wir würden einander gegenseitig umbringen.“

„Und jetzt?“

„Ich habe keine Ahnung.“

„Ich habe die Asche deiner Mutter auf dem Meer verstreut.“

Fast wäre ich auf die Gegenspur gefahren, was ungünstig gewesen wäre, weil dort gerade ein Lastwagen an uns vorbeirauschte. „Du hast was?“

„Finn und ich haben sie gestohlen, bevor wir in das Haus am Meer gefahren sind. Ich hatte sie versteckt. Zusammen mit etwas Geld.“

Ich schluckte, wollte nichts erwidern.

„Ich habe sie mit mir genommen, als ich geflohen bin, und nach ein paar Wochen habe ich sie auf dem Meer verstreut.“

Tränen traten in meine Augen. Ich schluckte mehrfach, aber ich konnte nicht verhindern, dass sie über meine Wangen rollten. Eine nach der anderen. Immer mehr und immer schneller. Seit Jahren hatte ich nicht um meine Mutter geweint. Ich hatte jeglichen Schmerz verdrängt und mich auf die Wut konzentriert.

Ich spürte Bobbis Blick.

„An diesem Tag hatte ich mein neues Ziel gefunden. Ich wollte herausfinden, was Henry für ein Mensch war. Ich wollte wissen, was die Bilder in mir bedeuteten. Ich wollte den Namen auf den Grund gehen. Tief in meinem Innern wusste ich schon in diesem Moment, dass ich mich rächen wollte. Mich und all die anderen. Auch wenn ich erst Monate danach wirklich rausfand, was die Bilder in meinem Kopf bedeuteten.“

„Und obwohl du noch nichts von den anderen wusstest?“

Meine Stimme klang, als würde sie im nächsten Moment zerbrechen, aber der Themenwechsel gab mir neue Kraft.

„Ja, es war mir egal, wen ich rächen würde. Ein Mann fragte mich nach seinem verschwundenen Kind. Ich wollte es für ihn tun und für all jene, die sich nicht selbst wehren konnten."

Ich war beeindruckt. Vergessen war der Schmerz. In mir dominierte der Wunsch, Bobbi auf die Schulter zu klopfen, ihr alles zu verzeihen, einfach, weil sie diese Entscheidung getroffen hatte. Aber natürlich war die Erinnerung stark genug, um mich zu besinnen. Dennoch war ich beeindruckt. „Danke."

„Wofür?"

Ich wusste es selbst nicht. „Für meine Mutter."

Sie schwieg.

Meine Worte hallten in meinem Kopf nach und ich konnte nicht glauben, dass ich sie gesagt hatte. Diese Frau hatte meine Mutter getötet. Wie konnte ich ihr für irgendetwas dankbar sein, das sie im Zusammenhang mit ihr getan hatte? Und dennoch war ich froh darüber, dass ihre Asche nicht in einem dunklen Loch lag, sondern sich über die Wellen verteilt hatte und wieder Teil des immerwährenden Kreislaufs des Lebens war, anstatt in einem Gefängnis aus Messing davon ausgeschlossen zu sein.

Seit Bobbi mich von ihrer Reue überzeugt hatte, schaffte die Wut es nicht mehr, meine Gedanken zu dominieren. Der Hass war noch da, aber er war schwächer. Er schien es nicht länger wert, von mir mit Energie gefüttert zu werden. Das wiederum raubte *mir* die Energie. Was blieb übrig, wenn der Hass weg war?

„Aber das ändert nichts."

„Ich weiß."

„Also, warum wolltest du, dass ich komme? Was dachtest du, würde geschehen?"

„Ich wollte dir alles erklären. Ich wollte, dass du weißt, dass ich ein anderer Mensch bin."

„Warum?"

„Ist das nicht klar?"

Ich atmete tief durch. Dieses Gespräch wollte ich nicht führen. Nicht jetzt und auch nicht später. Niemals. „Wir müssen uns auf Maja und Finn konzentrieren."

Sie schwieg eine Weile und sagte dann: „Sie wohnt in einem Haus im Wald. Wie groß ist es?"

„Es hat nur zwei Zimmer plus Küche, Waschküche und Bad."

„Führt eine Straße dorthin?"

Ich nickte. „Ja, eine Art Feldweg."

„Wie nah können wir ranfahren, ohne dass man das Auto hört?"

„Ich bin nicht sicher. Es wird dunkel sein, wenn wir ankommen. Ohne Scheinwerfer fahren wir in kurzer Zeit gegen den nächsten Baum. Mit Scheinwerfern ist das Auto aus einiger Entfernung sichtbar, nehme ich an."

„Ja, das glaube ich auch."

Ich streckte die Beine für einen Moment durch. „Das bedeutet, wir müssen relativ weit ab parken, durch den Wald laufen und … was dann?" Mein Kopf schien leer. Ich konnte mir kein Szenario ausmalen, in dem uns Finn nicht sah, bevor wir das Haus erreichten.

„Gibt es Bewegungsmelder um das Haus herum? Gehen irgendwelche Lampen an, wenn man seinen Radius erreicht?"

Ich war nicht sicher. „Ich glaube nicht. Möglicherweise, aber ich kann mich nicht daran erinnern."

„Was ist mit dem Hund? Schlägt er an, wenn jemand vor dem Haus ist?"

„Hündin. Sie heißt Luna. Ich habe keine Ahnung. Zu

mir war sie freundlich." Ich dachte zurück. Es schien Jahre her zu sein, dass ich mit Maja am Feuer gesessen hatte und Luna plötzlich aufgesprungen war. „Aber ich glaube, sie reagiert, wenn sich ein Tier in der Umgebung befindet. Oder wenn es blitzt."

„Das ist schlecht."

„Er wird nicht wissen, dass wir es sind." Trotzdem würde es seine Aufmerksamkeit nach draußen lenken.

Bobbi schwieg eine Weile. Dann sagte sie mit leiser Stimme. „Finn wird nicht davon ausgehen, dass wir zusammenarbeiten."

Ich sah zu ihr. „Tun wir das?"

„Was glaubst du, warum ich hier bin?"

„Weil zwischen meinen Beinen eine Pistole liegt und du genau weißt, dass ich sie benutzen würde, wenn du abhaust."

„Okay, ja, vielleicht ein bisschen. Aber ich werde mich nicht mit Finn verbünden." Sie zögerte. „Nicht noch einmal. Ich weiß, dass du mir das erst dann glauben wirst, wenn wir ihn überwältigt haben, aber so ist es nun mal."

„Ich muss das jetzt wissen, Bobbi. Warum hilfst du mir?" Ich schluckte, weil ich wusste, dass mir die Antwort nicht gefallen würde.

„Ich habe drei Jahre damit verbracht, zu bereuen, was ich dir und deiner Familie angetan habe."

Mit dieser Antwort hatte ich nicht gerechnet.

„Ich habe dir gesagt, dass ich ein anderer Mensch war, als ich deine Mutter getötet habe. Ich würde es nicht noch einmal tun. Maja ist unschuldig. Sie soll nicht sterben, weil Finn mich nicht bekommt."

Ich glaubte ihr, schluckte den Kloß in meinem Hals hinunter und sagte: „Okay, nehmen wir an, wir arbeiten wirklich zusammen. Was ist unser Vorteil?"

„Wir könnten uns von zwei Seiten aus nähern."

Meine Nackenhaare sträubten sich bei dem Gedanken, Bobbi auch nur eine Sekunde aus den Augen zu lassen. Selbst wenn ich tankte, behielt ich das Auto genau im Blick. In einem dunklen Wald hätte ich nicht die geringste Chance, sie wieder einzufangen, wenn sie sich entschied, das Weite zu suchen. Abgesehen davon, dass ich dazu nicht einmal die Möglichkeit hätte, wenn ich Maja befreien wollte. Deshalb sagte ich: „Nein."

„Du vertraust mir nicht."

Ich warf ihr einen mit erhobenen Augenbrauen überstrichenen Blick zu.

„Ja, okay, ich verstehe schon. Du hast keinen Grund dazu. Gut, dann schlag etwas anderes vor."

„Wir bleiben zusammen. Zuerst müssen wir die Lage checken. Wir müssen herausfinden, wo er sie gefangen hält und …"

„Und ob sie überhaupt noch lebt."

„Bobbi."

„Ich meine es ernst. Das sollten wir als allererstes checken. Ruf ihn an!"

Sie hatte recht. Was wenn er Maja getötet hatte?

„Außerdem soll er halbstündlich Lebenszeichen von ihr schicken."

„Und von Luna."

Bobbi seufzte. „Und was machst du, wenn diese Töle schon tot ist?"

Ich ignorierte ihre groben Worte. „Dann fahren wir trotzdem hin."

„Also gut, dann rufen wir ihn mal an. Soll ich so tun, als hättest du mich gefesselt und als würde ich nicht mitkommen wollen?"

Ich dachte darüber nach und nickte langsam.

„Wahrscheinlich ist es gar nicht schlecht, wenn er glaubt, dass ich dich gegen deinen Willen mitbringe."

„Ah, dann arbeiten wir jetzt also zusammen?"

Ich atmete hörbar aus. „Das wird sich zeigen."

Bobbi griff nach meinem Handy und stöhnte auf. Dann hielt sie es mir vors Gesicht und ich beobachtete, wie sich die Sperre öffnete. Sie tippte auf dem Display, wischte, tippte wieder und packte es wieder zurück in die Handhalterung an der Lüftung des Autos.

Karls Name leuchtete hell, darunter die Symbole für die Anrufsteuerung und ein rot umrandetes Hörersymbol. Am liebsten hätte ich darauf geklickt. Ich wollte nicht wissen, ob Maja tot war. Was wenn sie tot war? Ein weiterer Mensch, der wegen mir gestorben wäre. Erst Anna, dann Bill und …

Er beantwortete den Anruf. „Habt ihr euch verfahren?"

„Mir ist gerade etwas eingefallen." Ich war überrascht, wie souverän meine Stimme klang und sofort schlüpfte ich in die Rolle der Lara, die ich vor ein paar Stunden gewesen war. Jener Lara, die die Kontrolle hatte. Jener Lara, die die Richtung und den Plan vorgab. Das war noch immer ich. Zu einem bestimmten Teil hatte ich noch immer die Kontrolle. Nie wieder würde ich nach Finns Pfeife tanzen.

„Ach ja, was denn?" Er klang gelangweilt. Zu gelangweilt. Es war nur gespielt.

„Ich will wissen, dass Maja lebt." Ich sagte nicht ob.

Er lachte auf. „Natürlich. Ich habe deinem Schätzchen nichts getan, Laralein."

„Das will ich von ihr hören."

Er seufzte. „Moment." Nach einer halben Minute hörte ich seine dumpfe Stimme: „Sag was."

Und dann auf Englisch: „Now."

Maja klang genau wie vor wenigen Stunden. „Lara, wenn du hierherkommst, werde ich dich eigenhändig umbringen, hast du mich verstanden?“

Ich lächelte. „Wie geht es Luna?“

„Er hat sie vor dem Haus angeleint. Sie bellt ab und zu, aber ich glaube, es geht ihr gut.“

Finn schaltete sich ein, in unserer Sprache: „So, das reicht. Sonst fangt ihr noch an, euch von eurer Liebelei auf dem Sofa vorzuschwärmen.“

Das Lächeln wich von meinem Gesicht.

„Wobei, vielleicht wäre es ganz schön, die Erinnerung aufzufrischen. Es ist schon viel zu lange her.“

Ich war unfähig, etwas zu sagen. All die Worte, die ich mir zurechtgelegt hatte, verschwammen zu einem einzigen dunklen Fleck, in dem Finns Gesicht auftauchte. Angestrahlt von Kaminfeuer, vor Majas Fenster. Bobbi stieß mich an. Ich sah verwirrt zu ihr, berappelte mich dann aber endlich. Ich schluckte dreimal, bevor ich mit fester werdender Stimme sprach: „Ich will alle dreißig Minuten ein Lebenszeichen von ihr.“

„Und wie soll das aussehen?“ Wieder nahm er den gelangweilten Ton an, der seinen Ärger nicht überspielen konnte.

„Ich werde ihr per Sprachnachricht eine Frage stellen und sie wird sie beantworten.“

Er reagierte nicht.

„Verstanden?“

„Ja, ja.“ Er schien einen Moment zu überlegen. „Und was ist mit meinem Tauschgut? Ich habe sie bisher nicht gehört. Ist sie dir etwa schon wieder entkommen?“

„Sie sitzt hier neben mir.“

„Und warum sagt sie dann nichts?“

„Sie kann nicht.“ Ich schaffte es irgendwie, überheblich zu klingen. „Warte.“

Ich gab Bobbi ein Zeichen und sie reagierte sofort: „Du dämliche Schlampe. Ich werde dafür sorgen, dass du verreckst. Und deine dreckige kleine Freundin gleich mit. Wenn du glaubst, ich würde es zulassen, dass du mich diesem Irren auslieferst, hast du dich getäuscht. Ich werde …“

Ich presste ihr die Hand auf den Mund, damit es so klang, als hätte ich ihr etwas in den Mund gestopft. Sie löste meine Hand mit ihrer eigenen ab, damit ich das Steuer wieder festhalten konnte und brüllte dumpf vor sich hin.

„Du siehst, sie ist wohlauf.“

„Und ich dachte, ihr hättet endlich zueinander gefunden. Aber ich vermute, die Eifersucht kennt keine Kompromisse.“

Ich sagte nichts und sah zu Bobbi, die weiter in ihre Hand hineinschrie. War sie eifersüchtig? Wahrscheinlich. Würde das ein Problem sein? Höchstwahrscheinlich. Ich seufzte. „Ich melde mich in dreißig Minuten.“ Dann legte ich auf.

Im selben Moment erstarb Bobbis unterdrücktes Schreien.

„Warum hast du ihm nicht gesagt, er solle Luna in Ruhe lassen?“

„Weil er sie dann tötet.“

„Finn hat wahnsinnige Angst vor Hunden.“

Ein winziges bisschen hellte sich in mir auf. „Damit können wir arbeiten. Ich hoffe, dass Luna auf mich hört.“ Ich zögerte, aber ich musste die nächste Frage stellen. „Bist du eifersüchtig auf Maja?“

Sie lachte auf. „Na, was glaubst du denn?“ Ihr Lachen verstummte. „Er hat euch beobachtet. Das bedeutet, er hat dich von Anfang an verfolgt.“

„Das war doch schon klar, als wir wussten, dass es sein Motorrad war.“ Welchen Grund hätte es sonst dafür gegeben, dass es im ersten Ort stand?

„Warum hast du davon nichts gemerkt?“

Diese Frage belastete mich selbst seit Stunden. Wie hatte ich es nicht bemerken können? Die kleinen Dörfer hatten kaum Möglichkeiten geboten, sich zu verstecken. Vielleicht waren wir sogar im selben Zug oder demselben Bus gefahren. „Ich weiß es nicht."

„Er ist verdammt gut."

Ich wollte nicht darüber sprechen. Meine Fragen waren noch nicht beantwortet. „Was wirst du tun, wenn wir Finn überwältigt haben? Stürzt du dich dann auf Maja?"

Sie atmete hörbar ein und aus. „Möglich. Vielleicht verschwinde ich aber auch einfach. Ganz sicher werde ich euch nicht dabei zusehen, wie ihr euer Wiedersehen feiert."

„Ich sollte dich wirklich einfach aus dem Auto werfen."

„Er kann ihre Sprache nicht."

Ich runzelte die Stirn.

„Er hat nicht verstanden, was ihr gesagt habt."

Sie hatte recht. „Und er hat nur zwei Wörter in ihrer Sprache gesagt. Dann auf Englisch."

„Auch das könnte uns zum Vorteil gereichen."

Ich lachte auf. „Hast du auch die gehobene Sprache studiert?" Ich sah zu ihr.

Sie runzelte die Stirn. „Was, nein? Wahrscheinlich habe ich einfach nur zu viele Bücher von Leuten gelesen, die sich gewählt ausdrücken."

Ich nickte und wir schwiegen. Für den Moment brauchte ich meine Gedanken für mich selbst. Maja und Luna waren am Leben. Bobbi hatte mitgespielt. Finn hatte Angst vor Hunden und er sprach Majas Sprache nicht. Bobbi war eifersüchtig und könnte deshalb zum Problem werden.

ZWEIUNDSECHZIG

BOBBI

Nach Finns Anruf und den Worten, die Lara und ich danach gewechselt hatten, schaltete sie ab. Und nachdem ich zweimal erfolglos versucht hatte, sie aus ihren Gedanken zu holen, ließ ich sie. Ich schloss die Augen, schlief eine Weile und als ich wieder aufwachte, war es dunkel. Ich wusste nicht, ob Lara zwischendurch angehalten hatte oder wie weit wir waren.

Es war neun Uhr abends. Wenn wir unserem Zeitplan folgten, würden wir in vier Stunden ankommen. Vier Stunden und wir hatten noch immer keinen Plan.

„Na, endlich wach?“ Lara gähnte.

Ich streckte mich, so gut es ging. „Ja. Wo sind wir?“

„Etwa dreihundert Kilometer liegen noch vor uns.“

„Ist irgendetwas geschehen, das ich wissen müsste?“ Ich sah mich um. Wir fuhren auf einer Landstraße. Um uns herum lag die Dunkelheit. Mein Körper fühlte sich matschig an und ich musste pinkeln.

„Nicht in der Welt hier draußen.“

„Aber in deinem hübschen Köpfchen?“ Ich grinste sie an.

Lara griff hinter mich, zog eine Wasserflasche hervor und reichte sie mir. „Auf dem Rücksitz sind ein paar Sandwiches, Gemüse, Schokoriegel und irgendwelches anderes Zeug. Bedien dich.“

Ich sah mich um, zog die weiße Plastiktüte nach vorne und legte sie mir auf den Schoß. „Also, was hat dein Denkapparat zustande gebracht?“

Sie sah mich schräg an. „Denkapparat?“ Dann lachte sie auf, verstummte aber im nächsten Augenblick. „Erinnerst du dich an Finns Klamotten?“

Ich ließ das Sandwich, das ich mir gerade aus der Tüte nehmen wollte, wieder sinken. „Finns Klamotten?“

„Die er an dem Tag trug, an dem er aus seinem Versteck im Bootshaus gekommen ist.“

Noch immer sah ich sie verständnislos an.

„Er trug einen dunklen Pullover und die Uhr meines Großvaters.“

Ich zuckte mit den Schultern, nahm das Sandwich wieder in die Hand und packte es aus. Als ich hineinbeißen wollte, hielt ich inne. „Der Typ, den ich erschossen habe, trug einen hellen Pullover.“ Natürlich hatte ich Finns Anblick nicht vergessen. Niemals würde ich diesen Moment vergessen. Jetzt noch viel weniger, denn ich hatte einen Unschuldigen getötet. Nicht erst jetzt wurde mir klar, dass es

Karl gewesen war. Es war ein anderer Gedanke, der mich festhielt. „Ich hätte es wissen müssen. Ich hätte ihn erkennen müssen."

„Warum hast du ihn erschossen?"

Ich hatte oft darüber nachgedacht. Die vordergründige Antwort war banal: Er war mir im Weg. Ich wollte Laras Geschichte hören. Und ich wollte danach eine Möglichkeit haben, zu entkommen. Finn hätte die falschen Dinge erzählt. Aber dahinter lag etwas anderes. Etwas, das ich bis heute nicht hatte greifen können. „Ich hasste ihn in diesem Moment so sehr, weil ich begriff, dass alles umsonst gewesen war. Ich begriff, dass wir den Falschen gejagt hatten. Dass Henry es nicht wert war, dass wir ihn rächten. Es war Finns Schuld. Finns blinder Hass. Ich wollte, dass er starb." Meine Stimme war fest und selbst ich konnte die Kälte dahinter hören.

„Du willst noch immer, dass er stirbt."

Ja, das wollte ich. „Ich hätte erkennen sollen, dass es nicht Finn war. Sogar seine Stimme war eine andere, verdammt."

Lara nickte. „Ja, du hast recht." Sie zögerte. „Könnte es sein, dass Karl dort war, um es zu beenden?"

Ich war mir sicher, dass es so war, und sagte: „Er wollte von Anfang an nicht mitmachen. Ich bin sicher, er wollte eingreifen."

„Warum hat er nicht die Polizei informiert?"

Ich zuckte mit den Schultern, obwohl ich die Antwort kannte. „Damit hätte er Finn ins Gefängnis gebracht. Ich war ihm egal. Ich war beiden egal. Finn fand es einfach nur toll, jemanden zu haben, der auf ihrer Seite stand. Karl interessierte sich überhaupt nicht für mich." Ich spürte den alten Zorn aufsteigen. Das alte Unverständnis. Warum war ich ihm egal gewesen? „Sie sind beide wie Henry. Jeder auf seine Weise. Da bin ich sicher."

„Dann war es tatsächlich Finn, der mir die Uhr geschickt hat."

Ich lachte auf.

„Ich hätte es an der Schrift erkennen müssen. Und ich hätte ihn erkennen müssen."

Sie hatte mir erzählt, dass sie ihn getroffen hatte.

„Glaubst du, dass Bill auch ihn unterstützt hat?"

„Er hat mir nichts davon erzählt." Aber ich schloss es nicht aus. „Können wir demnächst mal anhalten. Ich muss pinkeln."

Lara nickte und ich biss endlich in mein Sandwich.

Ein paar Minuten später hielten wir an einem Feldweg, stiegen beide aus und nun ja, pinkelten. Lara nahm danach eine Sprachnachricht für Finn und Maja auf, die in dieser Einöde jedoch nicht verschickt wurde.

Wir fuhren weiter. Ich war nun wach, Lara schwieg. „Du wirst doch nicht einschlafen, oder?"

„Glaub mir, ich bin hellwach. Ich hatte dir einen Kaffee mitgebracht, aber du hast so fest geschlafen. Ich habe ihn selbst getrunken."

„Hast du in den vergangenen Stunden auch in die Zukunft gesehen oder nur darüber nachgedacht, was dir in der Vergangenheit hätte auffallen müssen?"

„Du möchtest wissen, ob ich einen Plan habe, um Finn auszuschalten."

Ich grinste. „Ich mag, dass du ausschalten sagst."

„Wenn auf dieser Reise noch ein Mensch sterben muss, dann einer von den Bösen."

Einer? Hielt sie mich noch immer für eine von den Bösen? „Also, hast du einen Plan?"

„Möglicherweise. Allerdings ist er nicht sonderlich ausgereift."

„Schieß los."

Sie lachte kurz auf. „Das steht am Ende."

„Schwarzer Humor. Nett. Und ein Anfang. Wie geht's weiter?"

„Es ist ein kleines Haus. Ich nehme an, dass sie im Wohnzimmer sind. Dort befindet sich das größte Fenster."

„Keine Terrassentür?"

„Nein. Wenn er schlau ist, hat er Luna vor der Haustür angebunden. Das wissen wir, wenn die nächste Antwort von Maja kommt."

„Du stellst ihr Fragen, die uns weiterbringen?"

„Ich versuche es. Es ist immer noch möglich, dass er uns versteht. Er könnte es auch mit einem Translator versuchen."

„Schlau ist es trotzdem."

„Wir werden sehen." Sie streckte die Finger. „Wenn Luna vor dem Haus sitzt, können wir uns nur von den Seiten nähern. Selbst das wird sie hören." Sie deutete auf eine weitere Tüte auf dem Rücksitz. „Ich habe ein paar Würste für sie gekauft. Vielleicht lenkt sie das für einen Moment ab. Allerdings bezweifle ich es."

„Wir müssen also schnell sein."

„Ja, das müssen wir. Und unsichtbar. Wir werden die Stellen unserer Haut, die man sehen kann, mit Erde einschmieren."

Ich war beeindruckt. „Wow, du denkst ja richtig mit."

Sie wackelte mit dem Kopf. „Ich habe ein paar Leute von der Fremdenlegion kennengelernt."

Bevor ich etwas erwidern konnte, fuhr sie fort. „Ich habe daran gedacht, Luna freizulassen, aber ich bezweifle, dass sie das Grundstück verlassen wird."

„Wir sollten sie trotzdem losbinden."

„Okay." Sie öffnete das Fenster einen Spalt. „Wir parken das Auto fast direkt an der Hauptstraße, nur so weit davon entfernt, dass man es im Vorbeifahren nicht sieht. Den Rest des Weges müssen wir zu Fuß zurücklegen. Wir müssen dabei so leise wie möglich sein."

„Die Wildschweine werden sich freuen."

Sie verzog das Gesicht. Als ich nach vorne sah, erkannte ich allerdings, dass es nicht an der Nennung der Schweine lag.

DREIUNDSECHZIG

LARA

„Verdammt!" Das blaue Licht blendete mich. Der Polizeiwagen hatte uns überholt und dann abgebremst. Nun bedeutete er mir, ihm zu folgen.

„Das Auto ist nicht geklaut, oder?"

Ich schüttelte den Kopf. „Nein, aber seine Besitzerin ist von einer Brücke gesprungen."

Bobbi stöhnte auf. „Lara, die Waffe."

„Verdammt." Ich griff nach der Pistole und verstaute sie im Handschuhfach, links neben dem Lenkrad, während

Bobbi das Auto nach weiteren Dingen absuchte, die dort nicht hineingehörten.

Nach ein paar Minuten fuhr das Polizeiauto rechts in eine kleine Parkbucht.

„Bleib sitzen." Bobbi schaltete das Radio ein, nahm ein weiteres Sandwich aus der Tüte und biss hinein.

Ein Polizist erreichte die Fahrerseite und klopfte mit einer Taschenlampe gegen das Fenster. Ich öffnete es.

„N'Abend, Officer." Bobbi sprach mit vollem Mund und grinste ihn mit geschlossenem an.

Ich schloss die Augen und öffnete sie wieder. Der Schein der Taschenlampe traf mich. „Entschuldigung, könnten Sie das Ding etwas dunkler stellen?"

Er nahm die Taschenlampe zurück. „Guten Abend."

„Wie können wir Ihnen helfen?" Bobbi biss ein weiteres Mal in ihr Brot.

Ich stellte das Radio aus und sah ihn hoffnungsvoll an. „Ist vielleicht ein Rücklicht defekt?"

Sein Gesicht wurde durch die Scheinwerfer seines Autos erleuchtet. Ein zweiter Polizist hatte das Auto gedreht. „Ist das Ihr Wagen, junge Frau?"

Ich nickte. „Ja, das ist er."

„Können Sie das belegen?"

Ich runzelte die Stirn. „Sicher. Aber zuerst wüsste ich gern, warum."

„Sie sind nicht von hier."

Ich schüttelte den Kopf. Bobbi reagierte. „Nein, meine Freundin und ich verbringen hier unseren Urlaub."

Ich nickte zustimmend.

„Wir haben die Besitzerin dieses Autos vor ein paar Tagen in einer Schlucht gefunden. Es sieht so aus, als wäre sie von einer Brücke gefallen." Er sagte gefallen und konnte gesprungen oder gestoßen worden meinen.

Ich schaltete, bevor Bobbi etwas sagen konnte. „Anna? Oh mein Gott, ist sie …?“ Ich schlug die Hand vor den Mund und die Tränen, die bei der Erinnerung an Annas letzten Blick hochkamen, waren echt.

Das sah auch der Polizist. Mitleid trat in seinen Blick. Er war noch sehr jung. Vielleicht Mitte zwanzig. „Ja, es tut mir leid. Sie hat den Sturz nicht überlebt.“

Aus dem Augenwinkel nahm ich wahr, wie Bobbi das Sandwich sinken ließ. Auch sie hob die Hand vor den Mund.

„Waren Sie befreundet?“

Wieder war es Bobbi, die die Geschichte weiterspann, ohne dabei tatsächlich zu lügen. „Sie und ich, wir gehörten früher dem gleichen Mädchenclub an.“

„Einem Sportclub?“

Bobbi nickte eifrig. „Ja, so etwas ähnliches. Lara und ich sind mit dem Zug zu ihr gefahren. Wir hatten uns aber am Bahnhof gestritten. Lara und ich, meine ich. Lara fuhr mit dem Bus weiter zu Anna. Nach nur einer Nacht erkannte sie jedoch, dass der Streit sinnlos war. Anna bot ihr an, ihr Auto an sie zu verkaufen.“

Der Polizist runzelte die Stirn. „Sie haben ein Auto gekauft, weil sie einen Streit beilegen wollten?“

Ich lachte auf und hoffte, dass es echt klang. „Nein, ich habe das Auto gekauft, weil ich es leid war, mit Bus und Bahn durch dieses Land zu fahren. Das war auch der Grund für unseren Streit gewesen. Nicht wahr, Karla?“ Ich sah zu Bobbi und hoffte, dass sie verstand, dass es nicht von Vorteil wäre, wenn der Polizist irgendwann meinen Namen prüfte und darauf kam, dass ich mit einer Frau namens Bobbi unterwegs war.

„Ja, ja, du hast ja recht.“

„Können Sie den Kauf belegen?“

Ich nickte, öffnete das Handschuhfach vor Bobbi und zog den Kaufvertrag heraus. Ich wusste, dass er auf den Tag vor Annas Tod datiert und von einem Notar beglaubigt worden war. Ich hatte keine Ahnung, wie Anna das geschafft hatte, aber im Moment war es mir auch egal. Wichtig war, dass der Polizist keinen Zweifel an seiner Echtheit hatte. Ich vermutete, dass sie genau deshalb einen Notar hinzugezogen hatte. Notwendig war es schließlich nicht. Eigentlich hätte der Kaufvertrag noch nicht einmal schriftlich geschlossen worden sein müssen. Andererseits hätte ich dann erst zur Zulassungsstelle gehen müssen, um später beweisen zu können, dass es sich um mein Auto handelte.

„Ich werde das überprüfen müssen."

Ich nickte. „Wie lange wird das dauern?"

Er zog ein Telefon aus der Tasche. „Nur einen Moment. Ich kontaktiere den Notar." Er tippte die Nummer ab, die auf dem Vertrag stand, und hielt das Handy ans Ohr. Dann ging er ein paar Schritte und wir verstanden seine Worte nicht länger.

Mein Herzschlag drohte meinen Hals zu sprengen. Er durfte uns nicht noch länger aufhalten. Das durfte einfach nicht passieren. Und was war, wenn Anna seine Unterschrift gefälscht hatte? Sie hatte unmöglich so kurzfristig jemanden finden können, der den Kauf bezeugt hatte, oder? Ohne meine Anwesenheit.

Nach weniger als zwei Minuten kam er zurück und reichte mir den Vertrag durchs Fenster. „Frau Beyer …" Er sprach den Namen aus, als gehörte mir ein bekanntes Pharmaunternehmen. „Der Notar bestätigt, dass Sie den Wagen gekauft haben."

Innerlich atmete ich auf, zeigte es nach außen aber nicht. „Natürlich hat er das. Können wir dann weiterfahren?"

Er zögerte. „Sie waren eine der letzten Personen, mit

denen Ihre Freundin Kontakt hatte. Können Sie sich an etwas Ungewöhnliches erinnern? Wann haben Sie sie zuletzt gesehen?"

Abgesehen von der Tatsache, dass sich die verbitterte Männerhasserin in eine liebenswerte Männerhasserin verwandelt hatte, die mich mit einem Auto, Proviant und weiteren Beweisen versorgt hatte, bevor sie von einer Brücke sprang? Nein. Natürlich sagte ich das nicht. Ich erzählte ihm nur so viel von der Wahrheit wie nötig. Dass wir den Abend zusammen verbracht hatten. Dass wir zusammen Mittag gegessen hatten und dass ich dann mit ihrem Auto die Stadt verlassen hatte. Ich hoffte, dass niemand gesehen hatte, wie sie am Steuer des Wagens gesessen hatte.

„Ist Ihnen etwas aufgefallen?"

Ich erzählte die Wahrheit. „Sie wirkte irgendwie gelöst. Glücklich. Ich hatte sie noch nie so glücklich gesehen."

„Können Sie sagen, woran das lag?"

Ich zuckte mit den Schultern. „Wir haben am Abend zuvor ein langes Gespräch über ihren Vater geführt. Ich hatte das Gefühl, dass ihr dabei etwas klar geworden ist. Leider hat sie mir nicht verraten, was es war."

Bobbi schaltete sich ein. „Sie war ja vor allem auch meine Freundin."

Der Polizist nickte. „Bitte geben Sie mir eine Telefonnummer, unter der ich Sie erreichen kann, falls wir weitere Fragen haben."

Ich nannte ihm meine Nummer. „Was glauben Sie, ist geschehen?"

Er atmete tief ein. „Es tut mir leid, Ihnen das sagen zu müssen, aber ich glaube, Ihre Freundin hat sich das Leben genommen."

Ich schloss die Augen und Bobbi sagte: „Scheiße".

„Okay, Sie können weiterfahren." Er klopfte auf das

Dach des Autos, doch als ich losfuhr, hielt er uns auf. „Eine Sache noch." Er zog sein Telefon wieder hervor und zeigte uns das Display. „Kennen Sie diesen Mann? Haben Sie ihn gesehen?"

Es war Bill. Eine Zeichnung seines Gesichts. Unverkennbar, die fleischigen Wangen, die kleinen Augen.

Bobbi rückte vor. Sie kräuselte die Lippen. „Hm, nein, ich glaube nicht. Was ist mit dir, Lara?"

Ich schüttelte den Kopf. „Was ist mit ihm?"

Der Polizist schüttelte ebenfalls den Kopf. „Nicht so wichtig."

Ich schluckte. „War das dann alles?"

„Ja, Sie können fahren."

Ich wartete, bis der Polizist sich weit genug vom Auto entfernt hatte, und fuhr dann so langsam und gemächlich auf die Straße zurück, wie meine weichen Knie und zitternden Hände es mir erlaubten.

Nach ein paar Minuten brach Bobbi das Schweigen: „Nun ja, das hätte schlechter laufen können, oder?"

Ein unkontrolliertes Geräusch entfuhr meiner Kehle. Es war eine Mischung aus einem Stöhnen und einem Glucksen.

„Das hat dich nervös gemacht."

„Der Typ hat jetzt meinen Namen. Er hat eine Verbindung zu Anna. Wenn er mich überprüft, wird er herausfinden, wer ich bin. Wenn er ein bisschen tiefer gräbt, wird er bald wissen, dass ich auch Bill kannte."

„Offensichtlich hat er Bills Namen aber nicht. Er wird wohl kaum die Kontaktliste deines E-Mail-Providers kontrollieren."

„Bill ist auf unzähligen Fotos mit mir gemeinsam zu sehen, Bobbi. Er war der Anwalt meines Großvaters. Er hat mein Vermögen verwaltet. Verflucht, es wird nicht lange dauern und er hat eins und eins zusammengezählt." Panik ergriff mich. Was, wenn er schneller war, als ich es ihm zutraute? Was, wenn er uns ein weiteres Mal anhielt, bevor wir Majas Haus erreicht hatten? „Wir müssen das Auto loswerden."

„Lara, beruhige dich." Bobbis Hand legte sich auf meinen Arm. Sofort wurde mir bewusst, dass sich die Waffe nicht mehr zwischen meinen Beinen befand. Sie würde mich ohne Weiteres überwältigen können. Ich öffnete das Handschuhfach, zog die Pistole heraus und deponierte sie an ihrem angestammten Platz. Ich wollte mich nicht beruhigen.

„Wenn wir uns jetzt ein neues Auto besorgen, wird das auffallen. Wie oft glaubst du, wird in diesen Käffern ein Auto geklaut?"

Sie hatte recht. Wir mussten weiterfahren. Wir mussten es irgendwie zu Maja schaffen. Was danach geschah, geschah danach. Ich atmete tief. Box-Breathing. Zehn Sekunden ein, zehn Sekunden halten, zehn Sekunden aus. Zehn Sekunden halten. Beim ersten Mal schaffte ich es nicht. Beim zweiten kam ich bis sechs. Beim dritten hatte ich mich beruhigt.

„Also, wir waren an dem Punkt unseres Planes stehen geblieben, an dem wir den Wildschweinen auf dem kleinen Feldweg ausweichen wollten."

Ich sah zu ihr und nickte. Fokussieren. Sie hatte recht. Es waren nur noch drei Stunden Fahrtzeit übrig. Wir brauchten einen Plan.

„Wir laufen einfach weiter und hoffen, dass sie uns in Ruhe lassen." Ich atmete leichter. „Wir besänftigen Luna mit den Würsten …"

„Die Wildschweine werden die Dinger auch riechen. Hast du genug gekauft, um auch sie damit zu besänftigen?"

Ich nickte. „Ja, ich denke schon. Also, wir besänftigen Luna, indem wir ihr die Würste vor die Füße werfen. Dann binden wir sie los."

„Wird sie weglaufen?"

Ich überlegte und schüttelte dann den Kopf. „Nein, sie wird zu Maja wollen."

„Das ist nicht gut."

Ich atmete tief durch. „Wir überlegen uns dann etwas."

„Okay, wie öffnen wir die Tür?"

Ich schüttelte den Kopf. „Gar nicht." Dann kam mir eine Idee. „Wir müssen Finn eine weitere Nachricht schicken, sobald wir das Auto abgestellt haben. Am Haus führen wir Luna zum Wohnzimmerfenster und hoffen, dass sie dort bellt."

„Und dann?"

Ich hatte keine Ahnung. „Wir müssen ihn irgendwie rauslocken."

Bobbi machte eine wegwerfende Geste. „Vielleicht kommt eins von den Schweinchen mit uns. Luna wird ihn auf jeden Fall nicht rauslocken können. Im Gegenteil. Er wird sofort wissen, dass wir da sind. Und er hat verdammt nochmal Angst vor Hunden. Hörst du mir denn nicht zu?"

Wir diskutierten. Über eine Stunde diskutierten wir darüber, wie wir Finn aus dem Haus locken oder selbst hineingelangen konnten. Jede Variante fühlte sich aussichtslos an. Zumindest kamen wir darüber überein, dass wir das Motorrad finden und außer Gefecht setzen mussten.

Außerdem war klar, dass Bobbi das Opfer spielen würde, das wegrennen wollte. Dafür musste ich sie fesseln. Allerdings würde ich die Fesseln locker genug lassen, damit sie sie öffnen konnte.

Der Plan fühlte sich furchtbar amateurhaft an und ich bezweifelte, dass wir irgendetwas davon umsetzen können würden. Vermutlich hielten uns bereits die Wildschweine auf. Vermutlich würden wir das Motorrad nicht finden. Und vermutlich würde Luna mir in den Arm beißen. Warum sollte sie mir vertrauen?

Dennoch war es besser als nichts.

Ich musste mehr und mehr darauf achten, die Augen offenzuhalten, hielt trotz der Gewissheit, jeden Moment von einem Polizisten aufgehalten zu werden, ein weiteres Mal an einer Tankstelle und versorgte uns mit Kaffee und essbaren Dingen. Der Tank musste halbwegs gefüllt sein und ich wach.

Den Kaffee würde ich dafür nicht mehr brauchen, sobald wir den Waldweg erreicht hatten. Das Adrenalin putschte mich schon jetzt immer wieder auf, wenn ich Maja eine neue Sprachnachricht schickte und ihre Antwort eintraf. Luna war tatsächlich vor der Haustür angebunden. Und sie befanden sich im Wohnzimmer. Beides spielte uns in die Hände. Aber nichts gab uns Gewissheit.

Ich konnte meine Gedanken nicht länger auf das Bevorstehende lenken. Also richtete ich sie auf die Vergangenheit.

VIERUNDSECHZIG

BOBBI

Warum bist du damals zurückgekommen?“ Lara klang müde.

„Wann?“

„Als du mir in meiner Wohnung aufgelauert hast.“

„Darüber haben wir doch schon gesprochen. Ich wollte es zu Ende bringen.“

„Ich verstehe es aber nicht. Du sagtest, dass du mir geglaubt hast. Du hast gesagt, dass du es bereut hättest, meine Mutter getötet zu haben.“

Ich ließ mich zurück in den Sitz sinken. „Ja, so war es auch. Aber zu diesem Zeitpunkt war das Gefühl nicht stark genug. Ich habe dich gehasst. Du hattest alles versaut. Eigentlich hätte ich zu diesem Zeitpunkt an einem Sandstrand sitzen sollen. Mit Palmen um mich herum. So wie jedes Mal."

Sie sah zu mir. Zu lange. Das Auto schwenkte bedrohlich nah an den Fahrbahnrand.

Ich hob die Augenbrauen. „Weißt du, wenn du so schlecht im Multitasking bist, dass du diese Geschichte nicht beim Autofahren hören kannst, sollten wir vielleicht lieber rechts ranfahren oder die Erzählung verschieben."

Sie ging nicht auf meinen Kommentar ein. „So wie jedes Mal?"

„Ich dachte, du kennst die Geschichte hinter den Punkten."

Sie schüttelte den Kopf. „Ich weiß nur, wofür sie stehen."

Selbstverständlich. Sonst hätte es sie schließlich auch nicht gewundert, dass Bill zu meiner Rettung geeilt war und nicht zu ihrer. Oder hatte er uns letztendlich doch beide retten wollen? Hatte ihn auf seine alten Tage doch die Reue gepackt? Ich bezweifelte es.

„Jeder Punkt steht für einen Menschen, der durch dich gestorben ist."

„Wer hat dir das erzählt?"

„Karl." Sie schüttelte den Kopf. „Ich meine natürlich Finn." Dann zögerte sie. „Moment, einen Punkt hast du dir kurz nach dem Tod meines Großvaters stechen lassen."

„Ah, ja. Der stand mir eigentlich nicht zu. Ich schätze, da bin ich ein bisschen sentimental geworden. Wegen dir, weißt du?"

„Nein, das weiß ich nicht." Ich konnte den Zorn in ihrer Stimme fast auf meinem Gesicht spüren.

„Spielt das jetzt noch eine Rolle. Wir haben doch darüber gesprochen, Lara." Ich war genervt, auch wenn ich natürlich verstand, warum es ihr nicht egal war.

„Ja, das tut es."

„Es hat mir leidgetan, deinen Großvater sterben zu sehen."

Sie runzelte die Stirn. „Gesehen? Ich dachte, Finn hätte die Tat allein begangen."

Mist, ich hatte vergessen, dass ich nicht die Wahrheit erzählt hatte. „Es könnte sein, dass ich dabei war."

Sie schwieg eine Weile und schien sich zu sammeln. „Erzähl mir, was passiert ist."

Ich zögerte, erzählte es ihr dann aber. „Alles war so, wie ich es gesagt habe. Nur, dass Finn erst dazu stieß, nachdem dein Großvater schon einmal gefallen war. Er hat ihn ein zweites Mal gestoßen, weil er noch nicht … Ich bin nicht sicher, ob ich ihn ein weiteres Mal hätte stoßen können." Wieder zögerte ich. „Das war das erste Mal. Ich schätze, ich wollte mich mit dem Punkt an diesen Moment erinnern. Ich wollte mich daran erinnern, dass ich es einmal fast nicht getan hätte."

„Warum? Damit du beim nächsten Mal auch wirklich dafür sorgst, dass dein Opfer stirbt?" Wieder klang Zynismus durch, den ich von Lara nicht kannte. Aber sie hatte den Punkt getroffen.

„Ja, das war der Grund."

Die Antwort hatte ihr die Sprache genommen. Sie hatte nicht mit der Wahrheit gerechnet. Oder nicht mit dieser.

Irgendwann sagte sie: „Du belohnst dich also mit einem tropischen Urlaub dafür, ein Leben ausgelöscht zu haben."

„Hm." Sollte ich ihr auch hier die Wahrheit sagen? Was hätte es für einen Sinn? Sie musste es nicht erfahren. Ich könnte mir eine traurige Geschichte ausdenken, warum Bill mir nahegestanden hatte. Ich müsste nicht einmal allzu viel davon erfinden, nur einen großen Teil weglassen.

„Was soll das heißen? Hm." Lara verlor die Geduld.

„Ein paar Mal habe ich das gemacht. In letzter Zeit offensichtlich nicht."

Ihre Finger tippten nervös auf dem Lenkrad herum. Wir näherten uns einem Terrain, von dem sie nicht wusste, wie es aussah. Sie hatte keine Ahnung von meinem Leben, bevor wir uns kennengelernt hatten. „Und davor? Vor meinem Großvater und meiner Mutter. Wen hast du getötet, Bobbi? Und warum?"

Ich stöhnte auf. „Das ist doch nun wirklich ein mieser Zeitpunkt für ein solches Gespräch."

„Möglicherweise ist es aber die letzte Gelegenheit."

„Es geht dich eigentlich nichts an, weißt du?"

Sie schnaubte.

„Ich hatte keine Ahnung, wer diese Leute waren."

„Warum hast du sie dann getötet?"

„Jemand hat mich darum gebeten."

Sie wandte den Blick zu mir. Den Mund geöffnet.

„Alles war anders bei deiner Familie, Lara. Finn wollte Rache. Karl wollte Antworten. Ich wollte beides. Und was habe ich bekommen?" Ich sah sie an. Sie hatte den Blick wieder auf die Straße gerichtet. „Dich. Dich und dein scheiß verkorkstes Leben. Und diese verdammten Gefühle, die ich nie zuvor gefühlt hatte."

Sie lachte auf, kurz, hart und zornig. „Wer hat dich darum gebeten, die anderen zu töten?"

„Ein Freund."

Sie stöhnte auf. „Geht's vielleicht noch etwas kryptischer, Pinocchio?"

„Wieso Pinocchio?"

„Weil deine Nase so lang zu sein scheint, dass es nicht möglich ist, alles auf einmal herauszuziehen."

Ich fasste mir an die Nasenspitze. „Das war gemein und stimmt auch nicht."

Wieder stöhnte sie auf. „Red weiter, Bobbi. Was war das für ein Freund, für den du eine kleine Gefälligkeit wie einen Mord erledigst?“

Ich biss mir auf die Zunge und ließ die halbe Wahrheit über sie rollen. „Es war ein Freund der Familie. Er tauchte kurz nach dem Verschwinden von meinem Vater auf. Eine Zeitlang war er mit meiner Mutter zusammen, aber auch als sie sich trennten, stand er uns weiterhin nahe. Er kümmerte sich trotzdem um mich und irgendwann bekam ich mit, wie er einer Frau erklärte, er könnte ihr nicht helfen.“

„Was war geschehen?“

„Ihr Mann hatte sie in der Frühzeit ihrer Ehe ständig vergewaltigt. Sie hatte auf diese Weise drei Kinder empfangen und dann wieder verloren. Er hatte sie jahrelang geschlagen und sie von sich abhängig gemacht. Finanziell, meine ich. Sie hatte keine Ausbildung, nichts. Als sie älter wurde, hat er sie nur noch geschlagen. Für den Rest hat er andere Frauen mit nach Hause gebracht und ihnen erzählt, seine Ehefrau wäre seine Mutter. Leider ist sie nie zur Polizei gegangen. Die Vergewaltigungen waren längst verjährt. Die Schläge haben sie ihr nicht mehr geglaubt.“

„Oh man.“

„Sie hatte kein Geld und Angst, sich von ihm scheiden zu lassen. Ich wollte ihr helfen. Ich wollte irgendetwas tun. Der Freund meiner Mutter sagte, der einzige Ausweg für sie wäre, wenn ihr Mann starb.“ Ich zögerte, dachte zurück an diese Zeit. „Es dauerte ein paar Tage, bis er mich fragte, ob ich ihr wirklich helfen wollte. Ich war damals siebzehn. Hätte man mich erwischt, hätte ich zumindest nicht mein gesamtes Leben im Knast verbracht.“

Laras Hände hatten sich beruhigt. Nun umklammerten sie das Lenkrad wieder.

„Es war leicht. Ich spielte die kleine Lolita und lockte ihn in eine Gasse. Dort stieß ich ihm ein Messer in die Brust und klaute sein Portemonnaie, seine Uhr, seinen Ehering und sein Handy. Ich nahm das Geld und die Wertsachen, warf den Rest zusammen mit der SIM-Karte in die nächste Ecke und lief davon."

Wieder starrte sie mich an.

„Lara, sieh auf die Straße."

„Wie konntest du ihn sofort töten?"

Ich lachte auf. „Das ist es, was du wissen willst? Also gut, ich werde es dir verraten. Natürlich haben wir den Überfall bis ins kleinste Detail vorbereitet. Das mit dem Messer habe ich genauso geübt wie den Hilfeschrei für den Fall, dass etwas schief ging. Ich hätte immer behaupten können, dass er versucht hatte, mich zu vergewaltigen."

„Hattest du keine Skrupel?"

„Hast du nicht zugehört? Er hat seine Frau vergewaltigt. Die halbe Ehe lang. Und als sie ihm zu fett wurde, hat er sie nur noch geschlagen und vor ihr andere Frauen gefickt."

Sie sagte nichts.

„Nein, Lara, ich hatte keine Skrupel. Ich habe ihm in die Augen gesehen, als er starb. Kein Mann hat das Recht, so mit einer Frau umzugehen."

„Das bedeutet aber nicht, dass du das Recht hast, sein Leben zu beenden." Es klang, als wäre sie selbst nicht von ihren Worten überzeugt.

„Ich habe es an ihrer Stelle getan. Sie hatte nicht die Kraft dafür."

„Wie ging ihr Leben danach weiter?"

„Sie hat sich einen Job gesucht, hat sich im Fitnessstudio angemeldet und einen Hund gekauft."

„Und lebte glücklich bis an ihr Lebensende?" Wieder dieser Zynismus.

„Sie lebt noch immer."

„Woher weißt du das?"

Ich räusperte mich. „Ich weiß es eben."

„Du spielst also die Rächerin der Gerechten?“

Ich schüttelte den Kopf. „Lara, ich tue das nicht, weil es mir Spaß macht.“

Sie lachte auf. So laut und so heftig, dass ich zusammenzuckte.

„Ich meine es ernst.“ Ich brüllte halb, um ihr Lachen zu übertönen. Im selben Moment war ich froh, ihr nicht die gesamte Wahrheit erzählt zu haben. „Ich mache das nicht zum Spaß. Ich mache es für jene, die sich nicht mehr oder überhaupt nicht wehren können.“

„Ach ja, wer konnte sich denn nicht gegen meine Mutter wehren?“

Ich sprach nicht leiser. „Ich habe dir bereits gesagt, dass es bei deiner Mutter anders war.“

Sie sah mich an, Zorn in den Augen und brüllte: „Was war anders bei meiner Mutter, Bobbi? Warum musste sie sterben?“

Ich hatte es für ihn getan. Ich wusste, dass er nie darüber hinweggekommen war, dass sie ihn abgewiesen hatte. Ich hatte gewollt, dass er nicht länger darunter leiden musste. Natürlich war das nicht der einzige Grund. Aber er rechtfertigte ihren Tod ein bisschen mehr. Der Alte sollte leiden und sie sollte büßen. Objektiv betrachtet war es falsch, sie zu töten. Aber objektiv konnte ich damals nicht denken.

„Ich wollte Rache, Lara.“ Ich sprach leise und die Worte entsprachen der Wahrheit.

Sie schwieg. Wieder rollten Tränen über ihre Wangen. In diesem Moment wusste ich, dass sie mich nicht töten können würde. Sie würde es selbst bei der Mörderin ihrer Mutter nicht über sich bringen, ein Leben vorsätzlich zu beenden. Und dieser Gedanke brachte mich zum Lächeln. Ich würde hier wieder rauskommen. Mit oder ohne Lara.

FÜNFUNDSECHZIG

FINN

„What did she ask you? Was hat sie dich gefragt?“ Es machte mich wahnsinnig, dass ich diese dämliche Sprache nicht verstand. Drei Jahre hätte ich Zeit gehabt, um sie zu lernen. Drei verdammte Jahre hatte ich damit vergeudet, zerschlissene Groschenromane zu lesen und mir auszumalen, wie ich mich an Bobbi rächen würde. Dabei hätte ich wissen müssen, dass sie Henrys Route folgen würde.

Die dunkelhaarige Schlampe sah mich mit riesigen Augen an. Seit Stunden versuchte sie, mir vorzuspielen, dass sie mich nicht verstand. Lächerlich.

Wieder und wieder hörte ich die Nachrichten von Lara. Sie sprach zu schnell. Ich hatte versucht, den Text mit Hilfe einer Transkriptions-App sichtbar zu machen, um ihn durch ein Übersetzungsprogramm zu jagen, aber dabei kam nur Mist heraus.

Andererseits war dies vermutlich gar nicht notwendig. Lara konnte nicht wissen, dass ich diese Sprache nicht verstand. Immerhin war ich vor ein paar Jahren selbst durch die Dörfer gereist. Dummerweise hatte Karl sämtliche Unterhaltungen geführt, wenn die Gesprächspartner des Englischen nicht mächtig gewesen waren.

Vermutlich säuselten die Weiber sich irgendwelches dämliches Zeug in die Ohren, das ich ohnehin nicht hören wollte.

Die Schwarzhaarige hockte vor der Couch. Ich hatte ihre Fußknöchel und Handgelenke zusammengebunden und ihr ein Stück Stoff in den Mund gestopft. Zwar glaubte ich nicht, dass jemand in dieser Einsamkeit auftauchen könnte, aber ich wollte nicht, dass sie den Hund aufhetzte.

Diese dämliche Töle. Fast hätte sie den kompletten Plan scheitern lassen. Natürlich wusste ich, dass sie einen Hund hatte. Aber ich hatte nicht damit gerechnet, dass er mich sofort angreifen würde. Fast hätte ich ihn erschossen, aber die Schwarzhaarige hatte ihn im letzten Moment zurückgepfiffen.

Sie hatte ihn vor dem Haus angebunden und darauf bestanden, dass ich ihm Futter und Wasser hinstellte. Eine Weile hatte ich sie dafür ausgelacht, aber irgendwann war das Gebell des Viehs zu laut geworden und ich hatte nachgegeben.

Am liebsten hätte ich ihn auch jetzt noch erschossen, aber ich wollte keine Aufmerksamkeit erregen. Außerdem würde die Schwarzhaarige dann vielleicht nicht mehr so schön mitspielen. Der Köter war eine Art Absicherung. Genau wie die Kamera, die ich über der Haustür angebracht hatte. Sie zeigte nur schwarzes Nichts. Im Moment. Aber wenn sich etwas näherte, dessen Körper wärmer war als die Umgebungstemperatur, würde ich das sehen. Bisher waren nur Tiere vorbeigelaufen. Darunter ein paar, denen ich nicht unbedingt begegnen wollte. Zumindest nicht nachts.

Ich lehnte mich in dem Sessel zurück und starrte auf den schwarzen Bildschirm. So langsam wurde es langweilig. Warum mussten sie auch so weit weg sein? Ich hätte mir Maja schnappen und zu ihnen fahren sollen. Warum hatte ich das nicht getan? Verdammt. Jetzt saß ich hier, musste darauf aufpassen, dass die Schwarzhaarige nicht dehydrierte und regelmäßig aufs Klo ging und auf das winzige Display starren.

Die Lider sanken immer wieder über meine Augen. Wenn ich nicht etwas tat, würde ich einschlafen. Es waren noch vier Stunden, bis die beiden hier auftauchen würden. Wenn sie sich nicht von irgendetwas aufhalten lassen würden.

Ich sprang auf, presste die Hände gegen die Schläfen und schloss die Augen, nur um sie im nächsten Moment wieder aufzureißen. Essen, ich konnte etwas essen. Genau genommen musste ich das sogar. Die Schlampe hatte doch bestimmt was in ihrem Kühlschrank.

SECHSUNDSECHZIG

LARA

Scheiße!“ Wir sagten es gemeinsam, nachdem wir die letzte Sprachnachricht von Maja gehört hatten. Es würde tatsächlich die letzte sein. Offenbar war sie sich endlich sicher, dass er sie nicht verstand, und sie hatte in irrsinnigem Tempo erzählt, dass er eine Wärmebild-Überwachungskamera an der Vordertür installiert hatte, die er mit seinem Telefon kontrollieren konnte. Vermutlich war er mit allem möglichen technischen Schnickschnack ausgestattet, mit dem er sich nachts im Wald orientieren konnte.

Wir würden den Abzweig zu Majas Haus in wenigen Minuten erreichen. Aber was dann? Wenn Finn sehen konnte, wie wir uns dem Haus näherten, könnten wir genauso gut mit dem Auto bis vor die Tür fahren.

„Was für eine Reichweite haben diese Kameras?“ Ich verlangsamte das Tempo, als könnte ich uns damit mehr Zeit verschaffen.

„Glaubst du echt, ich wüsste sowas?“ Bobbi zog ihr Handy aus der Tasche.

„Ja, irgendwie hätte ich das jetzt erwartet.“

Sie tippte auf dem Display herum, scrollte, tippte wieder und schien dann zu lesen.

„Und?“

„Sei doch nicht so ungeduldig.“

Ich lachte auf. Bitter und kurz.

„Also, ich finde hier nur was über Nachtsichtgeräte. Die können wohl teilweise bis zu anderthalb Kilometer weit Wärmestrahlung erkennen.“

„Puh.“

„Ich glaube allerdings nicht, dass Finn so ein Teil hat. Die Kameras können das bestimmt nicht.“

Ich zuckte mit den Schultern. „Wir müssen aber davon ausgehen.“ Auf der rechten Seite öffnete sich der Wald. Ich bog ab und hielt wenige Meter weiter am Straßenrand. Dann nahm ich Bobbi das Handy aus der Hand und öffnete das Kartenprogramm. In diesem Moment wurde mir bewusst, dass Bill vermutlich auch Bobbis Handy getrackt hatte. Für einen Moment schloss ich die Augen. Nichts wies darauf hin, dass Finn bereits dahinter gestiegen war. „Von hier aus sind es noch zwei Kilometer.“ Ich schaltete auch bei Bobbis Handy den GPS-Empfänger aus.

„Na, das passt ja wunderbar. Vielleicht könnten wir ein Lasso werfen?“

Ich reagierte nicht auf Bobbis unpassende Albernheit. „Wie lange brauchen wir, wenn wir sehr schnell gehen?" Ich sah zu Bobbi.

Ihr Gesicht wurde vom Display des Handys, das sie wieder an sich genommen hatte, angestrahlt und ich sah, wie sich Falten auf ihrer Stirn bildeten. „Unsere Körper werden sich noch weiter aufheizen, wenn wir rennen. Außerdem wird das Luna auf den Plan rufen."

„Luna wird so oder so anschlagen."

„Er wird uns sehen, Lara. Egal, wie schnell wir unterwegs sind."

„Nein, das glaube ich nicht."

Zehn Minuten später hatten wir alles in die Taschen unserer Jacken gesteckt, was wir brauchen könnten. Es fiel mir schwer, mein Tablet und die Notizbücher im Auto zu lassen, aber ich konnte keinen Rucksack mitnehmen. Ich musste einfach darauf vertrauen, dass niemand das Auto klaute. Und dass ich dorthin zurückkehren würde.

Die Fotos und all meine Recherchen befanden sich in einem Online-Speicher, zu dem Bill die Zugangsdaten erhalten würde, wenn ich starb. Bill, mein Freund. Nicht Bill, der Anwalt. Der Brief mit den Daten würde an seine private Adresse verschickt werden. Aber Bill würde nicht dort sein, um sie entgegen zu nehmen. Er war tot. Würde seine Frau etwas mit den Daten anfangen? Würde sie überhaupt erkennen, was ich ihr hinterließ?

Ich steckte das Messer und die Pistole in die Bauchtasche. Die Jackentaschen waren gefüllt mit Würsten für Luna und dem Gewebefaser-Klebeband für den Fall, dass ich jemanden fesseln musste. Außerdem trug ich zwei weitere Magazine für die Waffe mit mir herum. Wenn uns jetzt jemand kontrollierte, konnte es sehr ungemütlich werden.

Ich umklammerte mein Telefon und sah zu Bobbi. Ich konnte nur erahnen, wo sie sich befand. Damit sie nicht davonlief, hatte ich ein Band an ihrer und meiner Jacke befestigt. Es war die Kordel aus einer meiner Hosen.

„Du musst den Weg finden.“ Damit meinte ich, dass sie sicherstellen sollte, dass wir nicht in den Wald hinein- oder gegen ein atmendes Hindernis liefen. Ich musste ihr vertrauen, denn ich hatte eine andere Aufgabe. „Bereit?“

„Allzeit.“

„Sehr witzig.“

„Ich sage es gern noch einmal: Das könnten unsere letzten Minuten sein. Lass uns ein bisschen Spaß haben.“

Ich hoffte, dass sie das nicht ernst meinte. „Los, jetzt.“

Ich entsperrte das Display, rief die Telefon-App auf und wählte Karls, nein Finns Nummer.

Er nahm nach dem zweiten Klingeln ab. „Jetzt sag nur, ihr seid schon da.“

Ich räusperte mich und sprach sehr leise. „Nein, nein, das sind wir nicht. Hör zu, es gab ein Problem.“

„Was für ein Problem?“

Ich musste ihn fast fünfzehn Minuten am Telefon halten. Es war unwahrscheinlich, dass wir schneller vorankamen. Ich gab Bobbi dennoch einen leichten Stoß, damit sie es zumindest versuchte.

„Ich will erst mit Maja sprechen.“

„Vergiss es, du weißt, dass sie lebt, das muss reichen.“

„Ich habe gesagt, ich will mit ihr sprechen.“ Mein Atem beschleunigte sich und meine Worte klangen atemloser. Perfekt.

„Was ist los? Warum atmest du, als würdest du einen

Berg hochklettern?“

„Ich werde es dir erklären, wenn ich mit Maja gesprochen habe.“ Wir kamen gut voran. Die Straße war nicht allzu schmal und für Bobbi schien es nicht schwer zu sein, ihr zu folgen.

„Ich lasse mich von dir nicht erpressen. Aber hier hast du dein Lebenszeichen.“

Sekunden später schrie Maja auf. Ich keuchte. Verdammt.

„Zufrieden?“

„Natürlich nicht, du Arschloch.“

„Überleg dir besser gut, wie du mit mir redest, verstanden?“

Maja schrie ein weiteres Mal auf. Es klang dumpf. Vermutlich hatte er sie geknebelt.

„Also, warum keuchst du so? Was ist das Problem?“

Ich holte weit aus. „Vor ein paar Tagen habe ich eine Frau kennengelernt.“ Ich erzählte ihm, wie ich bei Anna in der Bar gewesen war, wie ihr Vater sich eingepinkelt hatte, wie wir danach Vodka getrunken und sie mich schließlich rausgeschmissen hatte.

„Komm zum Punkt, Lara.“

Doch ich kam nicht zum Punkt. Ich berichtete ihm von unserem Mittagessen. Natürlich ließ ich sämtliche Informationen weg, die mit den Listenmännern zusammenhingen.

„Lara, was soll das?“

„Du musst die ganze Geschichte kennen, sonst verstehst du das Problem nicht.“

Er stöhnte auf. „Also gut, es läuft eh nichts im Fernsehen und deine kleine Freundin hat auch nichts zu erzählen.“

Ich nahm das Handy für einen Moment vom Ohr. Ich sprach seit neun Minuten. Das war gut. Es würde reichen. Bisher waren wir problemlos vorangekommen. Fast war ich überrascht, dass sich uns kein Hindernis in den Weg stellte.

Ich fuhr also fort, erklärte ihm, dass Anna mich zu Bobbi hatte fahren wollen und dass sie auf dem Weg dorthin von einer Brücke gesprungen war. Er brauchte diese Information, aber seine Reaktion darauf überraschte mich.

Er lachte. „Welche Brücke?"

Ich beschrieb ihm den Ort.

„Ich habe zwei Bullen gesehen, die dort runter geschaut haben." Sein Lachen war so laut, dass ich das Telefon ein Stück weit vom Ohr weghalten musste. „Die alte Kuh hat sich tatsächlich da runter gestürzt."

Erst nach und nach wurde mir die Bedeutung seiner Worte klar. Natürlich hatte ich vermutet, dass es Finn war, der uns bis zu Bill gefolgt war. Aber gerade lieferte er mir den Beweis und nun wurde mir das gesamte Ausmaß dieses Umstandes ein weiteres Mal bewusst.

Ich hatte ihn nicht bemerkt. Einem Menschen, dessen Gesicht ich nie wieder vergessen würde, war es gelungen, mich wochenlang zu verfolgen, ohne dass ich etwas davon mitbekommen hatte. Allerdings hatte ich mit demselben Menschen eine Woche quasi unter demselben Dach gelebt, ohne ihn finden zu können.

„Was ist, hast du dich in die etwa auch verliebt?" Sein Lachen ebbte ab.

„Sie hat mir ihr Auto geschenkt. Ein ausgefüllter Kaufvertrag befand sich im Wagen. Ich fahre also mit ihrem Auto rum. Beziehungsweise bin ich bis vor zwanzig Minuten damit herumgefahren." Lügen in Wahrheiten zu verpacken, war so viel leichter, als sich etwas auszudenken.

Jetzt verstummte er.

„Sie haben uns vor einer halben Stunde angehalten. Bobbi und ich haben es geschafft, sie zu überwältigen und jetzt rennen wir durch diesen Wald und können nicht zurück zum Auto."

„Seid ihr irre?" Er brüllte in das Telefon. Weit vor uns glaubte ich, etwas zu erkennen. Waren wir schon so nah am Haus?

„Wir hatten keine Wahl. Sie wollten mich mit auf die Polizeistation nehmen. Sie kannten meinen Namen. Sie haben Bobbi gesehen. Verflucht, ich hab Panik bekommen."

„Was hast du getan, Lara?" Seine Wut drang durch den Hörer in meinen Körper.

Ich lächelte, hörte aber damit auf, als ich weitersprach. „Ich hab sie k.o. geschlagen. Beide. Dann sind wir gerannt."

„Warum seid ihr nicht mit dem Auto davongefahren?"

„Das wollte ich ja, aber der Polizist kam wieder zu sich, zog seine Waffe und schoss." Ich fügte eine dramatische Pause hinzu. „Er hat Bobbi getroffen?"

„Was?"

„Es geht ihr gut. Nur ihr Arm ist verletzt. Sie wird schon wieder. Aber wir konnten nicht dort bleiben. Sie hat zurückgeschossen."

„Scheiße! Verfluchte Scheiße nochmal."

Wieder lächelte ich. Vor uns tauchte das Haus auf. Durch das Fenster neben der Haustür drang Licht nach draußen. Ich konnte Luna erkennen, die die Ohren spitzte. Ich öffnete meine Jackentasche, zog die Würste heraus und warf eine davon in ihre Richtung. Sie landete zu weit von ihr entfernt. Bobbi griff nach der nächsten. Sie zielte besser. Luna erreichte die Wurst und fraß.

„Ich muss jetzt Schluss machen, Finn." Ich senkte die Stimme, weil ich nun fast bei Luna war. „Ich glaube, uns folgt jemand." Ich streichelte die Hündin, ließ sie an meiner Hand riechen und band sie los. Sie folgte mir lautlos hinter das Haus. „Ich melde mich später."

Finn brüllte. Ich hörte es nun nicht länger nur durch das

Telefon, sondern auch durch die Wände des Hauses. „Lara, nein. Das geht so nicht. Wo seid ihr, verdammt? Sag mir, wo ihr seid!“

Aber ich legte auf.

Keuchend ließen wir uns an einer Stelle zu Boden sinken, die Finn nicht einsehen konnte.

Alles hatte reibungslos geklappt.

Finns Stimme drang noch immer nach draußen. Er schrie und ich hoffte, dass er seine Wut nicht an Maja auslassen würde. Ich zog das Telefon aus der Tasche und schrieb ihm eine Nachricht. ‚Es ist nicht mehr weit. Wir kommen. Ich verspreche es.‘

Seine Antwort erreichte mich binnen Sekunden. ‚Ihr beeilt euch besser. Lange werde ich hier nicht mehr warten. Und wenn ich gehe, nehme ich deine Schlampe mit.‘

Ich schluckte, zeigte Bobbi die Textnachrichten und suchte in ihrem Blick nach einem Plan. Wir mussten ins Haus gelangen. Es gab eine Hintertür, die durch die Waschküche ins Haus führte. Sie lag an der Seite des Hauses, war aber vermutlich abgeschlossen. Finn war nicht dumm. Sicher hatte er alle Türen im Inneren des Hauses offen stehen. Wir hätten Maja danach fragen sollen.

Es würde keine leise Variante geben, um ins Haus zu gelangen.

Ich öffnete die Notiz-App und stockte für einen Moment, als mir bewusst wurde, dass ich auf diese Art schon einmal mit Bobbi kommuniziert hatte, um unsere Worte vor Finn zu verbergen. Dann schrieb ich: ‚Wir müssen ihn aus dem Haus locken.‘

‚Wir könnten Luna rennen lassen.‘

Ich schüttelte den Kopf. Luna würde zu Maja wollen. Sie würde nicht wegrennen. Ich streichelte den Kopf des Hundes. Sie fraß noch immer die kleinen Wurststücke, die ich ihr eins nach dem anderen gab. Wir mussten sie so lange wie möglich davon abhalten, Geräusche zu verursachen oder sich ihrer Aufgabe als Majas Beschützerin zu besinnen.

Bobbi schrieb: ‚Wir könnten an der Tür klopfen.'

Ich schüttelte wieder den Kopf. ‚Er darf keinen Verdacht schöpfen, dass wir doch hier sind.'

Ich sah mich um. Das durch die Fenster dringende Licht erhellte nur einen schmalen Streifen des Waldes. Irgendwo hier musste Finn gesessen und uns beobachtet haben. Maja und mich. Ein Schauer überlief mich bei dem Gedanken daran, dass er mich ein weiteres Mal beim Sex beobachtet hatte. Dem Schauer folgte die Wut. Seit fast fünf Jahren bestimmte er mein Leben. Heute würde das enden.

Ich stand auf, zog Luna mit mir und lief um das Haus herum. Bobbi war noch immer an mich gebunden und musste uns folgen.

„Was tust du?" Sie flüsterte.

Bobbi blieb durch das Band an mich gebunden hinter mir. Wir erreichten die Hintertür und ich legte mein Ohr an das Holz und lauschte. Die Klinke ließ sich hinunterdrücken, aber die Tür war verschlossen. Daneben befand sich ein kleines Fenster. Ich sah hindurch und erkannte einen Türknauf. Richtig, hier brauchte man von innen keinen Schlüssel. Ein Drehen des Knaufes verschloss die Tür.

Ich rief wieder die Telefon-App auf und wählte seine Nummer.

„Habt ihr die Bullen abgehängt?"

Ich flüsterte, selbstverständlich flüsterte ich. „Nein." Ich brauchte einen Grund, um ihn wütend zu machen. Er sollte ein weiteres Mal brüllen. „Und es gibt noch ein Problem."

„Willst du mich verarschen?" Er sprach nicht leise, aber klirrendes Glas würde seine Stimme nicht übertönen.

Ich tat, als zögerte ich. „Genau genommen sind es sogar

zwei."
„Was?" Ich hörte, wie es in ihm brodelte. Finn mochte es nicht, wenn sich das Leben nicht an seinen Plan hielt.
„Das Auto."
„Was ist mit dem Auto, Lara?" Er zischte. Zu leise.
Bobbi zog ihre Jacke aus und wickelte sie mir um die Hand. Ich sah sie mit erhobenen Augenbrauen an. Aber dann verstand ich. Ich würde mich nicht verletzen, wenn ich die Scheibe durchboxte. Die Verbindung zwischen uns beiden war nun aber verschwunden.
Ich ließ ihn warten und endlich schrie er. „Was ist mit dem Auto, Lara? Bist du verstummt, oder was?"
Nach der ersten Frage hatte ich die Scheibe durchstoßen. Ich zog die Hand zurück und reichte Bobbi die Jacke. Sie war noch da, zog sich aber nicht wieder an.
„Was war das?" Ich hörte seine Schritte, die durch das Haus hallten.
Ich flüsterte noch leiser. „Mein Tablet ist dort drin."
„Und was ist mit deinem verfluchten Tablet?" Er schrie und ich drehte den Knauf.
„Ich habe über dich geschrieben. Über all das hier. Die gesamte Reise."
„Du hast was getan?"
Ich öffnete die Tür. Bobbi hielt Luna am Halsband fest. Sie schien zu fühlen, dass sie keinen Laut von sich geben durfte, aber ich konnte die Anspannung der Hündin spüren. Vielleicht war es aber auch meine eigene. Ich schob die Scherben zur Seite, damit die Hündin nicht hineintrat.
„Das Tablet ist durch einen Code gesperrt, aber ich fürchte, man kommt trotzdem an die Daten."
Ich ging in die Waschküche und hörte Finn nun vom Wohnzimmer her brüllen. „Du bist so eine dumme Kuh! Was ist das zweite Problem?"

„Eins, das ich lösen kann. Bobbi ist weggerannt."

„Was?" Sein Schrei war so laut, dass Luna neben mir zusammenfuhr.

Ich wagte mich weiter vor, bis ich die offene Tür zum Wohnzimmer sah. Ich bedeutete Bobbi zurückzubleiben.

„Ich gebe dir genau dreißig Minuten, um sie wieder einzufangen. Wenn ich in einer halben Stunde nicht ihr zartes Stimmchen höre, werde ich dein Liebchen vierteilen."

Ich schluckte. Ich wusste, er meinte es ernst.

„Ich werde sie finden." Ich flüsterte noch leiser.

„Das will ich für dich …" Er unterbrach sich und fragte dann in völlig anderem Tonfall: „Scheiße, was ist das?"

SIEBENUNDSECHZIG

BOBBI

Das blaue Licht durchflutete das Haus und den Teil des Waldes, den wir durch die Fenster sehen konnten. Es leuchtete auf und verblasste wieder. Leuchtete auf, verblasste wieder.

Lara stand bewegungslos vor mir. Auch ich war erstarrt. Wo kam der Streifenwagen her? Hatte der Polizist uns am Ende verfolgt?

Ich wollte etwas sagen, aber sie hob den Finger. Noch immer hatte sie Finn am Telefon.

Sie flüsterte so leise, dass ich sie kaum verstand. „Was ist los?"

„Das werden wir gleich sehen. Was habt ihr euch ausgedacht, ihr blöden Schlampen?"

„Finn, ich habe keine Ahnung, wovon du sprichst."

Im nächsten Moment stürmte Finn aus dem Wohnzimmer in den Flur. Lara und ich wichen zurück, aber Luna verlor nun doch die Geduld und stürmte ebenfalls in den Flur.

Finn brüllte: „Lara, wo bist du? Zeig dich, verdammt." Ein Schuss ertönte. Luna bellte auf.

Laras Augen weiteten sich, aber im nächsten Augenblick ließ Finn ihre Sorge um die Hündin verpuffen. „Hau ab, du blödes Mistvieh!"

Aus dem Wohnzimmer drang ein unterdrückter Schrei. Ich hörte das Getrappel von Füßen. Vermutlich war Luna zu ihrem Frauchen gelaufen.

Von draußen drangen keine Geräusche zu uns. Ich hatte erwartet, dass Finn durch die Vordertür verschwinden würde, aber natürlich war das Unsinn. So dumm war er ja leider nicht. Ich schob Lara in eine der Ecken, in die kein Licht drang und drückte sie gegen die Wand. Finn schlich an uns vorbei. In wenigen Sekunden würde ihm das kaputte Fenster auffallen. Die Tür hatten wir hinter uns verschlossen.

In diesem Moment erklangen Schritte auf dem Holzboden draußen vor der Hintertür. Finn wich zurück, eilte heraus aus der Waschküche. Ich löste mich vorsichtig von der Wand und drang so weit vor, dass ich einen Blick in den Flur werfen konnte. Lara wollte mich zurückziehen, stand dann aber neben mir.

Finn lugte am Vorhang vorbei durch das Fenster neben der Haustür. Dabei drehte er den Schlüssel im Schloss.

Warum war ich nicht in den Wald gerannt, als ich die Jacke ausgezogen und mich so von Laras Band gelöst hatte?

Offenbar konnte Finn niemanden entdecken.

Er sagte „Scheiße“, sah sich um und holte dann sein Telefon aus der Hosentasche. Das Gespräch mit Lara hatte er längst beendet. Er sah auf sein Display. Vermutlich suchte er nach einem warmen Körper, den seine Kamera einfing. Nach ein paar Sekunden öffnete er geräuschlos die Tür. Offenbar befand sich niemand vor dem Haus.

Mein Herz raste. Als Finn nach draußen getreten war, rannte ich in den Flur, schlug die Tür zu und drehte den Schlüssel im Schloss. Von draußen erklang ein wütender Ruf. Vermutlich dachte Finn, dass die Personen aus dem Polizeiwagen im Haus waren. Er konnte nicht wissen, dass noch immer jemand um das Haus herumschlich. Aber wer? Wer war so dumm, mit Blaulicht vorzufahren? Wer wusste überhaupt, dass wir hier waren?

Lara raste an mir vorbei ins Wohnzimmer. Ich folgte ihr. Maja saß an das Sofa gelehnt mit gefesselten Armen und Beinen auf dem Boden. Ein um ihren Mund gewickeltes Band hinderte sie am Sprechen. Lara war gerade dabei, den Knoten zu lösen. Sie sahen sich dabei in die Augen. Zu lange.

„Ich will ja euer Wiedersehensglück nicht unterbrechen, aber ein Raum mit einem riesigen Fenster ist ganz sicher nicht der richtige Ort, wenn draußen ein Psychopath herumläuft.“

„Du hast recht. Hilf mir!“ Lara packte Maja unter dem rechten Arm. Ich ging widerwillig zu ihnen und schnappte mir den linken. Wir brachten sie in den Flur, wo Lara die Fesseln löste. Ich erwartete, dass sie sich umarmten, vielleicht sogar küssten, aber sie verschonten mich mit diesem Anblick.

Stattdessen sah Maja wütend zwischen uns hin und her. „Seid ihr irre? Mit Blaulicht hier aufzutauchen?"

Ich hob die Hände und Lara flüsterte: „Das ist nicht unser Auto. Wir sind zu Fuß hergekommen."

Majas Augen weiteten sich. „Was?" Dann drang die Erkenntnis zu ihr durch. „Dann ist noch jemand da draußen?" Nun flüsterte auch sie.

Lara und ich nickten.

„Wer?"

„Wir wissen es nicht. Wo ist deine Pistole?"

Maja deutete auf einen kleinen Schrank neben der Haustür. „Oben in dem Karton. Sie ist geladen."

Ich stand auf, holte den Karton herunter und zog die Waffe heraus. Für einen Moment zögerte ich. Ich könnte jetzt hier alles beenden. Ich sah zu Lara, dann zu Maja. Was sollte es schon? Drei Kugeln und alles wäre vorbei. Doch dann würde Finn davonkommen. Schon wieder.

Ich seufzte und reichte Maja ihre Waffe.

ACHTUNDSECHZIG

Ich hatte mich an seine Augen erinnert. Blass und ausdruckslos. Ausdruckslos bis zu dem Moment, in dem er sein Ziel anvisierte. Wie ein Jäger das wilde Reh, das in Schussweite stehen bleibt. Solche Augen hatte er.

Jetzt schlich er um das Waldhaus. Es war ein schönes Haus und ich wollte es nicht mit dem Blut dieses Mannes besudeln.

Es schien ihn nicht zu interessieren, was außerhalb des Hauses vor sich ging. Er hatte das Polizeiauto für einen Moment gemustert und war dann auf die Rückseite des Hauses gelaufen. Genau genommen war es kein Polizeiwagen. Das hätte zu viel Aufsehen erregt. Es war mein Auto, auf dessen

Dach ich ein blaues Licht montiert hatte. Wie Kriminalpolizisten in Zivil es hin und wieder tun.

Ich hatte es erst eingeschaltet, als ich den Wagen geparkt und verlassen hatte. Es erhellte noch immer die Umgebung, aber ich stand versteckt hinter einem Baum und wie ich bereits erwähnte, beachtete er mich nicht.

Er glotzte durch ein großes Fenster ins Haus. Offenbar sah er nicht, wonach er suchte, und ging weiter. Ich folgte ihm lautlos. An einer Hintertür blieb er stehen und betrachtete ein kleines Fenster daneben. Es war zerbrochen. Lara und Bobbi waren also im Haus. Ich hatte sie nicht gesehen. Allerdings stand ein Auto am Anfang der Straße. Dasselbe Auto, mit dem die beiden vor ein paar Tagen verschwunden waren.

Es erschien mir unwahrscheinlich, dass jemand anderes die Tür hinter ihm verschlossen hatte. Laras Freundin war dazu sicherlich nicht in der Lage gewesen.

Wie viel Zeit sollte ich ihm noch geben? Ich war nicht sicher, ob ich es über mich bringen würde, ihn zu töten.

Ja, er hatte dieselben Augen. Und ja, er hatte es verdient zu sterben. Aber ich war kein Mörder.

Er hantierte an der Tür herum.

Ich trat etwas näher und war dabei zu laut. Er wandte sich zu mir und ich spürte das blaue Licht auf meinem Gesicht, meiner zu hellen Kleidung, den hellen Haaren.

Er rannte im selben Moment los, in dem ich mich umwandte und in den Wald hineinlief.

NEUNUNDSECHZIG

LARA

Wo ist er?“

Bobbi zuckte mit den Schultern und trank dann von ihrem Wasser.

Auch ich leerte meine Flasche, genau wie Maja.

Wir saßen noch immer auf dem Boden im Flur, die Türen zu den anderen Räumen weit geöffnet. Lunas Kopf lag auf Majas Schulter und sie strich darüber, nachdem sie die Wasserflasche abgestellt hatten. In der rechten Hand hielt sie ihre Waffe. Genau wie Bobbi und ich. Wir hatten uns die Erde von den Gesichtern gewaschen und warteten.

„Danke, dass ihr gekommen seid."
Bobbi nickte. „Ich hatte nicht wirklich eine Wahl."
„Dieser Typ ist wegen dir da draußen." Ich sah sie an, versuchte herauszufinden, was sie als Nächstes tun würde. Sie hätte fliehen können. Sie hätte die Gelegenheit gehabt, mich allein zu lassen. Aber sie war noch immer hier. Warum?
„Es spielt keine Rolle, warum er da draußen ist."
Sie hatte recht und es war der falsche Weg, wenn wir anfingen zu streiten. Ich musste Bobbi so weit und so lange auf meiner Seite halten wie möglich. „Richtig. Was machen wir jetzt?"
„Luna könnte ihn aufspüren." Maja strich der Hündin etwas fester über den Kopf.
Ein Lächeln legte sich auf Bobbis Lippen. „Finn hat tierische Angst vor Hunden."
„Ja, und genau deshalb wird sie hierbleiben. Er hat gerade versucht, sie zu erschießen. Beim nächsten Mal könnte er treffen."
Der Griff von Majas Hand wurde noch fester.
„Dann sitzen wir wohl in der Falle." Bobbi sah zu mir. „Damit hast du doch Erfahrung, Lara. Wie kommt man da wieder raus."
Ich funkelte sie an, vergessen war die Überzeugung, harmonisch zu bleiben. „Man zerkratzt seinem Feind das Gesicht."
Sie lächelte. Natürlich lächelte sie. Sie hatte mich provozieren wollen und sie hatte es geschafft. In den letzten Stunden waren wir fast so etwas wie ein Team gewesen und ich konnte nur erahnen, woher die neue Feindseligkeit rührte. Mein Blick wanderte zu Maja.
Sie sah müde aus, in ihrem Gesicht bildete sich eine Schwellung unter dem rechten Auge und die Fesseln hatten

Striemen an ihren Handgelenken hinterlassen. Aber in ihrem Blick lag Feuer.

„Was wird er als Nächstes tun?“ Ich sah zu Bobbi. Sie kannte ihn am besten.

„Er wird durchdrehen. Du hast ihn vor ein paar Minuten erlebt. Wenn etwas seinen Plan auch nur minimal ändert, macht ihn das sehr wütend.“ Sie zuckte mit den Schultern. „Er wird entweder das Haus abbrennen oder das Fenster im Wohnzimmer zerschießen.“

„Vielleicht nimmt er aber auch eine der Türen.“ Maja stöhnte auf. „Immerhin hat er einen Schlüssel. Dieser Typ mag ein Psychopath sein, aber wir sind zu dritt und da draußen ist noch jemand, der wahrscheinlich auf unserer Seite ist. Warum sitzen wir hier herum?“

Die Wahrheit war, dass ich diese Pause brauchte. Aber das sagte ich nicht. „Er könnte vor einer der Türen warten.“

Beide wussten, dass ich recht hatte, und so schwiegen sie.

Irgendwann fragte Maja: „Hast du eigentlich alle deine Antworten bekommen?“

Ich sah zu ihr und runzelte die Stirn. Dann schüttelte ich den Kopf und mir wurde klar, dass dies vielleicht die letzte Chance war, Bobbi zu fragen. „Woher kanntest du Bill?“

Sie schloss die Augen.

„Bobbi!“

„Dir wird diese Antwort nicht gefallen, Lara.“

„Davon gehe ich aus. Ich will sie trotzdem hören.“

Noch immer drang das blaue Licht ins Haus. Geräusche hörten wir keine.

Bobbi seufzte. „Wo ist der Whisky, Maja?“

„Du wirst dich jetzt ganz sicher nicht betrinken.“

Sie lachte auf. „Der war nicht für mich …“

Ein Knall durchbrach ihren Satz.

Wir horchten auf.

„Das war ein Schuss." Ich hatte meine Stimme wieder gesenkt.

Wir schwiegen, lauschten auf folgende Geräusche, aber es blieb still.

„Rede, Bobbi. Ich brauche keinen Alkohol, um deine Worte verkraften zu können."

Sie hob beide Augenbrauen und dann sagte sie: „Es war Bill. Der Freund meiner Mutter. Erinnerst du dich?"

Ich starrte sie an. „Wie bitte?" Tatsächlich hätte ich in diesem Moment gern einen Whisky in meinem Bauch gewusst.

„Er kam zu mir, nachdem mein Vater verschwunden war. Ich bin sicher, du weißt warum?"

Ich nickte und spürte, wie die Kraft aus meinem Körper schwand. „Weil er wusste, dass er nicht mehr lebte."

„Genau. Der liebe Bill hatte herausgefunden, wen dein Großvater in die Kommode gesperrt hatte, und sich auf die Suche nach der zugehörigen Familie gemacht. Damals wusste er nicht, was für ein Drecksack Henry war."

Ich schüttelte den Kopf. Bisher hatte ich angenommen, Bill hätte in Bobbi ebenfalls ein Opfer gesehen und sich um sie kümmern wollen. Ich dachte, er hätte ihr im Krankenhaus seine Hilfe zugestanden und ihr dann dazu verholfen, das Krankenhaus zu verlassen. Sicher stimmte das. Aber es war nicht alles.

„Er fand mich und war von da an für mich da. Der Rest der Geschichte stimmt. Er war der Anwalt der Frau, dessen Mann ich in der Gasse getötet habe."

Ich schluckte. Bill als Auftraggeber von Morden. Ich versuchte, das vertraute Gesicht in dieser Rolle zu sehen. Es gelang mir nicht.

„Wusste er … was hatte er … ich meine, hatte er etwas mit eurer Rache an meiner Familie zu tun?"

Sie wackelte mit der Waffe vor ihrer Brust. „Jein. Er hat Finn und Karl auf die Suche nach ihrem Vater geschickt. Ihnen sozusagen einen Schubs gegeben. Davon wusste ich nichts. Ich glaube, er hatte immer ein schlechtes Gewissen, weil er wusste, dass mein Vater tot war." Sie verzog das Gesicht. „Und wo er sich befand. Ich tat ihm leid. Aber natürlich konnte er mir nicht einfach erzählen, was mit Henry geschehen war. Also musste er diese unfassbar komplizierte Aktion starten, in der meine Brüder mich fanden und wir gemeinsam dem Rätsel auf die Spur kamen."

Ich schluckte, schüttelte meinen Kopf und danach meinen Körper. Dieses Bild passte nicht zu dem Mann, dem ich mich in den vergangenen Jahren anvertraut hatte.

„Was danach passierte, hatte er sicher nicht erwartet."

„Was meinst du damit?"

„Er wollte nicht, dass dein Großvater stirbt. Zwar hat er ihm nie die Geschichte abgenommen, dass du Henry getötet hast, aber immerhin waren sie mal befreundet."

„Waren?"

Sie zuckte genervt mit den Schultern. „Ja, waren. Bill fand, dass dein Großvater für den Tod meines Vaters eine Strafe verdient hatte. Und für die ein oder andere Wettschuld, die er nicht beglichen hatte, weil er Bill damit gedroht hat, seine Beteiligung an illegalen Glücksspielen aufzudecken. Das hätte Bill natürlich die Zulassung gekostet."

„Das war alles?"

Sie presste die Lippen aufeinander. „Nein. Ehrlich gesagt, glaube ich, dass es vor allem ums Geld ging. Ich weiß nichts Genaues, aber ein großer Teil deines Erbes ist in seinen Taschen gelandet."

Ich wollte das nicht hören. Ich wollte das Bild der beiden Männer, die ich in den letzten Jahren auf ein so hohes Podest gehoben hatte, nicht durch diese Worte zerstören lassen. Und ich konnte nicht glauben, wie dumm ich gewesen war. Alles hatte ich in Bills Hände gelegt. Die Verwaltung des Vermögens meines Großvaters, die Kommunikation mit der Polizei. Ich flüsterte. „Er wollte, dass mein Großvater stirbt, damit er an sein Geld rankam?"

Sie lachte auf. „Hm … Er wollte, dass wir ihn ins Altersheim bringen. Dass er an seinem Verstand zweifelt und sich aufgibt. Ab diesem Moment hatte er Zugriff auf die Konten. Dein Großvater hat nichts davon gemerkt."

„Was ist mit meiner Mutter?"

Für eine Sekunde legte sich ein bedauernder Ausdruck auf ihr Gesicht. „Ich fürchte, es war ihm egal. Er war früher verliebt in sie, weißt du?"

„Ja, das hat er mir erzählt." Galle stieg meinen Hals hoch. Wie oft hatten wir über meine Mutter gesprochen? Wie oft hatte er mir von ihr vorgeschwärmt? Meine Stimme krächzte. „Warum war es ihm egal?"

„Sie hat ihn immer wieder abgewiesen. Und dein Großvater hat ihm schließlich untersagt, sie weiter zu umwerben. Das hat ihn ziemlich wütend gemacht, denke ich. Auf beide." Sie lachte nicht. Ihr Gesicht war ernst. „Ich wette, es hat ihm gefallen, dass die Töchter der zwei Frauen, die er geliebt hat, etwas miteinander hatten." Ihr Blick wanderte zu Maja.

„Hat er dir ihren Tod auch befohlen?"

Sie sah wieder zu mir und schüttelte den Kopf. „Er wollte nicht, dass einer der beiden stirbt. Er war ziemlich sauer darüber, dass wir den Plan angepasst hatten."

„Warum habt ihr sie getötet?"

Etwas blitzte in ihren Augen auf, aber das Funkeln verschwand und machte etwas Weicherem Platz. „Du weißt es, Lara. Wir wollten Rache." Sie senkte die Stimme. „Es tut mir leid."

Ich starrte sie an. Ich wollte das nicht hören. Es änderte nichts. Also fragte ich weiter. „Was ist mit dem Strandhaus? Welche Rolle hat er dort gespielt?"

„Er wusste davon. Weißt du, das Problem, sein Problem war, dass er nach dem Tod deines Großvaters nicht mehr ohne weiteres an dessen Geld kam. Er fürchtete, dass du alles aufdecken könntest. Und einen großen Teil des Geldes hatte er bereits ausgegeben. Für sich. Aber auch für Finn und mich. Karl ließ er außen vor."

Ich dachte an die Wohnung, in der ich Finn besucht hatte, als ich noch dachte, dass es Karl war, der mich mit diesen blassen Augen anstarrte. „Es ging ihm also tatsächlich nur ums Geld?"

Sie zuckte mit den Schultern. „Sieht ganz so aus."

„Und es war ihm auch egal, dass ihr mich dabei tötet?"

„Das war leider notwendig. Sonst hättest du schließlich alles geerbt."

Ich schüttelte das neue Wissen ab. „Dann war es natürlich auch seine Idee, dass du noch einmal bei mir auftauchst?"

„Ja und nein. Er verhalf mir zur Flucht. Aber er war der Meinung, dass ich sofort fliehen sollte. Inzwischen weiß ich, dass er dich ab diesem Moment wirklich schützen wollte. Ich glaube, als er dich sah, wie wir dich zugerichtet hatten, bereute er alles. Dennoch hat er mich nicht verraten."

Ich erinnerte mich an das Telefongespräch, das er und ich geführt hatten, kurz bevor Bobbi mich davon abgehalten hatte, Karl die Tür zu öffnen. Nein, nicht Karl. Auch das war Finn gewesen. Finn hatte mich vor Bobbi gerettet. Warum zum Teufel saß ich hier mit ihr? Warum lieferte ich sie ihm nicht einfach aus? Ich wusste, warum. Es war nicht die gleiche Bobbi, die hier neben mir saß. Sie hatte sich verändert. Zwar tötete sie noch immer Menschen, aber mit ihrem jetzigen Wissen hätte sie mich vor Finn und Bill beschützt.

„Du weißt, warum ich bei dir aufgetaucht bin. Es war notwendig. Und sieh uns an. Trotz allem sitzen wir nun hier gemütlich zusammen und plaudern über Vergangenes.“ Auch jetzt lag kein Lächeln auf ihren Lippen. Sie wirkte resigniert.

„Und gerade dachte ich noch, dass du ein anderer Mensch geworden wärest.“ Ich legte die Hand auf den Mund, aber die Worte blieben ausgesprochen in der Luft hängen.

Ein zartes Lächeln legte sich auf ihre Lippen. Sie sah mir in die Augen und nickte. „Das bin ich auch, Lara.“

Ich wechselte das Thema. „Wusste Bill von den Listenmännern?“

Sie seufzte und nickte.

„Waren das auch seine Aufträge?“

„Ja und nein.“

„Was soll das heißen?“

„Er hatte keine Ahnung. Und nachdem ich das Notizbuch im Haus meiner Mutter gefunden hatte, war er Feuer und Flamme. Das waren genau die Leute, die er bestraft wissen wollte. Ich glaube, wenn du als Anwalt arbeitest, siehst du einfach zu viele Dreckssäcke nicht ausreichend für ihre Taten büßen. Du siehst zu viele Opfer, die nie wieder in ein normales Leben zurückfinden können. Und …“

„Danke.“ Majas Stimme drang wie durch einen dichten Nebel. Ich hatte fast vergessen, dass Bobbi und ich uns nicht länger in einer Blase befanden. Dass es weitere Menschen um uns herum gab.

„Nichts zu danken. Dein Vater war einer dieser Dreckssäcke. Ich glaube, ich erinnere mich an ihn.“

Majas Hand löste sich von Lunas Kopf. Sie legte sie auf Bobbis. Für einen Moment war die Stille, war die Regungslosigkeit alles, was den Raum erfüllte. Dann nickte Bobbi ihr zu und Majas Hand kraulte wieder Lunas Kopf.

„Ist die Reise in die Vergangenheit damit beendet, Lara?" Bobbi sah zu mir. Ihre Augen waren gerötet. „Da draußen wartet ein gegenwärtiges Problem. Möglicherweise sogar zwei."

Maja runzelte die Stirn. „Zwei?"

Ich stand auf. „Wir haben keine Ahnung, ob das Blaulicht auf unserer Seite ist."

„Na, wunderbar." Auch Maja erhob sich. „Dann sollten wir vielleicht langsam mal nachsehen."

Bobbi legte einen Finger an die Lippen, deutete auf Luna, die neben Maja stand, und flüsterte: „Ich glaube, das ist gar nicht notwendig." Auch sie erhob sich jetzt.

Wir lauschten. Schnelle Schritte näherten sich dem Haus. Sekunden später wurde ein Schlüssel in das Schloss der Hintertür geschoben.

„In Deckung." Bobbi hastete an die Wand und betätigte den Lichtschalter. Das Blaulicht und das Licht der anderen Räume erleuchteten den Flur noch immer, aber es war nicht mehr so hell wie zuvor.

Ich wollte auf dem Boden zur Tür robben, um den Angreifer zu überraschen, aber jemand hielt mich fest. Es war Bobbi. Ich funkelte sie an. „Lass mich los."

Vielleicht hatte sie mein Leben gerettet. Vermutlich wäre ich nicht rechtzeitig bei der Tür gewesen, um Finn aufzuhalten.

Die Tür öffnete sich wenige Sekunden später und sofort drangen Schüsse durch das Haus. Finn feuerte wild um sich. Maja scheuchte Luna ins Wohnzimmer und schoss dann mit uns auf ihn. Meine Ohren konnten schon nach den ersten Schüssen keine Geräusche mehr voneinander unterscheiden. Ein einziges Dröhnen drang in sie und ich verlor die Orientierung.

Finn konnte nur drei Schüsse abfeuern, dann war sein Magazin leer. Weitere Kugeln hätten ihm nicht geholfen zu überleben. Dennoch fluchte er und warf die Waffe auf Bobbi. Sie fiel nach einem Meter zu Boden. Finns Kraft war erschöpft. Das Blut, das aus seinem Körper drang, nahm sie mit sich.

Und dann war es plötzlich vorbei. Finn lag ausgestreckt auf dem Boden. Blut tränkte den hellen Teppich. Warum legten die Leute sich nur helle Teppiche in die Flure? Ich würde Maja danach fragen. Und ich würde mich damit befassen, warum ich in einer solchen Situation auf diese Dinge achtete.

Aber nicht jetzt. Jetzt galt meine gesamte Aufmerksamkeit der Person, die nach Finn das Haus betrat.

SIEBZIG

BOBBI

„Ist er tot?“ Swetlana trat langsam durch die Waschküche in den Flur. Sie berührte Finns Körper mit der Fußspitze. „In den Filmen stehen sie immer wieder auf. Immer noch ein letztes Mal.“ Sie war außer Atem, das Gesicht und ihre Kleidung verdreckt.

Ich starrte sie an und wusste deshalb im ersten Moment nicht, aus welcher Waffe der Schuss stammte, der Finns Körper ein letztes Mal erzittern ließ. Er kam nicht von mir.

Ich wandte mich zu Lara und Maja. Beide hielten die Waffe auf meinen nun endlich toten Bruder gerichtet.

Beide atmeten schwer und ihre Hände zitterten.

„Okay, also, ich glaube, wir stimmen darin überein, dass der Feind tot ist, oder?“ Ich ging zu Lara und Maja und drückte die Hände, in denen sie die Waffen hielten, nach unten.

Luna kam aus dem Wohnzimmer gelaufen und Maja sank zu ihr auf den Boden.

Lara sah zu Swetlana. „Ich denke, du solltest das Blaulicht ausschalten.“

Sie nickte, rührte sich aber nicht.

Lara seufzte, schloss die Haustür auf und verschwand.

Ich starrte auf das Bild vor mir. Auch Swetlana hatte ihre Waffe gesenkt. Sie starrte noch immer auf Finn. Genau wie Maja. Auch ich sah meinen Bruder nun wieder an. Dieses Mal waren meine Sinne nicht durch unzählige Verletzungen getrübt und ich konnte seinen Anblick aufsaugen. Nicht, dass es mich gefreut hätte, ihn dort liegen zu sehen. Ja, vielleicht hatte er es verdient zu sterben. Aber irgendwie war es doch auch schade. Da hatte er es, wie auch immer, geschafft, Karl vor meine Waffe zu schieben, war dann meinem Messer entkommen, hatte drei Jahre im Knast gesessen und dann? Jetzt war er doch tot.

Armer Finn. Andererseits hatte er mich schließlich töten wollen. Oder war das überhaupt nicht sein Plan gewesen? Ich war sicher, dass er mir die Sache mit Karl übelnahm. Und vielleicht war er auch sauer, dass ich entkommen war. Dass Bill tot war, schrieb er sicher auch mir zu. Ja, ich war sicher, dass er mich nicht hierher eingeladen hatte, um bei einem Bier Erinnerungen auszutauschen.

„Das ist der Typ, der bei dem Alten war.“ Swetlanas Stimme klang weniger abgehetzt als vor ein paar Minuten.

Ich runzelte die Stirn. „Ich dachte, du hast ihn nicht gesehen.“

Sie biss sich auf die Lippen. „Doch, ich habe ihn gesehen."

Wut stieg in mir auf. Wir hätten schon viel früher wissen können, dass Finn uns auf den Fersen war.

Lara kehrte zurück und schien die veränderte Stimmung zu spüren. „Was ist los?"

Ich lachte auf. „Ist das dein Ernst? Da liegt ein toter Finn im Eingangsbereich eines einsamen Hauses. Schon wieder." Ich sah zu ihr. Sie wirkte vollkommen gefasst. Nicht wie das kleine Mädchen, das mir vor über drei Jahren im Schnee gegenüber gesessen hatte. Hatte sie die Kugel abgefeuert? War sie letztendlich doch dazu fähig, einen Menschen zu töten?

„Ich habe euch angelogen." Swetlana sank nun ebenfalls zu Boden. „Ich hatte ihn genau gesehen. Ich wusste, wie er aussah."

„Warum hast du uns das nicht gesagt?" Laras Stimme spiegelte meine eigene Wut wider.

„Ihr habt es ohnehin kurz danach rausgefunden."

„Scheiße, Sweta, sowas kannst du nicht mit uns abziehen." Ich schlug mit der Faust gegen die Tür.

In diesem Moment klingelte ein Telefon.

EINUNDSIEBZIG

LARA

Ich sah mich um, doch weder Bobbi noch Maja noch Swetlana griffen in ihre Taschen. Stattdessen blickten sie alle zu Finn. Und ich folgte ihren Blicken.

„Maja, hat Finn weitere Anrufe bekommen, während er hier war?“

Ich sah zu ihr. Maja wirkte noch erschöpfter als vor einer Stunde. Waren wir schon eine Stunde hier? Hätte all das nicht Tage gebraucht, um zu passieren?

„Nein, nicht, wenn er bei mir war.“

„Aber er war nicht die gesamte Zeit über bei dir?“ Offenbar hatte Swetlana zurück in die Rolle der Polizistin gefunden. Sie erhob sich.

Maja schüttelte den Kopf. „Er war mehrfach in der Küche, manchmal auch draußen.“

„Könnte er da telefoniert haben?“ Swetlana schritt auf sie zu und ging vor ihr in die Hocke.

Maja nickte. „Sicher.“

Das Handyklingeln war verstummt. Dennoch starrte ich zu Finn. Das dritte Mal starrten mir diese Augen tot entgegen. Ich hätte etwas fühlen müssen, aber da war nichts. Rein gar nichts. Er tat mir nicht leid. Ich hasste ihn nicht und ich war nicht froh darüber, dass er tot war.

Ich fühlte nichts. Es war vorbei, aber was sollte jetzt geschehen? Wie sollte es weitergehen? Ich konnte nicht zurück. Vermutlich würde ich nie wieder zurück in meine Wohnung, in mein altes Leben können.

Ich dachte an die Dinge und Menschen, die ich zurücklassen würde. Oder besser gesagt, ich wollte daran denken. Ich stellte mir meinen Trainingsraum vor, meine Küche, meinen Computer, den Sandsack, der im Wohnzimmer von meiner Decke herabhing. All das bedeutete nichts.

Alles, das etwas bedeutete, war hier. Mein Leben war mit mir gekommen. Ich hatte es nicht zurückgelassen, weil es nie etwas anderes gegeben hatte als das, was dem hier vorausgegangen war.

Ich konnte nicht nur deshalb nicht zurück, weil ich Fragen würde beantworten müssen. Weil ich Antworten würde geben müssen, die mich ins Gefängnis bringen würden.

Nein, ich konnte deshalb nicht zurück, weil es nichts gab, zu dem ich zurückkehren konnte. Alles war hier. Der tote Finn, Maja und Luna und ja, auch Bobbi.

Aber da war noch mehr. Da war Plan B. Plan B, den ich

nicht durchführen können würde, wenn jemand herausfand, was geschehen war. Wenn jemand aus diesem Raum die Nerven verlor und zu viel sagte. Ich sah von einer zur anderen. Sie alle steckten mit drin. Sie alle hatten geschossen.

Bis vor ein paar Tagen hatte ich gehofft, ein neues Leben beginnen zu können. Ich hatte gehofft, mit Maja etwas Neues starten zu dürfen. Nun konnte ich nicht glauben, dass ich mich dieser Illusion hingegeben hatte. Wie hatte ich jemals glauben können, dass ich all dem, was ich in den letzten Wochen erfahren hatte, einfach so den Rücken zuwenden können würde?

Nein. Es gab kein friedliches Ende. Das hier war nicht der Ausstieg. Mit Finns Tod ging etwas zu Ende, das war richtig. Aber es begann auch etwas Neues. Dieser Schrecken war aufgelöst. Ich wusste wer F war. Gewesen war. Ich wusste, warum meine Familie hatte sterben müssen. Ich hatte alle Antworten, nach denen ich in den vergangenen Jahren gesucht hatte.

Ich hatte gedacht, dass ich mich auf diese Antworten, auf das Zusammentreffen mit Bobbi vorbereitet hatte, aber das stimmte nicht. Alles, was ich in den vergangenen Jahren gelernt hatte, würde erst jetzt seine Bedeutung zeigen. Erst in dem, was nun kam, würde sich herausstellen, wie stark ich tatsächlich war.

Wieder sah ich zu den anderen. Wer würde dabei sein? Sie alle waren betroffen. Sie alle steckten mit drin.

Ich sah zu Bobbi und wusste, dass sie nicht aufhören würde. Ich wusste, sie wäre bereit, mit mir zusammenzuarbeiten. Aber wollte ich das? Konnte ich jemals aufhören, sie als Mörderin meiner Mutter anzusehen? Hier ging es nicht darum, zu verzeihen. Natürlich würde ich ihr diese Zeit niemals vergeben. Es ging vielmehr darum, zu akzeptieren, dass sie ein anderer Mensch war. Heute wie damals. Sie hatte aus den falschen Gründen heraus gehandelt. Sie hätte anders gehandelt, wenn sie die Wahrheit gekannt hätte. Zumindest behauptete sie das. Wenn ich mit ihr zusammenarbeiten wollte, musste ich ihr glauben. Konnte ich das?

Und wenn ich es tat, wie würde unsere Zusammenarbeit aussehen? Ich wollte keine weiteren Morde. Ich wollte, dass wir einen anderen Weg fanden. Würde Bobbi sich darauf einlassen?

Und was war mit Maja und Swetlana? War ihr Wunsch nach Rache groß genug, um sich uns anzuschließen? Und wenn ja, würden wir uns dann Superheldinnenkostüme nähen und die großen Retter der Ungerächten spielen?

Ich schüttelte den Kopf. All das klang nach einem Sonntagabend-Krimi und ich wusste nicht, ob ich darin eine Rolle spielen wollte.

Ohnehin gab es jetzt gerade dringendere Probleme zu lösen.

„Weiß jemand, wo du bist, Swetlana?" Meine Frage durchschnitt die Stille, in der nicht nur ich meinen Gedanken nachgehangen hatte. Was ging in den Köpfen der anderen vor?

„Ich glaube nicht, nein."

„Du glaubst?" Bobbi klang genervt und so, als würde sie in kurzer Zeit die Geduld verlieren. Wieder fragte ich mich, warum sie noch hier war. Ich bezweifelte, dass jemand sie aufhalten würde, wenn sie jetzt das Haus verließ. Ihr Widersacher war tot. Sie brauchte nur die Tür zu öffnen und all das hinter sich zu lassen.

Swetlana stand wieder auf und ging einen Schritt auf Bobbi zu. „Ich habe es niemandem erzählt. Ich habe meinen Privatwagen genommen und ein einzelnes Blaulicht daraufgestellt. Ich denke nicht, dass mir jemand gefolgt ist. Reicht das?" In ihrer Stimme lag Zorn.

Bobbi zuckte mit den Schultern. „Ja, das reicht." Fast musste ich lachen. Wie fand sie nur immer wieder zu dieser Ruhe zurück? Vielleicht war sie deshalb noch hier. Für sie war auch das nur ein Spiel. Ein weiterer Toter. Na und. Diese Leiche hatte sie schon einmal gesehen. Es gab keinen Grund, sich aufzuregen, wenn nicht jemand einen Fehler machte und uns alle verriet.

„Was ist mit euch?" Swetlana sah von Bobbi zu mir.

Bobbi und ich tauschten einen Blick. „Es dürfte niemand wissen, wo wir sind." Das war nur die halbe Wahrheit. Ich hatte keine Ahnung, ob uns jemand gefolgt war. Vielleicht hatte jemand die GPS-Daten von meinem Handy ausgelesen und wusste, dass ich vor ein paar Wochen hier gewesen war. Es gab dutzende Möglichkeiten, weshalb jemand wissen konnte, wo wir uns befanden.

Deshalb fügte ich hinzu: „Aber das Auto, das dort oben an der Straße steht, wird möglicherweise gesucht." Ich hoffte, dass es noch immer dort stand. Mit all meinen Sachen. Den Notizbüchern und Annas Abschiedsbrief. Dinge, die niemand finden durfte.

Maja hob den Blick und endlich stand auch sie auf. Sie wirkte etwas kräftiger und in ihren Augen fand ich Entschlossenheit. Finn hatte sie nicht klein gekriegt. Weder seine Schläge noch sein Tod hatten dafür gesorgt, dass sie einknickte. „Dann haben wir jetzt drei Aufgaben."

Bobbi sagte: „Wir müssen das Auto verschwinden lassen." Sie sah zu mir. „Gleich nachdem wir unsere Sachen dort rausgeholt haben."

Swetlana sah zu Finn. „Und den da müssen wir auch verschwinden lassen." Sie ging zu ihm, durchsuchte seine Taschen und hielt nach einer Weile das Handy und ein Portemonnaie in den Händen. „Auch ihm müssen wir ein paar Sachen abnehmen."

„Und wir müssen herausfinden, ob wir einander trauen können." Meine Hand verkrampfte sich um die Waffe, die ich noch immer nicht abgelegt hatte. Das war das größte Problem. Konnten wir einander vertrauen? Bobbi, die mich angelogen hatte, seit wir uns kannten. Swetlana, die sprunghaft war und uns Sachen vorenthielt. Und Maja. Ich hatte keinen Grund, Maja nicht zu trauen. Aber welchen Grund hatte ich, ihr zu *ver*trauen.

Sekunden nachdem ich meine Worte ausgesprochen hatte, klingelte Finns Handy erneut.

EPILOG

„Er geht nicht ran, Boss."

„Du sollst mich nicht Boss nennen. Das klingt wie in einem Siebziger Jahre Gangster Film. Wann hast du zuletzt mit ihm gesprochen?"

Er zuckte mit den Schultern. „Vor drei Stunden, schätze ich."

„Sieh genau nach."

Er tippte auf seinem Handy herum. Nach ein paar Sekunden sah er wieder auf. „Zwei Stunden und fünfzig Minuten."

„Gab es das schon einmal?"

Er kratzte sich am Kopf. „Nein."

„Verdammt."

„Was sollen wir tun?"

„Wir warten ab."

„Wie lange?"

„Wir wissen genau, wo er ist?"

Er nickte. „Im Haus von Jakobs Tochter."

„Und wenn er von dort verschwindet?"

„Wir greifen auf das GPS seines Handys zu."

„Das könnte er abschalten."

Wieder nickte er. „Ja, sicher."

„Ich will, dass du hinfährst. Wenn er sich zwischendurch meldet, kehrst du um. Du versuchst alle zehn Minuten, ihn zu erreichen, hast du mich verstanden?"

Er nickte, auch wenn es dieses Mal zögerlich kam. Sicher hatte er keine Lust, mitten in der Nacht durch das halbe Land zu fahren. Seine Familie wartete. Seine Frau und seine Töchter. Aber er hatte keine Wahl.

„Sicher, ich fahre sofort los."

Normalerweise arbeitete er nicht um diese Zeit. Aber dieser Amateur, der andere, der in Majas Haus, hatte es nicht geschafft, Henrys Tochter einzufangen. Er war nicht besser als sein Vater. Ein hitziger Idiot, der nicht nachdachte.

„Eine Sache noch."

Er zog seine Jacke über und sah zurück. „Was?" Es fiel ihm schwer, den Missmut zu verbergen. Seine Kiefer hatte er fest aufeinandergepresst.

„Die Kleine."

„Wer?"

„Jakobs Tochter?"

„Was ist mit ihr?"

„Bring sie mit."

Seine Augen weiteten sich.

„Oder besser noch. Werd sie los."

„Was soll das heißen?"

„Ich will keine Zeugen." Er reagierte nicht und ich fügte hinzu: „Hast du mich verstanden?"

Er lachte auf. Unsicher und schwach. „Jetzt klingst du wirklich wie Don Vito Corleone."

„Marlon Brando war 48 als Der Pate erschien. Er wirkte so viel älter."

Er erwiderte nichts.

Ich wiederholte meine Frage: „Hast du mich verstanden?"

„Ja, sicher." Er legte die Hand auf den Türgriff. „Ich melde mich."

„Sicher. Bis dahin habe ich ein Auge auf deine Familie."

Fortsetzung folgt …

UND BIS DAHIN?

... findest du in meinem Newsletter Kurzgeschichten und weitere Insights zu LARA und anderen Geschichten.

Für mich endet ein Buch nicht, wenn ich die letzte Zeile gelesen oder geschrieben habe. Ich beschäftige mich mit der Geschichten, den Charakteren und möchte mehr über sie erfahren. In meinem Newsletter teile ich diese Dinge über meine Bücher mit dir.

WWW.THEAWILK.DE/NEWSLETTER

Außerdem bekommst du nach der Anmeldung meinen unregelmäßig, etwa monatlich erscheinenden Newsletter rund um meinen Schreibprozess. Dabei sind auch immer wieder Leseproben zu neuen Büchern und Ankündigungen, von denen alle anderen erst später erfahren. Und du erhältst einen Insider-Blick in meinen Schreiballtag.

Probiere es aus:

Gehe auf theawilk.de/newsletter oder scanne obigen QR-Code Kennst du QR-Codes? Du kannst sie einfach mit deinem Smartphone scannen und dein Browser öffnet die hinterlegte Website. Frag mich gern und ich erkläre dir, wie das geht.

REZENSIONEN

Noch immer kostet es mich Überwindung, meine Leser um eine Rezension zu bitten. Aber ich tue es trotzdem. Denn Rezensionen sind für mich und meine Bücher eine der wenigen Möglichkeiten, um sichtbar zu sein. Leser zu finden. Zwischen Büchern herauszustechen, hinter denen große Verlage stehen. Oder hohe Werbebudgets.

Deshalb: Wenn dir das Buch gefallen hat, folge unten stehendem Link und schreib ein paar Worte darüber. Es müssen nicht viele sein. Jede Bewertung zählt.

Ich danke dir von Herzen. Und du kannst sicher sein, dass ich deine Rezension lesen und dankbar dafür sein werde.

ÜBER MICH

THEA WiLK. Dieser Name gehört zu mir und ist doch neu für mich. Er beinhaltet einen Teil meines zweiten Vornamens und den Nachnamen, den ich einmal tragen werde. Ich habe diesen Namen als Pseudonym für meine Thriller gewählt, weil ich eine Verbindung wollte. Zu mir. Zu meinem anderen Autorennamen. Gleichzeitig wollte ich eine Trennung schaffen.

Seit 2017 schreibe ich Romane. Ich habe schon immer geschrieben. Aber nie waren es komplexe Geschichten, die das Potential hatten, Bücher zu füllen. Und als es so weit war. Als ich mich endlich dazu entschloss, mich auf die Reise zu einem Leben als Schriftstellerin zu machen, war es eine Liebesgeschichte, mit der alles seinen Anfang nahm.

Unter A.D.WiLK habe ich bis zu diesem Buch drei Romane und drei Kurzromane veröffentlicht. Ich habe viele Leser gewonnen und kennengelernt. darf mich Bestseller-Autorin nennen und habe das große Glück, vom Schreiben zu leben.

Aber die Reise begann nicht mit dem ersten Wort meines Debütromans. Meine Reise begann etwa im Jahr 1993, als die ersten Romane von Stephen King die Bilderbücher in meinem Regal ablösten. Spannungsliteratur hat mich immer gepackt, fasziniert und war der Grund, warum ich selbst schreiben wollte.

Und Stephen King war es auch, der mir mit „On writing", seinem autobiografischen Schreibratgeber, den letzten Anstoß dazu gab, das erste Wort zu schreiben. Um also ein ziemlich abgegriffenes Bild zu benutzen: Mit THEA WiLK schließt sich der Kreis. Ich komme an, wo ich vor Jahrzehnten begonnen habe. Ich freue mich sehr auf diesen Teil der Reise und bin gespannt, wo sie mich hinführt.

HIER FINDEST DU MICH

Podcast Zwischen den Worten
Web theawilk.de
Instagram theawilk_autorin
Facebook theawilkautorin
E-Mail thea@theawilk.de

YOUTUBE UND PODCAST

Wie entstehen eigentlich Bücher? Was steckt hinter den Geschichten, die dir nachts den Schlaf rauben? Und was macht so eine Autorin den ganzen lieben langen Tag? Außer im Café die Leute zu beobachten, natürlich.

Mit diesem Podcast & YouTube-Kanal lasse ich dich seit Januar 2020 an meinem Schreiballtag teilhaben, tauche mit dir ein in die Welt meiner Charaktere, lese aus unveröffentlichten Texten vor und diskutiere mit Menschen aus der Buchwelt über das Lesen, das Schreiben und all die Dinge, die sich hinter dem Cover eines Buches vor den Augen der meisten verbergen.

Komm mit mir in meine Traumwelt

ÜBERALL WO'S PODCASTS GIBT

IMPRESSUM.

LARA. die Jagd.

2. Auflage

Andrea Kuhn
Vopeliuspfad 9
14169 Berlin

ISBN Taschenbuch. 978-3-96966-421-6

Herstellung. PRINT GROUP Sp. z o.o., ul. Księcia Witolda 7, 71-063 Szczecin (Polen)

Bestellung und Vertrieb. Nova MD GmbH, Vachendorf

Lektorat. Korrektorat. Jona Gellert
Covergestaltung. Andrea Kuhn

Bibliografische Information der Deutschen Nationalbibliothek.
Die Deutsche Nationalbibliothek verzeichnet diese Publikation in der Deutschen Nationalbibliografie; detaillierte bibliografische Daten sind im Internet über
http://dnb.d-nb.de abrufbar.